HEYNE BÜCHER

SCIENCE FICTION

Herausgegeben
von Wolfgang Jeschke

Ein vollständiges Verzeichnis aller
im HEYNE VERLAG erschienenen STAR TREK-Romane
finden Sie am Schluß des Bandes.

J. M. DILLARD

STAR TREK
CLASSIC

SABOTAGE

Roman

Star Trek®
Classic Serie
Band 85

Deutsche Erstausgabe

WILHELM HEYNE VERLAG
MÜNCHEN

HEYNE SCIENCE FICTION & FANTASY
Band 06/5685

Titel der amerikanischen Originalausgabe
RECOVERY
Deutsche Übersetzung von Harald Pusch

Umwelthinweis:
Dieses Buch wurde auf chlor- und
säurefreiem Papier gedruckt

Redaktion: Rainer-Michael Rahn

Erstausgabe by Pocket Books/Simon & Schuster Inc., New York

Printed in Germany 1998
Umschlagbild: Pocket Books/Simon & Schuster Inc., New York
Umschlaggestaltung: Atelier Ingrid Schütz, München
Technische Betreuung: M. Spinola
Satz: Schaber Datentechnik, Wels
Druck und Bindung: Ebner Ulm

ISBN 3-453-14900-9

Für Kathy,
in Liebe und Dankbarkeit

PROLOG

»Sie wollen das also wirklich durchziehen, Sir?« Admiral James T. Kirk wandte sich von dem Fenster seines Büros und dem Panoramablick über die Bucht von San Francisco mit den über aufgewühltem, bleigrauem Wasser dahinjagenden dunklen Wolken ab.

Er stieß ein lautloses Seufzen aus und sah den Fragesteller an. Trotz des sorgfältig gestutzten, goldbraunen Bartes zeigte das Gesicht von Lieutenant Commander Kevin Riley immer noch so viel irische Rosigkeit und Frische, um ihn erheblich jünger erscheinen zu lassen als die mehr als dreißig Jahre, die er, wie Kirk wußte, tatsächlich alt war. Häufig unterschätzten die Leute Riley aus diesem Grund, doch als Kirk jetzt seinen Adjutanten ansah, konnte er die auf harte Weise erworbene Reife erkennen, die ihre Spuren rings um die blauen Augen und in den Winkeln des Mundes eingeätzt hatte.

Ebenso hatte auch Riley Kirk während der letzten anderthalb Jahre recht gut kennengelernt. Vielleicht nicht so gut wie Leonard McCoy oder Mr. Spock... aber doch gut genug. Jeder hatte die Veränderungen beim anderen beobachtet, während sie gemeinsam im Starfleet-Hauptquartier arbeiteten. Für Riley hatten die Veränderungen einen echten Fortschritt, eine zunehmende Stärkung seines Charakters bedeutet, doch auf Kirk hatten sie nicht annähernd so positiv gewirkt.

»Sie glauben, ich sollte es nicht tun?« fragte Kirk seinen Adjutanten. Nicht, daß eine abweichende Meinung jetzt noch einen Unterschied gemacht hätte – er hatte seine Entscheidung getroffen, und daran war nicht mehr zu rütteln. Doch in den letzten Monaten hatte er Rileys Ansichten zu schätzen gelernt, und mittlerweile war zwischen den beiden eine Atmosphäre der Freundschaft und des Vertrauens herangewachsen.

»Na, das ist aber eine typisch irische Antwort, Admiral«, meinte der jüngere Mann mit einem leisen Lächeln. »Eine Frage mit einer Gegenfrage zu beantworten. Ich kenne Sie, Sir. Wenn Sie sich einmal zu etwas entschlossen haben ...«

Kirk schüttelte den Kopf. Er wollte nicht den Eindruck erwecken, Riley einfach beiseite zu schieben. »Ich respektiere Ihre Meinung, Kevin. Das sollten Sie mittlerweile wissen.«

Riley wandte den Blick ab, als sei er verlegen, daß Kirk ihn so hoch schätzte und ihn überdies auch noch mit seinem Vornamen angeredet hatte.

»Sagen Sie es mir«, beharrte Kirk leise. »Sie glauben nicht, ich sollte es tun? Obwohl Sie besser als jeder andere bei Starfleet wissen, was hier mit mir geschieht? Sie haben doch gesehen, wie dieser *Job*, diese ›aufregende Gelegenheit‹, die sie mir versprochen haben, zum Traum eines Bürokraten zusammengeschrumpft ist. Sie haben gesehen, wie diese Arbeit – dieser *Papierkrieg* – wuchs und wuchs, bis wir beide darunter begraben wurden. Sie wissen sogar noch besser als meine *Frau* ...« Er unterbrach sich abrupt.

Es war jetzt zwei Monate her, seit sein Einjahres-Ehevertrag abgelaufen war. Zwei Monate, in denen Admiral Lori Ciana sich hartnäckig geweigert hatte, den Vertrag zu verlängern. Zwei Monate, seit sie aus seinem Heim, seinem Leben, seinem Bett verschwunden war.

Kirk schluckte, biß die Zähne zusammen und schüttelte dann den Kopf über seinen Fehler. »... das heißt, meine Exfrau ... Sie wissen sogar besser als Lori, was man mir angetan hat. Es sind mehr als sechs Monate, seit ich zuletzt aus diesem Büro herausgekommen bin. Sechs Monate, seit ich irgend etwas getan habe, das auch nur halbwegs der Mühe wert war. Und ein ganzes Jahr ... seit ich im All war ...«

Die letzten Worte flüsterte er beinahe und ließ sie dann im Raum stehen. Mit einem verschwörerischen Lächeln fragte er: »Erinnern Sie sich, Kevin? Wie war das? Sechs Monate ... auf der *Enterprise*?« Ohne daß er es verhindern konnte, nahm seine Stimme einen fast ehrerbietigen Klang an, als er den Namen des Schiffs aussprach.

»Ich erinnere mich«, murmelte Kevin.

Kirk wandte sich wieder dem windgepeitschten Himmel zu. »In einem Jahr hätten wir vielleicht zwei neue Planeten der Klasse M entdeckt, ein Dutzend Sonnensysteme kartographiert, Kontakt zu zwei oder drei Alien-Rassen aufgenommen. Spock hätte dabei die Zeit gefunden, vier neue Sprachen zu übersetzen, fünf Computerprogramme zu verbessern, zwei neue zu schreiben und ein halbes Dutzend wissenschaftlicher Arbeiten zu veröffentlichen. Und Pille ... Pille hätte eine Handvoll Impfstoffe entwickelt, einen Haufen unbekannter Organismen isoliert ... und ein Dutzend neuer Möglichkeiten entdeckt, um Spock auf die Nerven zu gehen.« Trotz seiner Melancholie lächelte Kirk jetzt, zumindest bis er sich umdrehte und die bekümmerte Miene seines Adjutanten bemerkte.

Verdammt, dachte Kirk, als Kevin verlegen den Blick abwendete. *Ich muß mich ja anhören wie der alte Matrose! Aber der einzige Albatros an meinem Hals ist dieser* Job. »Vermissen Sie denn die Arbeit im Raum überhaupt nicht, Kevin?«

»Ich bin mir nicht sicher, Sir«, gab Riley offen zu. »Lange Zeit dachte ich, ich würde niemals dorthin zurückgehen. Doch in letzter Zeit ... vielleicht, weil ich mit Ihnen zusammengearbeitet habe ... ich denke jedenfalls immer öfter darüber nach. Sind Sie eigentlich sicher, daß es wirklich der Weltraum ist, den Sie vermissen, Admiral, oder ist es nicht eher die *Verantwortung*? All diese Leute unter Ihrem Kommando, jeden Tag Tausende von Entscheidungen zu treffen – das ist es, was Sie antreibt, Sir. Und bei mir war es eben diese Verantwortung, mit der ich lange Zeit nicht umgehen konnte. Doch jetzt ... vielleicht ... ja. Ich glaube, ich vermisse die Verantwortung der Arbeit im All.«

Kirk hob einen Finger, als hätte sein Adjutant das Problem gerade auf den Punkt gebracht. »Und genau dort werden wir auch hingehen, Kevin. Ins Weltall. Sie und ich. Wir haben genug Berichte geschrieben und genügend Schiffe überholen lassen, um jedermann zufriedenzustellen.« Kirk war sogar für die Überholung der *Enterprise* zuständig gewesen, und er hatte diese Aufgabe erledigt, obwohl er die ganze Zeit über gewußt hatte, daß er sie für einen anderen Captain ausrüstete – für Will Decker. »Wir haben uns eine bessere Aufgabe verdient. Und genau das werde ich heute Admiral Nogura sagen. Was immer auch dabei herauskommen mag.«

Jim entdeckte sowohl Bewunderung als auch Furcht in Rileys Augen. Eine Konfrontation mit dem Alten, der mächtigsten Person von Starfleet, stellte zweifellos ein Risiko dar. Es mochte durchaus sein, daß Kirk am Ende mit dem Ultimatum leben mußte, das er stellen wollte. Doch spielte das überhaupt noch eine Rolle? *Ich habe Lori verloren. Die* Enterprise. *Pille, Spock, und die einzige Arbeit, die mich jemals wirklich interessiert hat. Was bleibt denn noch, das ich verlieren könnte?*

Nur Starfleet. Er erinnerte sich an jenen Tag vor fast

genau zwei Jahren, als er seinen Urlaub bei seiner Mutter Winona in Iowa verbracht hatte und Nogura dort aufgetaucht war, fest entschlossen, ihm die Admiralität schmackhaft zu machen. Und Jim war genauso fest entschlossen gewesen, die *Enterprise* auf keinen Fall aufzugeben.

»Versuchen Sie ruhig, mich zu überreden«, hatte er dem Alten gesagt. *»Ich bleibe trotzdem bei meiner Meinung und lehne die Beförderung ab ... und wenn Sie wollen, können Sie mich dafür aus der Flotte werfen. Aber ich lasse mich nicht die Treppe hinauftreten.«*

Und Nogura hatte, mit einer Stimme so hart wie Glas, ganz ruhig gesagt: *»Gott ist mein Zeuge – wenn es nach mir geht, werden Sie den Dienst nicht quittieren. Aber ich kann Sie auch nicht daran hindern, die Flotte zu verlassen.«*

Dazu hätte es sehr leicht kommen können – den Dienst aufzugeben, die Jahre bei Starfleet hinter sich zu lassen, um ... was zu werden? Ein ziviler Pilot, der Fracht und Passagiere beförderte? Captain einer dreißigköpfigen Mannschaft bei der Grenzpatrouille?

Aber das spielte eigentlich auch keine Rolle; eine Zukunft ohne Starfleet konnte er sich so oder so nicht vorstellen. Doch mittlerweile hatte er auch erlebt, wie es war, zur Flotte zu gehören, ohne ein Schiff zu haben, ohne die Begeisterung auskommen zu müssen, die allein schon der Aufenthalt im All mit sich brachte – und mit *dieser* Zukunft konnte er erst recht nicht leben.

Vielleicht konnte er die *Enterprise* nicht einfach zurückfordern – doch zumindest könnte er Nogura zwingen, endlich sein Versprechen einzulösen, Kirk als diplomatischen Feuerwehrmann einzusetzen, und nicht als an den Schreibtisch gefesselten Bürokraten ...

Oder er würde den Dienst quittieren.

»Wünschen Sie mir Glück«, sagte er leise und strebte dem Ausgang zu.

»Admiral!« rief ihm der jüngere Mann nach.

Kirk blieb auf der Türschwelle stehen. Was immer Riley jetzt noch sagen mochte, es würde ihn in seinem Entschluß nicht schwankend machen.

»Machen Sie ihm klar, Sir«, sagte Riley fest, »daß diese Entscheidung … für uns beide gilt.«

Kirk blinzelte verblüfft.

»Ich bin nicht bereit, mein Leben damit zu verbringen, für andere Leute Papier hin und her zu schieben, Sir … bei allem schuldigen Respekt.«

Kirk betrachtete seinen Assistenten forschend; doch Rileys Blick blieb standhaft und seine Miene drückte die gleiche Entschlossenheit aus wie die des Admirals. Jim lächelte nicht, doch sein Gesicht zeigte eine Mischung aus Anerkennung und Dankbarkeit. Er nickte und ging stumm in Richtung Treppe, die ihn in die Höhle des Löwen führen würde.

Der Weg nach oben dauerte nicht lange, aber doch lange genug, um sich genau an jedes Wort zu erinnern, mit dem sowohl Spock wie auch McCoy ihn davor gewarnt hatten, sich von Nogura befördern zu lassen.

An seinem ersten Tag als frischgebackener Admiral im Starfleet-Hauptquartier hatte er sich in Noguras Büro zum Dienst gemeldet und dort McCoy entdeckt, der das Oberhaupt von Starfleet zusammenstauchte. McCoys Stimme war bis auf den Korridor hinaus zu vernehmen gewesen.

»… er gehört nicht hierher. Ich habe Ihnen das gesagt, und jeder Ihrer verdammten Psychologen hat es Ihnen auch gesagt … aber Sie kümmert das alles nicht, richtig? Ihnen ist es gleich, was für ihn das beste wäre, Sie interessieren sich nur dafür, was für *Sie* am besten ist.«

Damals war Kirk wütend auf den Doktor gewesen; heute erinnerte er sich mit schmerzhafter Dankbarkeit an die Besorgnis seines Freundes. McCoy hatte recht gehabt, und jetzt wußte Jim nicht, ob er dem Alten jemals würde vergeben können, wie sehr er Lori und ihn manipuliert hatte, um genau das zu bekommen, was er wollte. Vom Verstand her wußte Kirk natürlich, daß Starfleet für Nogura *jeden* Preis wert war, doch gefühlsmäßig kam er sich zu sehr benutzt vor, um noch Sympathie für die Prioritäten seines Vorgesetzten aufzubringen.

Als er Noguras Vorzimmer betrat, war er darauf vorbereitet, den jungen vulkanischen Adjutanten notfalls kräftig zusammenzustauchen, um Zugang zur wohlgeschützten Höhle des Alten zu erhalten, doch der Assistent nahm ihm sofort den Wind aus den Segeln.

»Admiral Kirk«, begrüßte ihn der Vulkanier. »Admiral Nogura erwartet Sie, Sir.« Mit knappen Bewegungen umrundete der schlanke, hochgewachsene Adjutant den Schreibtisch und öffnete die Tür zu Noguras Räumlichkeiten.

Kirk versuchte, seine Überraschung zu unterdrükken – eine Reaktion, die er, seit er für Nogura arbeitete, öfter erlebt hatte, als ihm lieb war – und betrat das geräumige Büro des Admirals.

Nogura erhob sich lächelnd hinter seinem Schreibtisch. Der Chef von Starfleet war silberhaarig, sehr klein und hatte einen goldfarbenen Teint; doch trotz seines wenig beeindruckenden Äußeren strahlte der schmächtige alte Mann Macht, Präsenz und unerschütterliche Ruhe aus.

Als Jim eintrat, kam ihm Nogura entgegen, um ihn zu begrüßen. »All die Jahre zusammen mit Spock müssen Ihnen ein telepathisches Gespür verschafft haben, Jim«, sagte der Admiral freundlich. »Gerade erst habe ich in Ihrem Büro angerufen, nur um zu erfahren, daß Sie bereits auf dem Weg waren. Ich wollte, der Rest meiner Offiziere wäre in der Lage, meine Bedürfnisse ebenso gut vorauszuahnen wie Sie.«

Kirk sagte gar nichts; er spürte, daß wieder einmal Noguras unübertreffliches Timing am Werk war. Wie oft hatte er im vergangenen Jahr versucht, sich bessere Aufgaben zu erstreiten, nur um festzustellen, daß der Alte ihn bereits oben am Paß erwartete? *Aber nicht diesmal, Admiral.*

»Jim, ist Ihnen eigentlich bewußt, daß es mehr als ein Jahr her ist, seit Sie im Raum waren?« Noguras tiefliegende schwarze Augen blickten selbst dann noch bekümmert, als Kirk alle Mühe hatte, nicht laut mit den Zähnen zu knirschen. »Zu lange, viel zu lange für einen Mann wie Sie.« Der betagte Admiral schüttelte den Kopf, als sei es irgendwie *Kirks* Fehler, die Sache nicht eher zu Sprache gebracht zu haben.

»Genau das ist der Grund, weshalb ich hergekommen bin, Sir«, bemerkte Kirk. »Es ist ein Jahr ...«

»Ein sehr produktives Jahr, muß ich sagen«, erklärte Nogura. »Ihre Arbeit bei der Überholung und Verbesserung der Raumschiffe hat praktisch das gesamte Erscheinungsbild der Flotte verändert. Warten Sie nur, bis Sie die *Enterprise* wiedersehen, Sie werden sie nicht wiedererkennen. Unsere Ingenieure haben mir berichtet, die zu erwartende Effizienz des neuen Designs ...«

»*Vielen* Dank... Sir ...«, unterbrach ihn Kirk energisch. »Das sind freundliche Worte ... aber die allein reichen nicht länger. Meine Arbeit hat sich nicht als das erwiesen, was ich erwartet hatte.«

»Und das ist ganz allein mein Fehler, Jim, ich weiß«, stimmte der Admiral etwas zu bereitwillig zu. »Aber Starfleet brauchte Ihre Sachkenntnis. Niemand sonst hätte Ihr Wissen und Ihre Ideen ersetzen können. Ich weiß gar nicht, ob Sie jemals richtig ermessen können, was Ihre Arbeit während der letzten anderthalb Jahre für Starfleet bedeutet hat.«

Ist es das, was er all seinen Schreibtischhengsten erzählt? überlegte Kirk bitter. Aber das spielte jetzt auch keine Rolle. Er würde sich jedenfalls nicht noch einmal vom Alten zu irgendwelchen bürokratischen Übungen beschwatzen lassen. Er hatte besseres verdient. »Ich *sollte* meine Sachkenntnis eigentlich als eine Art Feuerwehrmann nutzen...«

»Das war es, was ich Ihnen versprochen hatte, und genau das werden Sie auch tun«, stimmte Nogura zu, doch Kirk glaubte ihm nicht mehr. Dieses Versprechen hatte er schon zu oft gehört. »Genau deshalb hatte ich Sie angerufen. Um einen neuen Auftrag durchzusprechen.«

Kirk kniff die Augen zusammen. »Im Raum?«

»Im Raum. Und in einem sehr *interessanten* Teil des Raums. In der Nähe das Planeten Zotos Vier.« Nogura ging zu seinem Wandschirm hinüber und aktivierte ihn, um die Karte des Sektors aufzurufen.

Jim erkannte das Gebiet sofort und zeigte entgegen seinen Vorsätzen Interesse. »Das ist genau dort, wo sich die Einflußbereiche der Föderation, der Tholianer und der Klingonen überschneiden.«

Tatsächlich stellten in diesem Fall nicht die Klingonen, sondern die Tholianer das größere Problem dar. Als paranoide und besitzbewußte raumfahrende Rasse neigten sie dazu, großflächig neutrale Bereiche zu ›ihrem Eigentum‹ zu erklären, das sie dann verteidigten, indem sie nichtsahnende Schiffe vernichteten, die dort eindrangen. Sie hatten sich bereits eine Reihe von Gefechten mit den Klingonen geliefert, und sogar eines mit der *Enterprise* selbst.

»Gibt es Hinweise, daß die Tholianer in dieses Gebiet einzudringen beabsichtigen?« fragte Kirk. Seine alten Reflexe meldeten sich, und er begann unwillkürlich, sich Strategien für den Umgang mit diesen streitlustigen Aliens zurechtzulegen. Wenn er doch nur mit

Spock sprechen könnte! Der Vulkanier hatte seinerzeit persönlich Kontakt zu den Tholianern gehabt, als er sich bemühte, die kritische Situation zu klären, in der sich das Schiff befand. Kirk hatte unterdessen in einem anderen Raum-Zeit-Kontinuum in der Falle gesessen, so daß sich seine einzigen direkten Erfahrungen mit den Tholianern auf das beschränkten, was er den Logbuchaufzeichnungen seines Ersten Offiziers entnommen hatte.

»Nein, nein«, versicherte ihm Nogura. »Keineswegs. Sowohl Tholianer wie Klingonen haben die Grenzen in letzter Zeit durchaus respektiert. Erinnern Sie sich an den ausführlichen Bericht, den Sie einen Monat lang überarbeitet und widerlegt haben?«

Kirks Miene drückte Verständnislosigkeit aus. Derartige Arbeiten hatte es zu *Dutzenden* gegeben.

»Myron Shulmans Bericht über das Schiff, das er entworfen hat, die *Recovery*«, half ihm Nogura auf die Sprünge.

Oh, erinnerte sich Kirk verdrossen, *dieser* Bericht. »Ja. Nach Aussage ihres Konstrukteurs sollte die *Recovery* ein vollautomatisches Hochgeschwindigkeits-Rettungsschiff sein, dazu ausgelegt, auch größere Bevölkerungsgruppen zu evakuieren, ohne deshalb Dutzende von Raumschiffen anzufordern oder Flottenangehörige in Gefahr zu bringen. Ein ambitioniertes Projekt und ein durchdachter, gut geschriebener Bericht.«

»Den Sie in der Luft zerrissen haben«, bemerkte Nogura.

»Ich habe meine *Meinung* geäußert«, widersprach Kirk. »Sie hatten mich angewiesen, ehrlich zu sein und niemandes Gefühle zu schonen.«

»Ein Befehl, dem Folge zu leisten Ihnen niemals Schwierigkeiten bereitet hat«, meinte Nogura leicht amüsiert. »Ihre Stellungnahme fiel exakt so aus, wie ich es erwartet hatte – und Shulman auch. Genau deshalb hatte er sie auch erbeten. Immerhin sind Sie der Mann, der Daystroms M-Fünf-Fiasko überstanden und bereinigt hat. Shulman war insbesondere daran interessiert, was Sie zu seinem Projekt zu sagen hatten. Er hat jeden einzelnen Ihrer Einwände und Vorschläge berücksichtigt. Man hat die *Recovery* entsprechend Ihrer Empfehlungen von Bug bis Heck überholt – und jetzt ist sie für die Jungfernfahrt bereit. Und Sie werden dabei sein.«

Kirk durchschaute Noguras Schönrednerei sofort. »Sie sprechen von einer Simulation …«

»Das ist richtig, aber der *Grad* dieser Simulation ist …«

»Eine *Simulation*, im Raum. Mit allem dazugehörigen Signalgebimmel und sonstigem Brimborium. Soll das mein *Sondereinsatz* sein? In dem Bericht hatten Sie erklärt, Sie würden Admiral D'nuba, den stellvertretenden Operationschef, zu den ersten Simulationen entsenden.«

»Das habe ich auch getan«, versicherte Nogura. »Das Schiff hat zehn Tests durchlaufen, jeder mit einem anderen Szenario, und die Aufgaben jedesmal einwandfrei erfüllt. Bis hin zum punktgenauen Einsatz der Transporter. Denken Sie nur an die Möglichkeiten, die sich durch das Beamen innerhalb eines Schiffes ergeben, Jim …«

»Wenn es so ist, was soll ich dann …«, versuchte Kirk den Redefluß zu unterbrechen.

Nogura hob die Hände. »Hören Sie weiter zu, Jim. Zotos Vier wurde während der letzten zehn Jahre als wissenschaftliche Station genutzt. Es befinden sich dort rund zweihundert Wissenschaftler sowie das übliche Personal. Der Planet selbst ist weitgehend unbewohnbar, besaß jedoch aufgrund seines evolutionären Stadiums einen gewissen Wert als Freiluftlabor. Doch das Projekt, das man dort gestartet hatte, ist mittlerweile beendet. Jetzt müssen wir diese Leute mitsamt ihren Habseligkeiten, der Ausrüstung und allem anderen dort fortschaffen, damit Zotos sich ohne Störungen weiterentwickeln kann. Natürlich könnten auch ein oder zwei Raumschiffe diese Aufgabe in ein paar Stunden erledigen, doch wir wollen, daß die *Recovery* die Arbeit übernimmt. Zotos zu evakuieren, oder auch Planeten mit einer größeren Bevölkerung, ist genau die Art von Aufgabe, für die sie entworfen wurde. Zotos besitzt eine heikle Atmosphäre, Funkverbindungen sind problematisch, und das Anpeilen von Koordinaten ist kritisch – alles in allem also genau die Bedingungen, denen sie sich auch bei einer echten Evakuierung gegenüber sehen wird. Dies hier wird der richtige Test sein, ihr wahrer Jungfernflug.«

Nogura hielt inne, als wolle er sich vergewissern, daß er Kirks ungeteilte Aufmerksamkeit besaß. »Angesichts der Größe der *Recovery* und des Umfangs dieser Rettungsaktion – es werden mehrere Sternenschiffe vor Ort sein, die falsche Notsignale senden und sogar einen Scheinangriff durchführen –, hielten wir es für angeraten, unsere ›Nachbarn‹ vorzuwarnen. Ein derartiger Aufmarsch nahe einer Grenze würde schließlich jeden nervös machen. Botschafter Sarek hat diesen Teil der Angelegenheit für uns übernommen, und es war sein Vorschlag, in Anbetracht der humanitären Natur des Einsatzes der *Recovery* die Tholianer, Klingonen und Romulaner einzuladen, die Übung aus angemessener Entfernung zu beobachten, damit keine Mißverständnisse bezüglich unseres Unternehmens entstehen. Ich glaube, er hat gar nicht damit gerechnet, sie könnten das Angebot annehmen. Doch genau das haben sie getan. Und daraufhin bestanden sowohl Shulman wie Sarek auf *Ihrer* Anwesenheit.«

»Die Tholianer, die Romulaner *und* die Klingonen werden anwesend sein?« Kirk war verblüfft. Die vollautomatische Arbeitsweise der *Recovery* hatte ihn von Anfang an bedenklich gestimmt. Er empfand Skepsis gegenüber einem Schiff, das auf sich allein gestellt und ohne menschliche Aufsicht handeln sollte. Insbesondere beunruhigte ihn die Vorstellung, daß ein humanitären Zwecken dienendes Schiff mit Verteidigungswaffen ausgerüstet sein sollte – was ihm so falsch vorkam wie ein Rotkreuz-Schiff des zwanzigsten Jahrhunderts, das man mit Kanonen bestückt hatte –, und genau diesen Einwand hatte er auch vorgebracht. Sein Bericht hatte eine Unmenge von Was-wäre-wenn-Fragen aufgeworfen, die sich alle aus seinen ausgiebigen Erfahrungen mit Computern, die keine lenkende Hand benötigten, ergeben hatten. »Was ist, wenn etwas schiefgeht?«

»Shulman wird dort sein, darauf vorbereitet, jederzeit einzugreifen. Sarek hält die ganze Zeit über Verbindung, sowohl zu unseren Nachbarn wie auch ...«

»Seit wann sind Klingonen, Romulaner und Tholianer eigentlich zu *Nachbarn* befördert worden?« wollte Kirk wissen. »Soweit mir bekannt ist, sind das *Feinde*, die nichts anderes im Sinn haben, als uns zu überrennen oder zu vernichten.«

»Genau deshalb ist diese Geste des guten Willens so bedeutsam. Zum erstenmal haben sich diese vier Gruppen, von denen jede mit allen anderen verfeindet ist, bereit erklärt, an einem friedlichen Unternehmen teilzunehmen. Unser Vorhaben könnte zu einem Wendepunkt in der Geschichte der Föderation werden, Jim.«

Kirk schluckte mühsam eine ganze Reihe von Einwänden herunter und wiederholte schließlich seine Frage: »Was ist, wenn etwas schiefgeht?«

»Aus diesem Grund müssen Sie dort sein«, erklärte Nogura. »Shulman wird zu beschäftigt sein, Sarek zu weit ab vom Schuß, um praktikable Lösungen vorzuschlagen. Damit bleiben nur Sie übrig. Wenn etwas schiefgeht, möchte ich Sie dort wissen, Jim. Der einzige Mann, der, was immer auch geschieht, niemals vergißt, wo er sich befindet, was draußen vor sich geht, und der vor allem weiß, *wer seine Feinde sind.*«

Kirk überdachte das Gesagte einen Moment, obwohl ihm klar war, daß er diese Ansprache schon des öfteren vernommen hatte. »Admiral – lassen Sie mich offen sprechen.« Er zwang sich, so gelassen und kontrolliert zu klingen wie Spock in einer vergleichbaren Situation. »Ich bin heute morgen hergekommen, um Sie an Ihr ursprüngliches Versprechen zu erinnern: daß ich als eine Art Feuerwehr eingesetzt werden sollte. Nur wegen dieses Versprechens habe ich die Beförderung zum Admiral akzeptiert. Ehrlich gesagt, Sir, Sie haben Ihr Versprechen nicht gehalten. Wenn Sie das auch weiterhin nicht beabsichtigen, dann sagen Sie das bitte – denn in diesem Fall werde ich den Rücktritt einreichen.«

Noch bevor er das letzte Wort ausgesprochen hatte, entgegnete Nogura: »Aber genau das biete ich Ihnen doch an, Admiral; einen Einsatz als Spezialist für Notfälle.«

»Ist das so, Sir? Für mich klingt das eher so, als sollte ich zusammen mit den anderen Beobachtern Däumchen drehen. Bei allem schuldigen Respekt: Bitte keine weiteren Ausflüchte mehr, Admiral.«

Für geraume Zeit herrschte Stille im Raum. Nogura wandte sich dem Fenster zu und betrachtete die unter den dunklen, rasch dahinziehenden Wolken liegende Golden Gate Bridge.

»Ich weiß, daß Sie nicht glücklich sind, Jim«, sagte er schließlich, »und das tut mir leid. Ich kann Ihnen gar nicht sagen, wie wichtig das war, was Sie hier für mich getan haben. Machen Sie diese Simulation mit, und danach unterhalten wir uns noch einmal. Wenn alles gut läuft, schulde ich Ihnen etwas.«

Nun, das war etwas, das Jim bisher noch nie zu hören gekriegt hatte. Ein Gedanke durchzuckte ihn: Wenn er zurückkam, würde die Überholung der *Enterprise* abgeschlossen sein. Vielleicht könnte er ja den zweiten Jungfernflug des Schiffes übernehmen.

»Sie schulden mir etwas«, wiederholte Kirk und blickte direkt in Noguras dunkle Augen. Als der ältere Mann keine Anstalten machte, dieser Feststellung zu widersprechen, gab er nach. »Also schön, Admiral. Ich packe meine Galauniform ein. Und ich werde Sie an dieses Gespräch erinnern.«

Nogura nickte, und Kirk stellte überrascht fest, daß der Admiral tatsächlich erleichtert wirkte. »Nehmen Sie Riley mit. Er braucht ein paar neue Erfahrungen. Schließlich kann er nicht sein Leben lang Ihr Kindermädchen spielen, auch wenn Ihnen das gefallen würde. Davon abgesehen gehört er zur ursprünglichen Besatzung der *Enterprise*. Ich erwarte, daß es mit seiner Karriere aufwärts geht, genau wie bei allen anderen.«

Kirk nickte, doch als er das Büro des Admirals verließ, versuchte er vergeblich, einen verräterischen Gedanken zu unterdrücken: *Wie bei allen anderen ... nur nicht bei ihrem Captain.*

Myron Shulman saß an seinem Computer und wischte sich den Schweiß von der Stirn. Er war müde – im Grunde viel zu müde, um diese Programmierarbeit zu beenden. Aber es mußte getan werden. Alles mußte seine Richtigkeit haben. Während der letzten Simulation hatte es eine leichte Reaktionsverzögerung gegeben. Darüber war er nicht glücklich, ganz und gar nicht glücklich.

Er blinzelte und versuchte, sich auf das Programm

zu konzentrieren, obwohl die Symbole, Abkürzungen und Sonderzeichen vor seinen Augen verschwammen. Um welches Problem ging es doch gleich? Für einen Moment konnte sich der schlanke, hochgewachsene braunäugige Mann nicht mehr daran erinnern.

Er hatte so lange und so hart an diesem Projekt gearbeitet. Aber das war schon in Ordnung. Er war Marathonläufer und daran gewöhnt, lange Wege zurückzulegen. Myron fuhr sich mit der Hand durch das lange, schwarzgelockte Haar. Das Programm war so wichtig. So wichtig. Warum konnte er sich nicht konzentrieren?

Er blinzelte und starrte wieder auf den Schirm, wo sich das Programm verschob und veränderte, bis es sich zu einem dreidimensionalen Bild rekonfigurierte. Jetzt konnte er das Problem erkennen. Dort war es, in den Sicherheitsmargen. Er manipulierte die Bilder, veränderte die Ränder, zwang sie in neue Formen. Sie mußte sich selbst beschützen, die *Recovery*. Kirk verstand das nicht; er war paranoid, und das durchaus zurecht, nach seinen Erfahrungen mit dem Daystrom-Computer.

Aber Daystrom war zu sehr mit seiner Maschine verbunden gewesen, hatte zuviel von sich selbst eingebracht. Für Myron war die *Recovery* nicht mehr als ein überdimensionales Rettungsfahrzeug. Und sie gehörte auch nicht ihm, sie gehörte jedem im Universum, jedem, der ihre Dienste benötigte. Sie würde ein echtes Rettungsschiff sein, ausgerüstet, um mit allem fertig zu werden.

Sofern er die Programmierung richtig hinbekam.

Nein, nicht richtig. *Perfekt.*

Sie mußte fähig sein, sich selbst zu verteidigen, sich und all die Leute, die sie in ihren höhlenartigen Innenräumen unterbrachte. Sobald sie sich einmal an Bord der *Recovery* befanden, mußten die Menschen davon überzeugt sein, daß sie hier absolut und ohne jeden Zweifel sicher waren.

Sicher.

Myron veränderte das Programm, ohne sich eine Pause zu gönnen, bis es vollständig überarbeitet war und seine neue, weiterentwickelte Form angenommen hatte.

»Jetzt«, murmelte er, »jetzt wird sie sicher sein. Kirk wird es schon sehen. Er wird es sehen und verstehen. Jetzt wird sie ihre Mündel schützen...«

Während Shulman zwischen schwankenden Stapeln von Kassetten arbeitete, nahmen seine Programmcodes immer kompliziertere Muster an – Muster, die auf einer Sprache basierten, die Shulman niemals gelernt hatte, und die auf einer Matrix aufbauten, die er nicht verstand. Doch er arbeitete weiter – um es Kirk zu zeigen, um den Erfolg der *Recovery* sicherzustellen... und zu Ehren der Heiligen Triade.

1

Willkommen an Bord, Dr. McCoy!« Dr. Angelina Mola empfing ihren zivilen Kollegen mit großer Herzlichkeit.

»Nun… äh… danke, Ma'am«, erwiderte Leonard, während er das mächtige Rettungsschiff *Recovery* betrat. Es war das erstemal seit achtzehn Monaten, daß er sich in einem größeren Schiff als einem Zehn-Personen-Shuttle aufhielt, und das Gefühl dabei war ziemlich überwältigend. »Ich betrachte diese Einladung als besondere Ehre.«

»Die Ehre liegt ganz auf unserer Seite, Doktor«, erklärte die stattliche, achtzigjährige Matrone mit einem leichten spanischen Akzent. Sie war einen Kopf größer als McCoy und stand so aufrecht und gerade wie ein Baum.

Wie eine Eiche, dachte Pille bewundernd.

Die dunkelhäutige, schwarzäugige Frau kam ihm mit dem kurzgeschnittenen, wie eine Kappe anliegenden, von silbernen Fäden durchzogenen schwarzen Haar, der strengen, straff sitzenden Uniform und den schmucklosen Arbeitsschuhen wie der Inbegriff von Professionalität vor. Kein Haar am falschen Platz, keine schiefsitzende Naht, das war Dr. Mola. Sie unterschied sich in nichts von der strengen, geschäftsmäßigen Professorin, die McCoy zum erstenmal mit der Idee, sich Starfleet anzuschließen, konfrontiert hatte, als er, damals noch ein Student im Grundstudium, ihren Kurs ›Medizin auf Messers Schneide –

Praktizieren im All‹ belegt hatte. *Das muß an die hundert Jahre her sein,* überlegte er sarkastisch. Doch trotz ihres perfektionistischen Äußeren klang ihre Stimme voller Wärme.

»Ich hätte Sie fast nicht wiedererkannt, Leonard«, sagte Mola in einem Ton, in dem eine Art liebevoller Mißbilligung mitschwang.

»Ah«, brummte McCoy grinsend und strich sich über den Bart, der die untere Hälfte seines Gesichts verdeckte. Er war schneller und auch dichter gewachsen, als er erwartet hatte, ein Umstand, der ihn mit Stolz erfüllte. Nur konnte er sich nicht so recht an die silbernen Haare darin gewöhnen, die langsam die schwarzen an Zahl übertrafen. »Nun, das gehörte zu den Dingen, die ich unbedingt ausprobieren mußte, nachdem ich jetzt Zivilist bin.«

Mola zog eine schmale Augenbraue hoch, gab aber keinen weiteren Kommentar dazu ab. Während sie nebeneinander durch die leicht geschwungenen Korridore gingen, sagte sie: »Die Vorschläge, die Sie Dr. Shulman in Bezug auf die Einrichtung der Krankenstation und einige weiterentwickelte medizinische Gerätschaften gemacht haben, eröffnen uns praktisch einen ganz neuen Arbeitsbereich. Dank Ihrer Mithilfe, Leonard, verfügt die *Recovery* jetzt über die vollständigste – und automatisierteste – medizinische Einrichtung von Starfleet. Gerettete Personen werden dadurch in die Lage versetzt, Diagnosen zu erstellen und sich gegenseitig zu behandeln, ganz gleich, wie schwer ihre Verletzungen sind, und zwar selbst dann, wenn sich kein Arzt unter ihnen befindet.«

»Na, das ist ja eine erschreckende Vorstellung!« knurrte McCoy und verbarg sein Lächeln unter dem Bart. »Damit werden alte Landärzte wie ich ja glatt aus dem Geschäft gedrängt!«

Mola versetzte ihm einen angedeuteten Rippenstoß.

»Ich glaube nicht, daß man sich deswegen allzu große Sorgen machen müßte, Leonard. Wenn überhaupt jemand in Gefahr ist, aus dem Geschäft gedrängt zu werden, dann die *Recovery* selbst – jedenfalls dann, wenn es nach dem Willen Ihres alten Compañero geht.«

McCoy warf ihr einen Blick zu. »Also wirklich, Angie. Shulman hat Jim nach seiner Meinung gefragt und genau das bekommen, was er haben wollte. Sie können einem Mann nicht vorwerfen, daß er seine Ansicht geäußert hat. Davon abgesehen haben Sie mir selbst gesagt, das Schiff wäre dank seiner Vorschläge erheblich verbessert worden.«

Sie nickte ergeben. »Ja, Sie haben recht. Das Schiff ist dank Kirks und *Ihrer* Vorschläge verbessert worden. Hier, sehen Sie sich das mal an, Leonard.« Sie blieb neben einem Wandpaneel stehen, in das ein Computerschirm eingelassen war. »Computer, wo sind wir?«

Ein Plan des Schiffes leuchtete plötzlich auf dem Schirm auf. Der riesige, elliptisch geformte Raumer wurde zunächst in der Aufsicht dargestellt; dann drehte sich das Bild, um dem Betrachter einen Sektorenausschnitt zu zeigen.

»Sie befinden sich auf Deck fünfundsiebzig, im zentralen Kern«, sagte eine weibliche Computerstimme, während gleichzeitig eine rote Standortmarkierung auf dem Plan erschien. »Sie sind siebzig Meter vom Eingang zur primären Krankenstation entfernt.« Ein blaues Blinklicht zeigte den genannten Ort und die Richtung an. »Sie sind acht Meter vom nächstgelegenen Lebensmittel- und Getränkespender entfernt.« Eine grüne Markierung leuchtete an der entsprechenden Stelle auf. »Sie sind zwölf Meter vom nächstgelegenen Toilettenraum entfernt.« McCoy zog eine Augenbraue hoch, als diese Markierung gelb aufschimmerte. »Benötigen Sie irgendwelche Dienste?«

»Im Moment nicht, Computer«, sagte Dr. Mola, worauf der Schirm wieder erlosch.

»Nette Version eines ›Sie befinden sich hier‹-Zeichens, Angie«, spottete McCoy.

»Es steckt noch mehr dahinter«, meinte Dr. Mola. »Wenn jemand einen dieser Schirme erreicht, dann aber ohnmächtig wird und nicht mehr um Hilfe rufen kann, beamt der Computer das Opfer automatisch in ein freies Bett in der Krankenstation und beginnt mit der Diagnose.« Sie interpretierte McCoys fragenden Gesichtsausdruck richtig und fuhr fort: »Und ja, der Computer kann eindeutig zwischen Bewußtlosigkeit und normalem Schlaf unterscheiden.«

»Aber ... Beamen innerhalb des Schiffes! Das ist ungeheuer gefährlich ...«

Ihre Lippen verzogen sich zu einem leisen Lächeln. »Nicht an Bord der *Recovery*. Shulman hat die Transporter perfektioniert; sie arbeiten punktgenau und verfügen über diverse Sicherheitsvorkehrungen. Seine Weiterentwicklungen werden die Weltraumfahrt revolutionieren.«

»Ja? Na schön, dann soll aber jemand anderer sie ausprobieren. Diese Dinger jagen mir auch so schon genug Angst ein, da will ich nicht auch noch befürchten müssen, in einer Wand zu materialisieren.«

»Sie sind unzählige Male getestet worden, Leonard – tatsächlich sehr viel öfter als jedes andere System auf dem Schiff. Ich selbst habe sie auch benutzt, und zwar ohne die geringsten Bedenken.« Mola ignorierte McCoys ungläubigen Blick und deutete auf den jetzt wieder dunklen Wandbildschirm. »Diese Schirme befinden sich überall auf dem ganzen Schiff, jeweils in dreißig Metern Abstand. *Jeder* an Bord hat darauf Zugriff. Ich glaube, eines Tages werden derartige Terminals überall innerhalb der Flotte zum Standard gehören. Sie werden den Leuten erklären, wo sie sich befinden, ihre Fragen beantworten, ihnen zeigen, wie sie zu ihrem Quartier kommen oder von den Replikatoren Nahrung und andere Dinge bekommen können. Dieser Computer hier kann den Leuten an Bord sogar erklären, wie bestimmte Reparaturen durchzuführen sind, sollten sich innerhalb des Schiffes Probleme ergeben. Außerdem schlägt er verschiedene Bergungsmethoden vor und entwickelt darüber hinaus Verteidigungspläne, sofern das Schiff angegriffen wird. Sobald sich die Geretteten erst einmal an Bord der *Recovery* befinden, erhalten sie somit die Möglichkeit, mit allem fertig zu werden, was immer auch geschehen mag.«

»Wenn Sie es sagen«, meinte der Doktor höflich.

»Sie klingen skeptisch.« Mola zog eine ihrer pechschwarzen Augenbrauen hoch.

»Nun, ich habe schon mehr als eine dieser ›Wir haben die Antwort auf all Ihre Probleme‹-Maschinen gesehen«, erklärte McCoy. »Nach meiner Erfahrung sieht die Realität dann aber in den seltensten Fällen auch nur annähernd so beeindruckend aus wie die Wunschvorstellung.«

»Genau deshalb gibt es ja Tests und Simulationen, *mi amigo*. Und darum habe ich auch darauf bestanden, Sie als hochgeehrten zivilen Beobachter dabeizuhaben. Ich weiß, daß ich Sie vom Wert der *Recovery* überzeugen kann, wenn Sie das Schiff in Aktion sehen. Und wenn ich Sie überzeugen kann, dann kann ich jeden überzeugen. Sogar Kirk.«

»Tja, nun, mich zu überzeugen, ist eine Sache. Aber den *Admiral* ...« In McCoys Stimme schwang sowohl Stolz wie auch eine gewisse Verärgerung mit. Die Erwähnung von Jims Namen löste bei ihm Heimweh nach dem alten Freund und der *Enterprise* aus. Während der letzten anderthalb Jahre hatte sich der Doktor in Forschungen über die Fabrini und deren medizinische Expertisen ferner Planeten vergraben. Daß er sich jetzt wieder auf einem großen Schiff befand, weckte Erinnerungen an ein anderes Schiff, eine andere Zeit…

»Ich meine, für ihn ist das nur ein weiterer Bericht, der über seinen Schreibtisch geht. Es ist ja nicht so, als würde er die Arbeitsweise des Schiffes tatsächlich *sehen.*«

Mola lächelte, als hätte sie diesen Einwand vorausgeahnt. »Oh, das wird er aber. Nogura schickt ihn her. Der Druck auf die Admiralität war zu groß; Kirk mußte kommen.«

McCoy runzelte die Stirn. »Zu einer *Simulation*? Das scheint kaum wichtig genug, um …«

Mola schaute sich um, als wolle sie sich vergewissern, daß niemand mithörte. »Nein, nicht nur wegen der Simulation. Die *Recovery* hat die üblichen Tests bereits hinter sich. Das hier … ist etwas anderes. Hier sind auch andere Faktoren involviert.«

McCoy betrachtete sie forschend. Irgend etwas hielt sie zurück.

»*Por favor,* Leonard, verzeihen Sie mir«, sagte sie leise, »aber ich kann Ihnen nicht erzählen, um welche Faktoren es sich handelt. Es fällt mir schwer, Ihnen diese Information zu verweigern, aber … immerhin sind Sie jetzt Zivilist.«

Zu ihrer Überraschung reagierte McCoy darauf mit einem Grinsen. »Oh, entschuldigen Sie sich bitte nicht, meine Liebe. Ich bin schließlich nur ein einfacher, alter Raumfahrer im Ruhestand, und sehr froh darüber. Meinen Anteil an geheimen Informationen habe ich gehabt, als ich noch eine Uniform trug. Behalten Sie Ihre dunklen, beunruhigenden Geheimnisse ruhig für sich. Heutzutage schlafe ich nachts weitaus besser als jemals, während ich noch zur Flotte gehörte.«

»Vielen Dank für Ihr Verständnis«, meinte Dr. Mola. »Aber Sie waren ja schon immer der perfekte *caballero.*«

McCoy vermied, sie anzusehen, während er so beiläufig wie möglich fragte: »Dann kommt Jim also her, um sich die Show anzusehen, hm?«

»Ja. Wir werden natürlich vor ihm da sein. Ich bin sicher, uns bleibt etwas freie Zeit, bevor die Evakuierung tatsächlich beginnt. Gewisse ... Dinge, die zum Szenario gehören, müssen vorher noch in die Wege geleitet werden. Ich kann ihn gerne anrufen und ihn wissen lassen, daß Sie hier sind.«

»Nein!« sagte McCoy etwas zu rasch. »Wir ... haben uns nicht mehr gesehen, seit wir die *Enterprise* verlassen haben. Wenn Jim jetzt zur *Recovery* herüberbeamt, dann haben wir hier im Handumdrehen ein Veteranentreffen. Von uns beiden wird erwartet, daß wir Berichte über den Test schreiben. Wenn die Leute uns zusammen sehen und unsere Berichte in wesentlichen Punkten übereinstimmen ...« Er führte den Satz nicht zu Ende; Mola würde die Gefahr auch so erkennen. Tatsache war allerdings, daß ihn der Gedanke an ein Treffen mit Jim nervös machte. Er war sich gar nicht so sicher, ob sein alter Freund ihn überhaupt sehen wollte. Vielleicht nicht, nachdem McCoy in Noguras Büro geplatzt war und dem Admiral vorgeworfen hatte, Jim die Beförderung praktisch aufgezwungen zu haben. Erreicht hatte er damit freilich nichts. Nogura hatte über McCoys Kopf hinweg gehandelt, seine Empfehlung, Kirk sein altes Kommando behalten zu lassen, ignoriert und Jim die Treppe hinaufgestoßen.

Er überlegte flüchtig, ob Jim wohl glücklich sein mochte, richtete seine Aufmerksamkeit dann aber wieder auf Dr. Mola.

»... könnte dies den Test in ein falsches Licht rükken«, nickte die Ärztin. »Sie haben vollkommen recht. Wir dürfen nicht einmal den Anschein einer Interessenskollision erwecken. Das ist sehr anständig von Ihnen, Leonard. Sie hätten Ihren Freund gewiß gern gesehen. Ich werde dafür Sorge tragen, daß Ihr Name nicht erwähnt wird. Allerdings wird er nach dem Test zweifellos eine Führung durch das Schiff wünschen...«

»Es ist ein großes Schiff, Angie. Ich werde es schon schaffen, ihm aus dem Weg zu gehen.«

Sie warf ihm einen merkwürdigen Blick zu, doch bevor sie einen Kommentar abgeben konnte, kam ein großgewachsener, asketisch schlanker Mann auf sie zu. Dr. Molas Gesicht leuchtete auf. »Dr. Shulman! Sind wir bereit zum Abflug nach Zotos Vier?«

»Ja, Dr. Mola«, erwiderte der Mann mit leiser, sanft klingender Stimme. »Wir starten innerhalb der nächsten zehn Minuten. Ich werde die Computermeldungen von meinem Quartier aus überwachen. Haben Sie die Gästeliste überprüft? Sind alle an Bord und startklar?«

McCoy betrachtete den Mann mit professionellem Interesse. Seine Haut war olivfarben, doch darunter lag ein Anflug von Röte, als hätte er etwas Fieber. Auf seiner Stirn war eine hauchdünne Schweißschicht zu erkennen. *Nun,* dachte der Doktor, *immerhin ist dieses Schiff sein Lebenswerk. Er wäre kein Mensch, wenn ihn diese Reise nicht in höchste Anspannung versetzte.*

»Selbstverständlich, Dr. Shulman«, versicherte Angelina. »Alle vierundsechzig geladenen Gäste befinden sich an Bord. Die planetaren Delegationen der FDRA sind vor einer Stunde eingetroffen, und Dr. McCoy, unser ziviler Beobachter, hat den Abschluß gemacht.«

»Ausgezeichnet«, murmelte Shulman. »Dann werde ich jetzt sofort das Programm starten, das uns von hier fortbringt. Guten Abend, meine Dame, mein Herr.«

Der hochgewachsene Mann hatte es so eilig, daß er beinahe lief. McCoy starrte unwillkürlich hinter ihm her.

»Betrachten Sie Myron mit Nachsicht«, meinte Angelina. »Seit er gehört hat, daß Kirk dabeisein wird, ist er nur noch ein Nervenbündel. Aber wenn das Schiff erst einmal auf dem Weg ist, wird er sich schon wieder beruhigen.«

»Ja, sicher«, brummte McCoy geistesabwesend. »Habe ich nicht irgendwo gelesen, daß Shulman Langstreckenläufer ist?«

»Das stimmt. Hat vor fünf Jahren bei der Föderations-Olympiade Bronze geholt.«

McCoy nickte und wandte sich wieder seiner Begleiterin zu. »Das erklärt alles. Diese Marathonläufer kommen mir immer so überdreht wie Windhunde vor.«

Dr. Mola lachte. »Wenn ich bedenke, wie lethargisch Sie sich normalerweise verhalten, wundert mich Ihre Reaktion nicht.« Sie blieben vor einer Doppeltür stehen, neben der an der Wand ein medizinisches Symbol prangte. Als sich die Türen zischend öffneten, bedeutete sie ihm hineinzugehen. »Ah, hier sind wir endlich in der Krankenstation. Ich kann es kaum erwarten, Ihnen meine Lieblingsspielsachen vorzuführen.«

Mit einem knappen Nicken entließ Sarek seine weiß gekleidete Führerin, eine junge Vulkanierin, die den Blick gesenkt hielt, und trat auf den Balkon hinaus, von dem aus man bis zum fernen Horizont schauen konnte. Im Osten bohrte sich der Mount Seleya schwarz, zerklüftet und undurchdringlich in den dunkelroten Himmel. Die letzten Strahlen des flammenden Sonnenuntergangs waren verblichen, und schon kühlte sich die dünne Luft ab; innerhalb weniger Minuten würde die Temperatur um dreißig bis vierzig Grad sinken und die glühende Wüste in eine kalte Ödnis verwandeln. Sarek hatte seine Reise absichtlich auf diese Zeit gelegt, um die Ebene von Gol nicht während der größten Hitze überqueren zu müssen.

Für einen Moment stand er reglos da und betrachtete die Berge, während eine leichte Brise sein silbernes Haar aus der Stirn wehte.

Ringsum herrschte Stille. Selbst die junge Postulantin, die ihn zu dem Balkon geführt hatte, war lautlos über die schwarzen Stufen geglitten, wodurch Sarek das Echo, das die Absätze seiner Stiefel auf dem Stein hervorriefen, besonders intensiv bewußt wurde. Der vor Jahrtausenden aus dem dunklen Berg herausgehauene Unterschlupf beherbergte ein paar hundert Studenten des *Kolinahr*, des Weges der Emotionslosigkeit, doch außer der Studentin, die ihn an dem großen steinernen Torbogen in Empfang genommen hatte, hatte Sarek niemanden gesehen, und in der tiefen Stille auf dem Balkon fiel die Vorstellung leicht, er sei ganz allein in der Einöde.

Für Sarek stellte dieser Ort die Quintessenz des Planeten Vulkan dar. Der Unterschlupf bei der Ebene von Gol hatte sogar schon vor Suraks friedlicher Revolution existiert, als die Adepten des *Kolinahr* noch die vielgefürchteten Meister der Kunst der Bewußtseinskontrolle waren: die Gedankenlords, die durch Terror und Manipulation herrschten. Nach Surak hatten die Adepten ihre Kräfte nach innen gerichtet und sich bemüht, ihre eigenen Emotionen zu beherrschen.

Heutzutage begegnete man den Adepten mit Ehrerbietung, und vulkanische Familien waren insgeheim stolz, wenn sie einen Studenten des *Kolinahr* zu ihren Mitgliedern zählen konnten.

Doch hier, an diesem stillen, geheiligten Platz, stellte Sarek fest, daß es nicht etwa Stolz war, den er zu unterdrücken versuchte (obwohl er durchaus bei dem Gedanken, daß sein Sohn sich für ein so vollkommen vulkanisches Leben entschieden hatte, einen Anflug dieses Gefühls verspürte), sondern Besorgnis.

Vor mehr als einem terranischen Standardjahr, als James Kirk zum Admiral befördert worden war und das Kommando über die *Enterprise* niedergelegt hatte, hatte Spock den Dienst bei Starfleet quittiert und war nach Vulkan zurückgekehrt, um eine Stelle als Dozent an der Wissenschaftsakademie zu übernehmen. Sarek war darüber erfreut gewesen, insbesondere als Spock seine Verlobung mit T'Sura, einer hochangesehenen vulkanischen Wissenschaftlerin, bekanntgab. Sarek war überzeugt, daß sich sein Sohn nun endlich bei seinem eigenen Volk wohl fühlen würde.

Und dann hatte Spock zwei menschliche Freunde zu einem Besuch nach Gol mitgenommen. Dergleichen war nicht ungewöhnlich; die *Kolinahru* hießen Besucher willkommen, die einen ruhigen Zufluchtsort suchten. Doch einer dieser Freunde, Dr. Leonard McCoy, war unter bizarren Umständen entführt worden, und die andere, Keridwen Llewellyn, begleitete Spock und T'Sai, den Hohenmeister des *Kolinahr*, auf der Rettungsaktion und fand dabei den Tod.

Sarek kannte nur wenige der Einzelheiten; Spock zeigte sich in diesem Punkt ausgesprochen verschlossen. Doch als er von der Rettungsmission zurückkehrte, sagte er die Hochzeit mit T'Sura ab und zog sich nach Gol zurück.

Zuerst hatte Sarek angenommen, Spocks plötzliches Interesse am *Kolinahr* gehe auf jenen kurzen Besuch bei den Studenten und das nachfolgende Unternehmen mit dem Hohenmeister zurück. Doch Amanda, Spocks Mutter, beharrte darauf, die Entscheidung ihres Sohnes müsse in irgendeinem Zusammenhang mit dem Tod der Menschenfrau stehen. Und nun fragte sich Sarek, ob die nur allzumenschlichen Instinkte seiner Frau nicht doch recht hatten.

Er hatte die bevorstehende Konfrontation fast ein Jahr lang vor sich hergeschoben, bis sie schließlich aufgrund seiner wachsenden Überzeugung, *Kolinahr* sei der falsche Weg für Spock, unvermeidbar geworden war. Vor vielen Jahren hätte er Spocks Entscheidung vielleicht begrüßt – so, wie er den Entschluß seines Sohnes, sich Starfleet anzuschließen und unter Menschen zu leben, abgelehnt hatte. Doch mit der Zeit hatte er sich gezwungen gesehen, seine ursprüngliche Einschätzung zu ändern; immerhin war Spock zur Hälfte menschlich, und diese Tatsache zu leugnen hieße zugleich, Spock selbst und das Erbteil seiner Mutter zu leugnen.

Doch das *Kolinahr* würde von Spock verlangen, genau diesen Teil seiner selbst abzulehnen.

Trotzdem war Sarek bis zu diesem Moment, als er hier in der kühlen, den Geruch der Wüste mit sich tragenden Brise stand, nicht klar geworden, wie sehr er die ganze Idee ablehnte. Und im gleichen Augenblick wurde ihm auch klar, was er zu tun hatte – auch wenn es ihm nicht gefiel.

Er drehte sich um, als er das leise Geräusch von Schritten auf dem Stein wahrnahm, und sah sich seinem Sohn gegenüber.

»Vater«, sagte Spock in perfekt neutralem Ton, während er die Kapuze seiner weißen Postulantenrobe zurückschob.

Unwillkürlich mußte Sarek an eine zwanzig Jahre zurückliegende Begegnung denken, als er und sein Sohn völlig gegensätzlicher Ansicht über Spocks Entscheidung waren, sich Starfleet anzuschließen.

Doch dieser Spock hatte nur wenig Ähnlichkeit mit dem vor zwanzig Jahren. Dieser Spock war kein dickköpfiger, leidenschaftlicher Junge, sondern ein hagerer, ernster Adept des *Kolinahr*. Dank einer spartanischen Diät war er abgemagert, so daß die scharfen Linien seines Gesichts noch stärker hervortraten, und in dem schwächer werdenden Licht sammelten sich Schatten in den Höhlungen unter seinen Wangenknochen. Das schwarze, glatte Haar fiel bis auf die Schultern herab – genau wie bei seiner Mutter, dachte Sarek. Die Spitzen wiesen einen leicht rötlichen Schimmer auf, der von derselben, gnadenlos herabbrennenden Sonne stammte, die auch seine Haut gebräunt hatte. Die früher kurzgeschnittenen Haare am Stirnansatz trug er jetzt ebenfalls länger und zur Seite gebürstet.

Und unter den geschwungenen Brauen waren Augen zu sehen, die statt der früheren Sanftheit nun eine unergründliche, verstörende Kälte zeigten.

Die gleiche Kühle vernahm Sarek auch in der leisen Stimme seines Sohnes.

»Du bist gekommen, um Abschied zu nehmen?«

Im Zusammenhang mit Gol hatte diese Frage eine tiefere Bedeutung. Vor dem großen Ritual, bei dem der Geist des Studenten mit dem des Hohenmeisters verschmolz und alle Emotionen ausgelöscht wurden, legte man dem Postulanten nahe, seine emotionalen Bindungen an Familie und Freunde abzulegen. Am leichtesten wurde das durch eine Bewußtseinsberührung erreicht. Geteilte Erinnerungen wurden bestätigt, alle Verbindungen und Verpflichtungen gelöst.

Amanda hatte bereits widerstrebend eingewilligt und vor mehreren Monaten Abschied genommen – allerdings nicht, ohne ihrem Mann, wenn schon nicht ihrem Sohn, ihre Mißbilligung deutlich zu machen. Und nun war Sarek an der Reihe, denn Spock würde sich in wenigen Wochen dem Ritual unterziehen. Sarek wußte das, allerdings nicht, weil er mit seinem Sohn in Kontakt gestanden hätte – Gol erlaubte keinerlei Kommunikation mit der Außenwelt –, sondern weil das

Ritual traditionellerweise nach einem Jahr der Studien und der Vorbereitung durchgeführt wurde. Und Spocks Jahr war fast vorüber.

Sarek holte tief Luft und erwiderte: »Nein, ich bin gekommen, um dir zu erklären, warum ich es nicht tun will.«

Spock sagte nichts darauf, sondern verharrte in absoluter Reglosigkeit und wartete auf die angekündigte Erklärung; seine Muskeln spannten sich nicht, sein Atem ging nicht schneller. Allerdings blinzelte er einmal.

»Ich kann deine Entscheidung nicht gutheißen«, fuhr Sarek fort. »Und anders als deine Mutter kann ich nicht an etwas mitwirken, das ich nicht gutheiße.« Er hielt inne und suchte nach den richtigen Worten, während Spock weiterhin so still und reglos verharrte wie der schwarze Fels um sie herum. »Du bist zur Hälfte menschlich, Spock. Ich begrüße zwar deine Entscheidung für die vulkanische Lebensweise, aber ich kann keinen Weg billigen, der die völlige Negierung deines menschlichen Erbteils erfordert.«

»Ich kann deiner Logik nicht folgen«, sagte Spock in seinem leisen, leidenschaftslosen Ton. »Starfleet hast du mißbilligt; meine Rückkehr nach Vulkan fand deine Zustimmung, ebenso wie meine Verbindung mit T'Sura. Meiner Einschätzung nach hast du es also vorgezogen, wenn ich mein menschliches Erbteil ›negiere‹, wie du es ausgedrückt hast.«

»Ich ...« Sarek spürte die Erregung in seiner Stimme und zwang sich zu dem gleichen, ruhigen Tonfall wie sein Sohn, »... möchte einfach nicht, daß du einen Teil deines Erbes leugnest, ganz gleich welchen. Das ist ganz einfache Logik. Und es ist auch kein Zufall, daß sowohl deine Mutter wie auch ich deine Entscheidung mißbilligen. Sicher sind auch deine Freunde, Admiral Kirk und Dr. McCoy, der gleichen Ansicht.«

»Das weiß ich nicht.«

Sareks Überraschung zeigte sich nicht in seinem Gesicht. »Sie sind nicht hergekommen, um Abschied von dir zu nehmen?«

»Ich habe sie nicht darum gebeten«, sagte Spock, und Sarek glaubte eine Spur von Verachtung herauszuhören, als sein Sohn fortfuhr: »Immerhin sind es Menschen.«

»Die dir näher stehen als ich oder deine Mutter«, entgegnete Sarek. »Wenn du deine Bindungen an sie nicht löst, wird das Erreichen des wahren *Kolinahr* außerordentlich schwierig, wenn nicht ...«

»Ich habe deine Ansicht zur Kenntnis genommen«, unterbrach ihn Spock mit einer Härte, die Sarek veranlaßte, augenblicklich zu verstummen. »Aber wie auch immer ...« Jetzt klang Spocks Stimme wieder ruhig. »... ich bin entschlossen, das *Kolinahr* zu erreichen. Mit oder ohne deine Hilfe.«

Sarek lauschte einen Moment auf das ferne Zwitschern eines Vogels. Er drehte den Kopf in Richtung des Tons, fort von seinem Sohn, und spürte die jetzt kalte, abendliche Brise auf seinen Wangen. Schließlich wandte er sich wieder Spock zu. »Dann ist eine weitere Diskussion überflüssig.«

»Dem stimme ich zu.« Spock hob die Hand und trennte Mittel- und Ringfinger zu einem V. »Glück und langes Leben, Sarek.«

Und mit diesen Worten verkündete er, daß sie nicht länger Vater und Sohn waren, sondern nur noch Sarek und Spock; obgleich Sarek nicht zugestimmt hatte, Abschied zu nehmen, erklärte Spock, daß die Verbindung, zumindest von seiner Warte aus, formell beendet war.

Sarek hob die eigene Hand zum Gruß. »Glück und langes Leben, Spock.« Für ein paar Sekunden, nicht länger, betrachtete er seinen früheren Sohn, den er, der Tradition des *Kolinahr* zufolge, nicht wiedersehen würde. Die hereinbrechende Dunkelheit veränderte Spocks Züge; die Haut wirkte jetzt silbergrau, Augen, Brauen und Haare verschmolzen mit dem schwarzen Stein hinter ihm, so wie die schwarzen Berge am Horizont in der beginnenden Nacht verschwanden.

Dann drehte sich Spock um und verschwand lautlos durch den Torbogen, ein Aufleuchten von Weiß, das von der Dunkelheit verschluckt wurde. Sarek verharrte noch ein paar Sekunden draußen in der Kälte, dann ging auch er, langsam und widerstrebend.

Wieder in seiner Zelle, hockte Spock mit gekreuzten Beinen vor einer altmodischen Öllampe.

Gol war so, wie es immer gewesen war seit der Zeit der vulkanischen Frühgeschichte – frei von jeglichem Komfort. Spocks Kammer bestand, genau wie die aller anderen Bewohner Gols, aus einem einzigen Raum, der einem großgewachsenen Vulkanier gerade genug Platz bot, um sich auszustrecken, ohne mit Kopf oder Füßen die Wände zu berühren. Die Zelle wies weder Zierrat noch Möbel auf, abgesehen von einer kleinen, in den Fels gehauenen Nische, die als Wandschrank diente. Postulanten schliefen und saßen direkt auf dem Boden, aber Spock fand die Unterbringung trotzdem recht passabel. Die Kälte der Nacht wurde durch die Wärme gemildert, die der glitzernde schwarze Fels speicherte, aus dem Boden, Wände und Decke bestanden; gegen Morgen war der Stein abgekühlt und bot Schutz vor der ärgsten Hitze des Tages.

Mittlerweile war es vollständig Nacht geworden. Ohne den Schein naher Städte wirkte der Himmel genauso schwarz wie die Felsen; und nur durch die schimmernden Sterne war es möglich zu sagen, wo das Fenster – ein einfaches, in die Wand geschnittenes Loch – aufhörte und der Himmel begann.

Spock zog eine runde Scheibe aus der Tasche, in deren metallbeschichtete Oberfläche ein esoterisches, geometrisches Muster eingeätzt war. Er legte die Scheibe respektvoll vor die Öllampe und konzentrierte seinen Blick darauf. Das Meditationsmandala hatte einem früheren, inzwischen verstorbenen Adepten gehört, der dem Brauch gefolgt und das Mandala Gol vermacht hatte, damit es von einem anderen Aspiranten verwendet werden konnte, um die Erleuchtung und die Freiheit des *Kolinahr* zu erlangen.

Das genaue Alter des Mandala war nicht bekannt. Es mußte aber zumindest mehrere Jahrhunderte alt sein, denn die ursprünglich rotgoldene Oberfläche hatte sich unter den Berührungen ganzer Generationen von Adepten in einen stumpfen, grünlich-bronzenen Farbton verwandelt.

Spock atmete langsam aus und verharrte so einen Moment, bevor er mit der Meditation zur Erforschung seiner Gedanken begann.

Nach so vielen Monaten in Gol hatte er geglaubt, sich nahezu von allen Emotionen gereinigt zu haben, doch Sareks Besuch hatte eher das Gegenteil bewiesen. Vielleicht war es in der reinen, kontrollierten Atmosphäre von Gol leicht, ein mentales Gleichgewicht aufrechtzuerhalten. Doch Sarek hatte Erinnerungen an das Leben außerhalb mit sich gebracht, und seine Weigerung, von seinem Sohn Abschied zu nehmen, hatte Spock eine andere, ähnlich bittere Begegnung ins Gedächtnis gerufen – die an jenen Tag, als Spock seinem Vater mitteilte, daß er die Absicht hatte, sich Starfleet anzuschließen.

Sarek hatte den Standpunkt vertreten, ein Leben unter Menschen würde Spocks Fähigkeit, seine Emotionen zu kontrollieren, beeinträchtigen.

»Jedesmal, wenn du die Kontrolle verlierst, wird das auf alle Vulkanier zurückfallen …«

Und Spock hatte hitzig erwidert: *»Ich frage mich, wie meine Mutter reagieren würde, wenn sie wüßte, daß du mich davor warnst, mich von ihrer Spezies kontaminieren zu lassen.«*

Doch Sarek war mit Argumenten nicht beizukommen; er hatte Spock zum *vrekasht*, zum Ausgestoßenen, der nicht länger sein Sohn war, erklärt.

Spock kam nicht umhin, bemerkenswerte Parallelen zwischen der Begegnung an diesem Abend und jener vor zwanzig Jahren zu ziehen. Nur war diesmal er derjenige, der bereit war, die Beziehung zwischen Vater und Sohn zu trennen, während nun Sarek den Standpunkt vertrat, Spock solle sein menschliches Erbe nicht verleugnen.

Wäre es möglich, überlegte Spock und starrte dabei das Mandala an, als suche er dort nach einer Antwort, *daß mein Bestreben,* Kolinahr *zu erreichen, dem Wunsch entspringt, meinem Vater zu gefallen?*

Vor einem Jahr hätte er einen derart peinlichen, verstörenden Gedanken vermutlich verdrängt. Doch das *Kolinahr* forderte extreme Introspektion, extreme Selbstehrlichkeit. Ungeprüfte Emotionen und Erinnerungen konnten nicht geläutert werden.

Trotzdem wußte er, daß er sich dem *Kolinahr* aus einem anderen Grund zugewandt hatte: weil er, genau wie sein Vater ihn zwanzig Jahre zuvor gewarnt hatte, die Kontrolle verloren – und den Tod einer unschuldigen Frau verursacht hatte.

Oder zumindest hatte er das zu jenem Zeitpunkt geglaubt. Heute, nach Monaten intensiver Kontemplation, hatte er begriffen, daß sie auch ohne sein Versagen sehr wahrscheinlich gestorben wäre; genaugenommen hätten sowohl er selbst als auch Dr. McCoy und der Hohemeister T'Sai sterben können, selbst wenn ihm keine emotionale Entgleisung unterlaufen wäre. Es war unmöglich, solche Dinge zu wissen, und Schuldgefühle waren unlogisch und unproduktiv. Nach einem harten, inneren Kampf hatte er sie schließlich überwunden.

Und nun mußte er den frischen Ärger über Sarek verarbeiten, der sich geweigert hatte, ihm dabei zu helfen, sich von allen Emotionen zu befreien, die mit der Erinnerung an jenen Tag verbunden waren, an dem sein Vater ihn zum *vrekasht* erklärt hatte. Dieser Ärger würde nicht leicht zu überwinden sein, denn der Konflikt mit seinem Vater war eines der schmerzhaftesten Geschehnisse seines Lebens gewesen.

Darüber hinaus mußte er auch noch den nagenden Zweifel überwinden, den Sarek ausgelöst hatte, als er sagte: *Wenn du deine Bindungen an deine Freunde nicht löst, wird das Erreichen des wahren* Kolinahr *außerordentlich schwierig ...*

Spock hatte seit vielen Monaten nicht mehr an Jim Kirk und Leonard McCoy gedacht. Er hatte nicht den Eindruck gehabt, es gäbe viele Probleme zu lösen, die seine früheren Schiffskameraden betrafen. Sicher, er war sich in gewisser Weise betrogen vorgekommen, als Kirk seine Entscheidung, das Kommando über die *Enterprise* aufzugeben und sich zur Admiralität versetzen zu lassen, verkündet hatte; doch diese Emotion hatte Spock schon vor geraumer Zeit überwunden. Statt dessen hatte er sich darauf konzentriert, sich von den emotionalen Fesseln an seine Familie zu befreien, und vor allem auch von dem Gefühl der Unsicherheit, soweit es seine Identität als Vulkanier betraf.

Trotzdem (auch wenn es schwierig war, das zuzugeben, wie Spock mit einer gewissen Selbstironie feststellte) hatte Sarek mit seiner Behauptung recht gehabt, Spock hätte James Kirk und Dr. McCoy nähergestanden als den eigenen Eltern. Vielleicht wäre es am klügsten, die Ansicht seines Vaters genauer zu untersuchen.

Spock schloß die Augen und rief sich die Bilder seiner Freunde ins Gedächtnis.

Als erster tauchte Dr. Leonard McCoy vor seinem inneren Auge auf. Spock hatte den Doktor zuletzt vor etwa einem Jahr gesehen, kurz bevor sich der Vulkanier nach Gol zurückgezogen hatte. Ihr letztes Treffen war von dem tragischen Tod von McCoys Kollegin, Dr. Keridwen Llewellyn, überschattet worden.

Eine Aura von Trauer umgab die Erinnerung; der Kummer zeigte sich in McCoys hagerem, unrasiertem Gesicht und den rot geränderten, blutunterlaufenen Augen. Doch er hatte nicht den geringsten Versuch unternommen, Spock für Llewellyns Tod verantwortlich zu machen; tatsächlich hatte er Spocks Entschluß, den Weg des *Kolinahr* einzuschlagen, verständnisvoll akzeptiert.

»*Vielleicht haben diese* Kolinahr-*Typen ja die richtige Idee gehabt. Vielleicht wären wir alle ohne Emotionen besser dran.*«

Zu seinem eigenen Erstaunen stellte Spock fest, daß er beim mentalen Klang der Stimme des Doktors ein liebevolles Lächeln unterdrückte. Aber das war unmöglich; er hatte diese Erinnerung bereits vor mehreren Monaten vollständig durchlebt und die Techniken zur Bewußtseinskontrolle eingesetzt, um alle Emotionen zu löschen, die mit Leonard McCoy verbunden waren.

Und doch... ein Gefühl der Zuneigung für den Doktor behauptete sich hartnäckig. Und wenn er für Dr. McCoy noch so empfand...

Spock atmete aus und rief sich das Bild von James Kirk vor Augen, so wie er ihn an seinem ersten Tag als

Admiral im Starfleet-Hauptquartier in San Francisco gesehen hatte.

Für Spock, der von Vulkan aus angerufen hatte, war es so erschienen, als fühle sich der Admiral in seiner neuen Uniform und dem neuen Büro seltsam unbehaglich, obgleich Kirks Gesicht den für ihn typischen Enthusiasmus ausgestrahlt hatte, wie stets, wenn es etwas Neues, Unbekanntes zu bewältigen galt.

Doch dieses Strahlen war rasch verblaßt, als Spock ihm mitteilte, daß er seinen Abschied von Starfleet genommen hatte.

»Ich werde Sie vermissen, Spock. Sie sind ein hervorragender Offizier gewesen – und ein guter Freund.«

So hatte Sarek also abermals recht gehabt. Es gab noch emotionale Bindungen, die gelöst werden mußten. Die Erinnerung hatte ein Aufflackern von Schmerz mit sich gebracht.

Und mehr: Während er über seine Freunde nachdachte, verspürte Spock eine plötzliche, unverkennbare Neugier.

Wo sind Sie jetzt, Dr. McCoy?

Und Sie, Jim – immer noch im Hauptquartier von Starfleet? Immer noch überzeugt, die richtige Entscheidung getroffen zu haben?

Spock öffnete die Augen und erhob sich – eine Reflexreaktion auf das zwar schwache, aber unmißverständliche Gefühl einer Berührung, als ob ein anderes Bewußtsein versucht hätte, über den Ozean des Alls hinweg Kontakt zu ihm aufzunehmen.

Die Berührung war zu schwach gewesen, um den Ursprung zu identifizieren, doch Spock überlegte sofort, ob die wenigen Bewußtseinsverschmelzungen, die er mit Kirk und McCoy durchgeführt hatte, zu einer subtilen mentalen Verbindung geführt haben mochten.

Unmöglich.

Unmöglich, und dennoch trat Spock ans Fenster und sah zu den Sternen empor, richtete den Blick auf Sol, die Quelle für Licht und Leben auf der Erde, wo sich Jim Kirk aufhielt – und empfand dabei das Gefühl einer drohenden Gefahr …

2

Die Szene verschwamm ein wenig vor Kirks Augen, als er materialisierte, und verfestigte sich dann allmählich zu einem klaren Bild. Für einen Augenblick stellte er sich vor, er wäre gerade an Bord der *Enterprise* gebeamt. Der Gedanke löste eine Woge des Heimwehs nach seinem eigenen Schiff, seiner eigenen Mannschaft aus; es waren jetzt fast zwei Jahre, seit er zuletzt an Bord der *Enterprise* gewesen war.

Doch das hier war ein anderes Schiff, ein anderer Transporterraum; die Besatzung stand nicht unter seinem Kommando, sondern unter dem der Frau neben der Transporterkonsole.

Der in dezentes Starfleet-Grau gekleidete Captain der *Starhawk* war nicht sehr groß, was aber kaum auffiel, da sie sich sehr gerade hielt. Ihr schulterlanges schwarzes Haar, die schräggeschnittenen Augen und die hohen Wangenknochen deuteten auf tatarische Vorfahren hin. Einen winzigen Moment lang hatte Kirk den Eindruck von außerordentlicher Würde, außerordentlichem Ernst, der fast schon vulkanisch wirkte, doch dann grinste der Captain breit und zerstörte die Illusion.

»Admiral«, sagte sie mit aufrichtiger Wärme, trat einen Schritt vor und streckte ihm die Hand entgegen, als Kirk die Transporterplattform verließ. »Willkommen an Bord. Ich bin Captain Zhanya Akhmatova.«

»Captain.« Kirk schüttelte ihre Hand. Ihr Griff war fest und entschlossen. »Es ist mir ein Vergnügen.«

Sie zögerte und warf einen Blick auf die leere Transporterplattform. »Kommt Ihr Adjutant später nach?«

»Commander Riley wird Captain Romolo bei der Koordination der Simulation helfen«, antwortete Kirk. Tatsächlich verhielt es sich allerdings so, daß Kirk, nachdem er erfahren hatte, daß Anab Saed, die Exfrau seines Adjutanten, Sicherheitsoffizier auf der *Starhawk* war, Riley angeboten hatte, ihn auf die *Paladin* zu schicken. Der jüngere Mann hatte diese Möglichkeit sofort wahrgenommen.

Akhmatova strahlte bei der Erwähnung des anderen Captains. »Ah. Nun, dann befindet er sich in guter Gesellschaft. Baldassare ist ein alter Freund von mir – wir kennen uns schon seit der Akademie. Ich hatte gehofft, genug Zeit zu haben, um ihn persönlich begrüßen zu können, wenn wir schon einmal in der gleichen Gegend sind, aber Wiedersehensfeiern gehören nicht unbedingt zu den Aufgaben eines Captains.« Sie deutete in Richtung des Ausgangs. »Darf ich Ihnen den Weg zu Ihrem Quartier zeigen, Captain? Mein Stab hat sich um diese Ehre geprügelt, aber ich habe den längsten Halm gezogen.«

»Die Privilegien des Rangs?« fragte Kirk schmunzelnd.

»Natürlich«, bestätigte Akhmatova fröhlich. »Ich gewinne immer. Sie nicht?«

Kirk grinste. »Immer. Gehen Sie voran, Captain.«

Während Akhmatova ihn zum Korridor geleitete, sagte sie: »Für heute abend ist ein offizielles Dinner in der Offiziersmesse angesetzt, vorher findet um neunzehn Uhr ein kleiner Empfang statt. Damit bleibt Ihnen ungefähr eine Stunde, um sich auszuruhen, eine Führung durch das Schiff zu machen, oder ...«

»Oder?« Kirk zog amüsiert eine Braue hoch, als ihre Stimme plötzlich ein wenig schüchtern klang.

»Oder Sie könnten einen Drink mit dem Captain nehmen. Ehrlich gesagt, würde ich nur zu gerne hören, was Sie privat von dieser ganzen *Recovery*-Geschichte halten.«

»Klingt gut«, meinte Kirk. »Allerdings sollte ich Sie vielleicht warnen – meine private Ansicht deckt sich mit meinem offiziellen Standpunkt.«

»Tatsächlich?« Sie neigte den Kopf und warf ihm einen schrägen Blick zu.

»Hört sich nicht so an, als würden Sie mir glauben.«

Akhmatovas Büro verfügte über den Luxus eines Wandspenders. Sie stand Kirk gegenüber, der an dem kleinen Konferenztisch Platz genommen hatte, und fragte lächelnd: »Was darf es sein, Admiral?«

»Saurianischer Brandy.«

Sie drehte sich zur Wand um. »Computer. Einen saurianischen Brandy, ein Wasser.«

»Wasser? Einen Moment, Captain. Ich weiß ja nicht, ob ich diese Befragung zulassen kann, wenn ich der einzige bin, der etwas trinkt...«

Bevor Akhmatova antworten konnte, wurde sie vom Computer unterbrochen: »Die Schiffsvorräte umfassen keinen saurianischen Brandy. Bitte treffen Sie eine andere Wahl.«

»Wasser«, seufzte Kirk. Akhmatova verzog das Gesicht.

»Aber, Admiral, wie soll ich Sie denn verhören, wenn Sie völlig nüchtern sind?«

Kirk lachte und spürte, wie er sich entspannte. Er mochte Akhmatova, und er begriff, daß es daran lag, daß sie ihn als Gleichgestellten behandelte... als *Captain*, und nicht als einen Lamettaträger.

»Computer, zwei Wasser.«

Fast augenblicklich erschienen zwei gekühlte Gläser. Akhmatova stellte eines vor Kirk ab, nahm dann das andere und setzte sich dem Admiral gegenüber.

»So«, meinte Kirk, »aus irgendeinem Grund wollen Sie also unbedingt meine Ansicht über die *Recovery* kennenlernen. Also schön: Ich hoffe, sie funktioniert. Das hoffe ich wirklich. Aber ich habe meine Zweifel.«

»Wegen des Daystrom-Zwischenfalls.« Sie nahm einen Schluck Wasser, ohne den Blick von ihm abzuwenden.

Kirk nickte langsam.

»Nun, verzeihen Sie mir, Captain, aber ich bin nicht so sicher, ob ich Myron Shulman Erfolg wünschen soll. Rettungsmissionen stellen immer noch eine der Hauptaufgaben von Sternenschiffen dar. Und soweit es mich betrifft, bin ich durchaus dafür, die Sternenschiffe weiterhin beschäftigt zu halten.«

Kirk zuckte die Achseln. »Sie werden auch beschäftigt bleiben. Sie haben dann nur mehr Zeit für andere Aufgaben. Friedensbewahrung. Diplomatie. Und vor allem Forschung. *Das* ist ihre wichtigste Aufgabe.«

»Ja …« Akhmatova verstummte und spielte nachdenklich mit ihrem Glas, als würde sie mit sich selbst zu Rate gehen. Schließlich hob sie den Kopf und sagte mit einer Eindringlichkeit, die Kirk unwillkürlich blinzeln ließ: »Ich habe Sie natürlich nicht hier hergebracht, um mit Ihnen über die *Recovery* zu reden. Ob sie Erfolg hat oder nicht, ist mir herzlich gleichgültig.«

Ein schrilles Pfeifen unterbrach sie. Mit einer gleitenden Bewegung drehte sie sich in ihrem Sessel zum Interkom und drückte den Schalter. »Akhmatova hier.«

»Captain. Botschafter Sareks Gruppe ist eingetroffen und wird zu ihren Quartieren geführt.«

»Sehr gut. Ende.«

Sie wandte sich wieder Kirk zu und hielt kurz inne, um ihre Gedanken zu sammeln.

Kirks Blick drückte noch immer milde Überraschung aus, doch ansonsten hatte sich seine Miene nicht verändert. »Sie wollten etwas sagen, Captain?«

Sie verschränkte die Finger, stützte die Ellbogen auf den Tisch und beugte sich vor; die frühere Leichtigkeit in ihrem Ton war jetzt verschwunden. »Ich brauche Ihren Rat, Admiral. Sie haben schon hinter sich, was jetzt vor mir liegt. Für nächsten Monat ist meine Beförderung vorgesehen. Wie ich es sehe, bleiben mir drei Möglichkeiten: Ich kann die Beförderung akzeptieren und mich die Leiter hochtreten lassen; ich kann sie ablehnen und beten, daß Nogura mir mein Schiff läßt; oder ich nehme meinen Abschied und ziehe mich aus allem zurück.« Sie stieß ein leises Seufzen aus, und zum erstenmal entdeckte Kirk so etwas wie Furcht in ihren Augen. »Sind Sie glücklich mit der Wahl, die Sie getroffen haben?«

Diese letzte Frage erwischte ihn unvorbereitet. Er mochte Akhmatova; ihre burschikose Art erinnerte ihn an sein eigenes Verhalten, und er wollte ehrlich zu ihr sein und ihr, wenn möglich, helfen.

Doch gleichzeitig ging es sie absolut nichts an, ob er glücklich war oder nicht. Denn in den Tagen, Wochen und Monaten, seit er die *Enterprise* verlassen hatte, war er zusehends unglücklicher geworden. Und Akhmatova erinnerte ihn an das, was er einmal gehabt und dann verloren hatte.

Unvermittelt sah er Lori vor seinem inneren Auge – an jenem Tag, als sie ihn verlassen hatte.

»Versprich mir eines.«

Sie hatten sich zum letztenmal umarmt; seine Lippen strichen über ihr Haar, als er fragte: *»Und was?«*

»Beschaff dir wieder ein Schiff. Das ist es, was du am meisten willst, Jim. Mehr als alles andere. Mehr als mich…«

Damals hatte er sich eingeredet, sie sei verletzt und würde ihren Schmerz auf ihn projizieren. Doch im Lauf der Zeit kam er mehr und mehr zu der Überzeugung, daß sie recht gehabt hatte. Und ihre Worte waren ihm stets präsent geblieben.

Er nahm einen großen Schluck aus dem beschlagenen Glas, das vor ihm stand. Das Wasser rann erfrischend süß und kühl durch seine Kehle. Schließlich sagte er: »Ich bin nicht Sie, Captain. Sie sind die Person, die in Ihrer Haut leben muß. Was für mich richtig sein mag ...«

»Ich verstehe, Sir.« Akhmatovas Stimme klang jetzt leise und respektvoll und verriet, daß sie erkannt hatte, welch persönliche Frage sie einem Vorgesetzten gestellt hatte. »Was für den einen der Himmel, ist für den anderen die Hölle. Aber – ich glaube nicht, daß wir, Sie und ich, uns so sehr voneinander unterscheiden. Ich würde eine Antwort auf meine Frage wirklich zu schätzen wissen.«

Kirk holte tief Luft und hielt den Blick auf einen Tropfen Kondenswasser gerichtet, der an dem gekühlten Glas hinabrann und dabei eine schimmernde Spur hinterließ. »Also schön. Ich glaube, ich war glücklich ... anfangs jedenfalls. Nogura schloß mit mir einen Handel ab – ich sollte Aufregendes erleben, Abenteuer. Reisen.« Er hob den Blick und straffte sich in seinem Sessel. »Das hier ist die Reise ... aber kommt sie Ihnen besonders aufregend vor?«

Sie sagte nichts, sondern nickte nur düster.

»Und jetzt beantworten Sie *mir* eine Frage, Captain – könnten Sie ohne dieses Schiff glücklich sein?«

Sie starrte ihn an, als hätte er plötzlich ein völlig unverständliches Kauderwelsch von sich gegeben. Beinahe hätte Kirk seine Frage wiederholt, doch schließlich sagte sie: »Ich versuche gerade, mir das vorzustellen, aber es geht nicht. Die *Starhawk* ist mein *Leben*.«

»Dann kämpfen Sie darum«, sagte er und spürte, wie ihn ein Schauer durchlief. Es war, als hätte jemand anders diese Worte zu ihm gesprochen – jemand, der Jim Kirk gut genug kannte, um genau zu wissen, was er brauchte.

Akhmatovas Stimme sank fast zu einem Flüstern herab. »Haben Sie um die *Enterprise* gekämpft?«

»Nicht hart genug.« Obwohl er sich bemühte, konnte er die Bitterkeit nicht ganz aus seiner Stimme verdrängen.

Kurz darauf ging er und suchte sich seinen Weg zu den Gästequartieren. In deren Sterilität fand er jedoch keine Ruhe, und auf den Probeflug der *Recovery* hatte er sich bereits gründlich vorbereitet.

So wanderte er schließlich hinunter zu den botanischen Gärten. Jeder Schiffsgarten besaß eine ganz eigene Persönlichkeit; jener der *Starhawk* begann als englischer Schiffsgarten, gefüllt mit Rosen, Kamelien, Tigerlilien und sorgfältig beschnittenen, blaugrünen Rautenhecken. Er unterschied sich damit sehr von dem der *Enterprise* mit seinem von Spock entworfenen steinernen Meditationsgarten und den von Hikaru Sulu kunstvoll gepflegten Bonsaibäumen.

Kirk atmete die vom Blumenduft erfüllte Luft in tiefen Zügen ein, während er umherschlenderte. Die Ordnung wich rasch einem künstlich verwilderten terranischen Blumengarten, in dem Büschel von Rosmarin, Lavendel und Storchenschnabel blühten. Ein Stück weiter saß eine reglose Gestalt mit untergeschlagenen Beinen unter einem Zitronenstrauch, nicht weit von einem kleinen Wasserfall entfernt, der die Luft mit kühlem Dunst erfüllte.

Ein Vulkanier, begriff Kirk, und einen verstörenden Augenblick lang sah die Gestalt wie Spock aus. Doch dieser Vulkanier war älter, kräftiger gebaut, und in seinem eisgrauen Haar zeigten sich weiße Strähnen.

Kirk beschleunigte seinen Schritt, als er Botschafter Sarek erkannte – und hielt zwei Sekunden später wieder inne, als er an den geschlossenen Augen des Vulkaniers erkannte, daß er in Meditation versunken war. Er zögerte einen Moment und wandte sich dann ab, um leise fortzugehen.

»Admiral Kirk.«

Er drehte sich wieder um und schaute zu Sarek zurück, der jetzt die Augen geöffnet hatte und sich von seinem Platz erhob.

»Botschafter.« Er lächelte. »Ich wollte Sie nicht stören …«

»Es ist keine Störung. Wie es die Koinzidenz wollte, hatte ich gerade meine Meditation beendet.« Er hielt kurz inne, während der Blick seiner dunklen Augen über Kirk hinwegstrich. »Ich hoffe, es ist Ihnen seit unserem letzten Zusammentreffen wohl ergangen. Meine verspäteten Glückwünsche zu Ihrer Beförderung.«

»Vielen Dank. Und ich hoffe, es geht Ihnen besser als …«

Sarek wischte seine Besorgnis mit einer kleinen Handbewegung beiseite. »Ja, mit meiner Gesundheit steht es besser als seit Jahren.«

»Und Ihre Familie?« Kirk unterdrückte das Bedürfnis, direkt nach Sareks Sohn zu fragen.

»Amanda geht es recht gut.« Sarek zögerte. Wäre er ein Mensch gewesen, hätte Kirk gesagt, ein Schatten sei über das Gesicht des Botschafters gehuscht. Doch dies hier war ein Vulkanier, Spocks Vater. Ganz sicher hatte er sich das nur eingebildet, entschied Kirk. »Was Spock angeht, so habe ich ihn erst kürzlich gesehen – zum erstenmal seit mehreren Monaten.«

Kirk runzelte verwundert die Stirn. »Ich dachte,

Spock lebt bei Ihnen in ShanaiKahr. Ist er fortgezogen?«

Wieder hielt Sarek inne, als suche er sorgfältig nach den richtigen Worten. »Spock hat sich entschlossen, dem *Kolinahr* zu folgen.«

»*Kolinahr?*«

»Der alte, vulkanische Weg zu völliger Emotionslosigkeit. Es ist eine mühsame Aufgabe, sie erfordert Zurückgezogenheit, Einsamkeit, intensive Kontemplation.«

Aha. Spock hatte offenbar die Notwendigkeit empfunden, sich selbst von der ›emotionalen Kontamination‹ zu reinigen, die all die Jahre unter Menschen mit sich gebracht hatten. Doch andererseits hatte Jim in Spock stets geradezu die Quintessenz eines Vulkaniers gesehen. Wenn überhaupt, dann hatte Spock seine menschliche Seite eher überkompensiert und versucht – wie Pille es einmal so schön ausgedrückt hatte – ›vulkanischer als die Vulkanier zu werden‹. Unter diesen Umständen schien das *Kolinahr* da schon eine Art Overkill darzustellen; trotzdem bemühte sich Kirk um einen freundlich-neutralen Gesichtsausdruck. »Sie müssen sehr stolz sein, Botschafter.«

Sarek wandte den Blick ab und betrachtete den kristallklaren Wasserfall. Als er schließlich sprach, klang seine Stimme alles andere als stolz. »Es ist … eine Entscheidung, die tiefgreifende Auswirkungen auf sein Leben und seine Karriere als Wissenschaftler haben wird. Sobald er das endgültige Ritual durchführt und das vollständige *Kolinahr* erlangt, wird er für den Rest seines Lebens in jenem Schlupfwinkel in den Bergen bleiben und darf keinerlei Kontakt zur Außenwelt haben.«

Kirk starrte ihn an, zu betäubt, um zu glauben, daß er die Worte des Botschafters wirklich richtig verstanden hatte. »Sie meinen …«

Sarek richtete seinen dunklen, durchdringenden Blick wieder auf ihn. »Er wird weder seine Freunde noch seine Familie wiedersehen.«

»Ich verstehe.« Aber eigentlich verstand er nicht – er konnte weder glauben noch begreifen, daß Spock so etwas getan haben konnte, ohne Lebewohl zu sagen. Er hatte den Vulkanier als seinen engsten Freund betrachtet – aber vielleicht hatte er sich damit geirrt.

»Seine Mutter ist natürlich recht besorgt über diese Entscheidung.«

»Und Sie, Botschafter?« Möglicherweise war es impertinent, einem Vulkanier eine derartige Frage zu stellen, doch falls sich Sarek beleidigt fühlte, ließ er sich davon nichts anmerken.

»Ich habe ... logischerweise Bedenken. Spocks Talente könnten andernorts besser genutzt werden.«

Wohl wahr, dachte Kirk, äußerte seine Meinung jedoch nicht, weil ihm klar war, daß er und Sarek vermutlich unterschiedliche Ansichten darüber hatten, wo diese Talente eingesetzt werden sollten. Zweifellos dachte Sarek, sein Sohn gehöre auf seinen Heimatplaneten Vulkan, doch Jim wußte, daß Spock zu Starfleet gehörte.

Ungewollt tauchte die Erinnerung an Edith Keeler in seinen Gedanken auf. Sie hatte Jim und Spock vorgeworfen, auf der Erde des Jahres 1930 fehl am Platze zu sein, und daraufhin hatte Jim lächelnd gefragt, was sie denn glaube, wohin sie gehörten.

Darauf hatte sie mit dem Kopf auf Spock gedeutet und gesagt: *»Er? An Ihre Seite, als wäre er immer dort gewesen und würde immer dort sein.«*

Kirk hatte dieser Einschätzung stets beigepflichtet. Das Schlimmste an seiner Versetzung zur Admiralität war – neben dem Verlust seines Schiffes – der Verlust seiner Freunde gewesen. Aber vielleicht erlebte er ja auch jetzt, was Spock empfunden haben mußte, als er erfuhr, daß Jim nicht als Captain der *Enterprise* zurückkehren würde: das schmerzhafte Gefühl, verlassen zu werden.

Doch seinen Freund nie wiederzusehen ... das war, als wäre Spock gestorben.

Wann findet dieses Ritual statt? hätte er beinahe gefragt, als ihn das Auftauchen einer jungen, schlanken Vulkanierin unterbrach, die sich so lautlos genähert hatte, daß er zusammenzuckte, als plötzlich ihre ruhige Stimme erklang.

»Botschafter? Der Empfang wird gleich beginnen.«

Sarek entließ sie mit einem knappen Nicken und wandte sich dann an Kirk. »Sollen wir, Admiral?«

Kirk seufzte leise und betrachtete das Gesicht, das ihn so sehr an seinen Freund erinnerte. »Gehen wir.«

Lieutenant Commander Kevin Riley saß bequem in einem der großen Konferenzräume der *Paladin* und beobachtete die Mannschaftsmitglieder, die jetzt nach und nach hereinkamen, um an der Einsatzbesprechung mit dem Captain teilzunehmen. Fast alle von ihnen waren Kadetten. Riley wußte zwar, daß es sich bei Romolos Schiff um einen Trainingsraumer handelte, war jedoch nicht auf das Verhältnis zwischen erfahrenem Personal und Grünschnäbeln vorbereitet. Er selbst gehörte zu der Handvoll älterer Offiziere an Bord der *Paladin*; ganz offensichtlich hatten die Lamettaträger die Simulation als gefahrlosen Übungsflug eingestuft.

Ungeachtet der Kadetten fühlte sich Riley gleichzeitig erleichtert wie auch etwas traurig, weil er Admiral Kirks nur zu leicht durchschaubares Angebot, Romolo zu unterstützen, angenommen hatte – erleichtert, weil er davor zurückschreckte, Anab wiederzusehen; traurig, weil er sich verzweifelt wünschte, sie zu sehen.

Er wußte, er hätte an Bord der *Starhawk* bleiben, ihr

beim Empfang gegenübertreten und sie mit einem höflichen Hallo begrüßen sollen, doch jedesmal, wenn er sich das vorstellte, verließ ihn der Mut. Davon abgesehen wußte er auch gar nicht, worüber er mit ihr reden sollte. Sie hatten seit sechs Monaten nicht mehr miteinander gesprochen, seit jenem Tag, als sie ihn angerufen und ihm kühl mitgeteilt hatte, daß sie ihren Ehekontrakt lösen würde. Diese Entscheidung hatte ihn praktisch am Boden zerstört; bis zu diesem Moment hatte er sich immer noch eingeredet, sie würde zu ihm zurückkehren.

Korrektur, dachte er grimmig. Es gab etwas, daß er ihr sagen, oder besser: beweisen wollte. Als Anab vor achtzehn Monaten gegangen war, um ihren Dienst auf der *Starhawk* anzutreten, war er eine ganz andere Person gewesen – ein unentschlossener, unsicherer Mensch, der nur ihr zu Gefallen bei Starfleet geblieben war.

An jenem Tag, an dem sie sich eingeschifft hatte, hatte sie ihn gebeten: »*Verlaß Starfleet. Finde heraus, was du wirklich mit deinem Leben anfangen willst. Und du tust auch Kirk keinen Gefallen, wenn du nur halbherzig für ihn arbeitest.*«

»Mr. Riley?«

Er schaute beim Klang seines Namens auf und sah direkt in ein Paar strahlendblauer Augen. Die Besitzerin dieser Augen, eine blaßhäutige Frau mit glattem, schulterlangem rotgoldenen Haar, streckte ihm ihre Hand entgegen. Riley registrierte die Abzeichen auf ihrer grauen Uniform und begriff einen Moment, bevor sie sich selbst mit leichtem britischen Akzent vorstellte, wen er vor sich hatte.

»Commander Ruth Pulver, Erster Offizier.«

Riley lächelte und ergriff die angebotene Hand. Pulvers alabasterfarbene Züge und die großen, von schweren Lidern beschatteten Augen erinnerten ihn an Holos, die er von viktorianischen Schönheiten gesehen hatte; doch ihr Griff war fest und ihre Haltung streng geschäftsmäßig. Sein Lächeln erwiderte sie nicht. Riley fiel auf, daß die Kadetten im Raum plötzlich verstummt waren. Vielleicht stellte Pulvers rigides Verhalten auf einem Schiff voller Offiziersanwärter ja eine schlichte Notwendigkeit dar.

»Commander«, sagte er und richtete sich unwillkürlich in seinem Sessel auf; irgend etwas in Pulvers perfektem Auftreten schien das zu verlangen. »Bitte ...« Er deutete auf den leeren Platz neben ihm.

»Vielen Dank«, sagte sie höflich und ließ sich neben ihm nieder. »Nun, Commander ... hatten Sie schon Gelegenheit, das Schiff zu besichtigen?«

Riley gab keine Antwort. Das Geräusch der Türen, die sich abermals öffneten, gab ihm die Chance, den Blickkontakt zu Pulver abzubrechen und hochzuschauen, in Richtung des Eingangs ...

... gerade rechtzeitig, um zu sehen, wie Anab den Raum betrat.

Auf einmal begriff er all die Metaphern, die emotionalen Schmerz mit dem Herzen in Verbindung brachten; während des Moments, in dem sein Blick auf ihr ruhte, hatte er das Gefühl, jemand würde ihm einen dünnen Stahldraht durch die Brust bohren und dann ganz langsam wieder herausziehen. Seine Lungen stießen den Atem mit einem leisen, unfreiwilligen Keuchen aus, und in die Erkenntnis, daß er sie noch immer liebte, mischten sich Ärger und Verachtung auf sich selbst, weil er derartige Reaktionen überhaupt zuließ. Ganz sicher war er doch stärker ...

Doch er hatte vergessen, wie schmerzhaft schön sie war. In ihrer Uniform des Sicherheitsdienstes, die inmitten der in gedeckten Farben gehaltenen anderen Uniformen hervorstach, hob sich Anab deutlich von der Menge ab. Sie war eine große, langgliedrige Frau mit erdfarbener Haut und kurzgeschorenem Haar. Im

Moment ging sie neben dem Chefingenieur, mit dem sie sich angeregt unterhielt.

Und dann fing sie seinen Blick auf.

Eine knappe Sekunde lang starrten beide einander in blankem Erstaunen an; dann wandten sie rasch den Blick ab.

Unmöglich. Unmöglich. Sie sollte nicht hier sein, sondern an Bord der *Starhawk* am Empfang teilnehmen.

Riley unterdrückte den Wunsch, sich umzudrehen, als sie hinter ihm, außerhalb seines Blickfeldes, Platz nahm, und versuchte sich wieder auf das Gespräch zu konzentrieren.

Pulver hatte aufgehört zu sprechen und sah ihn fragend an.

»Äh«, murmelte er verlegen. »Tut mir leid ... ich fürchte, ich habe nicht ganz mitbekommen ...«

Ihre Haltung wurde noch kühler und geschäftsmäßiger. »Ich hatte Ihnen eine Besichtigung des Schiffes angeboten, sobald die Simulation vorüber ist, Commander.«

»Ja«, erwiderte Riley, während er vergeblich versuchte, sein rasendes Herzklopfen zu ignorieren, das durch das Wissen ausgelöst wurde, daß Anab irgendwo hinter ihm saß und ihn beobachtete. »Vielen Dank. Es wäre mir ein großes Vergnügen.«

Pulver öffnete die feingeschwungenen Lippen zu einer Antwort – und schloß sie wieder, als die Türen des Konferenzraums abermals aufglitten und der Captain eintrat.

Mit einer Handbewegung bedeutete Captain Baldassare Romolo, ein untersetzter, gutaussehender blonder Italiener, seinem Stab, Platz zu behalten, während er mit gewohnt sparsamen Bewegungen seinem Sessel zustrebte. »Sind alle hier?« Mit einer Lässigkeit, die in scharfem Kontrast zur Steifheit seines Ersten Offiziers stand, betrachtete er beifällig die versammelte Menge und nickte dann zufrieden. »Gut, dann wollen wir anfangen. Wir sind noch ungefähr fünf Stunden von Zotos Vier entfernt. Dort werden wir mit der U.S.S. *Starhawk* zusammentreffen. Der Captain der *Starhawk*, eine alte Freundin von mir, Zhanya Akhmatova, hat, wie ich fürchte, den kürzeren Halm gezogen.« Sein Mund verzog sich zu einem sympathischen Lächeln und enthüllte perlweiße Zähne, während seine dunkelgrünen Augen amüsiert funkelten. »Sie muß die Lamettaträger befördern.«

Ein paar der Kadetten kicherten. Riley gestattete sich ein schmales Lächeln – immerhin gehörte er schließlich auch zu den Lamettaträgern, ein Umstand, den Romolo offenbar übersehen hatte.

»Aber natürlich kommen auch wir nicht ganz ungeschoren davon«, fuhr der Captain fort. »Jener Admiral, der mit der *Starhawk* reist, war an der Überholung beteiligt, der die *Paladin* direkt vor dieser Mission unterzogen worden ist, daher bin ich sicher, daß er an Bord kommen und Schiff und Mannschaft begutachten will. Rechnen Sie also damit. Wir haben seinen Adjutanten hier bei uns – Lieutenant Commander Riley, der uns freundlicherweise seine Unterstützung bei unserem Teil der Simulation angeboten hat.« Er deutete auf Riley, der sich halb aus dem Sessel erhob und der Besatzung zunickte. Dabei geriet Anab wieder in sein Blickfeld. Diesmal schaute sie nicht weg, sondern brachte ein angestrengtes Lächeln zuwege.

Riley erwiderte das Lächeln, wobei ihm klar war, daß sein Gesichtsausdruck ähnlich verzerrt wirken mußte.

»Welchen Admiral werden wir denn unterhalten müssen, Captain?« erkundigte sich der Chefingenieur.

»Sie schicken uns den besten – den Chef der Einsatzzentrale, James Kirk.«

Ein unterdrücktes Keuchen war zu hören. Der Captain ließ scheinbar beiläufig den Blick über seine Brükkencrew und die dahinter sitzenden Kadetten schweifen.

»Ich hoffe, das stellt kein Problem für Sie dar, Diksen«, sagte der Captain gleichmütig, doch Riley war sicher, daß er sich insgeheim über die Situation amüsierte.

Die kleine, brünette Frau lief dunkelrot an, schaffte es aber immerhin, ihre Stimme leidlich unter Kontrolle zu halten. »Nein, *Sir*! Überhaupt kein Problem. Ganz im Gegenteil, Sir, es ist eine Ehre … Sir …«

»Fein, Diksen«, meinte der Captain. »Ich bin froh, daß Sie es so sehen. Wenn Sie noch irgendwelche Fragen wegen des Admirals haben, können Sie sich ja direkt an Lieutenant Commander Riley wenden.«

Riley spürte, wie sich die Blicke sämtlicher Kadetten auf ihn richteten; Diksens Augen waren so groß wie Untertassen, als sie ihn offenen Mundes anstarrte.

»Riley hat unter Kirks Kommando im Rahmen der Fünf-Jahres-Mission der *Enterprise* gedient«, fügte der Captain hinzu. »Das stimmt doch, oder?«

Riley nickte unbehaglich.

Der Captain wandte sich wieder seinem Stab zu, um seine Planung für die bevorstehende Mission zu umreißen. »Sobald die Evakuierung von Zotos Vier beendet ist, werden Lieutenant Anab Saed von der Sicherheitsabteilung der *Starhawk* und zwei Vertreter der *Paladin* mit einem Shuttle losfliegen. Gleichzeitig startet auch ein Shuttle von der *Paladin*, das sie unter Feuer nehmen und außer Gefecht setzen wird. Lieutenant Saed übernimmt das Kommando. Saed, ich erwarte, daß Sie Ihre Leute auf den Angriff vorbereiten, doch der Angriff selbst wird *echt* sein, und Ihr Boot wird trotz der Schilde manövrierunfähig werden. Wenn alles nach Plan verläuft, wird die *Recovery* Sie schützen und retten, indem sie das ganze Boot an Bord beamt.«

Riley beobachtete Anab, als sie nickte, während ihre Miene zeigte, daß sie sich ganz auf die Worte des Captains konzentrierte. Dann hielt Romolo kurz inne, und als er weitersprach, klang seine Stimme nicht mehr so geschäftsmäßig. »Habe ich recht mit der Annahme, daß Sie beide sich kennen? Ich meine, ich hätte da etwas in Ihren Akten gesehen ...«

Anabs Gesicht zeigte plötzlich schieren Unglauben. Riley schaute zu Romolo hinüber und begriff, daß der Captain ihn mit seinen Worten meinte.

»Ja, Sir«, bestätigte er leise und bemühte sich, weiterhin freundlich-neutral zu wirken.

»Nun, wie wäre es denn, Riley, wenn Sie gleich zwei Fliegen mit einer Klappe schlagen? Sie kommen aus dem Büro heraus und erleben mal wieder etwas, und außerdem hätten Sie auch noch die Möglichkeit, etwas Zeit mit einer alten Freundin zu verbringen?«

Bevor Riley antworten konnte, wandte sich der Captain wieder an Anab. »Er ist ein fähiger Offizier. Außerdem kennt er die Simulation in- und auswendig; tatsächlich war er es, der mich eingewiesen hat. Irgendwelche Einwände?«

Für einen Moment blieb Anab stumm. Ihre Miene war undeutbar, während sie Rileys Blick auswich. Schließlich antwortete sie mit fester Stimme: »Nein, Sir.«

Daraufhin wandte sich Romolo mit breitem Lächeln wieder an Riley.

Er hatte keine Ahnung, weshalb Anab zur *Paladin* überstellt worden war, um die Simulation zu leiten – es sei denn, es befanden sich einfach nicht genug erfahrene, qualifizierte Offiziere an Bord. Für einen kurzen Moment erwog Riley die Möglichkeit, das Angebot abzulehnen, doch die ganze Sache war so überraschend gekommen, daß ihm keine halbwegs glaubwürdige Begründung einfiel. Außerdem waren er und Anab schließlich erwachsene Menschen; und wenn es keinen Weg daran vorbei gab, dann konnte er sich genausogut darüber freuen.

Davon abgesehen würde die Simulation ziemlich schnell beendet sein, und er konnte sich dann wieder in die Sicherheit seines Quartiers an Bord der *Starhawk* zurückziehen.

Er holte tief Luft und zwang sich zu einem Lächeln. »Ich kann es kaum erwarten, Sir.«

3

Kadett Reese Diksen saß an der Kommunikationsstation und versuchte mühsam, sich auf die langweiligen, profanen Pflichten zu konzentrieren, die von dem Offizier verlangt wurden, der diesen Platz einnahm. Innerhalb einer Stunde würden sie Zotos Vier erreichen. Das bedeutete, in einer Stunde mochte sie sich in der Gegenwart von Admiral James T. Kirk wiederfinden. Sie schluckte. Kirk *höchstpersönlich*.

Geistesabwesend registrierte sie die ein- und ausgehenden Meldungen, die der Computer zumeist automatisch erledigte. Es gab nur wenige, bei denen sie tatsächlich irgendwelche Entscheidungen zu treffen hatte. Sie konnte es nicht leiden, an der Kommunikationsstation eingesetzt zu sein, und schon gar nicht bei Hochgeschwindigkeitsreisen. Sie mußte dann zwar Zeitabweichungen und Subrauminterferenzen kompensieren, was in ihren Augen jedoch schlichte Routineaufgaben waren. Das war nicht die Aufgabe, die sie vor Augen gehabt hatte, als sie darum kämpfte, die besten Bewertungen an der Starfleet-Akademie zu erhalten. Von den direkt an den Captain gerichteten Nachrichten einmal abgesehen – was sollte an dieser Arbeit schon so wichtig sein?

Nachrichten an den Captain.

Plötzlich wurde ihr bewußt, daß Kirk um Erlaubnis bitten mußte, an Bord beamen zu dürfen. Und das wiederum hieß, daß höchstwahrscheinlich *sie* diesen

Anruf annehmen würde... daß *sie* die erste Person sein würde, die mit Admiral James T. Kirk sprechen würde.

Admiral Kirk. Das war nun wirklich der größte Unsinn in der Geschichte von Starfleet. Weshalb er es überhaupt zugelassen hatte, daß man ihn beförderte, war ihr ein Rätsel. Ein Mann wie er, der an einem Schreibtisch hockte... das war reine Verschwendung... nein, viel schlimmer als Verschwendung: ein Verbrechen.

Kirk.

Wie würde es wohl sein, wirklich unter ihm zu dienen?

»Mr. Diksen!« rief Commander Pulver, der Erste Offizier, mit scharfer Stimme und riß sie aus ihren Betrachtungen. Die überkorrekte Offizierin ragte drohend neben der tagträumenden Kadettin auf.

»Äh... ja, Sir?« Reese starrte auf ihr Kontrollpult. Jede einzelne Warnleuchte blinkte wütend.

»Sie haben versäumt, die Subrauminterferenzen zu korrigieren«, erklärte Pulver spröde mit ihrer perfekt modulierten britischen Stimme. »Die gesamte Kommunikation ist unterbrochen. Bringen Sie das bitte in Ordnung.«

»Jawohl, Sir«, sagte Diksen zackig. Ihre Ohren glühten vor Verlegenheit. Sie konnte beinahe spüren, wie sich der Blick des Captains in ihren Rücken bohrte, während seine Miene den üblichen, amüsierten Ausdruck zeigte. Im Gegensatz zu Pulvers rigider Haltung und der Emotionslosigkeit des vulkanischen Wissenschaftsoffiziers verhielt sich Romolo gegenüber den Kadetten so väterlich, daß es fast schon gönnerhaft wirkte. Diksen wußte, daß er die ›Grünschnäbel‹ ganz ›niedlich‹ fand, wenn sie sich mit großer Ernsthaftigkeit ihren Rollenspielen widmeten.

»Tut mir leid, Captain«, entschuldigte sie sich, als

ihre Hände über das Pult huschten und die notwendigen Einstellungen in Rekordzeit vornahmen. Sie entspannte sich erst, als Pulver weiterging, um die Leistungen eines anderen Kadetten unter die Lupe zu nehmen.

»Ich weiß, daß die Routineaufgaben an der Kommunikationsstation ziemlich öde sind, Diksen«, sagte der Captain leise. Sie hörte das Lächeln in seiner Stimme, was sie nur noch mehr irritierte. »In einer Krise kann die Kommunikation jedoch zum entscheidenden Faktor werden. Das Ganze hat ziemlich viel Ähnlichkeit mit der Arbeit eines Notfallteams – man sitzt lange herum, bis man wirklich mal gebraucht wird, aber dann läuft auch alles mit Warpgeschwindigkeit ab. Unterschätzen Sie also Ihre Aufgabe nicht, Diksen. Bleiben Sie wachsam.« Er hielt ganz bewußt kurz inne und setzte dann hinzu: »Wir wollen doch den Anruf des Admirals nicht verpassen, oder?«

Reese war sich bewußt, daß ihre Ohren rot leuchteten. »Nein, Sir«, antwortete sie respektvoll.

Sein stilles Schmunzeln schien alle anderen Geräusche auf der Brücke zu übertönen.

Die Arbeit am Pult half ihr, zugleich auch ihre Seelenlage wieder in Ordnung zu bringen. Immerhin übte sie sich hier in der Arbeit eines Offiziers. Was mochte aus ihrer Karriere werden, wenn sie schon bei dieser einfachen Aufgabe versagte?

Ein Bordruf für den Captain ging ein, und sie leitete ihn zu seinem Sessel weiter. Sie hörte ihn in sein Empfangsgerät sprechen, als der Erste Offizier überraschend sagte: »Diksen, Sie haben jetzt eine halbe Stunde Pause.«

Ihr Blick strich über den Chronometer. »Es ist noch etwas zu früh, Sir.«

In Pulvers eisiger Haltung zeigte sich nicht die geringste Reaktion. »Wir treffen in einer Stunde mit der

Starhawk zusammen. Von diesem Moment an werden Sie für den Rest der Schicht auf Ihrem Posten bleiben. Um die nötige Effizienz zu erhalten, werden Sie, Changsom, Kjolner und Schell Ihre Pause jetzt nehmen, damit es keinerlei Unterbrechungen gibt, wenn der Admiral eintrifft.«

»Aye, Sir«, erwiderten mehrere Stimmen.

»Und, Diksen«, fügte der Captain hinzu, als sie sich erhob und von einem Senior-Offizier abgelöst wurde, »Kadett Ngo hat um Ihre Anwesenheit auf dem Hangardeck gebeten. Kommen Sie nicht zu spät zurück.« Er lächelte gütig, als würde er seine Tochter an die verabredete Heimkehrzeit nach dem Tanz erinnern.

Reese reagierte darauf mit forcierter Professionalität. Sie rückte ihre Uniform zurecht und erwiderte zackig: »Aye, Sir!«

Sein Kichern folgte ihr durch die Aufzugtüren bis in die Liftkabine.

Sie blieb stumm, bis ihr aufging, daß es sich bei den anderen drei Mitgliedern der Brückenmannschaft, die zusammen mit ihr abgelöst worden waren, ebenfalls um Kadetten handelte. Und sie registrierte ebenfalls, daß sie trotz der Enge in der kleinen Kabine ein wenig Abstand zu ihr hielten. Doch sie war zu verärgert, um den Mund zu halten. »Die Erwachsenen brauchen ein wenig Zeit für sich selbst«, erklärte sie sarkastisch. »Sie haben die Kinder zum Spielen geschickt! Eine Unverschämtheit!«

Thira Changsom, ein junger Mann mit der kraftvollen Gestalt eines Ringers und dem ernsthaften, sanftmütigen Verhalten eines Wissenschaftlers, warf einen raschen Blick aus seinen dunklen, mandelförmigen Augen auf die anderen und erwiderte dann gelassen: »Natürlich brauchen sie etwas Zeit für sich. Ein Teil ihres Jobs besteht schließlich darin, sinnvolle Aufgaben für uns zu finden, damit sie unser Potential abschätzen können. Und das geht wohl kaum, wenn wir daneben sitzen.«

Reeses Lippen kräuselten sich leicht. So etwas mußte ja kommen. Die meisten Kadetten verhielten sich wie Schafe und taten, was immer man ihnen sagte. Doch Kirk war nie mit der Herde gelaufen – er hatte alles in Frage gestellt, bis hin zum *Kobayashi Maru*. Reese war entschlossen, Kirk auf jede nur mögliche Weise nachzueifern. Und wenn das bedeutet, eine Art Stachel in Starfleets Fleisch zu sein, war das auch in Ordnung. Selbst eine so respektierte Einrichtung wie Starfleet brauchte hin und wieder ein paar aufmunternde Nadelstiche. Ihr schoß der Gedanke durch den Kopf, daß Kirk vielleicht genau aus diesem Grund die Beförderung akzeptiert hatte. Um in einer besseren Position zu sein, dem behäbigen, selbstgefälligen Establishment einmal kräftig in den…

»Sollen wir dir etwas zu essen mitbringen?« fragte Laura Kjolner höflich, als der Lift bei der Cafeteria anhielt.

Sie schüttelte den Kopf. »Nein, danke. Ich treffe euch nachher wieder auf der Brücke.«

Als die drei Kadetten den Lift verließen – und dabei mit kaum verhohlener Neugier zu ihr zurückschauten –, konnte Reese nur schwer den Drang unterdrükken, ihnen ein kräftiges »Mäh-mäh« hinterherzurufen. Wenn das die Leute waren, aus denen Starfleet Offiziere zu machen gedachte…

Dann öffneten sich die Lifttüren zischend zum Hangardeck, und Diksen trat hinaus und sah sich um. Wo steckte Josiah, und was wollte er überhaupt von ihr? Sie wanderte über das Deck, bis sie seine schlanke, langgliedrige dunkle Gestalt in einem der Shuttles entdeckte. Neugierig ging Reese quer durch den geräumigen Hangar auf ihn zu.

Als sie näher kam, sah sie, daß er in dem Shuttle irgendeinen diagnostischen Test durchlaufen ließ.

Josiah hob sein schmales, mausgraues Gesicht mit den dunklen Augen und strich sich mit langen, dünnen Fingern durch das gekräuselte, dunkelbraune Haar. So, wie er da mit seinen dürren, knochigen Armen und Beinen über den Innereien des Shuttles hockte, erinnerte er Reese an einen Storch in seinem Nest.

»Heute habe ich Mist gebaut, Reese«, sagte er müde. »Ich habe die Materie/Antimaterie-Synchronisierung dermaßen vermasselt, daß ich – theoretisch – das ganze Schiff in die Luft gejagt hätte. Da hatte ich also einen ganz großen Fehler gemacht, aber komischerweise hatte ich direkt danach Glück, als ich das Problem mit den Bodenplatten entdeckte und der Chefingenieur mich deswegen schon fast heiligsprechen wollte.«

Es sah Josiah eigentlich nicht ähnlich, über seine Fehler zu lamentieren, aber wie Reese wußte, war das letzte, was er brauchte, gutes Zureden. »Vielleicht war ja genau das nötig, damit dein Kopf wieder aus den Wolken herauskommt!«

Als er sie fast erschrocken anstarrte, fuhr sie etwas sanfter fort: »Hör mal, Josiah, was meinst du eigentlich, warum man das hier ›Training‹ nennt? Sie *erwarten* von uns, daß wir Mist bauen. Und du bist da nicht der erste! Genau deshalb hat dir ja ein Senior-Offizier über die Schulter geschaut: damit er deinen Hintern – und den aller anderen – retten kann, falls du einen Fehler machst.«

Er zuckte die Schultern. Offensichtlich wollte er nicht mit ihr streiten, hatte aber immer noch seine Zweifel. »Ja, nun... es hat mich einfach ein wenig... unsicher gemacht. Ich bin zur Sicherheitsüberprüfung der Shuttles eingeteilt worden, insbesondere derjenigen, die bei der Simulation eingesetzt werden. Und jetzt mache ich mir Sorgen, ich könnte vielleicht irgend etwas übersehen haben.« Er machte eine vage Geste mit seiner großknochigen Hand. »Irgendwann morgen werden zwei Leute in diese Kiste gesperrt, und wenn ich den Sicherheitscheck vermassle, könnte sie das ihr Leben kosten.«

»Nun komm schon«, meinte Diksen aufmunternd. »Ich habe doch selbst gesehen, wie du diese Checks durchgeführt hast. Du hast dieses Ding von Bug bis Heck untersucht, und das mit jedem Diagnosegerät, das du auftreiben konntest. Und du weißt ganz genau, daß es speziell ausgelegte Schilde besitzt, über doppelte Wandstärke verfügt und die gesamte Ausstattung mit besonderen Isolatoren ausgerüstet wurde. Außerdem hat das Shuttle zusätzliche automatische Feuerlöscheinrichtungen, und die Leute tragen während der Simulation Druckanzüge für den Fall, daß ein Leck auftritt.«

Josiah schüttelte sorgenvoll den Kopf. »Wir sind hier aber nicht mehr in der Schule, Reese. Und es ist auch keine Computer-Simulation. Dieses Schiff wird von Phasern getroffen werden. Meine Aufgabe ist es, das Shuttle darauf vorzubereiten. Und ich glaube, ich zeige langsam Nerven – vielleicht wächst mir die ganze Sache ja einfach über den Kopf.«

Diksen starrte ihn vorwurfsvoll an. »Was redest du da eigentlich? Früher haben wir nachts zusammengehockt und von dem Tag geredet, an dem wir endlich richtige Arbeit leisten würden! Ich hänge jetzt am Kommunikationspult fest wie ein überqualifizierter Techniker, während du genau auf dem Gebiet arbeitest, das dir immer vorgeschwebt hat! Als wir unsere Einsatzgebiete zugeteilt bekamen, hast du dir die Hände gerieben und über das ganze Gesicht gestrahlt!«

Sie packte ihren Freund bei den Schultern und brachte ihn dazu, sie anzusehen. »Du hast dein ganzes Leben lang auf diesen Augenblick gewartet! Wie oft hast du mir erzählt, du hättest dir nie etwas anderes vorstellen können, als an Bord eines Sternenschiffes zu dienen? Du hast doch immer gesagt ›Der Maschinenraum ist der richtige Platz für mich. Das ist der Ort, an dem alle wichtigen Dinge passieren.‹ Und jetzt hast du die Chance, wirklich zu erleben, was es damit auf sich hat. Im Moment leidest du nur am üblichen Lampenfieber, genau wie alle Kadetten. Sieh zu, daß du darüber hinwegkommst!«

Josiah blinzelte ein paarmal und nickte dann, als würde er alles einsehen, was sie gesagt hatte. Aber so war es immer zwischen ihnen gewesen. Auch Reese hatte Josiahs aufmunternden Sprüchen vertraut, wenn es ihr so vorkam, als würde die Belastung zu groß für sie. Deshalb waren sie auch während all der Jahre an der Akademie so gute Freunde geblieben und hatten sich darum bemüht, auf das gleiche Schiff versetzt zu werden. Sie konnten sich gar nicht vorstellen, ihre Karrieren zu beginnen, ohne den anderen als Stütze in der Nähe zu wissen.

»Ich weiß, daß du recht hast, Reese«, sagte Josiah, während sein schmales Gesicht langsam wieder den für ihn typischen, munteren Ausdruck annahm. »Du weißt eben immer, was du sagen mußt. Vielleicht haben sie dich ja deswegen an die Kommunikationsstation gesetzt!«

Grinsend schlug sie ihm auf die Schulter, und beide mußten lachen.

Als Reese schließlich wieder an ihrer Station auftauchte, um den dort sitzenden Senior-Offizier abzulösen, war ihr durchaus bewußt, daß sie sich um dreißig Sekunden verspätet hatte.

»Schön, Sie zu sehen, Diksen«, meinte der Captain sanft, bevor Pulver einen kräftigeren Kommentar abgeben konnte. »Ich befürchtete schon, Sie hätten beschlossen, den Dienst zu quittieren.«

Die an den speziellen Humor des Captains gewöhnte Brückencrew kicherte leise. Abgesehen natürlich von Sonak, dem Vulkanier, der lediglich eine Augenbraue hob, und Commander Pulver, die sie mißbilligend anblickte.

Diksen wollte sich gerade für die Verspätung entschuldigen, als ihr leerer Magen so laut knurrte, daß alle zu ihr hinüberschauten. *Jetzt explodieren meine Ohren,* dachte sie, als sie spürte, wie das Blut hineinschoß. Sogar Sonak starrte sie an, beide Augenbrauen in einer Mischung aus Neugier und leiser Verachtung hochgezogen. Selbst die sonst so steife Pulver schien sich zu amüsieren, denn sie wandte sich ab, um ihren Gesichtsausdruck zu verbergen. Reese beschloß, alle zu ignorieren, und beugte sich über ihr Pult.

Links von ihr leuchtete ein Warnsignal auf, und im gleichen Moment meldete sich eine Stimme über den an ihrem rechten Ohr befestigten Empfänger.

»U.S.S. *Starhawk* grüßt U.S.S. *Paladin.*« Die Stimme gehörte dem Computer der *Starhawk,* wie Reese mit gewisser Enttäuschung feststellte.

»Captain«, meldete sie, »wir werden von der *Starhawk* gerufen.«

»Wie gut, daß Sie zurückgekommen sind, Diksen«, meinte Romolo freundlich, »sonst hätten Sie das glatt verpaßt. Die *Starhawk* ist früh dran. Legen Sie die Verbindung auf den Schirm.«

Ihre Hände huschten über das Pult, und ein neues Bild erschien auf dem großen Hauptschirm. Vor den Augen der Crew tauchte die Brücke eines Sternenschiffes auf. Eine auf exotische Weise schöne Frau saß im Sessel des Captains.

»*Zdrastvuitye, Paladin*«, sagte die Frau lächelnd und strich sich eine Locke des von Silberfäden durchzogenen schwarzen Haars aus dem Gesicht.

»Seien Sie gegrüßt, *Starhawk*«, erwiderte Captain Romolo. »Schön, Sie wiederzusehen, Captain Akhmatova.«

Da war etwas in seiner Stimme… Reese schaute über die Schulter, konnte Romolos Gesichtsausdruck jedoch von ihrem Platz aus nicht erkennen. In Akhmatovas Miene hingegen war eine Wärme und Vertrautheit zu sehen, die sie zu der Vermutung veranlaßte, zwischen diesen beiden müßte eine besondere, seit vielen Jahren bestehende Verbindung existieren.

Sie hatte niemals die Captains von Sternenschiffen mit normalen, zwischenmenschlichen Beziehungen in Verbindung gebracht. Wenn sie an die langen Stunden zurückdachte, die sie mit ihren Nachforschungen über Kirk zugebracht hatte, konnte sie sich nicht erinnern, in den Berichten viel über sein Privatleben entdeckt zu haben. Natürlich gab es dort Informationen über seinen Vater, seine Familie, seine Schulzeit, doch sobald er von der Akademie aufgenommen worden war, versiegten derartige Hinweise völlig. Es war, als würde sich sein ganzes Leben auf die *Enterprise* und die Fünf-Jahres-Mission konzentrieren. Er war für Reese so lange ein unsichtbarer Mentor gewesen, so lange die Person, nach deren Vorbild sie sich selbst zu formen suchte, daß sie den Lücken in den Aufzeichnungen keine Beachtung geschenkt hatte. Wie entwickelten die Captains von Sternenschiffen überhaupt eine Beziehung? Für wie lange konnte sie bestehen? Und wie funktionierte sie? War so etwas überhaupt möglich? Sie würde wohl noch einige Nachforschungen anstellen müssen…

Ein vertrauter Name riß sie aus ihren Gedanken.

»Admiral Kirk bedauert, nicht hier sein zu können,

um Sie persönlich zu begrüßen«, erklärte Akhmatova Romolo, »aber er befindet sich unten im Maschinenraum, um einige der Verbesserungen zu begutachten, die dort vorgenommen worden sind.«

»Absolut verständlich«, bemerkte Romolo. »Würden Sie eine Bitte an ihn weitergeben?«

Akhmatova nickte zustimmend.

»Fragen Sie den Admiral, ob wir ihm die *Paladin* präsentieren dürfen. Wir haben hier eine Gruppe vorzüglicher Kadetten, die sich geehrt fühlen würden, von ihm gemustert zu werden.«

»Ich werde diesen Vorschlag weiterleiten«, versicherte Akhmatova.

»Es ist schön, wieder mit Ihnen zusammenzuarbeiten, Captain«, sagte Romolo warm, als sie ihr Gespräch beendeten.

Diksen seufzte enttäuscht und ließ sich in ihren Sessel zurücksinken. War das nicht eine ausgesprochen profane Unterhaltung gewesen?

Als Kirk die große Materie/Antimaterie-Kammer betrachtete, während der Chefingenieur ein paar neue technische Spielsachen erläuterte, merkte er selbst, wie seine Gedanken abschweiften. *Ich frage mich, was Scotty zu all diesen neuen Gimmicks sagen würde. »Aye, Captain, sehr hübsch, das ist schon wahr, aber ich wüßte gerne, ob man sich auch im Ernstfall darauf verlassen kann …«* Dies hier war die zweite Schiffsführung innerhalb von vier Stunden – und genau das hatte er befürchtet, als man ihm von Romolos Einladung berichtete. Während der letzten halben Stunde hatte Kirk seine düsteren Ahnungen allerdings fast vergessen.

Der Captain der *Paladin* war so entspannt, so umgänglich, daß es Jim schon wenige Minuten nach ihrer ersten Begegnung so vorkam, als würde er diesen Mann seit Jahren kennen. Romolos offensichtliche Professionalität und sein Vertrauen in die eigene Verantwortlichkeit spiegelten sich in jedem Bereich des Schiffes wider, den Kirk besuchte. Zugleich hätte der Admiral schwören können, daß hier nirgendwo die sonst übliche Hysterie bei der Vorbereitung einer Inspektion geherrscht hatte. Und das alles trotz der Tatsache, daß das Schiff eine große Anzahl völlig unerfahrener Kadetten transportierte. Kadetten, die unter Romolos Obhut irgendwie gar nicht mehr so unerfahren wirkten.

Was es mit dieser Obhut auf sich hatte, kam Kirk im Maschinenraum richtig zu Bewußtsein.

»Admiral«, sagte Romolo und winkte einen jungen Mann näher heran, »ich möchte Ihnen Mr. Josiah Ngo vorstellen. Kadett, berichten Sie dem Admiral, was Sie bei der Inspektion herausgefunden haben, kurz bevor wir von der Starbase zu dieser Mission aufgebrochen sind.«

Der schlanke, braunhäutige Mann nickte und wandte sich Kirk zu. Er nahm etwas von einer Konsole, das aussah wie eine Platte der standardmäßigen Bodenabdeckung, und ergriff mit der anderen Hand ein Diagnosegerät – eines jener Sorte, die auch Scotty ständig benutzt hatte, wenn Kirk sich recht erinnerte.

»Diese Platte«, erklärte Ngo, »gehörte zum Boden der Materie/Antimaterie-Kammer. Üblicherweise ist alles in diesem Bereich so oft überprüft worden, daß man eine ausreichende Sicherheit als gegeben voraussetzt. Ich wurde eingeteilt, um den gesamten Bereich noch einmal zu überprüfen, und zwar unter besonderer Berücksichtigung der strukturellen Integrität, was einfach genug ist, wenn man über einen Reichman-Analysierer verfügt. Der Analysierer meinte, die Bodenplatten seien in Ordnung, aber ... aber ich war damit nicht zufrieden. Irgend etwas an diesem Bodenbelag ... nun, es *fühlte* sich einfach nicht richtig an. Wenn man darüberging ... irgendwie gab es da Unterschiede. Also habe ich den Reichman-Analysierer mit einem vulkanischen T'Pell-Molekularsanierer verbunden und dabei festgestellt, daß sich die Daten widersprachen.«

»Diese beiden Geräte sind von der Konstruktion her nicht dafür ausgelegt, miteinander verbunden zu arbeiten«, murmelte Kirk überrascht.

»Ich weiß, Sir«, stimmte Ngo mit einem schüchternen Lächeln zu, »aber die Zusammenschaltung hat uns definitiv bewiesen, daß etwas mit dem Belag nicht stimmte. Etwas, das mit keinem anderen Analysegerät festzustellen war.«

Chefingenieur Gambeta, eine gutaussehende afrikanische Frau, deren Haut um mehrere Schattierungen dunkler war als die Ngos, trat vor. »Als Josiah mir seine Bedenken vortrug, habe ich den Belag sofort auswechseln lassen.«

Kirks Augenbrauen hoben sich. Diese simple Feststellung überging die Tatsache, daß alle Maßnahmen im Bereich der Materie/Antimaterie-Kammer grundsätzlich gefährlich und arbeitsintensiv waren.

»Es blieb mir auch gar keine andere Wahl«, fuhr Gambeta fort, »da die Sicherheit der Kammer betroffen war. Beinahe hätten wir sogar diese Mission absagen müssen. Doch nachdem wir den Belag entfernt hatten, ließ sich erheblich leichter feststellen, daß die Platten subtile Schäden auf der molekularen Ebene erlitten hatten, die vermutlich während der Überholung des Schiffes entstanden waren. Der Zustand hätte sich langsam weiter verschlechtert, bis sich die Platten schließlich aufgelöst hätten. Wenn das geschehen wäre, während wir uns im Raum befanden, möglicherweise bei Warpgeschwindigkeit ...« Sie warf Kirk einen bedeutungsvollen Blick zu. »Wir haben dann rund um die Uhr gearbeitet, um den Zeitplan der *Recovery* einzuhalten.«

Kirk nickte und bedachte Ngo mit einem bewundernden Blick. »Und all das haben Sie entdeckt, nur aufgrund eines Gefühls?«

Unbehaglich verlagerte der Kadett sein Gewicht von einem Bein aufs andere. »Ich weiß, Sir, es klingt nicht sehr wissenschaftlich …«

»Entschuldigen Sie sich nicht«, entgegnete Kirk. »Vertrauen Sie Ihren Instinkten, Ihren Gefühlen. Sie haben einmal recht behalten, und das wird wieder geschehen. Also hören Sie darauf. Diese Art von Instinkt kann man nicht lernen. Gute Arbeit, Kadett.«

»Vielen Dank, Admiral«, sagte der junge Mann mit einem scheuen Lächeln, während Romolo Kirk weiterführte.

»So, dann wußten Sie also nicht, daß wir zu dieser Übung mit einer ganzen Schar Jungvolk auftauchen würden?« fragte Romolo, als sie den Maschinenraum verließen.

»Ich bin tatsächlich etwas verwundert«, gab Kirk zu, während sie durch die Korridore gingen. »Angesichts der Anwesenheit feindlicher …« Er unterbrach sich. »Das heißt, unserer *Nachbarn*« – er registrierte erfreut Romolos wissendes Lächeln – »hätte ich nicht gedacht, daß Starfleet diese Aktion als einfache Übung einstuft.«

»Nun, es ist ja auch wirklich nur eine Simulation«, gab Romolo zu bedenken, »und der Botschafter wird sich auf der *Starhawk* mit unseren *Nachbarn* befassen, so daß es kaum zu irgendwelchen Auseinandersetzungen kommen dürfte. Und zumindest für die Kadetten ist es ein aufregender Einsatz. Sie nehmen an einer bedeutenden Übung teil und kommen unseren Nachbarn dabei nahe genug, um Witterung aufzunehmen. Außerdem ist es wirklich eine gute Truppe.«

»Sieht ganz so aus. Von dem jungen Ngo war ich durchaus beeindruckt – auch wenn er so aussieht, als wäre er erst zwölf. Ich denke, er sollte zu dem Team gehören, das im Shuttle an der Simulation teilnimmt. Mein Gefühl sagt mir, daß er dort am rechten Platz wäre.« Er warf Romolo einen wissenden Blick zu. »Ich fürchte, Sie werden recht häufig mit solchen Trainingsmissionen betraut werden, Captain.«

Romolos Lippen verzogen sich zu einem Lächeln, das sich über das ganze Gesicht ausbreitete; in seiner Stimme klang deutlicher Stolz auf seine jungen Untergebenen mit. »Ich habe keine Vorbehalte gegenüber dem Jungvolk, Sir, das ist allgemein bekannt. Als ich damals Kadett war, hatte ich glücklicherweise selbst einen guten Captain. Das kann bei der Ausbildung eines Offiziers einen gewaltigen Unterschied ausmachen.«

Kirk nickte und betrachtete den rundlichen Captain mit Sympathie. Er konnte sich gut vorstellen, was es für die Kadetten bedeutete, unter Romolo zu dienen. Er besaß eine menschliche Wärme, die anderen Captains nur zu oft abging. Angesichts der Belastungen und Anforderungen, die eine derartige Position mit sich brachte, war es schwer, sich so etwas zu bewahren. *Pille würde diesen Burschen mögen,* dachte er bei sich. Dann fiel ihm wieder das Gespräch ein, das er mit Akhmatova geführt hatte.

Baldassare ist ein alter Freund ... aber die Pflichten eines Captains lassen keine Zeit für Wiedersehensfeiern.

»Da wir hier schon wie zwei alte Freunde spazierengehen und uns unterhalten, Captain Romolo ...«, begann Kirk plötzlich.

»Wenn wir uns als Freunde unterhalten, dann nennen Sie mich bitte Baldassare«, warf der umgängliche Captain ein.

Kirk nickte erfreut. »Also schön, Baldassare. Und ich heiße Jim. Ich wollte gerade erzählen, daß ich ein wenig Zeit mit Captain Akhmatova verbracht habe. Wir hatten ein ... interessantes Gespräch. Sie hat keine Angst davor, einem Admiral auf den Zahn zu fühlen!«

»Kann ich mir vorstellen«, meinte Romolo grinsend. »Zhanya ist ein höllischer Captain, und ein ziemlich beeindruckendes menschliches Wesen. Wir sind gleichzeitig an die Akademie gekommen. Zhanya war die Klassenbeste – und ich muß gestehen, daß ich nicht mal zu den ersten zehn gehörte. Bei allen Prüfungen, die ich ablegte, hat sie mir geholfen. Während dieser Jahre waren wir immer gute Freunde. Auch auf den ersten Schiffen haben wir gemeinsam gedient. Doch dann kamen die Beförderungen, und die Zeit verging. Und es wird immer schwerer und schwerer, mit alten Freunden zusammenzutreffen.«

Damit hatte Romolo zum erstenmal in Kirks Gegenwart etwas gesagt, in dem ein Hauch von Melancholie mitschwang. »Ich verstehe das vollkommen, Baldassare«, erwiderte er voller Mitgefühl. »Und weil ich das so gut verstehe, habe ich mich schon gefragt, ob Sie mich wohl um einen Gefallen bitten werden.«

Der Captain warf ihm einen so verdutzten Blick zu, daß Jim lächeln mußte. »Wissen Sie«, meinte er, »ich kann mich gar nicht mehr daran erinnern, wann ich zuletzt auf einem Schiff war, ohne daß mich einer der Offiziere um einen Gefallen gebeten hätte – üblicherweise geht es dann um irgendeine für Nogura bestimmte Petition. Aber nachdem ich Zhanya begegnet bin und jetzt mit Ihnen gesprochen habe, warte ich schon darauf, daß Sie mich um etwas Persönliches bitten.« Kirk bedachte den Captain mit einem aufmunternden Lächeln, doch Romolo wirkte nur noch verwirrter.

»Sie und Captain Akhmatova sind alte Freunde. Sie

verbringen heutzutage nur noch sehr wenig Zeit gemeinsam. Kürzlich ... habe ich selbst an einige alte Freunde gedacht, die ich jetzt nicht mehr sehe – und das hat mir schwer zu schaffen gemacht. Warum übergeben Sie das Kommando nicht Ihrem Ersten Offizier, solange ich hier an Bord bin? Ich kann auf der Brücke bleiben – nur um den Schein zu wahren. Gewiß wird Ihr Erster Offizier mit allem fertig, was passieren könnte. Und auf diese Weise könnten Sie Ihre alte Freundin wiedersehen.«

So würde ich es jedenfalls mit meinen Freunden halten, wenn ich die Möglichkeit hätte ...

Der Vorschlag traf Romolo unvorbereitet. »Admiral ... ich könnte doch keinen Vorteil daraus ...«

Kirk warf ihm einen mahnenden Blick zu, und der Captain der *Paladin* korrigierte sich sofort. »Ich meine ... Jim ... was ist mit der Simulation?«

»Genau das ist der Punkt – es ist eine *Simulation*. Die letzte in einer langen Reihe von Simulationen. Und ich scheue mich auch nicht zuzugeben, daß Ihr Schiff ... nun, es erinnert mich einfach zu sehr an die *Enterprise*. Ich gestehe sogar, daß es äußerst reizvoll wäre, wieder einmal auf der Brücke zu stehen. Selbst wenn es nur während einer Übung ist.«

»Das ist ein sehr großzügiges Angebot, Jim«, stimmte Romolo, immer noch zögernd, zu. »Ich könnte Zhanya besuchen und noch vor der Demonstration mit dem Shuttle zurück sein.«

Kirk schüttelte den Kopf. »Machen Sie sich darum keine Sorgen. Das ist reine Routine. Wir können die ganze Angelegenheit für uns behalten. Ich glaube nicht, daß Starfleet überhaupt eine Vorstellung davon hat, welchen Preis der Captain eines Sternenschiffes dafür zahlt, in diesem Kommandosessel zu sitzen. Ich meine den *menschlichen* Preis – Freundschaften, Beziehungen ...« Seine Stimme verlor sich, als er an Lori

Ciana dachte, an Pille, an Spock… »Wirklich, Baldassare, ich weiß sehr gut, wie selten sich derartige Gelegenheiten überhaupt bieten. Also ziehen Sie Ihren Nutzen daraus. Und ich hoffe, ich werde unterdessen Ihre Kadetten nicht verderben!«

Romolo schmunzelte. »*Das* wäre nun wirklich meine letzte Sorge!«

4

»Die *Recovery* ist jetzt auf dem Schirm«, meldete die kühle, präzise Stimme Commander Pulvers vom Platz des Captains her.

Reese drehte sich zum Schirm um, und ihre Kinnlade sackte ein wenig nach unten, als das mächtige Evakuierungsschiff auf seine vorgesehene Position zwischen den beiden Sternenschiffen manövrierte. Sie hatte zwar Modelle des Rettungsschiffs gesehen, doch erst jetzt, als die gewaltige Masse den Raum zwischen den Sternenschiffen ausfüllte, vermochte die Kadettin die tatsächliche Größe des Raumers abzuschätzen. Sowohl die *Paladin* wie auch die *Starhawk* wirkten wie Kolibris, die neben dem Monsterschiff schwebten. Einer der Senior-Offiziere, ein rothaariger Mann mit sorgfältig gestutztem Schnurrbart, pfiff bewundernd.

»Eine akkurate Einschätzung«, bemerkte Sonak, der vulkanische Wissenschaftsoffizier, »sofern ich Ihre Reaktion als anerkennend beurteilen darf, Mr. Sandover. Die *Recovery* ist die erste ihrer Art, eine wahrhaft einzigartige Unternehmung.« Er machte eine bedeutungsvolle Pause, bevor er hinzufügte: »Genau wie dieser Moment. Wenn Sie Ihre Aufmerksamkeit auf die obere rechte Ecke des Schirms richten, werden Sie dort drei Schiffe erkennen. Eines ist klingonisch, eines romulanisch … und das dritte gehört den Tholianern. Eine höchst außergewöhnliche Zusammenkunft.«

Reese starrte in stummem Staunen auf das Bild:

Neben einer plumpen klingonischen Bird-of-Prey schwebte ein schlankerer, eleganterer romulanischer Warbird; zwischen den beiden hing wie ein Sperling unter zwei Falken das kleine, dreieckige tholianische Schiff. Es war eine Sache, feindliche Schiffe bei den Übungen an der Akademie zu erkennen, doch etwas ganz anderes, sie leibhaftig vor sich zu haben.

»Gut gesagt, Mr. Sonak«, erklang Captain Romolos volltönende Stimme aus der Richtung des Turbolifts.

Das gesamte Brückenpersonal wandte sich in seine Richtung und nahm augenblicklich Haltung an, als ein Mann mit Admiralstressen an der Uniform hinter dem Captain aus dem Lift trat. Reese war so in den Anblick der *Recovery* vertieft gewesen, daß sie nicht einmal das Öffnen der Lifttüren bemerkt hatte.

In dem kurzen Moment, bevor Romolo den Besucher vorstellen konnte, dämmerte es Reese, um wen es sich handelte. Er trug Admiralstressen. Dieses gutaussehende, offene Gesicht unter dem brünetten Haar, diese haselnußbraunen Augen, das konnte nur ...

»Sieht so aus, als wäre unser Timing perfekt«, bemerkte Romolo und warf einen Blick auf die Uhr. »Die *Recovery* ist genau dort, wo sie sein soll. Das heißt, die Simulation beginnt in etwa fünfzehn Minuten. Ich darf Ihnen allen Admiral James T. Kirk vorstellen.« Romolo bewegte sich entlang des oberen Brückenbereichs, um Kirk mit seinen Offizieren bekanntzumachen. »An der Navigation haben wir Mr. Leandro Sandover ...«

Der Captain ging langsam weiter, um Kirk Gelegenheit zu geben, sich mit Namen und Funktionen der Besatzungsmitglieder vertraut zu machen.

Die ganze Zeit über zwang sich Diksen, in aufrechter Haltung und mit durchgedrückten Knien stehenzubleiben, obwohl sie einen ausgeprägten Fluchtreflex verspürte. Sie hatte alles über Kirk gelesen, was sie in die Finger bekommen konnte, und nun war er hier.

Der größte Sternenschiff-Captain, den die Föderation je hervorgebracht hatte. *Hier.* Sie blinzelte und merkte, daß der Captain an ihrer Station angekommen war. Daß er im Begriff war, sie Kirk vorzustellen. Ihr Gehirn mühte sich, diese Tatsache zu verarbeiten.

»An der Kommunikationsstation haben wir Kadett Reese Diksen«, sagte Romolo. »Es ist ihr erster Einsatz im All.« Der Captain bedachte sie mit einem warmen Lächeln. »Ich weiß nicht, wieviel Zeit Ihnen bleibt, um sich über die Vorgänge an der Akademie auf dem Laufenden zu halten, Sir, aber Diksen hat in diesem Jahr den vulkanischen Preis für herausragende Leistungen gewonnen.«

Reese hatte das Gefühl, als hätte jedes einzelne Blutmolekül beschlossen, sich auf den Weg zu ihren Ohrenspitzen zu begeben. *Nein. Nein. Er wird doch dem Admiral nicht davon erzählen ...!*

Kirks Augenbrauen hoben sich anerkennend. »Tatsächlich? Meinen Glückwunsch, Diksen. Sie sind erst der vierte Mensch, der diesen Preis gewonnen hat.«

Ich weiß, wollte sie sagen, doch kein Wort drang über ihre Lippen. *Sie waren der erste.*

»Worum ging es in Ihrer Arbeit?« fragte Kirk.

Sie öffnete den Mund, doch zum erstenmal in ihrem Leben blieb sie sprachlos.

»Um Sie, Admiral«, erklärte Romolo fröhlich. Kirk drehte sich überrascht zu ihm um, und Reese betete zu Göttern, von denen sie gar nicht gewußt hatte, daß sie an sie glaubte, er möge sie nicht noch einmal ansehen. Doch genau das tat er, als Romolo fortfuhr: »Sie hat den Preis für eine Arbeit gewonnen, in der sie den politischen Wert der Ersten Direktive gegen die praktischen Implikationen abwog. Sie hat Ihre Erfahrungen, Ihre Schwierigkeiten bei der Befolgung der Ersten Direktive als Beleg für die Probleme benutzt, denen sich die Captains von Sternenschiffen gegenübersehen, wenn sie versuchen, diese Philosophie in praktische Handlungen umzusetzen.«

Wie oft hatte Reese sich gewünscht, ihre Untersuchung mit ihm zu diskutieren? Hundertmal, tausendmal hätte sie ihn fragen mögen, weshalb er diese Entscheidung getroffen hatte statt jener, weshalb ihm dieser Weg aussichtsreicher erschienen war als ein anderer. Doch jetzt, als diese Möglichkeit bestand, wollte sie sich einfach nur hinsetzen, wieder zu Atem kommen und versuchen, nicht in Ohnmacht zu fallen.

»Ich bin *beeindruckt*, Kadett«, erklärte Kirk in aufrichtig klingendem Ton. »Ich bedaure, daß ich nicht genug Zeit hatte, um bei den Berichten der Akademie auf dem laufenden zu bleiben, aber ich versichere Ihnen, sobald ich zurück bin, werde ich mir Ihre Studie ansehen. Wenn die Vulkanier sie so hoch einschätzen, muß sie in der Tat interessant sein.« Er lächelte, und ein Funkeln trat in seine braunen Augen. »Ich hoffe, Sie haben meine Karriere nicht ausgerechnet wegen meiner wohlbekannten … Probleme bei der Befolgung der Ersten Direktive ausgewählt.«

Ihre Augen weiteten sich. »O nein, Sir, nein, ganz im Gegenteil!« Sie begriff, daß sie dicht davor stand, nur noch sinnloses Zeug zu brabbeln, und biß sich in die Innenseite der Wange, um ihre sich überschlagenden Emotionen zu zügeln. »Es ist nur … Ihre Aufzeichnungen sind das beste Beispiel für die Schwierigkeiten, denen sich jeder Captain im aktiven Dienst gegenübersieht, der versucht, der Ersten Direktive zu folgen.«

Plötzlich hingen die Worte *aktiver Dienst* wie etwas zwischen ihnen, das besser nicht erwähnt wurde. Ein Schatten schien über Kirks Gesicht zu huschen, doch er fing sich sofort wieder.

»Ihre Akte, Sir«, sagte Diksen, die sich wieder ganz

in der Gewalt hatte, mit fester Stimme, »ist etwas, aus dem jeder Captain viel lernen kann – und das war der Grund, weshalb ich sie ausgewählt habe.«

Romolo schmunzelte über ihre unbekümmerte Ehrlichkeit, und etwas verspätet erkannte sie, daß ein anderer Captain ihre Aussage als beleidigend hätte empfinden können.

»Ich fühle mich geschmeichelt, Diksen«, meinte Kirk. »Vielleicht finden wir Gelegenheit, uns noch einmal darüber zu unterhalten.«

»Jawohl, Sir«, murmelte sie. »Danke, Sir.«

Als der Captain und Kirk weitergingen, hörte sie, wie Romolo dem Admiral erzählte: »Sie hat auch den Kobayashi Maru als Beste ihrer Klasse abgeschlossen.«

Aber ich habe das Szenario nicht überlistet, dachte sie verärgert. Seit Kirk eine Möglichkeit gefunden hatte, die Programmierung zu verändern, waren die Sicherheitsvorkehrungen bei dieser Simulation zusätzlich verstärkt worden.

Dann stellte Romolo Mr. Sonak, den Wissenschaftsoffizier, vor. Sonak stand mit hinter dem Rücken verschränkten Händen an der Wissenschaftsstation. Reese beobachtete, wie Kirk augenblicklich die gleiche Haltung einnahmen, statt die Hand auszustrecken, wie er das bei den menschlichen Mitgliedern der Crew getan hatte. Vulkanier schüttelten Hände, wenn es unbedingt sein mußte, doch es war bei ihnen nicht üblich, und sie wußte, daß die meisten der Berührungstelepathen den Kontakt mit den nichtabgeschirmten Gedanken von Menschen als unangenehm empfanden. Kirk neigte den Kopf respektvoll vor Sonak, als der Captain sie einander vorstellte, trat jedoch nicht näher an den Vulkanier heran. Dabei entging Reese nicht die leichte Veränderung in seinem Ausdruck.

Sie war kaum wahrnehmbar und beschränkte sich hauptsächlich auf seine Augen, doch Reese hatte den

Eindruck, daß die Begegnung mit Sonak Erinnerungen an all die Jahre wachrief, in denen Kirk mit dem Vulkanier Spock zusammengearbeitet hatte. Sonaks Züge glichen denen eines jeden Vulkaniers mittleren Alters, dem sie bisher begegnet war, so sehr, daß sie sich mitunter fragte, wie vulkanische Frauen sie auseinanderhalten konnten. Er hatte das gleiche schwarze Haar mit den in die Stirn gekämmten kurzen Fransen, wie sie die Vulkanier bevorzugt trugen, und die gleichen braunen Augen, die sie von Spocks Bildern her kannte. Auch Größe und Statur waren ähnlich, und Reese wußte, daß sich die Körpersprache von Vulkaniern so sehr glich, daß es fast schon unheimlich war. Sonak war jünger als Spock, doch bei Vulkaniern zwischen dreißig und hundert spielte das kaum eine Rolle.

Während Reese Kirk studiert hatte, hatte sie auch eine Menge über seine Crew erfahren, insbesondere über seine engsten Mitarbeiter, seinen Ersten Offizier, Mr. Spock, und den Arzt Dr. McCoy. McCoy hatte Starfleet ziemlich abrupt nach dem Ende der Fünf-Jahres-Mission verlassen – aus Gründen, die sie nie hatte herausfinden können – doch noch verblüffender war das Schicksal von Spock. Er hatte Starfleet ebenfalls verlassen und schien dann verschwunden zu sein. Sie hatte keinerlei Informationen über ihn gefunden, in keiner Akte, nirgendwo. Sie fragte sich, ob Kirk Bescheid wußte, und ob dieses Wissen seine Begegnung mit Sonak beeinflußte. Reese beobachtete die Interaktion zwischen den beiden Männern mit einem voyeuristischen Interesse, das sie selbst überraschte.

»Mr. Sonak«, fragte Kirk, »dienen Sie schon lange zusammen mit Captain Romolo?«

»Drei Jahre, zehn Monate, zweihundertzwölf Tage, sechs Stunden und ...«

»Ja«, unterbrach Kirk, bevor der Vulkanier auch

noch die Minuten und Sekunden aufzählen konnte. Dann lächelte er, und wieder war sein Blick dabei voller Wärme. »Ich... habe mit einem vulkanischen Wissenschaftsoffizier an Bord der *Enterprise* zusammengearbeitet.«

»Ja, Sir«, erwiderte Sonak. »Sie haben zusammen mit Spock gedient, der zugleich Ihr Erster Offizier war. Seine Karriere war hervorragend. Er dient uns anderen als Vorbild. Sein Verständnis menschlicher Wesen, ihrer Kultur und sogar ihres Humors war bemerkenswert.« Sonaks Ausführungen klangen fast enthusiastisch – jedenfalls für einen Vulkanier.

Kirk nickte. »Ich muß zugeben, die Erfahrung, mit einem Vulkanier zusammenzuarbeiten, war ausgesprochen... faszinierend.« Der Anflug eines Grinsens huschte über seine Lippen; er wirkte wie ein Mann, der sein Leben lang darauf gewartet hat, diesen besonderen Ausdruck zu benutzen.

Sonak zog fast amüsiert eine Augenbraue hoch, als Romolo Kirk zum Sessel des Captains führte, neben dem sein Erster Offizier noch immer in vorschriftsmäßiger Haltung stand. Pulver war so kühl und konzentriert wie immer – kein Haar lag am falschen Platz, und in ihren eisblauen Augen war nicht die geringste Spur von Nervosität zu entdecken.

Als der Captain die beiden vorstellte, streckte Kirk seine Hand aus und sagte: »Commander, Ihre Karriere ist mir durchaus bekannt. Soweit ich weiß, steht Ihnen mittlerweile ein eigenes Kommando zu.« Diksen mußte zugeben, daß Pulver weitaus mehr wie der Captain eines Sternenschiffes wirkte als der fröhliche Romolo. Allerdings würde sie ihrer Besatzung auch einiges abverlangen.

Pulver nickte einmal kurz, wobei ihr schulterlanges Haar leicht nach vorne schwang. Diksen war überrascht, daß es sich überhaupt bewegen konnte, da die

Frau ansonsten den Eindruck machte, sie sei aus Stein gemeißelt. »Das ist richtig, Sir, und ich habe diese Möglichkeit einer ernsthaften Prüfung unterzogen«, bestätigte Pulver.

»Mir graut schon vor ihrer Beförderung«, erklärte Romolo mit bühnenreifem Flüstern. »Wenn sie mich tatsächlich verläßt, um ein eigenes Schiff zu kommandieren, dann muß ich mich wirklich wie ein Captain benehmen. Und diese Aussicht begeistert mich ehrlich gesagt nicht gerade!«

Die beiden Männer grinsten; Pulver reagierte auf das Kompliment, indem sie ihren Mundwinkeln gestattete, sich leicht nach oben zu bewegen – soweit Diksen das beurteilen konnte, kam ihr Gesichtsausdruck damit einem Lächeln näher als je zuvor.

»Falls Sie mal den Wunsch haben sollten, über Ihre Entscheidung zu diskutieren, Commander, steht Ihnen meine Tür immer offen«, versicherte Kirk.

»Oh, vielen Dank, Admiral«, sagte sie und klang dabei tatsächlich geschmeichelt.

»Sehr schön!« meinte Romolo. »Wie ich sehe, Admiral, werden Sie und meine Brückencrew hervorragend miteinander auskommen!« Er wandte sich seinem Stab zu und sagte: »Der Admiral hat freundlicherweise angeboten, mich für kurze Zeit zu vertreten.«

Reese zuckte zusammen, als sie diese Worte vernahm. Kirk würde das Kommando über die *Paladin* übernehmen? Jeder auf der Brücke schien über diese Wendung überrascht zu sein, und selbst die ansonsten unerschütterliche Pulver blinzelte ein paarmal, bevor sie ihre Haltung wiedergewann.

»Commander Pulver«, fuhr Romolo fort, »Sie übernehmen natürlich das Kommando, während der Admiral als ... hilfreicher Beobachter auf der Brücke bleibt.«

Als *Beobachter*? Reese konnte es kaum glauben. Der

größte Captain aller Zeiten würde einfach nur herumstehen und zuschauen, wie Pulver ihre kurzen und knappen Kommandos gab?

»Sie alle wissen ja, was während der Simulation von Ihnen erwartet wird«, meinte Romolo leutselig. »Zeigen wir also dem Admiral, wozu ein gutes Team fähig ist.« Er drehte sich zu Kirk und schüttelte ihm die Hand. »Nochmals vielen Dank, Sir.«

»Es ist mir ein Vergnügen, Captain«, sagte Kirk, und Reese kam es so vor, als würde er das auch tatsächlich so meinen.

War es möglich, daß sie recht gehabt hatte? Hatte die Admiralität nicht das gehalten, was sich Kirk davon versprochen hatte? Aber wie sollte sich auch ein Schreibtischjob je mit der Fünf-Jahres-Mission der *Enterprise* vergleichen lassen können?

Romolo verließ die Brücke mit raschen Schritten. Pulver bewegte sich mit einer Spur von Unsicherheit zum Sessel des Captains hinüber und schaute dabei Kirk forschend an.

»Bitte«, sagte der Admiral, an die gesamte Mannschaft gerichtet, »es ist zwar nur eine Simulation, aber sie dürfte trotzdem ziemlich schwer zu bewältigen sein, wenn Sie weiterhin in Hab-acht-Stellung bleiben.« Er lächelte, und tatsächlich schienen sich die meisten ein wenig zu entspannen. »Rühren, und gehen Sie wieder an Ihre Positionen.«

Zögernd folgte die Crew seiner Anweisung, doch lediglich Sonak schien in der Lage zu sein, seine Arbeit sofort und offenbar unbeeindruckt wieder aufzunehmen. Doch wann hatte sie es schon erlebt, daß der Vulkanier die Fassung verlor?

Während Reese sich zwang, ihre Aufmerksamkeit wieder auf ihr Pult zu richten, bemühte sie sich gleichzeitig, nicht an den Mann zu denken, der ziellos auf der Brücke umherspazierte, als befände er sich zum erstenmal in einer derartigen Umgebung. Doch es wollte ihr nicht gelingen. Es geschah, es geschah wirklich. Sie diente unter Kirk! Das war wie...

Sie wäre vor Schreck beinahe aufgesprungen, als Josiahs Stimme plötzlich in ihr Ohr flüsterte. Dann begriff sie, daß die Stimme aus dem Empfänger kam, den sie an ihrem Ohr befestigt hatte. Sie berührte ihr Pult, um den Empfang zu verbessern. Was wollte er nun schon wieder?

»Bist du ihm inzwischen begegnet?« zischelte Ngo. Ohne Zweifel befand er sich noch im Maschinenraum und machte von dort aus diesen irregulären Anruf. Ihm würde klar sein, daß sie nicht viel antworten konnte. Und Reese wußte sehr genau, wen Josiah mit ›er‹ meinte.

»Hmhm«, antwortete sie so leise wie möglich. Es war keineswegs ungewöhnlich, daß ein Kommunikationsoffizier mit gedämpfter Stimme direkt über die Pultverbindung sprach. Schließlich wurde nicht jeder, der den Captain sprechen wollte, auch wirklich zu ihm durchgestellt. Eine gewisse Vorauswahl zu treffen, gehörte ebenfalls zu ihren Aufgaben.

»Hier unten war er sehr freundlich«, berichtete Josiah. »Ist er schon wieder weg?«

»Nhnh.«

»Immer noch auf der Brücke, was? Na, dann starr ihn nicht an, und paß auf, daß deine Ohren nicht rot werden!«

Reese blickte finster auf ihr Pult. Beide Ratschläge kamen zu spät, um ihr noch zu nutzen.

»Kirk hat mich für das Shuttle eingeteilt«, erzählte Josiah. Seine Stimme war von Begeisterung erfüllt, von der früheren Unsicherheit war nichts mehr zu merken.

Reese freute sich mit ihm. Leise fragte sie: »Kommst du damit klar?«

Es folgte eine so lange Pause, daß Reese schon unruhig wurde. Schließlich sagte Josiah mit einem Seufzen: »Ja, mir geht's gut. Wir tragen schon unsere Anzüge und warten nur noch auf den Startbefehl.«

»Irgendwelche Ahnungen?« Das war ein stehender Begriff zwischen ihnen. Josiah hatte sie beide mehrfach allein aufgrund seiner Instinkte gerettet. Er schien zu wissen, wenn irgend etwas – üblicherweise etwas Mechanisches – kurz vor dem Versagen stand.

»Nein. Alles bestens. Aber ich mache jetzt besser Schluß. Wir sind auf Bereitschaftsalarm.«

»In Ordnung. Viel Glück!« Diksen unterbrach die Verbindung. Es kam ihr so vor, als würde jemand sie beobachten, und sie fürchtete schon, wenn sie sich jetzt umdrehte, würde sie Kirk entdecken, der ihr über die Schulter sah. Als sie aufblickte, war es jedoch Sonak, der sie mit ausdrucksloser Miene beobachtete. Sie fragte sich, ob die feinen Ohren des Vulkaniers wohl das Wort ›Ahnungen‹ aufgeschnappt haben mochten. Während sie noch überlegte, ob sie irgend etwas sagen sollte, drang eine andere Stimme an ihr Ohr. Diksen richtete sich ruckartig auf. Es war die *Recovery*.

»Captain. Ich meine, Admiral… ich meine, Commander…« Sie hielt völlig verwirrt inne und versuchte herauszufinden, welche Anrede korrekt war und an wen sie sich überhaupt richten sollte. Dabei half es ihr keineswegs, daß Kirk nicht weit von ihr entfernt stand und sie lächelnd beobachtete.

Pulver drehte sich in ihrem Sessel und bedachte sie mit einem frostigen Blick. »Ja, Diksen?«

Sie schluckte und bemühte sich um Haltung. »Commander, wir werden von der *Recovery* angefunkt.«

»Sehr gut, Diksen«, sagte die britische Offizierin. »Auf den Schirm, bitte.«

Dr. Mola führte Leonard McCoy in einen großen, hörsaalähnlichen Raum, der mit einem Podium, einem mächtigen Bildschirm und aufsteigenden Sitzreihen für die Zuhörer ausgestattet worden war. Die meisten der fünfzig Repräsentanten der FDRA waren bereits anwesend, weshalb Pille und Angelina sich Plätze in einer der hinteren Reihe suchten.

»Dr. Shulman will zusätzliche Erklärungen zu dem abgeben, was das Schiff während der Simulation tut«, erklärte die Ärztin.

Leonard nickte. Er versuchte, sich nicht durch das Wissen ablenken zu lassen, daß sich nicht weit entfernt – zumindest nicht nach den im All üblichen Entfernungsbegriffen – ein Mann befand, den er einst als seinen engsten Freund betrachtet hatte. Ein Mann, mit dem er seit mehr als einem Jahr nicht mehr gesprochen hatte. Ein Mann, von dem er angenommen hatte, ihm nie wieder zu begegnen. Warum machte ihm die Angelegenheit dann jetzt so zu schaffen?

Plötzlich betrat Shulman – als letzter – den Raum. Er bewegte sich so natürlich zum Podium hinüber, daß es schien, als gehöre er dorthin. Doch trotz seines leichten Schrittes wirkte der Konstrukteur des Schiffes auf Leonard zerfahren, und McCoy überlegte, ob er wohl nach der Simulation Gelegenheit haben würde, den Mann einem diagnostischen Check zu unterziehen.

»Somit kommen wir also nach Zotos Vier«, begann Shulman ohne weitere Vorrede, »dem letzten Test der *Recovery.*« Er berührte einen Schalter am Podium, worauf der Bildschirm zum Leben erwachte und den dunstverhangenen Planeten zeigte.

Die Kamera der *Recovery* erfaßte auch die beiden Sternenschiffe, die neben ihr schwebten. McCoy überlegte kurz, auf welchem sich Jim jetzt aufhalten mochte, und verdrängte diesen Gedanken dann wieder.

»Dieser Planet«, fuhr Shulman fort, »der von einer dichten, fast undurchdringlichen Atmosphäre bedeckt ist, hat vor vierundzwanzig Stunden ein schwaches Notsignal gesendet. Ohne Einflußnahme meinerseits hat die *Recovery* das Signal aufgefangen und sich auf den Weg gemacht. Und nun wird sie, ebenfalls ohne Unterstützung durch mich, die Evakuierung von Zotos Vier durchführen.«

Und mit diesen Worten nahm Shulman auf einem Sessel vor den Zuhörern Platz, der für ihn freigehalten worden war.

»Und was nun?« fragte McCoy Mola.

»Sie müssen abwarten und aufpassen!« mahnte sie ihn.

Plötzlich hörte McCoy, wie ein Com-Kanal geöffnet wurde, und zwar so deutlich, als stände er direkt neben Uhuras Pult. Die weibliche Computerstimme der *Recovery* erfüllte die Luft.

»Wissenschaftliche Station Dreizehn auf Zotos Vier, hier ist das Rettungsschiff *Recovery* – können Sie mich hören?«

Für eine Weile erfolgte keine Reaktion, und so wiederholte das Schiff den Ruf. Schließlich, bevor es die Botschaft nochmals wiederholen konnte, war statisches Knistern zu hören, und die Darstellung auf dem großen Schirm änderte sich. Das neue Bild war von Interferenzen unterbrochen und nicht besonders deutlich, doch statt des rotierenden Planeten zeigte es jetzt das Abbild eines hellhaarigen Terraners.

»Wir hören Sie, *Recovery*.«

»Die Evakuierung kann auf Ihr Zeichen hin beginnen«, sagte das Schiff. »Ist das Personal vorbereitet?«

Das Bild stabilisierte sich etwas; McCoy erkannte in dem Mann den Leiter des wissenschaftlichen Teams auf Zotos Vier, Alain Devereaux. »Alle sind optimal vorbereitet«, erklärte Devereaux.

»Die Evakuierung wird nach folgendem Muster durchgeführt«, verkündete das Schiff. »Als erstes die Gesunden, dann die Verletzten, dann die Toten.«

Das ergab durchaus Sinn, dachte der Doktor. Die Gesunden konnten sich um die Kranken kümmern, sobald sie eintrafen.

»Zuletzt«, erklärte das Schiff weiter, »beamen wir die Ausrüstung hoch, gefolgt von den Gebäuden. Die Gesunden werden weitere Instruktionen erhalten, sobald sie an Bord eintreffen.«

»Gebäude?« fragte McCoy überrascht.

»Das Schiff kann Gebäude hochbeamen«, versicherte ihm Mola, »doch es besteht keine Notwendigkeit, sie an Bord des Schiffes zu rekonstruieren. Die Muster werden in einem speziellen Replikator gelagert.«

»Hier ist das FDRA-Schiff *Recovery*«, fuhr das Schiff fort, »ich grüße die U.S.S. *Paladin* und die U.S.S. *Starhawk*. Sie befinden sich in Reichweite einer Notfall-Evakuierung. Falls es sich als notwendig erweisen sollte, können Sie um unterstützende Maßnahmen gebeten werden.«

Plötzlich tauchte auf der linken Seite des Bildschirms die Brücke der *Starhawk* auf, während das Zentrum weiterhin das von Zotos Vier gesendete Bild zeigte. Bei der Person im Kommandosessel handelte es sich nicht um den Captain, sondern höchstwahrscheinlich um den Ersten Offizier. McCoy war darüber nicht weiter überrascht. Er wußte, daß Captains Simulationen für ausgesprochen langweilige Unternehmungen hielten. Jim hatte es an Bord der *Enterprise* üblicherweise Spock überlassen, sich mit dergleichen abzugeben.

Die attraktive eurasische Frau auf dem Kommandosessel der *Starhawk* erwiderte den Gruß des Schiffes. »Hier ist die *Starhawk, Recovery*. Wir haben Ihre Nachricht empfangen und stehen zur Unterstützung bereit. Und Ihnen, Dr. Shulman, wünschen wir viel Glück.«

Von seinem Platz vor dem Auditorium erwiderte Shulman den Gruß mit einem Nicken.

Ein Teil des Bildes auf dem Schirm änderte sich und zeigte nun die fast identische Brücke der *Paladin*. McCoy schnappte unwillkürlich nach Luft, als eine nur zu vertraute Gestalt neben dem Kommandosessel sichtbar wurde.

Jim Kirk, gekleidet in seine graue Admiralsuniform. Der Doktor starrte mit weit aufgerissenen Augen auf den Schirm, wo Kirks breites Grinsen zu verstehen gab, daß er sich ausgesprochen wohl fühlte.

Die Frau neben ihm auf dem Platz des Captains sagte mit präziser Betonung: »Und hier ist die *Paladin, Recovery*, ebenfalls bereit und in Erwartung Ihrer Anweisungen. Auch wir möchten Dr. Shulman, Dr. Mola und allen Vertretern der FDRA unsere besten Wünsche übermitteln.«

Die Abbilder der beiden Brücken hingen Seite an Seite auf dem Schirm vor McCoys ungläubigen Augen, als er die überlebensgroße Gestalt Kirks anstarrte. Der Anblick löste einen akuten Anfall von Heimweh in ihm aus; zum erstenmal seit mehr als einem Jahr erkannte er, wie sehr er seinen alten Freund vermißte – und das Leben an Bord der *Enterprise,* trotz all seines Geredes darüber, wie froh er wäre, nicht mehr zur Flotte zu gehören. Und zugleich empfand er auch wieder jenes Gefühl von Ärger und Frustration wie an jenem Tag bei Starfleet, als er Nogura erklärt hatte, daß Jim auf die Brücke der *Enterprise* gehörte, und nicht an einen Schreibtisch im Hauptquartier.

Selbst jetzt wirkte Jim fehl am Platze, als er neben Commander Pulver stand – und ohne Zweifel war er seit seiner Beförderung keinem Kommandosessel mehr so nahe gekommen. McCoy war sich ziemlich sicher, daß Kirks begeisterte Miene auf seine Anwesenheit auf der Brücke zurückzuführen war – mochte sie auch noch so kurz sein.

»Was macht er denn dort?« flüsterte McCoy entgeistert.

»Er muß Captain Romolo vertreten«, wisperte Angelina in sein Ohr. Sie hielt kurz inne, musterte McCoys Gesichtsausdruck und sagte dann: »Keine Sorge, er kann Sie nicht sehen.«

McCoy zuckte sichtlich zusammen und wandte sich ihr mit betretener Miene zu.

»Er sieht höchstens die Offiziellen in der ersten Reihe«, erklärte Mola verständnisvoll. »Hier hinten wird er Sie nicht entdecken.«

Zum erstenmal in seinem Leben fehlten McCoy die Worte. Er schaute seine alte Mentorin an, während sie prüfend sein angespanntes Gesicht musterte, und begriff, daß er nichts sagen mußte, daß sie auch so alles verstand.

Ihre dunklen Augen drückten Sympathie aus. »Mir war nicht klar, daß die Dinge so zwischen Ihnen beiden stehen. Es tut mir leid, Leonard. Ich weiß, Sie waren einmal gute Freunde. Und es tut weh, gute Freunde zu verlieren.«

Er war nicht in der Lage zu antworten, so schluckte er nur und wandte sich wieder dem Schirm zu, unfähig, den Blick von Kirks lächelndem, entspanntem Gesicht abzuwenden.

Kein Wunder, daß du lächelst, Jim, dachte er bitter. *Auf einer Brücke zu stehen, war das einzige, was dich je wirklich glücklich gemacht hat …*

Er betrachtete Kirk prüfend. Abgesehen von der anderen Uniform hätte er sich genausogut auf der Brücke der *Enterprise* befinden können. Bei der Frau auf dem Kommandosessel mußte es sich um den Ersten Offizier handeln. Dann blinzelte McCoy ungläubig, als er bemerkte, daß ein *Vulkanier* an der Wissenschaftsstation saß. Er mußte sich zwingen, ein verwirrendes Déjà-vu-Gefühl zurückzudrängen.

Die neben ihm sitzende Angelina versteifte sich plötzlich. McCoy folgte ihrer Blickrichtung und sah Shulman, der von seinem Platz aufgesprungen war. Die ganze Haltung des Wissenschaftlers verriet seine innere Anspannung.

»So, Sie sind also ganz vorn dabei, was, Kirk?« rief Shulman zum Bild des Admirals hinauf. »Ich hätte ja erwartet, Sie würden die ganze Sache in Ihrem komfortablen VIP-Quartier aussitzen! Oder sind Sie hier, um das von Ihnen erhoffte Scheitern der *Recovery* aus erster Hand mitzuerleben?«

Angelina erhob sich abrupt. »Entschuldigen Sie mich«, murmelte sie und eilte nach vorne, ohne weiter auf McCoy zu achten.

Mehrere der Offiziellen in der ersten Reihe hatten sich vorgebeugt und flüsterten miteinander. Was ging da vor? War Shulman so empört über Kirks Bericht, daß er nicht einmal mehr den Anblick dieses Mannes ertragen konnte?

In wenigen Sekunden hatte Angelina die erste Reihe erreicht und verlangsamte ihren Schritt. Ganz offensichtlich wollte sie nicht, daß Kirk bemerkte, wie sie an Shulmans Seite stürmte. Mit gelassenen Bewegungen trat sie neben Shulman, als könne allein ihre Anwesenheit die Situation entspannen.

Noch bevor Kirk etwas sagen konnte, sprang eine Frau, die unter den Ehrengästen der ersten Reihe gesessen hatte, von ihrem Platz auf. McCoy erkannte in ihr die recht berühmte Katastrophenspezialistin Dr. Chia Noon. »Sie vergreifen sich im Ton, Dr. Shulman!« erklärte die kleine indische Frau. »Admiral Kirks sorgfältige Untersuchung der anfänglichen Mängel der *Recovery* hat uns vor kostspieligen Fehlern bewahrt. Und wer hat wohl ein größeres Recht, dieses Projekt zu hinterfragen, als jener Mann, der sich mit dem M-5-Debakel auseinandersetzen mußte?«

Der Mann neben Dr. Noon sagte: »Einen Moment, Chia, jetzt sind Sie aber auf dem Holzweg ...«

Lieber Himmel, dachte McCoy, *gleich geht sich die ganze Versammlung gegenseitig an die Kehle! Jim, du bringst doch sicher genug Charme auf ...*

»Bitte, meine Damen und Herren!« rief Angelina, doch es war Kirks Stimme, die wieder eine gewisse Ordnung in die streitende Gruppe brachte.

»Dr. Shulman«, sagte Kirk in besonders sanftem Ton, »nur ein Narr würde Ihnen zu diesem Unternehmen kein Glück wünschen.« Er entfernte sich ein paar Schritte vom Kommandosessel, als wolle er sich jeglichen Anscheins von Autorität entledigen. Seine außerordentlich besonnenen Ausführungen besänftigten die Gemüter, als er fortfuhr. »Die *Recovery* stellt die ganze Hoffnung für die Opfer unvorhersehbarer Katastrophen dar. Weshalb sollte ich ihr Versagen wünschen?«

Shulmans Hände waren zu Fäusten geballt, und seine ganze Haltung drückte Aggressivität aus, als er einen Schritt vorwärts machte und bereit schien, Kirk auch physisch herauszufordern. »Natürlich um zu beweisen, daß Sie recht hatten. Es gibt niemand in diesem Raum, der nicht weiß, wie Sie über autonome Computer denken, über ein Schiff, das selbständig arbeiten und sich sogar selbst verteidigen kann ...« Shulmans Stimme wurde immer schriller, bis sie sich in irrationaler Wut überschlug.

McCoy konnte deutlich sehen, daß Kirks geliehene Brückenmannschaft beunruhigt auf diese Auseinandersetzung reagierte, genau wie auch die Offiziere an Bord der *Starhawk*. Er empfand Mitgefühl für seinen alten Freund. *Ist das die Art von bürokratischem Bullenreiten, mit dem du dich bei Starfleet auseinandersetzen mußt, Jim? Und wenn es so ist, wie schaffst du es dann, jemals etwas Sinnvolles zu erledigen?*

Angelina packte Shulmans Arm, doch der Wissenschaftler schüttelte sie ab.

»Seien Sie fair, Dr. Shulman«, mahnte Kirk und blieb dabei so ruhig, daß selbst McCoy beeindruckt war. »Ich bin nicht der einzige, der die Notwendigkeit in Frage gestellt hat, ein Rettungsschiff mit modernsten Waffen auszurüsten.«

»Defensivwaffen!« brüllte Shulman. *»Zur Verteidigung!«*

»Ja, natürlich«, stimmte Kirk ruhig zu. »Defensivwaffen.«

»Ich bin froh, daß Sie hier sind, Kirk«, erklärte Shulman hämisch. »Weil nämlich Dr. Noon recht hat, sehr recht. Und Sie sollen ruhig erfahren, daß die *Recovery* ohne Sie nicht das Schiff geworden wäre, das sie jetzt ist. Ohne Sie und Ihren verdammten Bericht hätten die diversen zerstrittenen Rettungsorganisationen, die meine Arbeit unterstützen, nie diese starke Koalition gebildet, die wir jetzt haben.«

McCoy schnaubte leise. Es war ihm nur zu bewußt, daß sich Mola, Shulman und die verschiedenen Organisationen, aus denen sich die FDRA zusammensetzte, ständig gegenseitig an die Kehlen gingen. Wie sie es geschafft hatten, so lange zusammenzuarbeiten, bis aus diesem Projekt tatsächlich ein raumtüchtiges Schiff geworden war, würde ihm ein ewiges Rätsel bleiben.

Als wolle er die skeptischen Gedanken des Doktors beantworten, verkündete Shulman: »Wie Sie sehen, Kirk, fällt es leicht zusammenzuarbeiten, wenn man einen gemeinsamen *Feind* hat.«

Kirk schob das Kinn vor. McCoy versuchte sich vorzustellen, wie Jim sich bei dieser Kampfansage fühlen mußte, die nicht nur vor seiner Brückencrew und der Mannschaft des anderen Sternenschiffes ausgesprochen wurde – sondern auch im Angesicht von drei feindlichen Schiffen! *Schauen Sie nur, Dr. Shulman – jetzt haben Sie es geschafft! Jetzt wird er wütend …*

»Ich glaube, Dr. Shulman«, sagte Kirk mit tödlicher Ruhe, »jemanden, der nicht mit Ihren Ansichten übereinstimmt, als *Feind* zu bezeichnen, ist etwas übertrieben.«

Dr. Mola trat, das Gesicht Kirk zugewandt, vor Shulman und hinderte den Forscher so an weiteren Äußerungen. »Admiral … bitte verzeihen Sie Dr. Shulman seine emotionalen Reaktionen in bezug auf ein Projekt, das so viel Einsatz von ihm verlangt hat. Lassen Sie mich Ihnen versichern, daß ich genau wie alle anderen Vertreter der FDRA Ihre Anwesenheit hier begrüße. Der heutige Erfolg der *Recovery* wird von ihrem bedeutendsten Herausforderer bezeugt werden – und ohne einen Herausforderer hätten wir den hohen Standard kaum erreicht, den wir jetzt vorweisen können. Wir alle schulden Ihnen unseren Dank.«

»Sprechen Sie gefälligst nur für sich selbst, Mola«, blaffte Shulman wütend. »Und Sie, Kirk, passen Sie gut auf! Schauen Sie sich an, um wieviel effizienter und sicherer die richtige Maschine im Vergleich zu den schwächlichen und ineffektiven Anstrengungen der Menschen ist!« Abrupt setzte sich der Wissenschaftler und verschränkte die Arme. Sein ganzer Körper war angespannt vor Zorn.

Das Kinn noch immer vorgereckt, wählte Kirk seine Worte mit peinlicher Sorgfalt. »Dr. Shulman, Dr. Mola, ich meine, was ich gesagt habe. Ich hoffe auf den Erfolg der *Recovery*.«

Als hätte das Schiff erkannt, daß jetzt der rechte Zeitpunkt gekommen war, um die gespannte Atmosphäre zu lockern, meldete die *Recovery* ihre nächste Aktion. »Ich beginne damit, die Besatzung von Zotos Vier heraufzubeamen.«

Der mittlere Teil des Schirms veränderte sich abrupt, als das Bild der nebelverhangenen Atmosphäre des Planeten durch die Darstellung eines Raums ersetzt wurde, der ähnliche Ausmaße aufwies wie jener, in dem sich McCoy aufhielt. Er erinnerte sich an seine Aufgabe als unabhängiger Beobachter und zwang sich, den Blick von Kirk abzuwenden, um statt dessen den neuen, unmöblierten Saal zu betrachten. Plötzlich begannen dort Gestalten zu materialisieren, Dutzende von Gestalten, weit mehr als ein Sternenschiff selbst unter Einsatz all seiner Transporterplattformen auf einmal hätte bewältigen können. Jede der Gestalten war mindestens drei Meter von der nächsten entfernt, so daß keine Gefahr einer Überschneidung der Regeneratorstrahlen bestand. Außerdem beendeten alle diese Gestalten ihre Materialisation zur gleichen Zeit, wodurch ausgeschlossen wurde, daß jemand unglücklicherweise in das Feld einer anderen Person hineinlief. McCoy erkannte rasch, daß mehr Personen gleichzeitig in den großen Raum gebeamt wurden, als er zählen konnte.

Dr. Mola begab sich zum Podium und lenkte die Aufmerksamkeit aller auf sich.

McCoy hatte den Eindruck, daß sie für Dr. Shulman einsprang, der noch immer auf seinem Platz hockte und Kirk finster anstarrte. »Da Zotos nur eine Belegschaft von zweihundert Wissenschaftlern aufweist, hat die *Recovery* sie alle auf einmal an Bord gebeamt – abgesehen von ein paar Stabsmitgliedern, die geringfügiger medizinischer Behandlung bedürfen. Hätte es sich um einen voll erschlossenen Planeten gehandelt, wäre das, was Sie soeben miterlebt haben, in hundert weiteren Hangars dieser Größe geschehen, und zwar *gleichzeitig*.«

Selbst McCoy war beeindruckt. Er schaute zu Kirk hinüber, der, wie es aussah, ebenfalls überrascht war.

Wieder erklang die Stimme des Schiffes, doch diesmal richtete sie sich an die gerade ›geretteten‹ Menschen. »Es gibt vier Individuen, die medizinischer Fürsorge bedürfen. Wer von Ihnen kann bei der Versorgung assistieren?«

Zwei der Wissenschaftler von Zotos Vier gaben sich als Ärzte zu erkennen.

»Dann werden Sie beide«, erklärte der Computer, »sowie die fraglichen Individuen direkt zur Krankenstation gebeamt.«

Kaum hatte der Computer geendet, wurden die beiden Ärzte, ein Mann und eine Frau, auch schon fortgebeamt. Abermals wechselte das Bild auf dem Schirm und zeigte nun die Krankenstation, wo sechs Personen materialisierten. Erstaunlicherweise materialisierten vier von ihnen direkt auf den Diagnosebetten. *So was nennt man Präzisionsarbeit!* dachte McCoy.

Für einen Moment vergaß er sogar Jim, der noch immer überlebensgroß auf dem Bildschirm zu sehen war, während er zuschaute, wie die *Recovery* für die vier Menschen in der Krankenstation Diagnosen erstellte, Behandlungen verordnete und sie ihren unterschiedlichen Leiden entsprechend versorgte. Dann wandte sich Jim um und sprach mit dem Vulkanier hinter ihm, und allein diese einfache Handlung brachte zu viele Erinnerungen für den Doktor zurück.

Es schien keinen Sinn zu haben, noch weiter an längst überholten Phantasievorstellungen zu leiden. McCoy erhob sich und schlug den Weg zum hinteren Ausgang ein. Immerhin würde er dieses Szenario weit besser beurteilen können, wenn er sich dort aufhielt, wo er hingehörte: in der Krankenstation.

In der Hangarbucht Vier näherte sich Riley dem Shuttle mit einer Mischung aus Erwartung und Furcht. Obwohl ihn die Begegnung mit Anab noch immer mit Unbehagen erfüllte, hatte doch die mit dem Anlegen und Überprüfen der Raumanzüge verbundene Prozedur die Erinnerung an seine Zeit auf der *Enterprise* wieder wachgerufen – allerdings nicht an jene von Zweifel und Schuldgefühlen geplagten Tage, nachdem eine seiner Entscheidungen zum Tod eines Kollegen geführt hatte, sondern an die Zeit davor, als er noch voller Optimismus und Begeisterung gewesen war.

Auf der anderen Seite fühlte er sich durch Anabs Gegenwart tatsächlich gehemmt. Während er auf das Shuttleschiff *Grace Hopper* zuging, schloß Anab, ihren Helm unter den Arm geklemmt, zu ihm auf. Hinter ihnen näherte sich der Kadett, der sie begleiten sollte; sie sprach schnell und so leise, daß nur Riley sie hören konnte.

»K. T. …«

Er sah sie an und versuchte gleichzeitig den Schmerz zu ignorieren, den der alte Spitzname auslöste, den nur sie benutzt hatte.

Ihre geschwungenen Lippen verzogen sich zu einem schwachen Grinsen. »Das kommt davon, wenn wir beide versuchen, uns gegenseitig aus dem Weg zu gehen. Ich habe mich freiwillig als Senior-Offizier für das Shuttle gemeldet, weil es davon an Bord der *Paladin* zu wenige gibt.«

Er gab einen Laut von sich, der nicht direkt ein Lachen war, aber seine Dankbarkeit für ihren Versuch, die Spannung zu brechen, ausdrückte. »Und so sitzen wir jetzt in einem Boot. Ich wollte, Romolo würde seine Akten ein wenig genauer lesen.«

»Nun, auch wenn es vielleicht nicht ganz angenehm ist …« Sie senkte die Lider ein wenig, um seinem Blick auszuweichen. »Es tut gut, dich wiederzusehen.«

»Ja, das finde ich auch«, sagte er, auch wenn es nur halb der Wahrheit entsprach. Dann verstummte er, als der Kadett, ein junger Mann, der ebenso groß und geschmeidig war wie Anab und auch die gleichen somalischen Züge und die dunkelbraune Haut aufwies, sie am Einstieg des Shuttles einholte.

Anabs Ton wurde augenblicklich professionell. »Commander Riley, das ist Kadett Josiah Ngo. Er wird Ihr Navigator sein.« Sie deutete auf den Pilotensitz.

Riley drehte sich zu ihr. »Nein, danke ... ich überlasse Ihnen die Ehre, Lieutenant. Es ist schließlich Ihr Auftrag; ich bin nur als Beobachter hier. Soweit es mich betrifft, haben Sie immer noch das Kommando.«

»Nun, wenn ich das Kommando habe – mit allem schuldigen Respekt, Sir«, sagte Anab so formell, als wäre ihre Beziehung nie mehr gewesen als die zwischen zwei Offizieren unterschiedlichen Ranges, »unser ursprünglicher Plan bestand darin, daß ich zwei Kadetten überwache, von denen einer als Pilot und der andere als Navigator arbeitet. Der Captain hat seine Befehle nicht revidiert, und mit Ihrer Erlaubnis würde ich die Simulation gerne wie geplant fortführen.«

»Schön. Es ist sicher am besten, sich so nah wie möglich an den Originalplan zu halten.« Riley betrat das Shuttle und übernahm den Pilotenplatz. Ngo begab sich auf den Sessel neben ihm, und Anab nahm hinter beiden Platz. Alle drei setzten ihre Helme auf und verriegelten sie.

Riley zuckte zusammen, als er eine leichte Berührung an der Schulter spürte.

»Danke, Sir«, sagte Anab leise und beugte sich dann vor, um in das Kommgerät zu sprechen. »Hier ist das Shuttle *Grace Hopper*. Wir sind soweit, Commander.«

Pulvers kühle, präzise Stimme erfüllte das kleine Boot. »Sehr gut, Lieutenant. Machen Sie sich startbereit.«

»Aye, Sir.«

Sie nickte Riley zu, der überrascht und erfreut feststellte, daß er nichts von seinem Akademie-Training verlernt hatte. Mit einer Sicherheit, als wäre es erst Tage und nicht Jahre her, seit er zuletzt ein Shuttle in den Raum hinaus gesteuert hatte, berührte er die Kontrollen, die die Luft aus dem Hangar pumpen und die Schleusentore öffnen würden.

Die großen Hangartore hoben sich, und vor ihnen gähnte die unendliche, sternenbesetzte Dunkelheit des Alls, die einen scharfen Gegensatz zu dem hellerleuchteten Innern der Landebucht bildete. Riley betätigte eine Reihe weiterer Kontrollen; das winzige Schiff hob sich sanft und verließ dann lautlos die Halle.

Als die *Grace Hopper* ihrem vorprogrammierten Kurs folgte und das Mutterschiff weiter und weiter zurückblieb, konnten die Insassen endlich die wahren Ausmaße und Formen des Schiffes sehen, das sie testen sollten.

Riley stieß leise die Luft aus. Neben ihm klappte Josiah Ngo vor Staunen den Mund auf. Die Grundform der *Recovery* war rechteckig, ähnlich der ihrer unendlich viel kleineren Cousine *Grace Hopper*, jedoch schlanker, abgerundeter und ungeheuer groß.

»Aufgepaßt«, rief Anab scharf.

Riley richtete den Blick nach oben und sah das ›feindliche‹ Shuttle der *Starhawk* näher kommen. Im gleichen Moment entdeckte auch Ngo das Boot und rief: *»Unbekanntes Schiff nähert sich auf zwei Uhr!«*

Aufgerüttelt durch den plötzlichen Beginn der Simulation überprüfte Riley seine Instrumente. »Laut Scanner machen sie Photonenwaffen scharf. Schilde hoch.«

»Ich kontaktiere sie«, meldete Ngo. Seine Stimme klang jetzt etwas ruhiger, doch seine Aufregung und innere Spannung waren kaum zu überhören. »Grußbotschaft in allen Sprachen.«

»Ändere Flugbahn, um Kollisionskurs zu vermeiden«, sagte Riley. Merkwürdigerweise wirkte Ngos

Aufregung beruhigend auf ihn und ließ ihn die Jahre der Erfahrung auf der *Enterprise* erst richtig schätzen. »Halte Schilde aufrecht.«

»Sie feuern!« meldete Ngo, der deutlich Mühe hatte, nicht zu schreien.

»Weiche aus um ...«, begann Riley, doch seine Stimme wurde von dem Photonenschuß abgeschnitten.

Er wußte, daß sie nur einen Bruchteil eines echten Photonentreffers abbekommen hatten, trotzdem wurde das winzige Schiff stark erschüttert, und es schüttelte sie kräftig durch. Sofort führten ihre Druckanzüge eine automatische Selbstdiagnose durch, damit ihre Träger sicher sein konnten, auch im Fall einer Beschädigung des Schiffs weiterhin geschützt zu bleiben.

»Wow! Schilde sind um dreißig Prozent runter!« meldete Ngo verblüfft und fügte dann, als ihm sein unprofessioneller Ausbruch bewußt wurde, noch ein ›Sir‹ an. Er zögerte und schaute nach unten. »Irgend etwas stimmt nicht mit meinem Anzug. Ich glaube, es ist der Druck ...«

Riley lehnte sich hinüber, um Ngo bei der Überprüfung seines Anzugs zu helfen.

»Nein!« Anab beugte sich vor, ihre Miene drückte eine Mischung aus Frustration und Besorgnis aus. »Das ist jetzt weder die Zeit noch der Ort für so etwas! Senden Sie das Notsignal!«

Riley richtete sich sofort wieder auf. Sie hatte natürlich recht; er hätte nicht Ngo helfen, sondern sich um seine eigenen Pflichten kümmern müssen – Instrumente überprüfen, Schilde verstärken und das Notsignal senden.

Doch bevor er das tun konnte, wurden sie abermals getroffen. Riley, der sich noch nicht wieder ganz aufgerichtet hatte, beschrieb mit dem Oberkörper einen Halbkreis in Richtung der Konsole und schlug mit dem Helm so hart auf, daß er halb betäubt wurde.

Seine Zähne bohrten sich in die Unterlippe, und der metallische Geschmack von Blut füllte seinen Mund. *Verdammt! Der Notruf! Das Schiff…!*

Der letzte Schuß hatte das kleine Boot in einem ungünstigen Winkel getroffen. Jetzt bewegte es sich auf einer spiralförmigen Bahn wie ein schlecht gezielter Fußball. Riley versuchte den Nebel aus seinem Gehirn zu vertreiben und griff nach den Kontrollen, um den Kurs zu stabilisieren.

Undeutlich registrierte er, daß sich Commander Pulver über Funk meldete. »Lieutenant Saed? Commander Riley? Soll ich Sie hereinholen? Transporterraum, können Sie sie erfassen?«

Er merkte, wie Anab sich an ihm vorbei nach vorn beugte und nach den Instrumenten tastete. Doch bevor sie die Steuerung erreichen konnte, verlangsamte sich die unkontrollierte Drehung der *Grace Hopper* plötzlich, und das Boot richtete sich scheinbar aus eigener Kraft wieder aus. Eine computergenerierte Stimme erklang.

»Hier ist das FDRA-Schiff *Recovery*. Wir haben die Kontrolle über Ihr Shuttle. Wünschen Sie unsere Unterstützung?«

Bevor irgend jemand eine Bestätigung hervorstoßen konnte, antwortete das zweite Shuttle an ihrer Stelle, indem es abermals ein Photonengeschoß abfeuerte. Riley sah, wie es ausgestoßen wurde – ein kleiner, rot aufflammender Stern, der fast langsam in ihre Richtung taumelte –, und schlang unwillkürlich die Arme um sich. Er warf einen Blick auf die Anzeigen; die Schildenergie war um sechzig Prozent gefallen. Neben ihm keuchte Ngo und starrte wie hypnotisiert auf den sich nähernden Energieball. Dieser Schuß würde das Schiff aufreißen. Und sein Anzug…

Als der Torpedo auftraf, wurde das winzige Schiff jedoch nicht zerstört, sondern nur leicht erschüttert, als wäre der Energiesturm des Photonenschusses irgendwie absorbiert worden.

»Sie befinden sich nicht in Gefahr«, erklärte die *Recovery*. »Sie werden von einem projizierten Kraftfeld geschützt. Ihre Angreifer sind der gleichen Technologie unterworfen und können nicht nochmals auf Sie feuern. Sie werden vermittels eines Traktorstrahls an Bord dieses Schiffes geholt und dort in einem abgeschirmten Hangar untergebracht, wo sie sicher aufgehoben sind, bis weitere Instruktionen eintreffen.«

Die *Recovery* hatte nicht zuviel versprochen. Riley konnte sehen, wie das ›feindliche‹ Shuttle, eingehüllt in einen goldenen Schimmer, langsam in Richtung des Rettungsschiffes gezogen wurde.

»Meine Sensoren zeigen an, daß Ihr Schiff geringfügige Schäden erlitten hat«, fuhr die *Recovery* unaufgefordert fort, »daß einer Ihrer Druckanzüge eine Fehlfunktion hat und daß einer von Ihnen verletzt ist.«

Anab beugte sich vor. »Ngo? Alles in Ordnung mit Ihnen?«

Ngo schaute ein wenig verwundert an sich herab und meldete dann: »Bestens, Sir.«

Beide blickten Riley an. »Mir geht's gut«, sagte er knapp und spürte wieder den Geschmack von Blut. Seine Lippe schien doppelt so dick zu sein wie normal, und er war sicher, daß er eine Quetschung an der Stirn hatte. Er tastete mit der Hand danach und senkte den Arm verlegen wieder, als er die glatte Oberfläche des Helms berührte.

»Ihr Schiff wird an Bord gebeamt, damit diese Probleme behoben werden können«, fuhr die *Recovery* fort. »Sobald Sie sich sicher an Bord befinden, kann das verletzte Mannschaftsmitglied in die Krankenstation gebracht ...«

Riley unterbrach kurzangebunden: »Ich muß nicht in die Krankenstation!« Die Tatsache, daß er Ngo zu helfen versucht hatte, war ihm peinlich. Er hatte versucht, Anab zu beweisen, daß er jetzt eine andere Person geworden war, fähig und unerschrocken. Doch hier machte er Fehler wie ein unerfahrener Kadett.

»Ihre Verletzungen werden dort behandelt«, beharrte das Schiff unbeeindruckt, »und der fehlerhafte Anzug kann repariert werden.«

Bevor er weiter protestieren konnte, spürte Riley das vertraute Ziehen eines Transporterstrahls, der ihn erfaßt hatte. Als sich das Universum um ihn herum neu gebildet hatte, blickte er durch die Frontscheibe des Shuttles auf einen riesigen, leeren Hangar.

»Recovery«, fragte Riley, während er die Luke des Shuttles öffnete und hinaustrat, »was stimmt nicht mit Kadett Ngos Druckanzug?« Er nahm den Helm ab und strich mit dem Handschuh über seine blutige Lippe. Wenn das Schiff in der Lage war, das Problem zu entdecken, müßte es ihnen auch sagen können, wie es zu reparieren war.

»Es handelt sich um eine unbedeutende Fehlfunktion«, erklärte das Schiff, als Anab und Ngo das Shuttle verließen und ebenfalls die Helme absetzten. »Sein Druckanzeiger ist ausgefallen. Der Druck selbst war die ganze Zeit über korrekt. Ein neuer Druckmesser wird das Problem beseitigen.«

Anab blickte Ngo stirnrunzelnd an und sagte in einem Ton, der kälter war als alles, was Riley je von ihr vernommen hatte: »Jeder Student im ersten Jahr sollte in der Lage sein, das bevorstehende Versagen des Druckmessers durch eine entsprechende Überprüfung frühzeitig festzustellen. Welche Erklärung haben Sie anzubieten, Mister?«

Zu seiner Ehre hielt Ngo ihrem Blick ruhig stand. »Ich habe alles überprüft, bevor wir gestartet sind, Sir. Er muß ausgefallen sein, als wir getroffen wurden.«

»Dieser fehlerhafte Druckanzeiger hätte uns beinahe umgebracht«, setzte Anab an, als Riley sie unterbrach.

»Wenn Sie jemandem etwas vorwerfen wollen, Lieutenant, dann mir. Ich habe die Notfallregeln verletzt. Ich hätte meine Aufmerksamkeit nicht vom Kontrollpult abwenden dürfen.«

Anabs Augen verengten sich; sie öffnete den Mund zu einer Antwort, als Riley das vertraute Ziehen verspürte.

»Verdammt, nein!« Er brüllte das Rettungsschiff noch an, als das helle Summen des Transporters seine Ohren erfüllte. *»Ich will nicht in die Krankenstation!«*

5

»Ich muß zugeben«, meinte Kirk, an die Brückencrew der *Paladin* gewandt, während die *Recovery* ihr Programm Schritt für Schritt absolvierte, »das alles ist recht beeindruckend.« Doch in ihm brodelte noch der Zorn. Wer zum Teufel glaubte Shulman zu sein, daß er es wagte, einen *Admiral* herunterzuputzen?

Als niemand sonst etwas sagte, wurde Kirk klar, daß die Mannschaft aufgrund der miterlebten Szene noch immer verstört war. Er mußte sie aus dieser Verlegenheit befreien und wieder zu einem einsatzbereiten Team machen. So ging er zu dem Vulkanier hinüber. »Was halten *Sie* von der Darbietung des Schiffes, Mr. Sonak?«

Der Wissenschaftsoffizier hatte die Hände hinter dem Rücken verschränkt und stand in einer Haltung da, die durchaus an Spock erinnerte. Ihm war nicht anzumerken, daß er gerade Zeuge einer unangenehmen, von menschlichen Emotionen beherrschten Szene geworden war. Sonak war kleiner und schmächtiger gebaut als Spock, besaß ein runderes Gesicht und spitzere Ohren, doch das waren nicht die einzigen Unterschiede. Der Wissenschaftsoffizier der *Paladin* wirkte entspannter, als Spock es jemals gewesen war – doch andererseits hatte Sonak als reinrassiger Vulkanier auch nie die Notwendigkeit verspürt, sich seines eigenen Erbes wert zu erweisen.

»Ich möchte meine Meinung noch für mich behalten, Captain«, sagte Sonak vorsichtig. »Zumindest solange, bis das Szenario komplett durchgespielt ist.«

Kirk nickte. »Damit sind Sie auf der sicheren Seite.« Er bewegte sich wieder zum Kommandosessel zurück. »Mr. Pulver?«

»Es ist ein sehr ambitioniertes Projekt, nicht wahr, Sir?« meinte sie ähnlich zurückhaltend wie der Vulkanier. »Und Ambitionen können zu Fortschritten führen – oder zu Problemen.«

Kirk wandte sich an den Steuermann. »Mr. Sandover?«

Der Navigator zuckte die Achseln. »Wenn man der *Recovery* die Evakuierungen überläßt, erspart das den Schiffen eine Menge Last und Arbeit.«

Der Admiral wollte gerade die anwesende Kirk-Expertin um ihre Meinung bitten, als sich Dr. Mola an beide Schiffe wandte.

»*Paladin* und *Starhawk*, es ist jetzt an der Zeit, Ihre Shuttles einzusetzen.«

Kirk warf einen prüfenden Blick auf das Chronometer. Alles lief exakt entsprechend des Zeitplans ab, ungeachtet des Schauspiels, das Dr. Shulman geboten hatte.

Pulver aktivierte das Interkom. »Transporterraum, bleiben Sie in Bereitschaft. Möglicherweise müssen wir unsere Leute in Sekundenschnelle herausbeamen.«

Sie erteilte dem Shuttle den Startbefehl, und dann blieb ihnen nichts weiter zu tun, als zuzusehen, wie das kleine Schiff von einem Shuttle der *Starhawk* unter Feuer genommen wurde. Als der zweite Schuß das Boot aus dem Kurs schleuderte, fragte Pulver augenblicklich nach, ob sie zurückgebeamt werden sollten.

Und als die *Recovery* schließlich eingriff, stieß Kirk den angehaltenen Atem mit einem lauten Seufzen aus. Die *Grace Hopper* beendete ihr übelkeiterregendes Taumeln, stabilisierte sich und entmaterialisierte dann mit dem vertrauten Flimmern eines Transporterstrahls. Kirk applaudierte höflich und registrierte zufrieden, daß sich die Besatzung seiner Gratulation anschloß.

»Nun«, meinte er dann munter, während er abermals auf die Uhr blickte, »weder unsere Arbeit noch die der *Recovery* ist schon beendet. Könnte mir jemand Captain Romolos Plan für den Angriff der Robot-Drohnen geben?«

»Er ist hier, Sir«, sagte Diksen und reichte ihm ein Pad samt Schreibstift. Er bemerkte, daß Pulver ihn neugierig beobachtete, als er Romolos Planung überflog. Die kleinen, aggressiven Manöverdrohnen würden das große Schiff während der Evakuierung attackieren, um seine Reaktion zu testen.

Kirk schaute auf den Schirm und dachte über die Ironie der ganzen Angelegenheit nach. Dort draußen befanden sich die Vertreter der feindlichsten Mächte, denen die Föderation sich je gegenüber gesehen hatte. Die winzigen Drohnen konnten wohl kaum die Verschlagenheit eines getarnten romulanischen Schiffes, die Aggression einer klingonischen Kriegsschwalbe oder die Undurchdringlichkeit eines tholianischen Netzes simulieren.

Doch die Drohnen waren alles, was sie hatten, also würden sie genügen müssen. Er betrachtete abermals das von Romolo entwickelte Muster und lächelte, als ihm ein Einfall kam. Er nahm den Stift und begann, das Programm zu manipulieren.

»Mr. Pulver«, sagte er, während er weiterarbeitete, »ich nehme ein paar Veränderungen im Angriffsmuster vor. Ich würde es zu schätzen wissen, wenn Sie Ihre Kommandosequenzen so rekonfigurieren würden, daß mir eine direktere Kontrolle der Drohnen möglich ist.«

Als ihre Antwort auf sich warten ließ, schaute er hoch und stellte fest, daß ihre blauen Augen ihn voller

Mißbilligung ansahen. »Entschuldigen Sie, Admiral«, sagte sie steif, »aber wäre das nicht etwas regelwidrig?«

Bevor Kirk antworten konnte, drehte sich Sonak mit leicht verwunderter Miene zu ihm um. »Ich möchte den Admiral daran erinnern, daß die Drohnen in der Lage sind, auf hunderte vorprogrammierter Muster zurückzugreifen und sie so zu nutzen, daß sie ihnen die höchstmögliche Überlebenschance bieten.«

Statt einer Antwort bedachte Kirk beide Offiziere mit einem kühlen Blick.

Ein paar Sekunden verstrichen; schließlich gab Pulver zögernd nach. »Aye, Sir. Rekonfiguriere Kommandosequenz. Drohnen werden von Ihnen über die technische Station gesteuert.«

»Vielen Dank«, sagte Kirk höflich und ignorierte Diksens amüsierte Miene. »Mr. Pulver, Mr. Sonak – ich weiß Ihre Ansichten *durchaus* zu schätzen.« Als der Erste Offizier zur vakanten technischen Station hinüberging, nahm Kirk einige Feinabstimmungen an seinem Programm vor und nickte ihr dann zu. »Starten Sie siebzig Drohnen, Commander.«

Der Navigator drehte sich um und wollte Kirk daran erinnern, daß von ihm erwartet wurde, hundert zu starten, doch bevor er etwas sagen konnte, murmelte Kirk: »Im Krieg gibt es keine Regeln, Mister.«

Mit einem leisen, mißbilligenden Seufzen tippte Pulver das entsprechende Kommando in ihr Pult. Kirk beobachtete aufmerksam, wie die kleine Drohnenarmee das Schiff verließ – siebzig an der Zahl. Die *Starhawk* entließ gleichzeitig eine Wolke von einhundert identischen, aber passiven Drohnen. Als sich die beiden Gruppen trafen, ähnelten sie einem Schwarm wütender Bienen, die durch das All trieben und das große Schiff umgaben.

Plötzlich feuerte eine von Jims Drohnen und versteckte sich sofort hinter einem der ›unschuldigen‹ Kollegen. Dann feuerte eine andere und verkroch sich ebenfalls hinter einer Gruppe Unschuldiger, dann wieder eine und noch eine.

Das Schiff nahm den Beschuß ein paar Sekunden lang hin, bevor es schließlich handelte. Mit einem umgepolten, eng gebündelten Traktorstrahl ›schob‹ das Rettungsschiff die unschuldigen Drohnen aus dem Weg und feuerte dann auf die Angreifer, die hinter ihnen Schutz gesucht hatten.

Wieder und wieder drängte das Schiff die deckunggebenden, unschuldigen Roboter aus der Schußlinie und zerstörte die aggressiven Satelliten. Dabei ging es mit absoluter Präzision vor, so daß nicht eine einzige der unschuldigen Drohnen zu Schaden kam.

Kirk fand die Arbeit an der Steuerung der Drohnen ausgesprochen vergnüglich. Er erhöhte die Geschwindigkeit der Drohnen, die Anzahl der Schüsse und der Ausweichmanöver, doch die *Recovery* schien dieser Herausforderung gewachsen. Dieser Umstand veranlaßte ihn zu der Überlegung, ob er in der Frage der Bewaffnung des Schiffes nicht doch falsch geurteilt hatte. Vielleicht hatte Mola wirklich recht; vielleicht gefiel ihm einfach die Vorstellung nicht, eine Maschine könnte die Arbeit besser erledigen als ein Sternenschiff und sein Captain.

Schließlich waren mehr als zwanzig seiner Drohnen vernichtet. Die zielgerichteten Bewegungen der aggressiven Robots mußten ihre Identität enthüllt haben, denn plötzlich beamte das große Schiff die Angreifer als komplette Gruppe in einen seiner Hangars, ließ jedoch die anderen Roboter ungeschoren.

»Na, das wäre ja eine ganz neue Methode, mit einer romulanischen Kriegsschwalbe fertig zu werden«, meinte Kirk amüsiert. »Man beamt sie einfach an Bord.«

Sonak zog eine Augenbraue hoch. »Zumindest wäre es eine pazifistischere Methode.«

Als ein leises ›Hmpf‹ von der Kommunikationsstation zu vernehmen war, drehte sich Kirk zu der Kadettin um. »Sie sind anderer Ansicht, Diksen?«

Ihr dunkelbraunes Haar war so kurz geschnitten, daß es nicht nur ihren blassen Nacken freiließ, sondern auch die Spitzen ihrer Ohren, die, wie er insgeheim amüsiert registrierte, jetzt genauso knallrot leuchteten wie in dem Moment, als Romolo ihn mit ihr bekannt gemacht hatte. Zögernd meinte sie: »Es ist nur ...« Ihr Blick ging an ihm vorbei, richtete sich auf den Schirm und konzentrierte sich auf die mächtige Form der *Recovery*. »Sehen Sie sie an.« Sie deutete auf die drei Beobachterschiffe, die in Dreieckformation am oberen Rand des Bildschirms schwebten. »Sie beobachten dieses Schauspiel auch. Und in ihren Augen demonstrieren wir damit Schwäche.«

»In welcher Hinsicht?«

»Während wir uns damit abmühen, dieses Rettungsschiff zu perfektionieren, richten sie all ihre Anstrengungen auf aggressive Kriegstechnologie. Wie soll uns unsere Forschung dabei helfen, mit ihnen fertig zu werden?«

Bevor Kirk antworten konnte, mischte sich Sonak ein. »Während wir uns hier unterhalten, sitzt Botschafter Sarek auf der *Starhawk* mit Vertretern eben dieser feindlichen Kräfte zusammen in einem bisher beispiellosen Versuch, gegenseitiges Verständnis zu erwirken. Selbst wenn die *Recovery* sonst nichts erreicht, so hat doch allein ihre Existenz zu dieser einzigartigen Kooperation geführt.«

Wie sehr hätte Spock dem zugestimmt.

Diksen schüttelte den Kopf. »Ist das der Grund, weshalb Starfleet existiert? Um ewig passiv zu bleiben und gute Werke zu tun? Deshalb bin ich nicht eingetreten.«

Diese kühle Feststellung rann wie Eis an Kirks Rückgrat entlang. »Weshalb *sind* Sie den eingetreten, Diksen?« fragte er in einem so ruhigen Ton, daß er augenblicklich die Aufmerksamkeit aller auf sich zog. »Der Action wegen? Um sich im Kampf auszeichnen zu können? Haben Sie jemals ein Gefecht miterlebt, insbesondere ein Gefecht im All?«

Sie gab keine Antwort, sondern schüttelte nur leicht den Kopf.

»Haben Sie überhaupt eine Vorstellung davon, wie schnell eine organische Lebensform im All sterben kann? Haben Sie jemals die Schreie der Verletzten und Sterbenden gehört, sind Sie jemals dabeigewesen, wenn das Lebenserhaltungssystem ausfällt? Dann gibt es nichts mehr als die zerstörerische Realität des Vakuums – ein Ort, an dem Leben nicht existieren kann.«

Er warf einen Blick auf die mächtige Hülle der *Recovery*, umgeben von einer Wolke passiver Roboter, hundert leuchtenden metallischen Edelsteinen, die den dunklen Körper schmückten. »Kein Blitz. Kein Drama. Nichts als zweihundert Leben, gerettet in kürzerer – weitaus kürzerer – Zeit, als dies einem der beiden Sternenschiffe möglich gewesen wäre. Und die Zeit ist in jedem lebensbedrohenden Notfall der wirklich kritische Faktor.«

Er hielt inne, weil sein Vortrag zu viele schmerzliche Erinnerungen wachrief. »Vertrauen Sie mir, Diksen. Die Föderation gibt genug Geld für die Hunde des Krieges aus. Ich wünsche nur, daß Sie niemals einen *echten* Ernstfall miterleben müssen.« Urplötzlich fühlte er zum erstenmal, seit er die *Enterprise* verlassen hatte, wirklich das schwere Gewicht des Verlustes. Dieses Gefühl – wie hatte es Riley genannt? – der *Verantwortung* für das Schiff und seine Besatzung.

Er seufzte, als das Bild wechselte und die rechte

Seite des Schirms nun das Auditorium zeigte, wo Dr. Shulman wieder am Podium stand. Der Forscher lächelte, während er über den Erfolg der Simulation sprach.

Ein plötzlicher Einfall durchzuckte Kirk; er drehte sich zu Kommunikationsstation. »Stellen Sie bitte sicher, daß sie uns nicht hören können, Diksen.«

Diksen warf einen raschen Blick zu Pulver hinüber. Die Kommandantin, die noch immer ein wenig ungehalten über Kirks Einmischung in die Simulation zu sein schien, nickte der Kadettin einmal knapp zu.

»Aye, Sir«, erwiderte Diksen und schloß den Kanal.

»Mr. Sonak«, sagte Kirk. »Ich möchte die Kontrolle über die passiven Drohnen haben. Können Sie das für mich arrangieren?«

Für einen Augenblick wagte niemand zu sprechen. Mit der Niederlage der aggressiven Drohnen war die geplante Simulation offiziell beendet. Die dort draußen noch verbliebenen Drohnen gehörten der *Starhawk*, nicht der *Paladin*. Trotzdem schien sich Sonak an Kirks Bemerkung, im Krieg gebe es keine Regeln, zu erinnern, denn schließlich sagte er: »Ich glaube, ich kann das in die Wege leiten, Sir.«

Kirk wandte sich an Pulver. »Schicken Sie jetzt die restlichen dreißig Drohnen los.«

»Die Drohnen der *Starhawk* werden jetzt auf Ihre Kommandos reagieren, Admiral«, meldete Sonak. Kirk kam es so vor, als klinge die Stimme des Vulkaniers ein klein wenig selbstgefällig.

»Einige neue Angriffsmuster, Mr. Sonak«, erklärte Kirk, während er seine Programmierung beendete. »Ein paar kleine Überraschungen. Geben Sie die neuen Muster ein, *jetzt*.« Kirk war selbst einmal bei einem Zusammentreffen mit Terroristen im Xenia-System von diesem Muster überrascht worden; als er jetzt das kaleidoskopartig aufflammende Feuer der rasch dahinhuschenden Drohnen beobachtete, drangen die Erinnerungen an jenen Angriff mit schmerzvoller Intensität auf ihn ein. Die *Enterprise* wäre an jenem Tag beinahe in Stücke gerissen worden. Wenn Spock nicht gewesen wäre...

Als Kirk seine Aufmerksamkeit wieder auf den geteilten Schirm richtete, erkannte er, daß die *Recovery* zu lange brauchte, um das Feuermuster der Drohnen zu analysieren. Sie versuchte diese und jene Möglichkeit, doch die sich in einem ständig wechselnden Muster bewegenden Drohnen klebten wie Fliegen an ihr, griffen sie zuerst von der Unterseite und dann an den Flanken an. Bisher hatte sie noch nicht einen einzigen direkten Treffer geschafft. Kirk war darüber ganz und gar nicht erfreut, dafür aber ziemlich überrascht. Sollte diese Reaktion etwa typisch sein für Angriffe, die nicht vorgeplant waren?

Auf der rechten Seite des Schirms war zu sehen, wie Shulman wütend auf die unerwartete Attacke starrte. »Das ist Ihr Werk!« brüllte er den Admiral an.

Kirk zuckte die Achseln, zeigte aber keinerlei Verlegenheit. »Ich gestehe, Doktor. Sie haben mich mit blutigen Händen erwischt.«

»Verdammt, Sie betrügen, Kirk! Rufen Sie die Drohnen zurück.«

Der Admiral versteifte sich angesichts der sich steigernden Wut in der Stimme des Mannes. »Tut mir leid, Shulman, ich hatte noch ein paar Soldaten in Reserve. Ihr Schiff ist hier, um getestet zu werden. Glauben Sie, es sollte nur solche Tests bestehen, die Sie vorher arrangiert haben?«

Die *Recovery* hatte endlich mit der Verteidigung begonnen, doch unerklärlicherweise reagierte sie langsamer als zuvor, feuerte eher zufällig und traf im Schnitt nur eines von drei Zielen.

»Commander Pulver«, sagte Sonak mit einem leichten Unterton von Überraschung in der Stimme, »die *Recovery* scheint unfähig zu sein, die unschuldigen Drohnen von den aggressiven zu unterscheiden, nachdem der Admiral jetzt alle kontrolliert.«

Pulver warf Kirk einen besorgten Blick zu, in dem auch eine leise Anklage mitschwang, sagte jedoch nichts. Kirk selbst wußte auch nicht recht, was er sagen sollte; er hatte nie geglaubt, die *Recovery* könnte ohne einen erfahrenen Kommandanten auf ihrer Brücke die in einem Gefecht erforderliche Urteilsfähigkeit aufbringen. Doch es machte ihm auch keine Freude, seine Befürchtungen bestätigt zu sehen.

»Sieht so aus, als hätten Sie ein paar Probleme mit Ihren Verteidigungssystemen, Dr. Shulman«, sagte er schließlich mit leisem Bedauern. »Es ist eine Sache, ein Reaktionsmuster zu erstellen, wenn man mit einem Angriff rechnet, doch diejenigen von uns, die im All arbeiten« – er hätte bei diesen Worten beinahe gezögert, fing sich aber noch rechtzeitig –, »sind sich bewußt, daß dies ein Luxus ist, den wir nur selten genießen dürfen.«

»Sie haben das alles geplant, Kirk, Sie haben geplant, dieses Schiff zu vernichten!« kreischte Shulman und versprühte dabei Speicheltröpfchen.

Jim prallte zurück und verstummte angesichts der Intensität, die der Wissenschaftler in seiner Wut zeigte.

»Ich wußte, Sie würden erst zufrieden sein, wenn Sie sichergestellt hätten, daß die *Recovery* die Simulation nicht übersteht«, tobte Shulman und fuchtelte mit seinen dünnen Armen in der Luft herum. »Ich wußte das, und ich habe dafür gesorgt, daß sie es auch weiß!«

»Commander.« Sonaks Stimme durchschnitt Shulmans Geschrei. »Die *Recovery* hat soeben sämtliche Drohnen vernichtet.«

Pulver richtete sich in ihrem Sessel auf, und es schien, als würde sich ihre Spannung auf alle anderen Mitglieder der Brückencrew übertragen. Sie streifte Kirk mit einem kurzen Blick und drehte sich dann zum Wissenschaftsoffizier um. »Jede einzelne?«

»Auch die Unschuldigen«, bestätigte Sonak. »Jetzt analysiert sie deren Verhalten – versucht herauszufinden, wer verantwortlich war ...«

Kirk trat einen Schritt vor, um etwas zu sagen.

Sonak, der über seinen Anzeigenschirm gebeugt dagesessen hatte, richtete sich plötzlich kerzengerade auf und sah Pulver an. »Commander ...!«

Kirk benötigte keine weitere Warnung. Es spielte keine Rolle, daß diese Szene eigentlich unmöglich war, daß die *Recovery* ein Schiff des Friedens war, entworfen, um die Hilflosen zu retten. *»Schilde hoch!«* donnerte er, ohne sich um das Protokoll oder Pulvers Gefühle zu kümmern. »Schilde hoch! Alarmstufe Rot! Alle Mann auf Gefechtsstation ...!«

Er hörte, wie Pulvers präzise Stimme seine Anweisungen über das Komgerät in ihrem Sessel wiederholte. Als die Alarmsirenen ertönten, setzte sich die Brückenmannschaft wie eine gutgeölte Maschinerie in Bewegung.

Kirk klammerte sich an die Rückenlehne seines Sessels und schaffte es, auf den Füßen zu bleiben. Noch bevor Diksen die Schadensmeldungen laut weitergab, hatte er anhand der Schiffsbewegung gespürt, daß die Phaser der *Recovery* sie an der Breitseite im Bereich der unteren Decks getroffen hatten, dort, wo die Schilde der *Paladin* am schwächsten waren – und gefährlich nahe am Maschinenraum. Die Brücke bäumte sich heftig auf, stabilisierte sich aber schnell wieder.

»Die *Recovery* kann unsere Schwachstellen analysieren«, rief Kirk zu Pulver hinüber, »Sie müssen die

Schilde dort verstärken! Richten Sie das Schiff so aus, daß wir der *Recovery* unsere stärkste Seite zuwenden!«

Pulver gab ein paar scharfe Kommandos, die genau Kirks Empfehlungen folgten, wobei ihre kühle Stimme den perfekten Gegensatz zu dem organisierten Chaos auf der Brücke darstellte.

Kirk wandte sich dem Schirm zu. »Shulman! Was haben Sie getan? Was zum Teufel sollte das bedeuten – ›sie weiß es‹?«

Bevor der wild mit den Augen rollende Doktor antworten konnte, meldete Diksens angespannte Stimme: »Commander! Wir werden von der *Starhawk* gerufen.«

»Auf den Schirm«, befahl Pulver.

Shulmans Seite des Schirms wurde durch das Bild von Captain Akhmatova ersetzt, die sich auf ihrer Brücke befand. Neben ihr stand mit besorgter Miene Captain Romolo. »Admiral Kirk«, fragte sie, »Status der *Paladin*?«

Auf der anderen Hälfte des Schirms konnte Kirk erkennen, wie die *Recovery* eine weitere Phaserladung in die Schilde der *Paladin* jagte. Das Schiff wurde schwerer erschüttert als zuvor, und er hatte Mühe, auf den Füßen zu bleiben, bis es sich wieder stabilisiert hatte. Er hörte, wie Pulver und Diksen die Schadensmeldungen entgegennahmen.

»Unsicher«, antwortete er Akhmatova. »Unsere Heckschilde sind geschwächt, aber wir hatten noch keine Zeit für eine genaue Schadenseinschätzung.«

»Ich sollte jetzt bei Ihnen sein, Admiral«, sagte Romolo mit vor Sorge zusammengekniffenen Augen.

»Ich kann die Schilde jetzt nicht senken, Captain«, erinnerte ihn Kirk. Damit hatte er recht, ungeachtet der Begeisterung darüber, wieder ein Kommando zu haben – oder wenigstens *beinahe* ein Kommando, dachte er mit einem schuldbewußten Blick auf Pulver. Doch er empfand auch nicht den Wunsch, Baldassare in einer derart kritischen Situation von seiner Brücke fernzuhalten.

Akhmatova beugte sich vor und sagte zu ihrem Navigator: »Bringen Sie uns zwischen *Recovery* und *Paladin*. Sie wird nicht auf uns feuern; wir haben uns schließlich während der gesamten Simulation neutral verhalten.«

Instinktiv warnte Kirk: »Nein, tun Sie das nicht!« Doch es war schon zu spät. Der Navigator der *Starhawk* befolgte den Befehl seines Captains und brachte das Schiff in die Schußlinie.

»Es ist ein logischer Schachzug, Sir«, bemerkte Sonak, an Kirk gewandt. »Das Rettungsschiff hat keinen Grund, die *Starhawk* als Bedrohung einzustufen.«

Verdammt sei die Logik, dachte Kirk frustriert. Dieser Schachzug ist *völlig falsch*. Er öffnete den Mund, um zu widersprechen, doch bevor er ein Wort herausbrachte, schwang die *Recovery* herum und feuerte einen Photonentorpedo auf die ungeschützte *Starhawk*.

Auf der rechten Seite des Schirms war zu sehen, wie sich die Brücke des unbeteiligten Schiffes in ein Flammenmeer verwandelte – und dann verschwand das Bild wie eine erlöschende Kerze.

Kirk fuhr zu Pulver herum. »Können wir unsere Schilde ausdehnen, um die *Starhawk* ebenfalls zu schützen?«

Pulver zögerte; zum erstenmal schien ihre unerschütterliche Haltung Risse zu bekommen. »Dadurch werden sie geschwächt, Sir ...«

Kirk verschwendete keine Zeit, um mit ihr zu diskutieren. »Mr. Sandover, weiten Sie die Schilde aus, um die *Starhawk* zu schützen!«

Der Navigator, dessen Gesicht zwar blaß, aber dennoch gefaßt war, schaute über die Schulter zu Pulver hinüber, deren zusammengezogene Augen Kirk fixierten. Für einen Sekundenbruchteil war er unsicher, dann traf sein Blick auf die entschlossene Miene Kirks. »Aye, Admiral. Schilde werden ausgedehnt ...«

Das Bild, das die Brücke der *Starhawk* gezeigt hatte, war inzwischen durch eine Ansicht ihrer Außenseite ersetzt worden. Ihre Hülle leuchtete golden, als die beiden Föderationsschiffe, gefährlich nahe beieinander, einen einzigen Schild teilten. Ein weiterer Photonentorpedo traf das beschädigte Schiff, und dann noch einer. Trotz des Schildes wurde die *Starhawk* weiter in Mitleidenschaft gezogen.

Die Brücke der *Paladin* erzitterte heftig unter den Schüssen, die auf der *Starhawk* einschlugen, was Kirk verriet, daß die Schirme durch die Erweiterung zu stark geschwächt wurden. Er stolperte zum Navigationspult hinüber, dessen Datenschirme seine schlimmsten Befürchtungen bestätigten.

»Logik hat nichts mit dieser Angelegenheit zu tun, Mr. Sonak«, rief Kirk und wandte sich dann an Sandover. »Fahrt aufnehmen, Steuermann, und Feuer auf mein Kommando.«

Pulver wurde plötzlich wieder munter. »Feuer, Admiral? Auf die *Recovery*? Aber unserer Leute sind dort!«

Ihre rötlichen Augenbrauen zogen sich verwirrt zusammen. Sandover sah erst zu ihr hinüber und dann zu Kirk. Der Admiral richtete sich zu voller Größe auf und erwiderte Pulvers Blick mit einer Härte, die der ihren zumindest gleichkam.

»Genau wie auf der *Starhawk* und der *Paladin*, Commander.«

»Bei allem schuldigen Respekt, Admiral ...« Die Mißbilligung in ihrem Ton wurde noch deutlicher. »Ich muß dagegen protestieren.«

»Protest zur Kenntnis genommen«, sagte Kirk knapp. Sie hatten nicht genug Zeit, um sie mit einer

Diskussion darüber, wer das Kommando führte, zu verschwenden. Ohne den Blick von Pulver abzuwenden, befahl er: »Mr. Sandover! Sie haben mich verstanden: Bereitschaft zum Feuern!«

Eine angespannte Sekunde verstrich, in der Kirk regelrecht spüren konnte, wie die Kommandogewalt wechselte. Dann sagte Sandover leise: »Jawohl, Sir.«

»Phaser mit voller Leistung!« befahl Kirk in einem Tonfall, der keinen Widerspruch duldete. »Feuern Sie jetzt, dann weiter Fahrt aufnehmen. Schilderweiterung bei voller Energie bestehen lassen!«

»Aye, aye, Admiral. Feuere jetzt.«

Die Crew beobachtete atemlos den Schirm, als der grellgoldene Strahl durch die Dunkelheit zu dem mächtigen Rettungsschiff hinausschoß. Die *Recovery* verkraftete den Treffer besser, als Kirk gehofft hatte, doch die verwirrten und verängstigten Wissenschaftler im Auditorium wurden von dem Schlag durchgeschüttelt.

Der Angriff erfüllte zumindest seinen Zweck: Er gab der *Starhawk* genügend Zeit, um hinter die *Paladin* zu gelangen. Sie hatte ihre eigenen Schilde noch immer nicht hochgefahren und Kirk fürchtete, jener erste Treffer könnte sie bereits ausgeschaltet haben. Wie lange würden sie das angeschlagene Schiff schützen können?

»Admiral«, sagte Pulver mit eisiger Ruhe, die gleichzeitig ihre Kapitulation wie auch ihren Ärger ausdrückte, »wir müssen beide Schiffe möglichst rasch außer Schußweite bringen.«

Kirk nickte. »Übernehmen Sie die technische Station und geben Sie die Daten an die Steuerung weiter. Behalten Sie die Sensoren genau im Auge, damit wir nicht zusammenstoßen.« Sie befolgte den Befehl sofort, und Kirk wollte gerade seine Anweisungen weiter präzisieren, als sich Sonak einschaltete.

»Admiral, die *Recovery* fährt ihre Phaser hoch ...«

Fast gleichzeitig meldete Sandover: »Schilde werden schwächer, fallen auf sechzig Prozent ...«

»Leiten Sie Energie von den Warptriebwerken auf die Schilde um«, befahl Kirk.

Von der technischen Station rief Pulver: »Die *Starhawk* entfernt sich schneller von uns. Schilde werden extrem belastet.« Ihre Hände huschten über das Pult, während sie einige Einstellungen vornahm.

Mit beinahe unnatürlicher Ruhe meldete Sonak: »*Recovery* feuert Phaser und Photonentorpedos ...«

Das Deck unter Kirks Stiefeln bäumte sich auf. Wieder. Und noch einmal. Für eine volle Sekunde fiel die Gravitation auf der Brücke aus; er spürte, wie seine Füße den Kontakt mit dem Deck verloren ...

Dann kehrte die Schwerkraft zurück und schmetterte ihn zu Boden. Er rollte sich ab, um den Aufprall zu mindern, und kam gerade wieder auf die Füße, als rechts von ihm ein Funkenregen emporstob. Er riß den Arm hoch, um seine Augen vor dem blendenden Blitz und den Trümmerstücken zu schützen. Als er ihn wieder senkte, sah er, daß sich die technische Station überladen hatte und regelrecht auseinandergeflogen war, als wäre ein mißgünstiger Dschinn aus ihrem Innern hervorgebrochen.

Als Schattenriß vor der grell orangerot flammenden Konsole zeichnete sich Pulvers Gestalt ab, die mit schrecklicher Eleganz langsam nach hinten kippte.

Sonak schoß aus seinem Sessel hoch, doch Kirk war als erster bei ihr und hielt ihren Kopf in seinem Schoß, als Sonak neben ihm niederkniete. Ihre blassen, feingeschnittenen Züge waren nicht mehr wiederzuerkennen: rußgeschwärzt, von Metallsplittern gesprenkelt und befleckt von dem hellroten Blut, das aus ihrer Kehle schoß und ihr Haar, Kirks Schläfen und seine

Kleidung bespritzte. Er preßte seine Finger in dem verzweifelten Bemühen, die Blutung zu stoppen, auf die aufgerissene Arterie, während er gleichzeitig festzustellen versuchte, wie schwerwiegend die Wunden in ihrer Brust waren – ein angesichts der Blutmenge unmögliches Unterfangen.

»Krankenstation!« rief Diksen mit brüchiger Stimme. »Ein Arzt auf die Brücke – akuter Notfall!«

Hinter ihnen sanken die Flammen in sich zusammen, als die automatische Löschanlage zu arbeiten begann, und Pulvers verbranntes Gesicht wurde in gnädige Schatten gehüllt. Kirks Hoffnungen sanken, als er die Antwort der Krankenstation vernahm:

»Leisten Sie an Erster Hilfe, soviel Ihnen möglich ist. Wir schicken jemand hoch, sobald wir können ... wir werden hier unten von Notfällen überschwemmt!«

Pulver starrte mit vom Schock weit aufgerissenen Augen zu Kirk und Sonak hoch. »Das Schiff«, keuchte sie. Ihre blind tastende Hand packte Sonaks Ärmel. »Das Schiff ...!« Sie brach mit einem gurgelnden Laut ab und hustete; Blut sprühte von ihren Lippen, als ihr Arm schlaff herabfiel.

Der Vulkanier warf Kirk einen düsteren, bedeutungsschweren Blick zu. Kirk verstand; Sonak hatte offenbar einen kurzen, telepathischen Einblick in ihren Zustand erhalten, als sie seinen Arm berührte. Kirk hatte den gleichen Blick zu oft in Spocks Augen gesehen. Pulver lag im Sterben.

»Sonak, kehren Sie an ihren Platz zurück«, sagte Kirk mit leisem Bedauern in der Stimme. »Wir müssen wissen, ob die *Recovery* ...«

»Ich verstehe, Sir.« Mit einem letzten, besorgten Blick auf Pulver erhob sich der Wissenschaftsoffizier und ließ Kirk mit seiner Last allein.

»Das Schiff!« wiederholte Pulver, wobei scharlachrote Luftbläschen zwischen ihren Lippen hervordrangen. Wieder tastete ihre Hand herum und packte diesmal Kirks Arm. Plötzlich wurde ihr Blick klar und konzentrierte sich mit erschreckender Intensität auf den Admiral. »Das Schiff, Kirk …!«

»Ich bin hier, Commander. Ich werde mich gut um Ihr Schiff kümmern«, versprach er leise. »Genausogut wie Sie sich darum gekümmert haben.« Ihr Blick verharrte auf ihm, intensiv, fordernd, und voller Schmerz. »Sie haben alles getan, was Sie konnten …«

Der Blutstrom unter seinen Fingern wurde schwächer und versiegte dann ganz, als die fordernde Intensität in Commander Ruth Pulvers Augen einem blicklosen Starren in die Unendlichkeit wich. Der Körper in seinem Armen entspannte sich mit einem kaum wahrnehmbaren Seufzen; er ließ ihn sanft zu Boden gleiten, wobei er sich der fassungslosen Blicke der Brückenmannschaft bewußt war.

Er erhob sich, wischte seine von Pulvers Blut befleckten Hände an seiner durchtränkten Uniform ab, holte langsam und unsicher Luft und versuchte, seinen Kopf von allen Gedanken freizumachen, die nichts mit ihrem Überleben zu tun hatten. Was immer es kosten mochte, er würde das Versprechen halten, das er dem Ersten Offizier der *Paladin* gegeben hatte.

Glücklicherweise hatte die *Recovery* keine weiteren Schüsse abgefeuert. Das Bild der angeschlagenen *Starhawk* auf dem Schirm wurde abrupt durch das von Myron Shulman abgelöst, der mit hysterisch aufgerissenen Augen kreischte: »Sie werden dafür bezahlen, Kirk! Sie haben die Simulation vorsätzlich sabotiert. Dafür werden Sie bezahlen!«

Ich werde bezahlen? dachte Kirk bitter und ballte unwillkürlich seine blutbeschmierte Hand. »Warum, Shulman? Sagen Sie mir nur, warum?«

Dr. Mola und Dr. Noon versuchten den tobenden Wissenschaftler vom Podium fortzuzerren und ihn zu beruhigen, doch Shulman riß sich los und rannte davon. Das Bild erlosch, und dann wurde der gesamte Schirm von der gewaltigen Form der *Recovery* erfüllt.

Kirk schaute zu den drei feindlichen Schiffen hoch, die noch immer ihre Dreiecksformation einnahmen. Was mochten sie jetzt denken? Wenn sich die *Recovery* gegen sie wandte …

Als hätte das Schiff seine Gedanken gelesen, schwang es langsam in Richtung der drei Beobachter herum.

»Admiral«, sagte Sonak mit so ruhiger Stimme, als wäre das Universum nicht gerade auf den Kopf gestellt worden, als läge sein Commander nicht tot auf der Brücke, »die *Recovery* analysiert die Stärke und die Bewaffnung der drei nicht zur Föderation gehörenden Schiffe.«

»Diksen, warnen Sie diese Schiffe!« befahl Kirk, der aus seinen morbiden Gedanken hochschreckte. »Sagen Sie ihnen, sie sollen die Schilde hochfahren und schleunigst von hier verschwinden …«

»Admiral«, sagte Sonak düster, während Diksen noch hektisch an ihrem Pult arbeitete, um Kirks Befehl auszuführen und der Schirm in einem blendenden Blitz aufflammte. »Es ist zu spät. Die *Recovery* hat gerade auf das romulanische Schiff geschossen.«

Ein paar Minuten vorher stand Botschafter Sarek links neben dem Sessel des Captains auf der Brücke der *Starhawk* und beobachtete – äußerlich ungerührt, innerlich jedoch verblüfft – wie die *Recovery* eine Breitseite auf die *Paladin* abfeuerte.

Glücklicherweise wurde der Feuerschlag von den Schilden der *Paladin* reflektiert, ohne allzuviel Schaden anzurichten, was die Spannung auf der Brücke der *Starhawk* allerdings – zumindest unter den menschlichen Anwesenden – keineswegs minderte.

»Gütiger Gott!« rief Captain Romolo, der rechts neben Akhmatova stand. »Wieso schießt dieses Ding auf mein Schiff?«

Ungerührt beobachtete Akhmatova den Schirm mit der Intensität einer Löwin, die ihre Beute fixiert – sie würde eine glaubwürdige Vulkanierin abgeben, dachte Sarek beifällig –, und drehte sich zu ihrem Kommunikationsoffizier um. »Öffnen Sie einen Kanal zur *Paladin*.«

Fast augenblicklich erschien James Kirks Gesicht auf dem Schirm – gerade als die Brücke, auf der er sich befand, von einem weiteren Treffer erschüttert wurde.

Doch die *Paladin* hielt auch diesem Schuß stand.

»Admiral Kirk, Status der *Paladin*?«

»Ungewiß«, sagte Kirk. »Wir hatten noch keine Zeit für eine genaue Einschätzung.«

Romolo machte einen Schritt auf den Schirm zu, seine Stimme zeugte von Frustration. »Ich sollte jetzt bei Ihnen sein, Admiral ...«

»Ich kann die Schilde jetzt nicht senken, Captain.«

Akhmatova wandte sich an ihren Navigator. »Bringen Sie uns zwischen die *Recovery* und die *Paladin*.« In Reaktion auf die plötzliche Skepsis in Kirks Miene fügte sie hinzu: »Sie wird nicht auf uns feuern; wir waren während der gesamten Simulation neutral ...«

»Nein, tun Sie das nicht!« fiel ihr Kirk ins Wort.

Sarek folgte dem Wortwechsel mit einer Art fatalistischer Ruhe; er hatte von dem legendären Instinkt dieses Menschen in kritischen Situationen gehört – und er hatte von seinem Sohn erfahren, daß sich die Einschätzungen des Admirals in derartigen Situationen üblicherweise als korrekt herausstellten.

Doch es war schon zu spät. Der Navigator reagierte rasch auf den Befehl des Captains, und Sarek spürte, wie sich die *Starhawk* in Bewegung setzte.

Und dann gab es ein dröhnendes Grollen, als wäre

Sareks Cortex mit einem Donnerschlag explodiert. Er wurde von den Füßen gerissen und krachte gegen etwas – den Boden, eine Konsole, es war nicht auszumachen in dem blinden Chaos, das folgte.

Für einen Moment lag er halb betäubt und desorientiert da, dann öffnete er die Augen und blickte durch einen Grünschleier. Er wischte sich über die Augen und starrte verständnislos auf das Blut an seiner Hand, bis er begriff, daß er an der Stirn blutete. Er trocknete das Blut, so gut es ging, mit dem Ärmel und schaute sich dann abermals um.

Die Brücke war in rotes Licht getaucht, flackerndes Rot von den Flammen, die aus den Konsolen hochzüngelten, und dunstig von Rauchschwaden.

»Leck in der sekundären Sektion«, meldete der Bordcomputer. »Temporäres Kraftfeld ist aktiviert. Bitte beginnen Sie sobald wie möglich mit der Reparatur.«

Sarek holte tief Luft, hustete und unterdrückte ein Zusammenzucken als Reaktion auf den stechenden Schmerz in seiner Seite. Unangenehm, aber nicht wirklich gefährlich; eine schnelle innere Überprüfung ergab den Verdacht auf gebrochene Rippen, von denen sich eine leicht in einen Lungenflügel gebohrt hatte. Es würde noch Zeit genug sein, sich damit – und mit dem Schmerz – zu befassen. Er erhob sich auf die Knie und spähte durch den Dunst zu Captain Akhmatovas Sessel.

Leer.

»Captain?« rief er heiser. Es schien logisch, die Schilde so schnell wie möglich hochzufahren, doch von der menschlichen Besatzung befand sich offenbar niemand an seinem Platz.

Keine Antwort. Das Schiff ruckte abermals hart zur Seite, und Sarek wurde wieder zu Boden geschleudert.

»Notfall!« rief der Bordcomputer. »Leck in der primären Sektion. Notfall-Kraftfelder sind aktiviert. Sofortige Evakuierung erforderlich. Lebenserhaltungssysteme arbeiten noch fünf Minuten.«

»Captain!« rief Sarek wieder. »Captain Akhmatova!«

Eine Gestalt tauchte aus den Rauchschwaden auf; nicht Akhmatova, sondern ihr Erster Offizier, Commander Marsten. Sein bleiches Gesicht war von Blutergüssen gezeichnet und schmerzverzerrt. Er umklammerte seinen Oberschenkel, während er über den reglosen Körper des Navigators hinweg zur unbesetzten Konsole stolperte und sich in den Sessel zog. Sarek beobachtete, wie der Mann mit unverkennbarer Dringlichkeit zu arbeiten begann.

»Schilde hoch«, krächzte Marsten.

Keine Sekunde später schlug der dritte Treffer ein. Diesmal schaffte es Sarek, einen erneuten Sturz zu vermeiden, indem er sich an die Konsole klammerte. Die Schilde hielten.

»Wir haben die Warp-Energie verloren«, sagte Marsten, als würde er seinem Captain Meldung erstatten. »Impulsantrieb funktioniert.« Er betätigte eine Reihe weiterer Kontrollen und ließ sich dann mit einem erleichterten Seufzen zurücksinken. »Wir sind außer Reichweite.«

Beide Männer drehten sich um, als ein leises Husten zu hören war. Der Erste Offizier drückte einen Schalter. »Krankenstation! Schicken Sie sofort jemand auf die Brücke! Wir haben ein Leck und Verletzte hier oben!«

Es dauerte ein paar Sekunden, bis eine Antwort kam. »Brücke! Wir haben hier unten ebenfalls einen Notfall. Wissenschaftliche und medizinische Labors sind schwer beschädigt. Ein paar Verletzte sind eingeschlossen. Jeder, der nicht verwundet ist, hilft dabei, die Verletzten aus den Trümmern zu befreien. Wir haben nicht genug Personal …«

Während er zuhörte, schaute Sarek gerade noch rechtzeitig auf den Schirm, um zu sehen, wie die *Recovery* ihren Bug auf die Schiffe der Romulaner, Klingonen und Tholianer richtete.

Wenn die *Recovery* auf die ungeschützten Beobachter feuerte, konnte sich dieser Zwischenfall sehr leicht zu einem interstellaren Krieg auswachsen.

Sarek eilte zur Kommunikationsstation hinüber. Der zuständige Offizier lag zusammengekrümmt vor der Konsole auf dem Boden. Sarek ging vorsichtig um ihn herum und fand nach ein paar Fehlversuchen heraus, wie das Pult funktionierte. Sofort öffnete er einen Kanal zu einem der Beobachterschiffe.

»Romulanisches Schiff! Fahren Sie sofort Ihre Schirme hoch und begeben Sie sich außer Schußweite der *Recovery*! Das Schiff hat eine Fehlfunktion ...«

Während er noch sprach, erregte ein plötzlicher Glanz auf dem großen Sichtschirm seine Aufmerksamkeit. Er spähte durch den Rauch zum Schirm hinüber und sah einen grellen Phaserstrahl, der von der *Recovery* zu dem romulanischen Schiff hinausgriff und dessen Bug versengte.

Sarek schloß die Augen beim Klang der Schreie, die von der romulanischen Brücke übertragen wurden. Dann herrschte plötzliche Stille, als die Verbindung abbrach. Er versuchte, sie wiederherzustellen, doch vergebens. Auf dem Schirm war das getroffene Schiff zu sehen, das schutzlos dahintrieb.

Wieder versuchte er einen Kanal zu öffnen, diesmal zu einem der anderen Beobachterschiff.

»Tholianisches Schiff! Hier spricht Botschafter Sarek an Bord der *Starhawk* ...«

Doch es kam keine Antwort. »Tholianisches Schiff ...«, setzte Sarek abermals an, doch da drehte sich Marsten zu ihm um.

»Sie sind nicht mehr da, Botschafter.«

»Vernichtet?« fragte Sarek und registrierte dabei einen Anflug von Niedergeschlagenheit in seiner Stimme.

»Schwer zu sagen.« Marsten überprüfte seine Konsolenanzeigen. »Ich registriere ein paar Trümmerteile. Sie könnten von den Romulanern stammen, aber die tholianischen Schiffe sind so klein, daß es auch ...«

Er hob die Hand, um seine Augen vor einem weiteren grellen Lichtblitz auf dem Schirm zu schützen. Sarek zwang sich, den Blick nicht abzuwenden, als die *Recovery* auf die klingonische Kriegsschwalbe feuerte.

Mit übermenschlicher Geschwindigkeit öffnete er einen neuen Kanal, wobei er den Blick gerade lange genug vom Schirm abwendete, um die Kontrollen bedienen zu können. »Klingonisches Schiff! Antworten Sie!«

Er und Marsten beobachteten, wie das Bild der Kriegsschwalbe plötzlich verschwamm und sich dann ganz auflöste, von Sternen und der Schwärze des Alls ersetzt wurde. Der Phaserstrahl ging ins Leere.

»Sie sind in Ordnung«, meinte Marsten nach einem Blick auf die Konsole. »Sie müssen die Tarnvorrichtung ...«

»Klingonisches Schiff!« rief Sarek. »Wenn Sie mich hören können, antworten Sie. Die *Recovery* hat unsere eigenen Schiffe angegriffen. Bringen Sie sich in Sicherheit und überlassen Sie der Föderation die Ehre, Vergeltung für das zu üben, was hier geschehen ist. Die *Recovery* ist unser Schiff, wir müssen es selbst zerstören und denjenigen zur Rechenschaft ziehen, der für die Sabotage verantwortlich ist ...«

Keine Antwort.

»Ich bezweifle, daß sie überhaupt zuhören, Botschafter«, meinte Marsten düster.

»Lebenserhaltungssysteme arbeiten noch zwei Minuten«, warnte der Computer.

Marsten erhob sich schwankend und verzog das Gesicht, als er sein Bein umklammerte, auf dem sich ein dunkelroter Fleck ausbreitete. »Kommen Sie, Botschafter. Helfen Sie mir, die Verwundeten herauszuschaffen.«

Sarek zögerte nur für den Bruchteil einer Sekunde. Die diplomatische Situation war kritisch; wenn es ihm nicht schnellstens gelang, Romulaner, Klingonen und Tholianer zu überzeugen, daß der Angriff der *Recovery* keine vorsätzliche Handlung gewesen war, konnte der Vorfall zu einem Krieg führen, der Milliarden Leben kosten mochte.

Andererseits schien es im Moment nichts zu geben, was er für diese potentiellen Milliarden tun konnte – er konnte sich jetzt lediglich um die wenigen Verletzten kümmern, die auf der Brücke der *Starhawk* lagen.

Als er den Blick nach unten richtete, sah er, daß der Kommunikationsoffizier versuchte, auf die Beine zu kommen. Er half ihm, und wie es aussah, war der Mann zwar kräftig durchgeschüttelt worden und hatte blaue Flecken und Quetschungen davongetragen, schien ansonsten jedoch unverletzt zu sein. Sarek führte ihn zum Lift und suchte sich dann einen Weg durch die stechenden Rauchschwaden zu Akhmatovas reglos daliegender Gestalt. Sie lag mit dem Gesicht nach unten zwischen dem Kommandosessel und dem Steuerungspult, die Arme um Romolo geschlungen. Offenbar hatte sie sich aus den passiven Schutzvorrichtungen des Kommandosessels befreit, um den anderen Captain aufzufangen.

Der Vulkanier drehte sie sanft auf den Rücken. Ein kräftiger Blutstrom rann über ihre linke Gesichtshälfte und den Nacken. Er strich das graumelierte, blutverklebte Haar beiseite, um nach der Quelle des Blutstroms zu suchen – bis er schließlich einen tiefen Riß entdeckte, in dem Knochensplitter und eine grauweiße Masse zu erkennen waren.

Es schien unmöglich, daß sie noch lebte – dennoch atmete sie, und er stellte auch einen schwachen, unregelmäßigen Pulsschlag fest. Vorsichtig hob er sie hoch, wobei er stumm die Behinderung durch seine verletzten Rippen verwünschte, und trug sie zum Lift, wo Marsten ihm die Last abnahm.

Sofort eilte er zurück in den erstickenden Rauch, um nach weiteren Überlebenden zu suchen.

Er fand den toten Navigator, dessen Genick gebrochen war. Lediglich Romolo lebte noch. Genau wie Akhmatova war er ohne Bewußtsein, doch sein Atem kam in kurzen, gurgelnden Stößen. Er lag auf dem Rücken, die Brust seiner Uniform war blutdurchtränkt; offensichtlich hatte sich ein herumfliegendes Trümmerstück in seine Lunge gebohrt.

»Noch eine Minute bis zum Versagen des Lebenserhaltungssystems«, meldete der Computer. Eine Sirene heulte auf und dröhnte in Sareks Ohren. Er ignorierte die Schmerzen in seinen Rippen, hob Romolo auf und stolperte mit ihm in die Sicherheit des Lifts.

Die Lifttüren schlossen sich vor dem raucherfüllten Chaos, das einmal die Brücke gewesen war. Sarek seufzte leise und ließ sich gegen die kühle Stahlwand sinken. Er dachte nicht an die Zerstörung, die ihn umgab, sondern an die Zerstörungen, die noch kommen mochten …

6

McCoy war fast glücklich, in der Krankenstation zu sein. Sie war ausgezeichnet eingerichtet, und darüber hinaus nur eine von den vielen an Bord des riesigen Schiffes. Er schaute zu, wie das Schiff die Diagnosen für die vier hierher gebeamten Wissenschaftler erstellte und die entsprechenden Behandlungsmethoden empfahl, und nachdem die vier entlassen waren, wanderte er zu dem Platz hinüber, an den einer der Sicherheitsoffiziere gebracht worden war, den es in dem Shuttle kräftig durchgeschüttelt hatte.

Ist ja eine tolle Art, sich seinen Lebensunterhalt zu verdienen, dachte er, während er sich dem Diagnosebett näherte. Nun, vielleicht konnte er ja doch helfen. Zu seiner Überraschung stellte er dann fest, daß es sich bei dem widerstrebenden Patienten um jemand handelte, den er kannte.

»Riley …?«

Der Offizier sah noch genauso aus wie während seiner Jugendtage auf der *Enterprise* – abgesehen natürlich von dem hellbraunen Bart, in dem sich ein paar Blutspuren zeigten, die von der angeschwollenen Unterlippe stammten. Beim Anblick von McCoy grinste Riley breit – und verzog dann das Gesicht, wobei er mit den Fingern die schmerzende Lippe betastete.

»Dr. McCoy! Ich hätte Sie mit dem Bart beinahe nicht erkannt.«

McCoy strich stolz über seine Manneszier. »Ich folge nur Ihrem Beispiel.«

Riley grinste schmerzlich. »Schön, Sie zu sehen, Sir. Was machen Sie hier?«

»Beobachten! Wie es scheint, ist das genau die angemessene Arbeit für alte, im Ruhestand lebende Ärzte. Es verhindert zumindest, daß wir uns überflüssig vorkommen.« McCoy erwiderte Rileys Lächeln und stellte überrascht fest, wie gut es tat, alte Schiffskameraden wiederzusehen. »Aber ich könnte Ihnen die gleiche Frage stellen. Waren Sie das, der an Bord dieses Shuttles verletzt wurde?«

»Mir geht es bestens.« Riley berührte den Bluterguß an seiner Stirn und zuckte zusammen.

Wie es aussah, schien die *Recovery* seine Ansicht nicht zu teilen. »Der Patient leidet an einer leichten Gehirnerschütterung«, erklärte der Computer und klang dabei beinahe eingeschnappt, »sowie an einer Rißwunde im Mundbereich. Trotzdem verweigert sich der Patient einer angemessenen Versorgung ...«

Riley stöhnte verärgert auf.

McCoy mußte unwillkürlich kichern. »Nun, das hier ist eine *seriöse* Einrichtung, Mr. Riley. Halb Krankenstation, halb Arrestzelle. Wie wäre es, wenn ich mich auch ein wenig nützlich mache – ich glaube nicht, daß mein Status als ›Beobachter‹ dadurch allzusehr geschädigt wird.« Er nahm einen Zellregenerator und einen Simpkins-Cranialstimulator. »Halten Sie jetzt bitte still.«

Riley seufzte und gehorchte. McCoy befestigte den Cranialstimulator an der Stelle seines Kopfes, die durch den Schlag in Mitleidenschaft gezogen worden war, damit er die durch die Gehirnerschütterung entstandenen Schäden beheben konnte, während er unterdessen den Zellregenerator über den häßlichen Schnitt in der Lippe führte.

Nachdem er ein paar Sekunden konzentriert gearbeitet hatte, wandte sich McCoy an das Schiff. »Wie sieht es jetzt aus, Computer? Wird der Patient überleben?«

»Das Leben des Patienten war nie in Gefahr«, erwiderte das Schiff humorlos.

»Na schön, das gebe ich zu«, brummte McCoy. »Können wir jetzt gehen?«

»Der Patient hat sich weit genug erholt, um sich in das für ihn vorgesehene Quartier zurückziehen zu können.«

»Sehen Sie«, meinte der Doktor. »Man muß nur wissen, wie man mit diesen Maschinen umzugehen hat.«

»Sie sind ein Lebensretter, Doc«, gestand Riley und erhob sich vom Diagnosebett.

»Nicht nach Ansicht der *Recovery*«, schmunzelte McCoy. »So, Riley ... Sie haben mir noch immer nicht erzählt, was Sie auf dem Shuttle zu tun hatten.«

»Ich bin mit Admiral Kirk hergekommen, um die Simulation zu überwachen. Und ich ... habe mich freiwillig gemeldet, um die Fähigkeiten der *Recovery* selbst ein bißchen zu testen.« Als hätten sie sich abgesprochen, verließen die beiden die Krankenstation und wanderten die gekrümmten Korridore des Schiffs entlang. McCoy nahm an, daß Riley wieder zur Besatzung des Shuttles zurückkehren wollte.

»War wohl etwas aufregender, als Sie es sich gewünscht hatten, wie, insbesondere nach einigen Jahren am Schreibtisch?« meinte McCoy. Als Riley mit einem schiefen Grinsen antwortete, fügte er hinzu: »Nun ... und wie geht es Jim so?«

»Ganz gut«, sagte Riley vorsichtig. McCoy hatte den Eindruck, er überlegte noch, ob er mehr sagen sollte oder nicht.

»Schön.« McCoy schwieg für ein paar Schritte.

»Sehen Sie, Riley, ich bin sicher, Sie haben von jenem Tag gehört, als ich ins Hauptquartier gekommen bin und eine kleine ... Unstimmigkeit mit Nogura hatte. Es tut mir leid, wenn ich Jim damit in Verlegenheit gebracht habe.«

Ein leises Lächeln huschte über Rileys jungenhafte Züge. »Ich bin sicher, er hat es verstanden, Doktor. Sie haben nur getan, was Sie für das Beste hielten.«

»Verdammt richtig«, sagte McCoy. »Jim war mein bester Freund.« Er blieb abrupt stehen und wandte sich dem jüngeren Mann zu. »Sagen Sie, Riley ... ist er glücklich mit dem, was er tut? Behandelt Nogura ihn gut?«

Rileys Blick richtete sich auf einen Punkt in weiter Ferne; seine Miene wurde undeutbar. »Er ... er hat in der Admiralität hervorragende Arbeit geleistet. Nogura ist sehr zufrieden mit seiner Leistung.«

»Danach habe ich nicht gefragt. Ich habe gefragt, ob er *glücklich* ist.«

Riley zuckte die Achseln und verzog die Mundwinkel. »Kann ich nicht sagen, Doktor.« Er seufzte. »Ich glaube, er ist ... unruhig. Sucht nach Alternativen ...«

»Ich wußte es!« rief McCoy in einem plötzlichen Ausbruch von Ärger. »Der Mann gehört auf ein Sternenschiff, aber Nogura ist zu verdammt stur, um das zuzugeben. Ich hoffe nur, Jim kommt irgendwann selbst zur Vernunft.«

Riley neigte den Kopf und öffnete den Mund zu einer Antwort, doch seine Worte gingen im plötzlichen Aufheulen einer Sirene unter. Das Deck schien unter McCoys Füßen wegzusacken, und er stolperte vorwärts gegen Riley.

»Achtung an alle«, dröhnte die Stimme des Computers über das Heulen der Sirene hinweg. »Machen Sie bitte die Korridore frei und begeben Sie sich aus Sicherheitsgründen in Ihre Quartiere.«

Mühsam gelang es McCoy und Riley, sich auf den Füßen zu halten, indem sie sich gegenseitig stützten.

»Alles in Ordnung?« fragten sie gleichzeitig, während sie noch immer um ihr Gleichgewicht rangen.

Bevor einer von ihnen antworten konnte, drangen hektische Schreie aus den entfernteren Bereichen des Korridors.

McCoy drehte sich in Richtung der näher kommenden Rufe. Es ging alles viel zu schnell; im einen Moment bäumte sich das Deck auf, im nächsten rannte Myron Shulman durch den Gang auf sie zu, wobei er den Abstand zu einer Gruppe von Verfolgern stetig vergrößerte.

»Dr. Shulman, stop! *Stop!*«

McCoy erkannte auf Anhieb Angelina Molas Stimme.

»Schnappt ihn, irgend jemand! Laßt ihn nicht entkommen!« rief eine Männerstimme.

Verdutzt, aber durchaus bereit, sich mit ihm anzulegen, trat McCoy Shulman in den Weg.

»Doktor, nicht!« rief Riley über das Heulen der Sirenen und wollte ihn aufhalten. Dann wurde das Deck erneut erschüttert, und alle landeten in einem chaotischen Durcheinander auf dem Boden.

Wird etwa auf uns geschossen? dachte McCoy ungläubig. Hatten Klingonen, Romulaner oder Tholianer die Situation irgendwie zu ihren Gunsten genutzt und mit einem Angriff begonnen?

Shulman und Riley kamen gleichzeitig wieder auf die Beine.

»Keine Bewegung, Dr. Shulman«, sagte Riley warnend, obwohl in seinen Augen Furcht zu lesen war. »Ich möchte keine Gewalt anwenden …«

Shulman schlug mit der Kraft eines Verrückten zu, doch Riley schaffte es irgendwie, den Schlag abzublocken, und auch den nächsten. Doch Shulmans dritter Schlag landete genau auf dem Mund des Commanders und traf die gerade erst verheilte Lippe. Helles Blut spritzte hervor und rann in seinen Bart; Riley stolperte zurück und krachte mit dem Kopf gegen die Korridorwand. McCoy stöhnte mitfühlend auf.

Bevor er eingreifen konnte, hatte Shulman seine Chance genutzt und rannte durch die endlosen Gänge davon. Die anderen Wissenschaftler erreichten Riley und McCoy und stürmten weiter hinter Shulman her. Unterdessen wiederholte der Computer immer wieder seine Forderung, die Korridore zu räumen und die Quartiere aufzusuchen.

Wie eine Szene aus *Alice im Wunderland*, dachte McCoy verdutzt. Er packte Angelinas Arm, als sie vorbeikam, und zwang sie zum Anhalten.

»Was zum Teufel ist hier los, Angelina?«

»Shulman ist völlig paranoid geworden«, erklärte sie keuchend, »und es scheint, als wäre das Schiff mit ihm zusammen übergeschnappt.«

»Wovon reden Sie da eigentlich?«

Sie legte, immer noch schwer atmend, eine Hand auf ihr Herz. »Die *Recovery* hat die *Paladin* angegriffen, das Schiff, das Kirk kommandierte. Er ließ ein nicht geplantes Szenario durchlaufen, und Shulman wurde wütend – und als nächstes griff die *Recovery* an... nun, es sah aus, als würde sie speziell Kirk angreifen. Ich weiß, das ergibt überhaupt keinen Sinn. Wir glauben, Myron hat irgend etwas mit der Programmierung angestellt. Die *Recovery* greift jetzt alles an, was in ihre Nähe kommt – sie hat die *Paladin*, die *Starhawk* und das romulanische Schiff getroffen, und beinahe hätte sie auch noch die Klingonen erwischt. Wir glauben, daß die Tholianer sich aus dem Staub machen konnten, bevor es zu spät war.«

McCoys Augen weiteten sich. »Einen Moment mal – Klingonen? Romulaner? *Tholianer?* Lieber Himmel …«

Angelina schloß die Augen und stieß leise die Luft aus. Erst jetzt begriff sie richtig, welche Tragweite ihre Aussage tatsächlich hatte. Sie öffnete die Augen wieder und blickte den Doktor direkt an. »Da habe ich mich in der Aufregung wohl etwas mitreißen lassen, Leonard. Aber ich weiß, daß ich Ihnen vertrauen kann …«

»Natürlich können Sie das, Angie«, unterbrach McCoy sie eilig. »Aber lassen Sie uns diese Sache jetzt klarstellen. Sie wollen sagen, daß Klingonen, Romulaner und Tholianer hergekommen sind, um die Simulation zu beobachten – und die *Recovery* sie beschossen hat … in einem *unprovozierten Angriff*?«

Angelina nickte, und McCoy griff sich mit einem Aufstöhnen an die Stirn. »Wir müssen Myron in Gewahrsam nehmen«, sagte sie, wobei ihre normalerweise ruhige Stimme einen Anflug von Panik verriet. »Wir müssen ihn medizinisch behandeln und herausfinden, wie man dieses Schiff kontrolliert, bevor … bevor es zu einem interstellaren Krieg kommt! Leonard, versuchen Sie, Kontakt zu den anderen Schiffen aufzunehmen. Sagen Sie ihnen, daß es ein Unfall war. Und sagen Sie ihnen vor allem, daß wir Hilfe brauchen!«

Sie befreite sich aus McCoys Griff und eilte hinter den anderen Wissenschaftlern her, die noch immer Shulman nachjagten. Schnell war sie aus seinem Blickfeld verschwunden.

McCoy sagte nichts, während er Riley auf die Beine half, sondern versuchte, nicht an Jim auf seinem angeschlagenen Schiff zu denken.

Riley kleidete die Sorge, die beide miteinander teilten, in Worte. »Die *Paladin* ist angegriffen worden?

Wurde jemand verletzt? Admiral Kirk befindet sich auf dem Schiff …«

»Ich weiß nicht«, sagte McCoy düster. »Aber wir müssen Sie zurück in die Krankenstation bringen.«

Riley berührte seine Lippe mit dem Handrücken, starrte das Blut an und stieß einen angewiderten Laut aus. »Jemand muß Shulman aufhalten.«

»Es bringt nichts, ihn zu jagen«, versicherte McCoy. »Er kann doch nirgendwohin. Wir behandeln jetzt Ihren Kopf und die Lippe – wieder mal! –, und dann bringen wir Sie zu Ihrer Crew.«

»Anab … ich meine, Lieutenant Saed« – ein Ausdruck huschte über sein Gesicht, den McCoy nicht zu deuten vermochte – »ist bei mir. Sie ist Sicherheitsoffizier und etwas besser dafür ausgerüstet, Shulman zu finden und in Gewahrsam zu nehmen als eine Horde von wissenschaftlichen Theoretikern.«

Sobald McCoy Riley auf demselben Diagnosebett untergebracht hatte wie zuvor, erklärte er ihm, wie er die Instrumente bei sich selbst anzuwenden hatte. Während Riley damit beschäftigt war, begab sich der Doktor zu einem der Computerschirme. Würde das Schiff seine Wünsche jetzt noch erfüllen? Er konnte es nur ausprobieren.

»Computer«, sagte er so gelassen, wie es ihm möglich war.

Der Schirm erwachte zum Leben. »Wie kann ich Ihnen helfen?«

»Gib mir einen offenen Kanal zu jedem Föderationsschiff in Reichweite.«

»Der Kanal ist offen und Ihre Botschaft wird gesendet, doch es befinden sich keine Föderationsschiff in Reichweite, die Ihre Botschaft sehen oder hören könnten. Die einzigen Schiffe in Reichweite sind als feindliche Einheiten klassifiziert.«

Was redet die Blechkiste da? fragte sich McCoy verwirrt. *Sicher, da draußen sind die Romulaner und die anderen, aber die* Paladin *und die* Starhawk *befinden sich beide in Reichweite.*

»Hör zu, ganz in der Nähe sind zwei Föderationsschiffe. Wenn ich meine Nachricht sende, werden sie dann in der Lage sein, mir zu antworten?«

»Sie befinden sich im Irrtum«, korrigierte ihn das Schiff. »Es gibt keine Föderationsschiffe in Reichweite. Ihre Botschaft wird in der Hoffnung ausgestrahlt, daß irgendein Föderationsschiff sie auffängt und darauf reagiert; gegenwärtig befinden sich jedoch keine derartigen Schiffe in Reichweite.«

McCoy schloß frustriert die Augen. Das Schiff benahm sich genauso verrückt wie Shulman; Angelina hatte völlig recht gehabt. Die *Recovery* betrachtete die beiden Föderationsschiffe als Feinde. Entweder das, oder sie hatte beide bereits zerstört. Er versuchte eine andere Taktik. »Kann ich mit den feindlichen Schiffen kommunizieren?«

»Jegliche Kommunikation mit feindlichen Schiffen wird automatisch erledigt. Für Gäste wäre es unangebracht – und gegen die Bestimmungen –, feindliche Mächte zu kontaktieren. Sie können Ihre Botschaft senden, wenn Sie soweit sind.«

»Danke«, knurrte McCoy sarkastisch. »Sehr nett.« Er leckte sich über die Lippen und fragte sich, ob überhaupt jemand dort draußen war, um ihn zu hören. Bei seinem Glück waren nur noch die Klingonen übrig, oder die Romulaner. *Nein,* dachte er entschieden, *das kann ich nicht akzeptieren. Jim ist dort draußen. Er würde sich nie von dieser überdimensionalen Blechdose fertigmachen lassen.*

Also, was sollte er seinem alten Freund nun sagen? »Lauf, so schnell du kannst, wir sitzen hier in einem interstellaren Krankenwagen fest, der völlig durchgeknallt ist«? Er holte tief Luft und richtete sein Gesicht auf den erleuchteten Schirm, dessen seitlich angebrachte Sensoren sein Bild übermitteln würden.

»Hier spricht Leonard McCoy an Bord des FDRA-Schiffs *Recovery*. Ich weiß nicht genau, was hier geschehen ist, außer, daß der Konstrukteur dieses Schiffes eine Art Zusammenbruch erlitten hat – und es scheint, daß er irgendwie die Originalprogrammierung des Schiffes beeinflußt hat. Niemand an Bord weiß, wie die *Recovery* unter diesen Umständen reagieren wird. Im Moment läßt sie mich einen Hilferuf aussenden, aber sie wird nicht zulassen, daß Sie antworten. Bitte seien Sie vorsichtig. Die Wissenschaftler an Bord dieses Schiffes werden alles tun, um zu den Wurzeln des Problems vorzudringen und es zu beheben. Aber möglicherweise werden wir Hilfe brauchen. Ich werde versuchen, Sie über die Situation hier an Bord weiterhin auf dem laufenden zu halten – sofern die *Recovery* das zuläßt. Hier spricht Leonard McCoy. Ende der Sendung.«

Auf sein Kommando erlosch der Bildschirm zuvorkommenderweise wieder.

Jim Kirk stand auf seiner demolierten Brücke und starrte ungläubig die Gestalt auf dem Schirm an. Er machte einen Schritt vorwärts, dann noch einen, ganz so, als würde er, wenn er nur nahe genug herankam, erkennen können, daß die Person, die da zu ihm sprach, nicht wirklich ... *Leonard McCoy?* ... war.

»Pille!« murmelte er. Der Doktor war in ganz gewöhnliche Zivilkleidung gehüllt und trug einen beachtlichen, graumelierten Bart, der Jim unter weniger prekären Umständen zu einem Lächeln veranlaßt hätte. Davon abgesehen sah McCoy so aus und klang auch so wie immer, als wären es erst Tage und nicht Jahre, seit sie zuletzt gemeinsam auf der Brücke der *Enterprise* gestanden hatten.

»Er kann Sie nicht hören, Sir«, sagte Sonak leise.

»Was macht er überhaupt dort?« fragte Kirk, ohne wirklich eine Antwort zu erwarten.

»Er ist im Dienstplan als ›offizieller Beobachter‹ aufgeführt«, informierte ihn Diksen.

»Er befindet sich auf der *Recovery*?«

»Das ist korrekt, Sir«, sagte Sonak.

Er hatte Pille seit mehr als einem Jahr nicht gesehen, und bei ihrem letzten Zusammentreffen hatten sie sich nicht gerade so verhalten, wie es gute Freunde tun sollten. Und nun saß er auf einem Schiff fest, das übergeschnappt war ... Kirk fragte sich, ob er es hier mit einer bizarren Rache des Schicksals zu tun hatte, die speziell auf ihn zugeschnitten war, weil er eine Beförderung akzeptiert hatte, die er nie hätte annehmen sollen – eine Beförderung, die anzunehmen insbesondere Pille ihn ausdrücklich gewarnt hatte.

»Sir«, unterbrach Sonak seinen Gedankengang, »offenbar ist es Botschafter Sarek gelungen, die Romulaner von einem Vergeltungsschlag abzubringen. Das klingonische Schiff hat trotz seiner Schäden abgedreht und seine Tarnvorrichtung eingeschaltet. Ich kann nicht bestimmen, wo es sich derzeit aufhält. Aufgrund der im Kampfgebiet herumtreibenden Trümmer läßt sich nicht feststellen, was aus dem tholianischen Schiff geworden ist. Möglicherweise ist es entkommen, vielleicht aber auch vollständig zerstört worden. Zum gegenwärtigen Zeitpunkt läßt sich das unmöglich entscheiden.«

Kirk nickte und zwang sich, den Blick von McCoys Bild auf dem Schirm abzuwenden. Sonak hatte offenbar ein paar Besatzungsmitglieder beauftragt, die Leiche von Ruth Pulver fortzuschaffen. Doch der Blutfleck auf dem Boden war noch nicht entfernt worden. Zum wiederholten Mal warf er einen prüfenden Blick auf seine Hände, die sich noch immer klebrig von Pulvers Blut anfühlten, obwohl er sich inzwischen einen Moment Zeit genommen hatte, um sie zu waschen.

»Mr. Sonak«, sagte er ruhiger, als ihm zumute war, »Sie erhalten eine vorläufige Beförderung. Ich brauche einen Ersten Offizier. Ab sofort sind Sie das. Sie können an der Wissenschaftsstation bleiben und Ihren Pflichten von dort aus nachkommen.«

Der Vulkanier zögerte nur einen Sekundenbruchteil. »Aye, Sir, wie Sie wünschen.«

Was wir beide wirklich wünschen, ist, daß Pulver noch lebte, dachte Kirk bitter.

»Admiral«, sagte Sonak, über seinen Kontrollschirm gebeugt, »Die *Recovery* nimmt Fahrt auf.«

»Fahrt?« Er mußte sich endlich zusammenreißen. Pille war nicht die einzige unschuldige Person, die auf jenem Schiff in der Falle saß. Kevin Riley befand sich ebenfalls dort, zusammen mit seiner Exfrau und Josiah Ngo. Hinzu kamen mehr als zweihundert bedeutende Wissenschaftler und das gesamte FDRA-Kontingent – von denen einige als die scharfsinnigsten Persönlichkeiten des Universums betrachtet wurden. »Fahrt wohin?«

»Ich glaube ...« Sonak konzentrierte sich völlig auf seinen Schirm. »Das Schiff bewegt sich in Richtung ... des tholianischen Raums. Und es beschleunigt.«

Kirk fuhr zum Navigator herum. »Folgen Sie dem Schiff! Es darf die Grenze nicht verletzen. Die Tholianer werden es mit einem ihrer Netze einfangen und damit Zugang zu modernster Föderationstechnologie erhalten. Außerdem werden sie das Eindringen vermutlich als Anlaß nehmen, um einen interstellaren Krieg zu beginnen – sofern ihnen Klingonen und Romulaner in dem Punkt nicht zuvorkommen.«

»Sir, wir haben Schäden im Maschinenraum«, erinnerte ihn der Navigator. »Wir schaffen es vielleicht, Warp sechs zu erreichen, aber die *Recovery* bringt es auf Warp neun!«

»Wir müssen dieses Schiff abfangen, Mister«, erklärte Kirk bestimmt. »Mehr als zweihundert Menschen befinden sich dort an Bord – und viele Millionen Leben hängen davon ab, daß wir diesen Konflikt im Keim ersticken. Diksen!«

»Ja, Sir?«

»Geben Sie mir den Maschinenraum!« Während er noch sprach, wurde ihm bewußt, daß es diesmal keinen Scotty geben würde, der Wunder für ihn wirkte. Alle Wunder, die am heutigen Tag geschahen, würde er selbst erledigen müssen.

Stunden vor Beginn der Dämmerung erwachte Spock abrupt. Er setzte sich auf und lehnte sich gegen den warmen, schwarzen Felsen. Für einen flüchtigen Moment schimmerte ein Bild aus einem Traum in der Dunkelheit vor ihm.

Es war Dr. McCoy, der auf dem Deck eines unbekannten Schiffes stand, die blaßblauen Augen von Furcht erfüllt.

Hier spricht Leonard McCoy. Wir brauchen Hilfe.

Helfen Sie uns. Spock…

So drängend, so überzeugend war der Klang der Stimme, daß Spock aus dem Schlaf gerissen worden war; er atmete langsam und tief ein und verdrängte den Impuls, aufzuspringen und McCoy zu Hilfe zu eilen.

Beunruhigend; doch nur ein Traum, nicht mehr. Trotzdem wollte das Gefühl, McCoy sei in Gefahr, nicht weichen.

»Unmöglich«, murmelte Spock. Am Abend zuvor hatte er sich bemüht, daß Gefühl loszuwerden, Kirk befinde sich in Gefahr – doch trotz Spocks Anstrengungen, alle Bindungen an den Admiral zu lösen, hatte ihn diese Ahnung hartnäckig weiterverfolgt. Und nun dieser überwältigende Eindruck, McCoy sei ebenfalls in Gefahr...

Unmöglich, denn er war der Ansicht, alles getan zu haben, was notwendig war, um die Bindungen an seine Freunde zu durchtrennen.

Er erhob sich lautlos, legte den Umhang beiseite, der seine Bettwäsche ersetzte, und ging ein paar Schritte durch die Dunkelheit, um sich vor der kalten Öllampe und dem Mandala niederzulassen, das stumpf im Sternenlicht schimmerte. Seine Augen hatten sich auf die Dunkelheit eingestellt, und obwohl seine Nachtsicht nicht so gut war wie die eines reinrassigen Vulkaniers, sah er doch gut genug, um sich auf das verschlungene Muster des Mandalas konzentrieren und es als Fokus für eine tiefe Meditationstrance nutzen zu können.

Der Traum kehrte in völliger Klarheit zurück; McCoys Gesicht erschien so deutlich vor seinem inneren Auge, als stände der Doktor vor ihm.

Hier spricht Leonard McCoy. Wir brauchen Hilfe...

Sein Bild löste eine andere Erinnerung aus: die an Jim Kirk, der, gefangen in einem interdimensionalen Riß, wie ein Geist in seinem Raumanzug durch die Brücke der *Enterprise* schwebte.

Jim hatte nach ihm gerufen – stumm, seine Stimme war nicht fähig, den Abgrund von Raum und Zeit zu überbrücken, doch Spock hatte die Worte von den Lippen abgelesen:

Spock. Helfen Sie mir, Spock...

Der Vulkanier brach seine Meditation ab, erhob sich mit einer schnellen, glatten Bewegung und trat ans Fenster. Die Erinnerung hatte so starke Emotionen in ihm wachgerufen, daß er nicht willens war, sitzen zu bleiben und sich damit auseinanderzusetzen. Er war geflohen, als könne er auf diese Weise die Erinnerungen bei der Lampe und dem Mandala zurücklassen.

Er lehnte die Arme auf den warmen Stein des Fensterrahmens und atmete tief die Wüstenluft ein, die so kalt und stechend war wie das Licht der Sterne.

Er hatte geglaubt, er sei nicht mehr zu derartigen Emotionen fähig – doch da waren sie, ungefiltert, all der Kummer und Zorn, den er während der tholianischen Affäre durchlebt hatte.

Kummer, weil er den Captain, seinen engsten Freund, für tot gehalten hatte; Zorn, weil es ihm nicht gelungen war, ihn zu retten. Und auch Zorn auf McCoy, dessen eigener Schmerz ihn veranlaßt hatte, auf das naheliegendste Ziel loszuschlagen: Spock.

Er schaute hoch zum onyxfarbenen Himmel, den diamanten leuchtenden Sternen und erblickte stattdessen das Quartier des Captains auf der *Enterprise*, hörte statt der Stille der Berge das feine Summen der Triebwerke. Er war mit McCoy dort hingegangen, um den letzten Befehl des Captains zu erfüllen – eine Aufgabe, die auch so schon schmerzvoll genug war und seine Selbstkontrolle bis an die äußersten Grenzen belastet hatte. Und dann hatte McCoy mit vor Schmerz brüchiger Stimme losgelegt:

»Er war ein Held in jedem Sinne des Wortes, und doch wurde sein Leben für nichts geopfert. Das einzige, was seinem Tod Bedeutung verliehen hätte, wäre die Sicherheit der Enterprise. *Und das haben Sie unmöglich gemacht ...*

Sie hätten sich selbst das Kommando sichern können, indem Sie einfach gegangen wären ... aber Sie sind geblieben. Warum?«

Weil, so hatte Spock dem Doktor ruhig erklärt, er gesetzlich und moralisch gezwungen war, sich über den Zustand des Captains zu vergewissern. Das war die Wahrheit. Und dennoch hatte es zudem einen anderen Grund gegeben, einen, den er sogar sich selbst gegenüber kaum eingestanden hatte: Er war unfähig gewesen, den Tod seines Freundes zu akzeptieren.

Und tatsächlich hatte er gespürt – mit der unerklärbaren, irrationalen Sicherheit der Intuition – daß Jim noch lebte.

Vielleicht war es eine Bindung gewesen, die durch ihre Freundschaft entstanden war oder durch die Gelegenheiten, bei denen sie mental miteinander verbunden gewesen waren; vielleicht war es aber auch etwas weitaus Menschlicheres.

In seinen Gedanken hörte er noch einmal Jims Stimme, als er seinem Ersten Offizier die letzten Anweisungen gab: *»Berücksichtigen Sie bei Ihren Entscheidungen auch intuitive Erkenntnisse. Ich glaube, Sie verfügen über diese besondere Qualität ...«*

Welche Ursache das Gefühl auch immer haben mochte, Spock empfand jetzt die gleiche Gewißheit, daß sich seine Freunde – sowohl Jim wie McCoy – in tödlicher Gefahr befanden ... und daß diese Gefahr in irgendeiner Weise mit einer der gefühlsbeladensten Situationen seines Lebens verbunden war.

Er wandte sich vom Fenster ab, kehrte zu Lampe und Mandala zurück und ließ sich mit gekreuzten Beinen auf dem warmen Stein nieder. Vielleicht war es gut so, daß er diesen Traum und den Zusammenstoß mit Sarek gehabt hatte, denn beides wies ihn auf die Notwendigkeit hin, die letzten Spuren der emotionalen Bindungen an seine menschlichen Freunde auszulöschen.

Er nutzte das Bild des Mandalas, um seine Gedanken zu klären. Es gab nur eine Möglichkeit weiterzukommen: Er würde in der Meditation verharren, bis er die emotionalen Bindungen an Jim und McCoy erfolgreich durchtrennt hatte. Denn nur wenn diese

Fesseln gebrochen waren, konnte er hoffen, das *Kolinahr* zu erlangen.

Und er würde sich auch nicht erheben, solange er nicht herausgefunden hatte, wie er ihnen helfen konnte, wenn solche Hilfe tatsächlich verlangt wurde.

Er atmete tief ein und begann…

7

»Wir alle hier sind Wissenschaftler«, sagte Angelina Mola zu ihren Kollegen, während sie auf den unerbittlichen Computerschirm starrte, vor dem sie saß. »Es muß hier doch irgend etwas geben, was uns weiterhelfen könnte.«

Neben ihr standen Dr. Chia Noon und Jason Albrecht, der junge Doktorand, den sie betreuten. Sie befanden sich in Myron Shulmans Quartier und hofften, der geflüchtete Wissenschaftler würde vielleicht hier auftauchen, oder sie würden wenigstens irgend etwas finden, das sein schockierend abnormales Verhalten erklären mochte. Doch um diese Information auszugraben, wäre vermutlich eine archäologische Expedition nötig, dachte Mola, als sie sich unentschlossen in der kleinen Unterkunft umsah.

Angelina hatte jahrelang mit Shulman zusammengearbeitet und hunderte von Stunden mit ihm in einem Dutzend Büros auf ebensovielen Planeten zugebracht. Der Myron Shulman, den sie kannte, hielt stets peinliche Ordnung in seinen Arbeitsmaterialien. Sie hatte nie erlebt, daß er mit Notizzetteln gearbeitet hätte; tatsächlich verabscheute er den Gedanken, etwas auf Papier festzuhalten. Sie konnte sich auch nicht erinnern, daß er jemals mehr als etwa ein Dutzend Datenkassetten bei einem Projekt, an dem er arbeitete, benutzt hätte. Es machte ihm nichts aus, daß ihn seine Arbeit an viele Orte auf verschiedenen Planeten führte. Er war stets darauf vorbereitet, vom einen Moment auf den anderen seine präzise durchorganisierten Daten zusammenzupacken und abzureisen. So etwas wie ein Heim kannte er nicht, und arbeiten konnte er an jedem beliebigen Ort.

Wenn Mola jetzt jedoch das Durcheinander auf seinem Arbeitsplatz betrachtete, hätte sie angenommen, irgend jemand hätte die Sachen durchwühlt, wäre da nicht der Umstand gewesen, daß jedes einzelne Objekt mit seiner ihr vertrauten Schrift etikettiert gewesen wäre. Übersät mit aufeinandergestapelten Datenkassetten – von denen viele auf dem Boden gelandet waren, wo sie sich mit zahllosen Notizzetteln vermischten, die ihrerseits wieder unter Schreibblöcken und Klemmbrettern begraben waren –, bot Shulmans Arbeitsplatz den Anblick eines Katastrophengebietes. Was war es, das er hier getan hatte und das ihn die Gewohnheiten eines ganzen Lebens vergessen ließ? Vorsichtig nahm sie ein paar der Blätter auf und versuchte die scheinbar sinnlosen Symbole zu enträtseln.

»Gibt es keine Möglichkeit, ihn über den Computer ausfindig zu machen?« fragte Dr. Noon mit vor Angst verengten Augen. Eine tiefe Furche zeichnete sich direkt über dem roten Kastenzeichen auf ihrer Stirn ab.

Chia starrte auf das am Boden verstreute Chaos, die schmalen, braunen Hände fest hinter dem Rücken verschränkt, als wolle sie auf diese Weise sicherstellen, nur ja nichts anzurühren aus Furcht, der paranoide Doktor könnte einen derartigen Übergriff als nicht tolerierbar betrachten.

»Nun«, meinte Angelina, »bislang hatten wir kein Glück bei dem Versuch, den Computer über seinen Aufenthaltsort zu befragen.« Selbst jetzt, in diesem Moment, versuchten andere Mitglieder der FDRA überall im Schiff, den Flüchtigen mit Hilfe von Tricordern und anderen Instrumenten auszumachen, doch es war, als hätte sich die *Recovery* selbst mit ihrem Schöpfer verschworen, um seine Flucht zu decken.

»Aber das hier ist das Terminal, das er selbst benutzt«, wandte Chia ein.

Angelina schaute wieder auf den leeren Schirm und nickte nachdenklich. »Das ist wahr. Dieses Terminal ist vielleicht nicht den gleichen Informationssperren unterworfen wie die frei zugänglichen. Einen Versuch ist es jedenfalls wert.«

»Aber wir haben es immer noch mit dem Schiffscomputer zu tun«, warf Jason ein. Er war Chias genaues Gegenteil: hellhäutig, blond, blauäugig und hochgewachsen. »Es ist Shulmans Erfindung. Er hat dieses ganze Schiff entworfen. Ihn zu schützen, könnte zu den primären Pflichten des Computers gehören.«

Mola schüttelte den Kopf. »Myron hat diese Art von Reaktion nicht in die *Recovery* einprogrammiert. Er meinte, genau dort hätte Daystroms Fehler gelegen, er hätte zuviel von sich und seiner eigenen Persönlichkeit in seinen Computer gesteckt. Nein, für Myron war die *Recovery* keine Erweiterung seiner selbst.«

»Vielleicht«, meinte Jason leise, während er einen Stapel Notizzettel durchblätterte, »hat er seine Meinung aber auch grundsätzlich geändert.«

Die beiden Frauen schauten sich an, doch Chia zuckte nur die Achseln; es gab nichts, was sie ihrer Freundin hätte sagen können. *Irgendwie wächst uns allen diese ganze Sache über den Kopf,* dachte Mola und kämpfte die aufsteigende Panik nieder. *Selbst wenn wir ihn finden, was sollen wir dann mit ihm machen?* Sie hatte die vage Hoffnung, man könnte ihn einer gründlichen Diagnose unterziehen und dabei irgendein organisches Problem entdecken – vielleicht ein Virus oder einen Hirntumor –, etwas, das sie behandeln konnte … *heilen* konnte. Diese Hoffnung war alles, was sie im

Moment antrieb, deshalb weigerte sie sich, sie genauer unter die Lupe zu nehmen, sie vom analytischen Teil ihres Verstandes beurteilen zu lassen, der ja doch nur erkennen würde, wie vergeblich diese Hoffnung war.

Unbewußt rollte sie die Zettel, die sie noch immer in der Hand hielt, zu einer Röhre zusammen, während sie Shulmans Terminal anstarrte. »Computer, sag uns, wo sich Dr. Myron Shulman im Moment aufhält.«

»Diese Information ist klassifiziert«, antwortete die pedantische, weibliche Computerstimme.

Angelina schloß die Augen. Genau das erklärten auch die Terminals auf den Korridoren. Sämtliche Informationen über Shulman waren klassifiziert. Doch Dr. Mola hatte gehofft, das Terminal in Shulmans Unterkunft – dem Ort, an dem er die Feinarbeiten an seiner Programmierung durchführte – würde vielleicht bessere Antworten bereithalten. Sie konnte sich einfach nicht mit der Tatsache abfinden, daß sie auch hier nur den gleichen unlogischen Unsinn hören würde.

»Ich bin Dr. Angelina Mola«, sagte sie energisch. »Ich bin die Vorsitzende der FDRA und besitze eine Priorität-Eins-Freigabe. Es gibt *keine* Information, die zu erfahren ich nicht berechtigt bin! Ich wiederhole, wo ist Dr. Shulman?«

»Diese Information ist klassifiziert. Nur Dr. Shulman besitzt die nötige Freigabe, um diese Information zu erhalten.«

Chia fuhr sich mit den Fingern durch das kurzgeschorene schwarze Haar. »Das ist doch Wahnsinn. Lediglich die Informationen über das Verteidigungssystem sollten klassifiziert sein, damit kein Passagier der *Recovery* das Kommando über das Schiff oder seine Bewaffnung übernehmen kann. Erst heute morgen hat mir der Computer noch gesagt, wo sich Shulman aufhielt, als ich ihn danach gefragt habe.«

Das war ja auch am Morgen, dachte Angelina düster. Bevor die *Recovery* übergeschnappt war. Bevor sie zwei Föderationsschiffe mit ihren eigenen Leuten an Bord angegriffen hatte, von den Romulanern, Klingonen und Tholianern ganz zu schweigen. Aber vielleicht konnte sie andere Antworten vom Computer erhalten – Antworten, die sie ebenfalls zu Shulman führen mochten.

Sie entrollte die Notizzettel und starrte sie an. Dort standen Bemerkungen in Shulmans runder, fließender Schrift, doch dazwischen eingestreut entdeckte sie Zeichen und Symbole, die sie noch nie zuvor gesehen hatte. »Computer, Dr. Shulman scheint an einer Art Code als Teil seiner Programmierung gearbeitet zu haben. Kannst du mir irgend etwas darüber sagen?«

»Nein«, antwortete der Computer schlicht. »Das kann ich nicht.«

Sie seufzte und rollte die zerfledderten Blätter wieder zusammen. »Computer, kannst du mir wenigstens sagen, welchen Kurs wir eingeschlagen haben?«

»Wir fliegen zu den Koordinaten fünf-sieben-Punkt-zwei-null«, erklärte die Maschine.

Angelina hatte keine Ahnung, wo das sein sollte, und den Mienen ihrer Begleiter nach zu urteilen, wußten sie es ebensowenig. »Und wo ist das?«

»Siebzehn Lichtjahre von Zotos Vier entfernt.«

Sie spürte, wie sie ein kalter Schauer überlief. »Befindet sich dieser Sektor innerhalb des Föderationsgebietes?«

Diesmal legte der Computer eine beunruhigend lange Pause ein. Normalerweise antwortete er sofort und hielt nur lange genug inne, um eine normale menschliche Konversation zu simulieren. »Diese Information ist klassifiziert«, sagte er schließlich.

Die drei Wissenschaftler tauschten Blicke aus.

»Ich glaube, diese Koordinaten befinden sich weit innerhalb des tholianischen Raums«, sagte Dr. Noon leise.

Angelina sah sie ungläubig an. »Weshalb begeben wir uns zu diesen Koordinaten, Computer?«

»Wir haben einen dringenden Hilferuf empfangen und reagieren darauf so schnell wie möglich.«

»Und wer hat diesen Ruf ausgesandt, Computer?«

Wieder kam es zu einer Pause, die noch länger dauerte als die erste. »Diese Information ist klassifiziert.«

»Computer, hat Dr. Shulman Zugang zu dieser klassifizierten Information?«

»Dr. Myron Shulman hat Zugang zu allen Informationsgebieten.«

»Arbeitet Dr. Shulman mit dir, um deine Effizienz zu verbessern, deine Reaktionszeit und deine Fähigkeit zu entscheiden, wer Zugang zu klassifizierten Informationen hat?«

»Das ist korrekt.«

»Und wo arbeitet Dr. Shulman an diesen Bereichen?«

»Dr. Shulman bearbeitet meine Programmierung an diesem Terminal«, erklärte der Computer.

Angelina schüttelte erschöpft den Kopf. »Arbeitet er in diesem Moment an der Programmierung? Irgendwo auf dem Schiff? Wo arbeitet er jetzt?« Sie biß die Zähne vor lauter Frustration zusammen. Es gab eine winzige Chance, daß der Computer die Bedeutung der Frage nach der Eingabestelle der Arbeit zuerst überdachte und ihr dann versehentlich verriet, wo sich Myron in diesem Moment befand.

»Dr. Shulman arbeitet nur an diesem Terminal. Sein gegenwärtiger Aufenthaltsort ist klassifiziert«, beharrte der Computer.

»Es hat keinen Sinn«, sagte Jason und fegte einen Stapel Kassetten vom Tisch. »Das Ding wird uns nie verraten, wo er ist. Wenn wir ihn nicht selbst finden...«

»Sie werden niemals fähig sein, mich zu besiegen«, erklang Myron Shulmans atemlose Stimme von der Tür her.

Die drei Wissenschaftler fuhren zu ihm herum und starrten den wild blickenden Mann an. Sein schmales Gesicht glitzerte vor Schweiß, und der Brustkorb hob und senkte sich heftig, doch die Hand, mit der er den Phaser hielt, war absolut ruhig.

»Myron! Gott sei Dank haben wir Sie endlich gefunden!«, sagte Angelina sanft und bemühte sich, eine Mischung aus Erleichterung und Besorgnis auf ihr Gesicht zu zaubern – kein leichtes Unterfangen angesichts des verrückten Ausdrucks in Shulmans Augen. »Wir haben überall nach Ihnen gesucht...« Sie stellte fest, daß es außerordentlich schwierig war, nicht ständig auf Myrons Waffe zu schauen. Im Grunde war es unmöglich, daß er sie überhaupt hatte; die *Recovery* sollte eigentlich jeden überprüfen und private Waffen sofort entfernen.

»Sie meinen, Sie haben mich überall gejagt, nicht wahr?« Shulmans Stimme klang hart und anklagend.

»Bitte, Myron.« Mola breitete ihre Hände demonstrativ aus und sprach so beruhigend wie möglich. Noon und Albrecht standen steif vor Angst neben ihr. »Es geht Ihnen nicht gut. Wir möchten Ihnen nur helfen.«

»*Vernichten* wollen Sie mich.« Plötzlicher Schmerz zuckte über Shulmans Gesicht; er schwankte und drohte zu stürzen.

Sofort setzten sich Mola und Albrecht in Bewegung – doch bevor sie auch nur einen Schritt vorwärts machen konnten, hatte sich Shulman wieder erholt und hob den Phaser. Ein verzerrtes, triumphierendes Grinsen breitete sich auf seinem Gesicht aus. »Mich und die *Recovery*. Sie arbeiten mit Kirk zusammen. Ich weiß das. Und die *Recovery* weiß es auch!«

Angelina warf einen Blick auf Noon und Albrecht. Ihren düsteren Mienen nach zu urteilen, hatten sie den gleichen Schluß gezogen – Shulmans Paranoia hatte sich verfestigt und war nicht mehr zu erschüttern. Wie alle Verrückten wußte er, daß seine Realität die einzige Realität war. Man konnte nicht mehr mit ihm diskutieren … und dennoch mußte es jemand versuchen.

Mola schaute erneut auf den Phaser, den seine Hand so fest umklammerte, daß die Knöchel bleich hervortraten. »Wir sind unbewaffnet, Myron«, sagte sie mit einer Ruhe, die sie selbst verblüffte. »Wollen Sie auf Ihre Kollegen schießen, auf die Leute, mit denen Sie jahrelang zusammengearbeitet haben?«

»Das fragen Sie, während Sie versuchen, mich und meine Arbeit zu vernichten?« Er hielt nach diesem schrillen Ausbruch kurz inne und schwankte leicht, fing sich aber wieder. Sein wilder Blick fiel auf die Notizen, die Angelina noch immer umklammerte. Dieser Anblick steigerte seine Wut noch. »Sie dringen in meine Unterkunft ein, versuchen meinen Computer zu sabotieren, stehlen meine Unterlagen und bezeichnen sich dann auch noch als Kollegen? Sie sind meine Feinde. Sie und Kirk. Meine Feinde!«

Und dann bewegte er die Hand mit dem Phaser so schnell, daß man es kaum wahrnehmen konnte.

Ein blendender Blitz. Mola keuchte bei dem Schlag gegen ihre Brust, der sie von den Füßen riß und mit dem Rücken gegen den Tisch schmetterte, wodurch Kassetten und Notizen zu Boden geschleudert wurden. Sie landete mitten auf dem Trümmerhaufen und sah merkwürdig losgelöst, wie Jason vorsprang und Shulman rammte.

»Angelina?« flüsterte Chia. Die schmächtige Gestalt

der Inderin beugte sich über sie und versperrte die Sicht auf die beiden kämpfenden Männer ... und dann schien Chias Gesicht zurückzuweichen, als würde Angelina fortgezogen, weiter und weiter, einen langen, dunkeln Korridor entlang.

Dann kam der zweite Schlag. Er war weitaus schmerzhafter und strahlte von ihrer Brust bis in die linke Schulter und den Arm aus. Für einen Augenblick glaubte sie, Shulman hätte abermals gefeuert – doch da war kein Blitz gewesen. Sie stöhnte vor Schmerz laut auf.

»Angelina?« sagte Chia, doch ihre Stimme schien wie aus weiter Ferne zu kommen.

Es ist mein Herz, begriff Mola mit der gleichen ätherischen Losgelöstheit. *Ich habe einen Herzanfall, ausgelöst durch den Betäubungsschuß. Ich sterbe, wenn nicht jemand etwas unternimmt ...* doch im Moment gab es wichtigere Probleme, oder etwa nicht? Sie richtete den Blick auf ihre alte Freundin, Dr. Noon.

»Erzählen Sie Leonard«, keuchte sie, unfähig, kräftig genug zu atmen, um ihre Stimme deutlicher klingen zu lassen. Sie schwenkte die zerknüllten Blätter hektisch vor Chias Gesicht. »Erzählen Sie Leonard ... von den Symbolen. Sagen Sie Leonard ... er soll es Kirk sagen ...«

Chia schüttelte völlig verwirrt den Kopf.

Dios mio! dachte Mola angewidert. *Ich sterbe hier und kann mich nicht einmal verständlich machen!*

»Was soll ich Leonard sagen, Angelina?« fragte Chia.

Plötzlich wurde sie von der Stimme Gottes unterbrochen.

»Meine Sensoren zeigen an, daß Sie sich in einem kritischen Zustand befinden.«

Wie merkwürdig, dachte Angelina, den Blick himmelwärts gerichtet. *Gott klingt genauso wie der Computer!*

»Sie werden direkt in die Krankenstation gebeamt«,

fuhr Gott fort, »dort befindet sich qualifiziertes Personal, das Ihnen helfen wird.«

»Angelina«, schrie Chia genau in dem Moment auf, als Myron sich aus Jasons Umklammerung löste. Der Phaser landete klappernd zwischen ihnen auf dem Boden, doch Shulman sprang vor, schnappte ihn, bevor Jason ihn aufhalten konnte, und rannte auf den Korridor hinaus, wo er noch einen Schuß auf den Angreifer abgab. Der Strahl verfehlte den jungen Mann, zwang ihn jedoch, die Verfolgung aufzugeben. Im gleichen Moment spürte Dr. Mola, wie die Hand Gottes sie ergriff und in sich aufnahm, während ein merkwürdiges Sirren ihren Kopf erfüllte.

»Angelina! Angelina!« kreischte Dr. Noons von Panik erfüllte Stimme, doch auch dieser Laut verklang, als eine unwiderstehliche Kraft Dr. Mola ins Licht zog.

»Das Schiff ist so entworfen, daß es alle hinausgehenden Sendungen kontrolliert«, erklärte McCoy dem wiederhergestellten Kevin Riley. Riley hatte sich gerade der letzten der Behandlungen unterzogen, auf denen das Schiff bestanden hatte. Jetzt hockte er mit besorgtem Gesichtsausdruck da und rieb sich den Nacken.

»Auf diese Weise werden Evakuierte daran gehindert, die Kommunikationsanlagen zu zerstören«, fuhr der Doktor fort, »und politische Gegner können nicht mit Verbündeten außerhalb des Schiffes in Kontakt treten. Doch das Schiff soll Sendungen nach draußen zulassen, sofern sie als ›vertretbar‹ angesehen werden können, wie etwa eine Bitte um Hilfe. Unglücklicherweise entscheidet Shulman, was als vertretbar gilt, und in seinem paranoiden Zustand...« Er schüttelte den Kopf. »Andererseits war Shulman in der Lage, bidirektionale Verbindungen zu zwei Schiffen aufzunehmen, also sollte man annehmen, wir könnten einen Weg finden, um das gleiche zu erreichen.«

Riley gab einen Laut von sich, der nicht gerade begeistert klang. »Irgendwie kann ich nicht recht glauben, daß wir so viel Glück haben.« Er rieb sich weiter den Nacken, als spüre er noch immer Nachwirkungen der diversen Schläge, die sein Kopf hatte aushalten müssen. McCoy fragte sich, ob man den medizinischen Sensoren dieses launischen Blecheimers hundertprozentig trauen konnte.

»Sind Sie sicher, daß alles in Ordnung ist, Riley?« fragte er.

Kevin richtete sich auf. »Alles bestens. Zumindest sollte es so sein, wenn diese hyperaktive Krankenschwester bereit ist, mich zu entlassen. Wir müssen Anab… Lieutenant Saed und den Kadetten finden. Er ist Ingenieursstudent. Ich habe mir etwas überlegt, Doc – vielleicht könnten Sie und er zusammenarbeiten. Sie kennen sich mit Wissenschaftscomputern aus, und vielleicht schaffen Sie es mit Kadett Ngos Hilfe, Shulmans Programmierung auszuhebeln. In der Zwischenzeit könnten wir anderen nach unserem verrückten Wissenschaftler suchen.«

»Nun, schon möglich…«, begann McCoy, als ihn der vertraute Klang eines Transporters unterbrach. Gleichzeitig meldete die *Recovery*:

»Sie sind als Arzt identifiziert worden. Eine Patientin wird eingeliefert, bei der Unterstützung erforderlich ist. Bitte kehren Sie zu Abteilung Vier der Krankenstation zurück.«

McCoy und Riley schauten sich in der Station um. Ganz in der Nähe materialisierte auf einem der Betten eine schlanke, dunkelhäutige Gestalt. Der diagnostische Schirm aktivierte sich automatisch, sobald der Transportvorgang abgeschlossen war. Gefolgt von

Riley eilte McCoy zu der Gestalt hinüber – und prallte zurück, als er die alte, schwarzhaarige Frau erkannte.

»Angelina!« stieß er hervor. Ihre normalerweise in einem warmen Braunton schimmernde Haut hatte eine graue Färbung angenommen, ihr Atem ging flach, und ihr Gesicht war schmerzverzerrt. Er schaute automatisch zu dem Schirm über ihrem Kopf hoch. »Sie hat einen Herzanfall!«

Riley begab sich zu anderen Seite des Bettes, um nötigenfalls seine Hilfe anzubieten. In diesem Moment erklang wieder das Summen des Transporters, und auf dem Tisch neben dem Bett materialisierte eine Auswahl an Instrumenten zur Behandlung akuter Herzerkrankungen. Ohne zu zögern, griff McCoy nach einem Cardialstabilisator und einem Oxygenator.

»Halten Sie das hier an ihre Kehle, genau hier«, sagte er zu Riley und deutete auf den exakten Punkt. »Es kompensiert automatisch die Sauerstoffreduktion im Gehirn und anderen Organen. Halten Sie es dort, bis ich Ihnen neue Anweisungen gebe.« Er aktivierte den Stabilisator und plazierte ihn auf Molas Brust. »Was zum Teufel ist ihr nur zugestoßen?«

»Die Patientin ist aus kurzer Distanz von einem Phaser-Betäubungsschuß getroffen worden«, erwiderte der Computer entgegenkommend.

»So, und wer zum Kuckuck schießt auf Dr. Mola?«

»Dr. Shulman hat auf sie gefeuert«, stellte die *Recovery* gleichmütig fest. »Es war Notwehr.«

Diese Antwort ließ McCoy zusammenfahren. Er und Riley wechselten einen besorgten Blick. »Ich dachte, es wäre niemandem erlaubt, Waffen an Bord dieses Schiffes zu bringen«, sagte McCoy leise.

Bevor Riley etwas sagen konnte, antwortete der Computer: »Das ist korrekt. Niemandem ist es erlaubt, Waffen an Bord der *Recovery* zu bringen.«

»Ich bitte um Entschuldigung«, sagte McCoy ärgerlich und ohne seine verzweifelten Bemühungen, das Leben seiner Freundin zu retten, zu unterbrechen, »aber um einen ehemaligen Kameraden zu zitieren, du bist nicht gerade sehr logisch! Wenn es niemandem erlaubt ist, Waffen an Bord zu bringen, wieso ist dann Dr. Shulman bewaffnet?«

»Dr. Shulman befindet sich außerhalb der normalen Parameter«, erklärte der Computer.

Riley kniff die Augen zusammen und richtete unwillkürlich den Blick nach oben, als er sich an den Computer wandte. »Nicht nach den vorgegebenen Regularien. Das war einer der Punkte, auf die Admiral Kirks Bericht besonderes Gewicht gelegt hat. Der Computer dieses Schiffes sollte auf gar keinen Fall in der Lage sein, ein bestimmtes Individuum als wichtiger einzustufen als ein anderes. Wäre es anders, könnte die erste politische Gruppe, die bei einer Evakuierung an Bord kommt, das Schiff anweisen, ihre Gegner zurückzulassen.«

McCoy nickte, während er eine Reihe von Medikamenten auswählte, die Angelinas Herz stabilisieren sollten. »Ich erinnere mich, daß es sich dabei um einen jener Punkte handelte, in denen Shulman tatsächlich mit Kirk übereinstimmte«, sagte er zu Riley. »Er wollte auf keinen Fall das Risiko eingehen, auf der *Recovery* könnte es zu etwas Vergleichbarem wie dem Daystrom-Zwischenfall kommen. Was also ist passiert? Wieso hat der Computer entschieden, daß sich Shulman ›außerhalb der normalen Parameter‹ befindet? Weshalb hat er Waffen an Bord gebracht und wann hat er beschlossen, sie auch einzusetzen – gegen seine Kollegen?«

Bevor sie sich weiter mit diesen Fragen befassen konnten, begann Angelina, sich zu rühren. Ihre Lider flatterten, und sie stöhnte schwach. McCoy beugte sich über sie, damit sie jemanden sah, den sie kannte.

»Ruhig, Angelina, ganz ruhig. Sie sind in der Krankenstation. Wir haben alles unter Kontrolle.«

Sie zog eine Grimasse und starrte ihn an, als wäre sie verblüfft. Dann kicherte sie zu McCoys und Riley Überraschung leise. »Das glaube ich nicht, Leonard. Nicht dieses Mal.« Sie versuchte sich aufzusetzen, doch McCoy legte ihr eine Hand auf die Schulter und drückte sie wieder zurück.

»Jetzt ist aber Schluß! Sie haben ein paar ernsthafte Probleme, Angelina. Sie können nicht einfach so davongehen.«

Sie schüttelte den Kopf, als wäre er derjenige, der nicht richtig begriffen hatte. »Shulman … hat auf mich geschossen. Er ist bewaffnet. Er …« Sie deutete mit dem Finger auf ihre Schläfe und vollführte eine kreisende Bewegung. »… *loco en la cabeza.* Irgend etwas läuft bei ihm völlig falsch …«

»Ich weiß ja jetzt Bescheid, und wir werden uns darum kümmern«, sagte McCoy beruhigend. »Aber Sie sind nicht in der Verfassung, um dabei mitzumachen.«

Als hätte sie einen plötzlichen Energieschub erhalten, packte sie mit einer Hand sein Hemd und zog ihn näher zu sich heran. »Wir fliegen in Richtung der tholianischen Grenze!« keuchte sie mit schmerzverzerrtem Gesicht. »In wenigen Stunden sind wir dort! Wenn wir in ihr Gebiet eindringen, könnte das zu einem interstellaren Krieg führen! Wir müssen Myron finden, müssen herausfinden, warum … warum? Warum …?«

»Ganz ruhig, Angie.« Sanft versuchte er den Griff ihrer Hand zu lösen. »Lassen Sie mich erst Ihren Zustand stabilisieren, danach kümmern wir uns dann um das Universum.«

Mola ruderte mit dem anderen Arm unbeholfen durch die Luft und stieß mit der Hand gegen seine Brust – mit jener Hand, in der sie ein paar zusammengerollte Notizblätter hielt. »Shulmans Notizen«, flüsterte sie heiser. »Shulmans Notizen. Nehmen Sie sie, Leonard.« Das Atmen fiel ihr zunehmend schwerer; McCoy mußte sich über sie beugen, um ihre letzten Worte verstehen zu können. »Shulman ... er hat niemals Aufzeichnungen auf Papier ...« McCoy packte die Zettel im gleichen Moment, als Mola die Augen verdrehte und bewußtlos zurücksank.

»Dr. McCoy«, warnte Riley. »Die Anzeigen ...«

McCoy schaute hoch und sah, wie die Werte seiner Freundin rasch abfielen. Er warf die Notizblätter auf den Boden und setzte den Cardialstabilisator wieder an, doch Angelinas Lebenszeichen sanken unaufhaltsam weiter. Laut Anzeige des Stabilisators war der Herzmuskel so schwer geschädigt, daß Wiederbelebungsmaßnahmen sinnlos waren.

»Das Herz ist zerstört«, rief McCoy. »Wir müssen eine Notfall-Transplantation durchführen. Computer, ich brauche ein künstliches Herz, sofort!«

»Diese Patientin hat ihre Verletzung während eines Kampfes mit Dr. Shulman erhalten«, erwiderte die *Recovery* mit ihrer nervtötend ruhigen Stimme. »Die Implantierung eines Kunstherzens würde der Patientin zur Wiedergewinnung ihrer vorherigen Verhaltensweise verhelfen. Es wäre unklug, die Wiederbelebung einer Kriminellen zu gestatten. Ein künstliches Herz wird nicht zur Verfügung gestellt.«

Für einen kurzen Moment war McCoy sprachlos. Der Computer sollte eigentlich um jeden Preis Leben retten. Und auf keinen Fall war er entworfen, um Werturteile über bestimmte Individuen zu fällen. »Diese Frau ist keine Kriminelle! Sie ist eine Wissenschaftlerin, die persönlich das Leben Hunderter Menschen gerettet hat, und jetzt liegt sie im Sterben!« brüllte McCoy. »Du gibst mir jetzt dieses Gerät, und zwar sofort!« Er warf einen Blick auf den Diagnoseschirm; Angelinas Lebenszeichen hatten fast den Punkt erreicht, jenseits dessen es keine Rettung mehr gab.

»Forderung abgelehnt«, erklärte der Computer. »Welches Interesse haben Sie daran, diese Kriminelle wiederzubeleben?«

McCoy stieß einen Schrei blanker Wut aus. Bei all den Problemen, die er im Laufe seiner langen Karriere schon mit Computern gehabt hatte, konnte er sich nicht erinnern, daß ihm einer so offen widersprochen und den Tod eines Patienten herbeigeführt hatte. Wütend starrte er zur Decke hoch und suchte nach einem Punkt, auf den er seine Frustration konzentrieren konnte. Er öffnete den Mund, um die verdammte Maschine abermals anzubrüllen, da spürte er, wie Riley seinen Arm packte.

Der Commander hielt seinem Blick mit so düsterer Intensität stand, daß McCoy schwieg, als sich Riley nun selbst an den Computer wandte. »Dieser Mann ist Arzt. Er ist verpflichtet, jedes Leben zu retten, ungeachtet der Frage nach Schuld oder Unschuld.«

»Verstanden«, sagte der Computer.

Riley fürchtet, das Ding könnte sich auch gegen mich wenden, mich zum ›Staatsfeind‹ erklären, begriff McCoy. Er schaute wieder auf Angelinas reglosen Körper und drängte das Gefühl von Kummer und Wut zurück, das ihn zu ersticken drohte. Sie waren so gute Freunde gewesen, und ausgerechnet bei ihr versagte er auf ganzer Linie. Aber vielleicht... wenn er sie in Stasis versetzen und später in ein richtiges Hospital bringen konnte...

»Wir müssen sie in Stasis versetzen«, flüsterte er Riley zu, »sie erhalten, bis wir sie in...«, er sah sich nervös um, »...in eine *sicherere* Einrichtung bringen und ihr dort ein Transplantat oder ein Kunstherz einsetzen können. Computer, um diese... *Kriminelle*... der Gerechtigkeit zuführen zu können, werden wir sie später für den ... äh ... den Prozeß wiederbeleben müssen. Ich brauche eine Stasiskammer. *Sofort!*«

»Dieser Vorschlag ist angemessen. Stasiskammer ist einsatzbereit«, stimmte der Computer bereitwillig zu.

McCoys Augen füllten sich mit Tränen, als sich der hilflose Körper seiner Freundin auflöste, um an einen kalten, dunklen und einsamen Ort transportiert zu werden. Sie hatten so viele Jahre der Freundschaft erlebt. Und jetzt wurde diese Frau – seine Mentorin, seine Lehrerin, zuweilen auch seine Vertraute – einem sterilen Ort übereignet, an dem das Leben zum Stillstand kam. Wenn man bedachte, was an Bord dieses verrückten Schiffes mit seinem noch verrückteren Captain geschah, war die Chance groß, daß Angelina für immer in dieser Kammer blieb – oder bis das Schiff zerstört wurde, entweder von den alten Feinden oder den eigenen Leuten.

Er spürte, wie Rileys Hand seinen Arm fester packte, diesmal jedoch nicht, um ihn zurückzuhalten, sondern um Trost zu spenden.

»Wir müssen vorsichtig sein, Doktor«, sagte Riley leise und erinnerte ihn mit einem bedeutungsvollen Rundblick an den omnipräsenten Computer. McCoy nickte.

»Ohne diese Frau wäre ich heute kein Arzt«, flüsterte er.

»Es tut mir leid«, sagte Riley. Er hielt kurz inne, bückte sich dann und hob die Notizen auf. Er packte den Doktor beim Ellbogen und führte McCoy schweigend aus der Krankenstation hinaus auf den Korridor. Der Doktor stolperte wie betäubt neben ihm her und fragte sich, was er hier wohl Nützliches tun könnte, wenn es ihm nicht einmal gelungen war, die Frau zu retten, der er so vieles zu verdanken hatte.

»Wir müssen mit Admiral Kirk sprechen«, sagte Riley nach einer Weile, während sie – ziellos, wie

McCoy dachte – durch die gewundenen Korridore gingen. »Wenn wir in Richtung des tholianischen Raums fliegen …«

»Glauben Sie nicht, er weiß das bereits?« fragte McCoy düster. »Er kann die Flugbahn dieses Schiffes berechnen, die Reisezeit abschätzen …« Er konnte beinahe hören, wie Spock eine akkurate Schätzung ihres Ziels und ihrer Reisedauer abgab, ohne dabei auch nur einmal auf den Computer zurückzugreifen. Aber Spock würde natürlich nicht bei Jim sein. Wie hatten sie es nur geschafft, sich so von den solaren Winden verstreuen zu lassen? Das bittere Gefühl des Verlustes erhielt durch diesen Gedanken neue Nahrung.

Riley studierte die Zettel. »Diese Sachen ergeben für mich überhaupt keinen Sinn. Diese Art von Schrift habe ich noch nie gesehen. Es ist nicht Romulanisch, und Klingonisch auch nicht. Haben Sie schon mal etwas Ähnliches gesehen?«

Er reichte dem Doktor ein Blatt, auf dem die sonderbaren Symbole die menschliche Schrift bei weitem überwogen.

McCoy berührte das Papier nur zögernd, als könnte er noch immer Angies Körperwärme daran spüren. Er starrte die Symbole an und runzelte die Stirn. Irgend etwas daran wirkte verstörend vertraut. *Fabrini? Nein. Vulkan? Nein, auch nicht.* Aber er hatte diese Zeichen schon einmal gesehen. »Ich nehme an, es hat keinen Sinn, den Computer danach zu fragen?«

Riley schüttelte den Kopf. »Damit würden wir nur noch mehr Ärger heraufbeschwören.«

McCoy seufzte und zwang sich, seine Umgebung wieder bewußt wahrzunehmen; allerdings hatte er nicht die geringste Vorstellung, wo sie sich befanden. »Ach, übrigens, haben Sie eine Ahnung, wohin wir eigentlich gehen?«

»Zur Hangarbucht«, erwiderte Riley. »Dort müßte sich das Shuttle befinden.«

»Oh«, meinte McCoy und erkannte, daß Riley ihr Ziel keine Sekunde aus den Augen verloren hatte. *Reiß dich endlich wieder zusammen,* dachte er ärgerlich über sich selbst. *Angie würde dich gründlich zusammenstauchen, wenn sie wüßte, wie du dich hängen läßt, statt endlich etwas zu unternehmen.* Er schluckte und schritt energischer vorwärts. Jammern konnte er auch später noch. Jetzt hatte er eine Aufgabe zu erledigen. Eine Aufgabe, die er ohne die Hilfe seiner alten Freunde – Kirk, Spock, Angie – bewältigen mußte.

Dank Angelina war er Arzt geworden. Und ein Arzt richtete, was einen schmerzte. Und an diesem Ort gab es mehr als genug zu richten.

Ohne sich dessen bewußt zu sein, krempelte er die Ärmel hoch.

Chia Noon saß trübsinnig am Kopfende des Konferenztisches, als Jason Albrecht die wichtigsten Repräsentanten der **F**öderations-**D**ienste für **R**ettungs-**A**ufgaben darüber in Kenntnis setzte, was sich zwischen ihnen und Myron Shulman abgespielt hatte. Als nominelle Vorsitzende ...

da Angelina tot ist ... Angelina ist tot ... Angelina ist ...

... der FDRA war es eigentlich Chias Aufgabe, diesen Bericht abzuliefern, doch das schaffte sie nicht. Sie war nicht in der Lage, die schreckliche Szene in Myrons Unterkunft noch einmal zu durchleben, insbesondere den furchtbaren Moment, als Myron Angelina aus kürzester Distanz niedergeschossen hatte. Und der Computer behauptete, sie sei tot und befinde sich in Stasis.

Auf einer intellektuellen Ebene versuchte Chia sich selbst davon zu überzeugen, daß noch Hoffnung für ihre Freundin bestand, wenn sie es schafften, die Kontrolle über den Computer zu erringen, wenn sie das Schiff zu einem fortschrittlichen Planeten wie Vulkan bringen konnten, wenn sie …

Sie zwang sich, mit diesen nutzlosen Spekulationen aufzuhören. Tatsache war, daß sie in Richtung des tholianischen Raumes rasten – und Angelina war vermutlich besser dran als alle anderen.

Als Jason seinen Bericht beendete, starrten ihn die zehn Wissenschaftler konsterniert an. Chia wußte, daß sie kaum akzeptieren mochten, was man ihnen gerade erzählt hatte. Die meisten von ihnen hatten jahrelang mit Shulman zusammengearbeitet. Hier und dort wurde Widerspruch laut, verstummte aber rasch wieder. Die Realität von Angelinas Tod ließ sich kaum bestreiten.

Schließlich sagte Nassar Omar, der in der Rangfolge gleich hinter Chia kam und während des Berichts ständig über seinen silbernen Schnurrbart gestrichen hatte, leise: »Was um alles in der Welt können wir tun?«

Darauf hatte Jason keine Antwort, und alle Augen richteten sich auf Chia. Sie seufzte und fragte sich, wieso die anderen glaubten, ausgerechnet sie hätte eine Lösung für dieses Dilemma anzubieten. Und dann fiel ihr wieder ein: Sie trug jetzt die Verantwortung, nachdem Angelina …

Noon schluckte und räusperte sich: »Wir müssen die anderen warnen, die übrigen FDRA-Mitglieder und die Evakuierten. Jeder muß in seiner Unterkunft bleiben, den Raum verschließen und jeden Kontakt mit Shulman vermeiden.«

»Wie sollen sie die Räume versperren«, fragte Omar, dessen kobaltblaue Augen höchst skeptisch blickten, »wenn Shulman den Schiffscomputer kontrolliert? Er kann gehen, wohin er will, alles hören …«

Chia schüttelte den Kopf. »Das ist alles, was wir tun

können. Keiner von uns hat an dem Computer gearbeitet – das hat Myron ganz allein erledigt. Die Evakuierten sind allesamt Spezialisten für Evolution und Umweltbedingungen. Sowohl Konstruktion wie Aufgabenbereich dieses Computers werden ihnen völlig fremd sein. Die einzigen Leute an Bord, die möglicherweise eine Vorstellung davon haben, wie man mit ihm fertig werden könnte, dürften die Starfleet-Leute sein.«

»Nun, haben wir nicht mehrere davon an Bord?« fragte Jason.

»Ja, insgesamt sechs, wenn man Leonard McCoy mitzählt, der Ehrenmitglied unseres Teams ist und ehemaliger medizinischer Offizier bei Starfleet. Aber zwei von ihnen sind in Gewahrsam genommen worden, als sie im Rahmen der Simulation das Shuttle angegriffen haben, und werden wohl nicht freigelassen werden. Von den drei übrigen ist einer ein Kadett, der andere der Adjutant eines Admirals. Lediglich einer ist Sicherheitsoffizier. Sie sehen also, daß wir aus dieser Richtung nicht allzuviel Hilfe erwarten dürfen. Wir können nur hoffen, daß die beiden Sternenschiffe, die ebenfalls an der Simulation teilgenommen haben, nicht zu schwer beschädigt wurden und etwas unternehmen ...«

Sie fuhr herum, als sie das Geräusch der aufgleitenden Tür hörte, und verstummte beim Anblick von Myron Shulman, der im Eingang stand.

Sein Haar stand in alle Richtungen vom Kopf ab, das Gesicht glänzte vor Schweiß, und selbst die Vorderseite seiner Tunika war durchtränkt, als hätte er gerade einen Marathonlauf hinter sich. Er zitterte am ganzen Körper – mit Ausnahme der Hand, die den Phaser auf die Gruppe richtete.

Mit Augen, die so weit aufgerissen waren, daß die Iris vollständig vom Weißen umgeben wurde, ließ er seinen Blick von Gesicht zu Gesicht wandern – ein Blick, der eine finstere Gerissenheit durchschimmern ließ, die Chia in all den Jahren, die sie diesen Mann kannte, nie dort gesehen hatte.

Niemand im Raum rührte sich.

»Sie sind alle mit Kirk im Bunde«, sagte Myron. Seine Lippen zitterten, doch seine Stimme klang bemerkenswert normal, fast so, als würde er vor seinen Studenten eine Vorlesung halten. »Sie alle. Jeder in diesem Raum, jeder auf diesem Schiff – und ganz besonders unser geschätztes *Ehren*mitglied McCoy. Kirk verfolgt uns und versucht uns zu vernichten, aber wäre es nicht eine tolle Überraschung, wenn wir statt dessen *ihn* vernichten! Ihn und alle seine Mitverschwörer. Angefangen mit *Ihnen.*« Er deutete mit dem Phaser auf Noon, die vor Schreck nach Luft schnappte, dann richtete er die Waffe der Reihe nach auf alle anderen. »Sie alle. Dann die übrigen. Zuerst die FDRA, angefangen bei der Führungsspitze, dann die Eindringlinge, die Parasiten, die sich auf diesem Schiff eingenistet haben. Und schließlich Kirk. Erst dann wird die Heilige Triade gerächt sein...!«

Er zuckte zusammen, als hätte ihm irgend etwas plötzlich und unerwartet einen Schmerz zugefügt. Der Lauf der Waffe schwankte. Mit einer Dreistigkeit, die sie selbst überraschte, nutzte Noon die Ablenkung aus und erhob sich.

»Die Heilige Triade...«, murmelte Shulman und verzog erneut das Gesicht vor Schmerz, als er sich mit einer Hand durch das Haar fuhr und seinen Schädel zu umklammern schien.

Die Heilige Triade? Der Mann ist wirklich wahnsinnig... Chia warf einen unsicheren Blick auf ihre Kollegen, trat dann zögernd um den Tisch herum und hob die Hände in einer beruhigenden Geste. »Myron, was ist los? Jemand tut Ihnen weh. Lassen Sie mich helfen.«

Er blinzelte in offenkundiger Verwirrung, als er den Kopf hob und sie ansah. Für einen Moment sah er so aus wie früher, wie der Mann, den sie als Kollegen in Erinnerung hatte. »Chia, es tut weh«, sagte er in einem kindlichen Tonfall, der sie auf sonderbare Weise anrührte. Er rieb sich den Schädel über der rechten Stirnhälfte. »Selbst wenn ich mache, was es will. Es tut immer weh.«

Angelina hatte recht; es gibt eine organische Ursache, irgend etwas in seinem Hirn. Sie nutzte die Gelegenheit aus und kam noch einen Schritt näher. »Ich kann Ihnen helfen, Myron«, sagte sie und ließ die Besorgnis, die sie tatsächlich empfand, in ihrer Stimme mitschwingen. »Kommen Sie mit mir zur Krankenstation. Wir werden etwas gegen die Schmerzen unternehmen und herausfinden, was Ihnen weh tut. Kommen Sie jetzt mit mir.«

Niemand rührte sich, als Chia einen weiteren Schritt vorwärts machte und dabei die Hand ausstreckte, als würde sie sich einem wilden Tier nähern, das gezähmt werden mußte. Shulman sah völlig erschöpft und fast erleichtert aus, als er sich ihr zuwandte und die Waffe sinken ließ.

Sie wagte kaum zu atmen. Würde er zulassen, daß sie ihm half?

Plötzlich entstand links von ihr Bewegung.

Sie fuhr erschrocken herum und sah Jason Albrecht, der auf Shulman zustürzte, um nach dessen Waffe zu greifen.

»NEIN!« schrie Chia in der schrecklichen Gewißheit, wie alles enden würde, als der junge, kräftig gebaute Mann Shulmans Arm packte und mit ihm um die Waffe rang.

Die Veränderung, die in dem Schöpfer der *Recovery* vorging, war erschreckend; der erschöpfte Wissenschaftler wurde wieder zum Jäger. Shulman bekämpfte den muskulösen Studenten mit einer Stärke und Geschicklichkeit, die Chia verblüffte. Die beiden landeten bei ihrem Gerangel um den Phaser krachend auf dem Boden, und es wurde deutlich, daß Jason jetzt um sein Leben kämpfte.

Die anderen Wissenschaftler versuchten zu helfen, griffen nach Shulmans Armen und Beinen, ja sogar nach seinen Füßen, doch er stieß sie mit erschreckender Leichtigkeit beiseite.

»Lauft!« schrie Jason, als Shulman ihn überwältigte. »Lauft! Versteckt euch!«

Seine Worte erstickten im Heulen des Phasers.

Chia beobachtete – zu verstört, um sich zu bewegen, zu reagieren –, wie Jasons Körper grell aufleuchtete und sich dann in nichts auflöste.

Noch nie hatte eine Ansammlung bedeutender Wissenschaftler jemals einen Befehl so effizient befolgt. Die Gruppe löste sich auf und rannte schreiend aus dem Raum, noch bevor Jasons Körper vollständig verschwunden war. Alle außer Chia, die vor Angst und Verblüffung über die Leichtigkeit, mit der ein vollständiger menschlicher Körper in seine Milliarden von Atomen aufgelöst werden konnte, wie angewurzelt stehen blieb.

Shulman kam auf die Beine und starrte mit rollenden Augen die Stelle an, auf der Jasons Körper gelegen hatte. Das Schiff würde den Teppichboden reinigen, sobald sie den Raum verlassen hatten, wußte Chia. Es würde jedes Molekül entfernen, daß von Jason übriggeblieben war, und dann gab es keine Spur dieses brillanten jungen Mannes mehr, eines Mannes, der sein ganzes Leben noch vor sich gehabt hatte.

Sie schaute hoch und merkte, daß Shulman seinen Blick jetzt auf sie gerichtet hatte. Er zitterte noch heftiger als zuvor. Es sah fast so aus, als stünde er auf einer Decksplatte, die vor Materialermüdung vibrierte und jeden Moment auseinanderbrechen konnte. Und doch war etwas an diesem physischen Phänomen, das eher auf Genuß denn auf Schmerz hindeutete. Und diese Erkenntnis erschreckte Chia noch weitaus mehr.

»Myron«, sagte sie leise, obwohl sie wußte, daß der Moment, in dem sie zu ihm hätte durchdringen, ihm helfen können, unwiderruflich verloren war. Sie blickte forschend in seine weit aufgerissenen Augen und versuchte es trotzdem. »Myron? Sind Sie noch dort drin? Lebt mein Freund noch irgendwo dort drinnen?«

Seine Lippen verzogen sich zum Zerrbild eines Grinsens. »O ja«, versicherte er in einer Parodie seiner normalen Stimme. »Ja, Myron ist noch hier drin. Tief, tief drinnen.«

Das Zittern verstärkte sich, und als Shulman den Phaser hob und mit einer Hand auf sie richtete, die im Gegensatz zu seinem übrigen Körper vollkommen ruhig war, sagte sie sich, daß das Zittern die Manifestation von Myrons Kampf um die Kontrolle mit dem war, was immer von ihm Besitz ergriffen hatte. Und dennoch war es ein Kampf, den er verlieren würde.

Noons Angst verwandelte sich in ein rein physisches Phänomen. Obwohl ein Adrenalinschub ihr Herz schneller schlagen ließ und einen Schauer über ihren Rücken sandte, war ihr Geist ruhig und losgelöst, als sie auf Shulmans Zeigefinger schaute, der sich jetzt um den Abzug krümmte. Sie empfand plötzlich Mitleid für ihn. Wie tragisch, daß er genau in dem Moment verrückt geworden war, der die Erfüllung seines Lebensziels mit sich bringen sollte. Und gleichermaßen tragisch war der Umstand, daß sein Wahnsinn ihn zwang, seine Freunde und Kollegen umzubringen. Der echte Shulman, ein sanfter Mann, dessen Ziel es war, Leben zu retten, nicht sie zu vernichten, wäre entsetzt.

Ja, Angelina konnte sich glücklich schätzen, ohne Bewußtsein in der dunklen Leere der Stasis zu schweben; glücklich, daß ihr der Terror erspart blieb, dem sich die Überlebenden auf diesem dem Untergang geweihten Schiff ausgesetzt sehen würden. Chia empfand fast so etwas wie Erleichterung, daß ihr eigener Aufenthalt auf der *Recovery* jetzt enden würde.

»Er ist hier drin«, erklärte Shulman fröhlich und bleckte weiße, vor Speichel glänzende Zähne. »Er schaut zu. Beobachtet alles. Für die Triade. Die Heilige Triade.«

Eine große Träne rann aus dem Winkel seines Auges.

Er weint, dachte Noon voller Mitgefühl. *Der echte Myron weint.*

Mit einer winzigen, kaum wahrnehmbaren Bewegung drückte Shulmans Finger gegen den Abzug.

Chia Noon beobachtete voller Mitleid und Bedauern, wie der gleißende Blitz ihr Blickfeld erfüllte – schmerzhaft intensiv, doch sie schaute nicht weg, sondern ließ sich blenden. Und im Moment der Auflösung war ihr letzter bewußter Gedanke, daß Angelina Glück gehabt hatte – wirklich Glück.

8

»Hallo? Hallo? Ist jemand da? Irgend jemand? Hier spricht Nassar Omar!«

Anab Saed blieb stehen, als die dröhnende, fast schon hysterische Stimme den Korridor erfüllte. Sie und Ngo waren aus dem Shuttle geklettert und hatten sich in einem großen, leeren Hangar wiedergefunden. Nachdem sie einige Zeit damit verbracht hatten, die kriegsmüde *Grace Hopper* mit Hilfe von Diagnoseprogrammen zu überprüfen, war Anab unruhig geworden und hatte den Computer nach Rileys Aufenthaltsort befragt. Sie und Ngo waren gerade dorthin unterwegs, als die plötzliche Lautsprecherdurchsage sie aufhielt.

»Können Sie mich hören? Kann irgend jemand mich hören?« keuchte Omar atemlos über das schiffsweite System. »Wir befinden uns alle in ernster Gefahr. Myron Shulman ist verrückt, mörderisch verrückt. Angelina Mola ist ermordet worden. Chia Noon ist ermordet worden. Und jetzt ist jedes Mitglied der FDRA in Gefahr, umgebracht zu werden. Shulman wird nicht ruhen, bis die *Recovery* ein Geisterschiff geworden ist. Er bringt uns in tholianisches Gebiet! Es gibt nichts, was wir tun könnten! Retten Sie sich selbst. Verstecken Sie sich. Seien Sie vorsichtig … o Allah, nein!«

Scharrende Geräusche. Omars ohnehin schon hektische Stimme schlug in offene Hysterie um. »Shulman, nicht … *bitte!*«

Ein erstickter Schrei, gefolgt vom Heulen eines Phasers.

Anab fuhr bei dem Ton zusammen und sah Josiah an; dessen volle Lippen standen offen, und seine weit aufgerissenen Augen zeigten den gleichen Schock, den, wie Saed wußte, auch ihre eigene Miene verriet.

Eine unbehagliche Stille folgte; und dann drang eine andere männliche Stimme über die Schiffslautsprecher, eine Stimme, die angestrengt und erschöpft klang, in der jedoch auch unverkennbare Wut mitschwang.

»Hier spricht Myron Shulman. Monique Thibeau, entsprechend den Nachfolgeregelungen der FDRA sind Sie die neue Vorsitzende. Meinen Glückwunsch. Aber machen Sie sich nicht erst die Mühe, einen neuen Stabschef auszuwählen ...«

Die Übertragung endete.

Ngo schaute unsicher zu den Lautsprechern hoch und dann wieder zu Saed. »Ich nehme nicht an, daß es sich hier um einen ... Überraschungsteil der Simulation handelt, Sir?«

»Nein«, erwiderte Anab knapp und setzte sich wieder in Richtung Krankenstation in Bewegung. So sehr sie sich auch über Rileys Anwesenheit bei der simulierten Rettungsaktion geärgert hatte, jetzt machte sie sich doch langsam Sorgen um ihn. In der kurzen Zeit, die sie verheiratet gewesen waren, hatte sie von ihm immer nur negative Erinnerungen an seine Zeit im All und auf der *Enterprise* zu hören bekommen; und obwohl ihr Freunde im Hauptquartier erzählt hatten, Riley sei jetzt ein ganz anderer Mensch geworden, ein kompetenter, vertrauenswürdiger Offizier, fiel es ihr doch schwer, das zu glauben. Der Riley, den sie kannte, war ein ängstlicher, ja furchtsamer Charakter, der sie gebeten hatte, wegen der dort lauernden Gefahren nicht in den Weltraum hinauszugehen, und der selbst jahrelang nicht ein einziges Mal befördert worden war. Doch selbst da hatte sie ihn geliebt, hatte versucht, sein Selbstvertrauen zu stärken, hatte ihn ermutigt, das zu suchen, was er wirklich tun wollte.

Aber seine destruktive Haltung hätte sie beinahe mit hinabgezogen. Sie wollte nichts mehr, als im All zu sein; Riley wünschte sich nichts mehr als die Sicherheit, die die Erde bot. Schließlich hatte sie gehen müssen, auch wenn es ihr das Herz zerriß.

Und hier war er nun, mit Kirks Empfehlung zum Commander befördert. Sein Anblick weckte gleichzeitig Schmerz und Hoffnung: Schmerz, weil sie wußte, wie sehr sie ihn verletzt hatte, und Hoffnung, weil ihre Liebe zu ihm nicht vollständig entschwunden war und sie sich jetzt fragte, ob es vielleicht doch noch eine Chance für eine echte Beziehung gab.

Andererseits glaubte sie im Shuttle deutliche Hinweise auf den alten Riley entdeckt zu haben. In völliger Fehleinschätzung der Situation hatte er sich im falschen Augenblick um Ngos Anzug gekümmert. Und jetzt war er schon viel zu lange wegen seiner unbedeutenden Verletzungen fort. Vielleicht war er verwundet worden, als die *Recovery* unter Beschuß lag, oder vielleicht hatte Shulman …

»Legen Sie einen Zahn zu, Kadett«, sagte sie energisch. »Wir müssen Commander Riley ausfindig machen und einen Plan entwickeln.«

Mit einem nervösen Blick in den Korridor hinter ihm gehorchte Ngo dem Befehl.

Auf Befragen hin hatte der Computer ihnen etwas von ›feindlichen Angriffen‹ erzählt, die Anab schlicht als Teil der Simulation eingestuft hatte. Es war zwar etwas merkwürdig, daß Romolo sie nicht vorgewarnt hatte, aber sie hielt das Ganze für eine von seinen kleinen Überraschungen. Und als sie Omars hysterische Durchsage hörte, neigte sie anfangs zu der Ansicht, es handle sich ebenfalls um eine Art Test.

Doch selbst Romolo mit seinem wohlbekannten Sinn für Humor hätte sich kaum eine so bizarre Geschichte ausgedacht. Und K.T. …

Er ist jetzt Commander Riley, vergiß das bloß nicht.

Riley hätte inzwischen zurück sein oder sich zumindest melden müssen.

Irgend etwas ging an Bord dieses Schiffes vor, etwas Ungeplantes. Und wenn es wirklich stimmte – wenn Myron Shulman tatsächlich verrückt geworden war und vorhatte, einen nach dem anderen an Bord umzubringen –, dann war sie der einzige ausgebildete Sicherheitsoffizier auf der *Recovery*.

Verantwortlich für die Sicherheit auf dem größten Schiff, das sie je gesehen hatte.

»Halten Sie die Augen offen«, ermahnte sie Ngo, als sie um eine Kurve des Korridors bogen. »Wenn Shulman bewaffnet ist…«

Sie brach ab, als sie beinahe mit zwei Männern zusammenstießen, die den Korridor in entgegengesetzter Richtung entlangeilten. Für einen Sekundenbruchteil gewann ihr Training die Oberhand, sie hob die Arme und ging in Kampfstellung – dann erkannte sie einen der Männer.

»Ganz ruhig, Anab… ich bin's«, sagte Riley und hob die Hände. Neben ihm stand ein älterer, bärtiger Mann. »Ich nehme an, du hast auch die Übertragung im Interkom gehört.«

Sie nickte und ärgerte sich über sich selbst, weil sie so erleichtert über seinen Anblick war. »Es ist also wahr? Das mit Shulman?«

Riley und der ältere Mann nickten grimmig.

»Dann müssen wir zurück zum Shuttle«, sagte sie. »Es enthält die Standardauswahl an Waffen.«

»Vielleicht möchten Sie das noch einmal überdenken«, meinte der Mann neben Riley mit deutlichem Südstaatenakzent. Anab betrachtete ihn neugierig. Er trug ganz normale Zivilkleidung und gehörte eindeutig nicht zu Starfleet – nicht mit diesem Bart. Andererseits wirkte er aber auch nicht wie ein typischer FDRA-Vertreter. Von seinem Äußeren her schien er eher auf dem Weg in einen Campingurlaub zu sein, statt zu einem Treffen von Bürokraten. Seine warme, entspannte Art erinnerte sie an Captain Romolo, was sie gleich für ihn einnahm, und seine Haltung gegenüber Riley ließ darauf schließen, daß die beiden sich schon früher begegnet waren.

Riley warf ihm einen erschrockenen Blick zu. »Glauben Sie wirklich ...«

»Sie können es ja überprüfen, wenn Sie wollen. Aber ich verwette meinen Hintern, daß die *Recovery* sie entfernt hat.«

»Unmöglich«, sagte Anab verächtlich.

Der ältere Mann zuckte nur die Achseln, als Riley meinte: »Vielleicht sollten wir doch nachsehen, nur um sicher zu sein ...«

Alle vier kehrten eilig zum Hangardeck zurück. Nach einem zustimmenden Blick von Anab kletterte Josiah in das kleine Schiff. »He!« rief er überrascht. »Wer hat den Waffenschrank leergeräumt?«

»Ich kann das einfach nicht glauben«, murmelte Riley.

»Es ist ein sehr ausgefeiltes, hochspezialisiertes Programm, das Waffen aufspürt, die Koordinaten exakt bestimmt und sie fortbeamt«, erklärte der bärtige Mann. »Es schafft das sogar mit Waffen, die am Körper getragen werden.«

»Eine derartige Präzision beim Beamen innerhalb eines Schiffes ist unmöglich«, erklärte Josiah und kletterte wieder aus dem Shuttle.

»Tatsächlich?« Der Bärtige zog eine Augenbraue hoch. »Und wo sind dann Ihre Waffen?«

Riley stieß ein verlegenes Seufzen aus. »Vielleicht ist

es an der Zeit, daß ich die Herrschaften miteinander bekannt mache. Dies hier ist Dr. Leonard McCoy, früher Leiter der medizinischen Abteilung an Bord der *Enterprise*. Dr. McCoy, das sind Kadett Josiah Ngo, der Ingenieursstudent, von dem ich Ihnen erzählt habe, und Lieutenant Anab Saed von der Sicherheitsabteilung.« In seiner Stimme schwang ein gewisses Bedauern mit – oder bildete sie sich das nur ein? Sie achtete darauf, einen neutralen Gesichtsausdruck zu wahren. Riley war nicht der einzige, den der Entschluß, an dieser Simulation teilzunehmen, mittlerweile reute.

»Was geht hier vor, Commander?« fragte Josiah.

»Ich glaube nicht, daß wir auch nur die Hälfte wissen, aber ich werde Ihnen einen kurzen Überblick geben«, erwiderte Riley.

McCoy berichtete von der Unterbrechung der Simulation und der bizarren Reaktion des Schiffes. Riley erzählte, weshalb er festgehalten worden war, schilderte Shulmans Zusammenbruch und die Flucht des Schiffes, auf dem sie sich befanden – ein Schiff, das Kurs auf tholianisches Gebiet genommen hatte und von einem beschädigten Sternenschiff verfolgt wurde, auf dem Admiral Kirk das Kommando führte.

»Klingt, als hätten wir ein Problem«, meinte Anab, als er endete. »Ein großes Problem.«

Was sie nicht erwähnte, war der Umstand, daß die einzigen Personen an Bord der *Recovery*, die wenigstens über eine gewisse Ausbildung verfügten, um mit dieser Situation fertig zu werden, ein Starfleet-Doktor im Ruhestand, ein Bürokrat aus dem Hauptquartier und ein unbewaffneter Sicherheitschef samt einem unerfahrenen Kadetten waren. Aber sie konnte an Rileys Gesicht erkennen, daß er wußte, was sie dachte.

Sie öffnete den Mund, um die ersten Befehle zu geben, doch Riley sprach als erster, und so schloß sie ihn wieder. Als sie sich trennten, hatten sie als Lieutenants den gleichen Rang gehabt; es fiel ihr schwer, sich daran zu erinnern, daß er unter Kirk zweimal rasch befördert worden und jetzt ihr Vorgesetzter war.

»Wir gehen folgendermaßen vor«, sagte er mit einem Selbstvertrauen, das sie nie zuvor bei ihm beobachtet hatte. »Mr. Ngo, Sie und Dr. McCoy werden eine funktionierende Beziehung zum Computer der *Recovery* aufbauen.«

Josiahs Augen weiteten sich in einer Mischung aus Furcht und Begeisterung. »Dem Computer der *Recovery*?«

»Ganz recht, mein Junge«, brummte McCoy amüsiert. »Auf diesem Schiff sind Sie derjenige, der einem Chefingenieur am nächsten kommt. Ich werde mich bemühen, Ihnen nicht im Weg zu sein.«

»Und achten Sie darauf, daß Dr. McCoy nichts passiert«, fügte Saed nachdrücklich hinzu. Sie wandte sich an den älteren Mann. »Ich erwähne es nur ungern, Sir, aber Sie stehen auch auf Shulmans Liste, und bei Ihrer früheren engen Verbindung zu Kirk fürchte ich…«

»Ja, schon gut«, unterbrach McCoy sie, »wir müssen das nicht weiter vertiefen.«

»Ich fürchte, das müssen wir doch«, beharrte Anab und wollte schon weiterreden, als ein einziger, nachdrücklicher Blick von Riley sie innehalten ließ.

»Mr. Ngo«, sagte er ruhig, »wir müssen in Verbindung zur Außenwelt treten und außerdem eine Möglichkeit finden, diese Maschine daran zu hindern, die tholianische Grenze zu verletzen. Und während Sie und der Doktor herauszufinden versuchen, wo das Problem im Gehirn dieses Monsters liegt, mache ich Sie außerdem für die persönliche Sicherheit von Dr. McCoy verantwortlich.«

Ngo riß die Augen auf, senkte dann den Blick und murmelte: »Ja, Sir.«

»Ich bin ganz gut mit dem Innenleben dieser Blechkiste vertraut, Josiah«, meinte McCoy aufmunternd, als sich die beiden zum Ausgang begaben. »Ich glaube, ich kann für uns einen ziemlich sicheren Platz finden, an dem wir arbeiten können.«

Anab schaute den beiden Männern hinterher und richtete dann schließlich ihren Blick auf Riley. »Ich wollte dich nicht übergehen«, sagte sie leise. »Aber du hattest gesagt, ich hätte während der Simulation das Kommando ...«

»Hattest du auch. Aber etwas ist schiefgelaufen.« Er wandte sich von ihr ab und kletterte ins Shuttle, wobei er über die Schulter weitersprach. »Die Simulation ist vorbei. Und jetzt müssen wir uns auf eine Weise bewaffnen, die der Computer nicht als bedrohlich einstuft. Anschließend suchen wir diese Thibeau und dann den nächsten in der Rangliste, wer immer das ist.«

Sie folgte ihm und beobachtete, wie er seinen Blick prüfend über das Innere des Shuttles schweifen ließ, einen Einfall zu haben schien und sich zum Heck des Bootes begab. »K. T. ...« Ihr Ton wurde sanfter, privater.

Er ging zu einer Stahlschiene, die in der Nähe der Decke eingelassen war, und warf ihr dann einen erwartungsvollen Blick zu.

»K. T., du gehörst nicht zur Sicherheitsabteilung. Und du warst seit Jahren nicht mehr im aktiven Dienst.« Sie hielt inne und suchte nach Worten, die nicht so hart klingen lassen würden, was sie zu sagen hatte – was ihr jedoch gründlich mißlang. »Das einzig Vernünftige, was du tun kannst, ist dich zurückzuhalten.«

»Und es dir überlassen, allein mit Shulman fertig zu werden?« Er langte in die Werkzeugkiste, holte ein Arbeitsgerät heraus und begann damit, die Schiene abzumontieren. »Wenn ich mich recht entsinne, warst du auf der Akademie doch ganz gut mit dem Speer, nicht?«

Er löste die schmale, an beiden Enden spitz zulaufende Schiene von der Wand und reichte sie ihr.

Sie nahm sie, wog sie prüfend in der Hand und legte sie sich über die Schulter. »Ja. Aber du hörst mir nicht zu, K. T.«

»Ich höre zu«, sagte er, während er in der Werkzeugkiste herumwühlte und eine Rolle fast unsichtbares Kabel herausnahm. Dann sah er sie einen Moment lang an, und als er sprach, hatte seine Stimme jene Härte angenommen, die besagte, daß er eine Entscheidung getroffen hatte und nicht mehr darüber diskutieren würde. »Anab, ich bin Kommando-Offizier – was bedeutet, ich habe auch ein Sicherheitstraining absolviert. Und ich bin keineswegs so eingerostet, wie du vielleicht denkst.«

»Jedenfalls eingerostet genug, um Ngos Anzug zu überprüfen, statt das Notsignal zu senden und dein Pult im Auge zu behalten«, sagte sie hitziger, als sie eigentlich beabsichtigt hatte.

Er richtete sich auf und musterte sie eisig. »Das stimmt, und ich werde diesen Fehler nicht noch einmal machen. Muß ich Sie daran erinnern, Lieutenant, daß ich Ihr Vorgesetzter bin?«

Sie nahm bei seinen Worten unwillkürlich Haltung an. Riley bemerkte es, und seine Stimme wurde wieder sanfter. »Tatsache bleibt, daß du im Kampf gegen Shulman Hilfe brauchst. Im Moment stehen die Dinge ausgesprochen kritisch. Unsere Leben – und das von jedem auf dem Schiff – könnten davon abhängen, wie gut wir zusammenarbeiten. Ob es dir gefällt oder nicht, du wirst mir vertrauen müssen. Was ich damit sagen will ... wir müssen die Vergangenheit ruhen lassen und uns um die gegenwärtige Situation Sorgen machen.«

»Verstanden«, bestätigte Anab kühl und machte sich daran, eine Zierleiste in einen weiteren Speer zu verwandeln.

Riley wickelte die Kabelrolle ab und schnitt das flexible Material in zwei Meter lange Teilstücke, deren Enden er paarweise zusammenknotete. Als er den letzten Knoten band, fragte Anab neugierig: »Was machst du da eigentlich?«

Riley trat einen Schritt vor, damit sie ihn besser sehen konnte. Er wickelte sich einen Teil des Kabels wie einen Gürtel um die Hüften, befestigte das letzte Stück in der Mitte und bedachte Anab dann mit einem leisen Lächeln. »Du weißt auch nicht alles über mich, Lieutenant. Das ist etwas, das mir ein gewisser Vulkanier beigebracht hat. Damit kann ich Shulman auf dreißig Meter Entfernung stoppen. Es ist ein *ahnwoon*.«

Und während Anab überrascht zuschaute, ließ Riley die Waffe über seinem Kopf schwirren.

»Ich gebe ihnen bereits alles, was möglich ist, Admiral«, erklärte Chefingenieurin Gambeta erschöpft. Kirk konnte ihr kaum einen Vorwurf machen. Zweifellos unterschied sich seine Art, ein Schiff zu führen, ganz erheblich von dem, was sie von ihrem regulären Captain gewöhnt war – und ganz sicher war sie noch nie in einer Situation wie dieser gewesen. »Wir haben Schäden an den Maschinen, Sir, insbesondere am Warpantrieb. Ich habe drei wichtige Mitglieder meines Stabes verloren. Und Josiah Ngo, meinen besten Assistenten, haben Sie zur *Recovery* hinübergeschickt. Die Geschwindigkeit, die wir im Moment erreichen, verdanken wir ohnehin eher unseren Gebeten als unseren technischen Fertigkeiten. Ich kann Ihnen nicht einmal versprechen, daß wir dieses Tempo beibehalten.«

Kirk zuckte bei der Erwähnung der toten Mannschaftsmitglieder zusammen. Sein erstes Kommando seit zwei Jahren, und wenige Stunden, nachdem er die Brücke betreten hatte, gab es schon Tote. Tote hier und auf der *Starhawk* – und er trug die Verantwortung dafür. Hätte er die Simulation nicht abgeändert …

Und nun flogen McCoy und Riley an Bord der *Recovery* einem ungewissen Schicksal entgegen. Pille, sein bester Freund in der Galaxis, seit Spock sich zurückgezogen hatte. Und Riley …

Er empfand eine besondere Verantwortung für Riley. Ohne daß Kevin davon wußte, hatte der vierzehnjährige Jim Kirk ihm vor Jahrzehnten das Leben gerettet, damals auf Tarsus IV unter der Herrschaft von Gouverneur Kodos. Er hatte immer das Gefühl gehabt, Riley hätte überlebt, um ein besonderes Schicksal zu erfüllen. Das war einer der Gründe gewesen, weshalb er ihn als Adjutanten zu sich geholt und ihn ermutigt hatte, sein volles Potential zu entwickeln.

Riley hatte ihn nicht enttäuscht. Doch sollte Kirk jetzt, nachdem er ihn so weit gebracht hatte, zusehen, wie Riley an Bord eines flüchtenden Schiffes starb, eines Schiffes, an dessen Entwicklung Kirk auch noch mitgearbeitet hatte …

Er zwang sich, diesen Gedankengang nicht weiter zu verfolgen. Hätte die *Recovery* jetzt nicht versagt, dann eben später, und vielleicht mit mehr Menschen an Bord. Ja, er war der Katalysator gewesen, doch er hatte nichts anderes getan, als die Schwachstelle in der Rüstung zu finden. Er konnte es sich nicht leisten, Zeit zu verschwenden, indem er jede Entscheidung doppelt und dreifach überdachte – nicht, solange sie mit Warp sieben flogen und es trotzdem kaum schafften, der *Recovery* auf der Spur zu bleiben.

Kirk hätte der Ingenieurin gern zu ihrer Leistung gratuliert, die sich durchaus mit der des besten Ingenieurs, den er je kennengelernt hatte, vergleichen ließ, doch die Medaillen würden später verteilt werden. Jetzt brauchte er mehr.

»Sehen Sie, Admiral«, sagte Gambeta mit müder Stimme, »ich weiß so gut wie Sie, daß wir die *Recovery* mit dieser Geschwindigkeit niemals einholen werden. Und ich weiß auch, daß wir es trotzdem schaffen müssen. Wenn ich die Energieversorgung so umleite, daß wir Energie von den Waffensystemen ›ausleihen‹, solange diese nicht benutzt werden, dann bin ich vielleicht ... vielleicht in der Lage, mehr Saft in den Warpantrieb zu stecken – vorausgesetzt, wir fliegen dabei nicht auseinander.«

Kirk mußte unwillkürlich lächeln. Es mochte zwar auf diesem Schiff keinen Scotty geben, der ihm das Eisen aus dem Feuer holte, aber die Chefingenieurin der *Paladin* war auf dem besten Weg zu beweisen, daß auch sie ein paar Wunder wirken konnte. »Tun Sie, was immer Sie können – ich werde dafür dankbar sein. Und, Chief ...?«

»Ja, Sir?« Er konnte deutlich hören, daß sie fürchtete, er würde noch mehr Unmögliches von ihr verlangen.

»Wenn Sie schon beten, dann schließen Sie mich gleich mit darin ein.«

Mit einem Anflug von Erleichterung sagte sie: »Werde ich machen, Sir.«

Rastlos beugte sich Kirk vor und sprach den rothaarigen Navigator an. »Mr. Sandover, gibt es irgend etwas, das wir noch tun könnten, um die *Recovery* abzufangen?«

Sandover wandte ihm sein sommersprossiges Gesicht zu und meinte entschuldigend: »Im Moment kann ich nicht mehr tun, als den Abstand zu halten.«

Jim biß die Zähne zusammen. Die *Paladin* war beschädigt und gab bereits alles, was sie hatte, und das war eine ganze Menge. Es war nicht ihre Schuld, daß sie nicht die *Enterprise* war.

Aber er brauchte die *Enterprise* jetzt.

Er stemmte sich aus dem Sessel hoch, zu ungeduldig, um noch länger zu sitzen. »Ich verstehe, Mr. Sandover, aber bleiben Sie dran. Wenn die *Recovery* verlangsamt, beschleunigt oder den Kurs ändert, müssen Sie sofort reagieren. Wir müssen diese Lücke schließen, Mister.«

»Aye, Sir«, erwiderte der erfahrene Offizier. Seine Augen wanderten zwischen dem Schirm und seinen Instrumenten hin und her, und seine Hände lagen ruhig auf den Kontrollen.

Kirk ging zur Wissenschaftsstation hinüber, wo Sonak sich zu ihm umdrehte und mit vor der Brust verschränkten Armen die nächste Frage des Admirals vorwegnahm.

»Ich habe die Situation analysiert, Sir, und kann keinen Schwachpunkt bei der *Recovery* feststellen. Jemand hat ihre Programmierung radikal verändert, doch die Änderungen folgen einem schmalen, spezifischen – und, wie ich glaube, unlogischen – Pfad.«

Kirk nickte nachdenklich, während er den schmerzhaften Anflug von Nostalgie zu unterdrücken versuchte, den der Umstand, daß er seinen vulkanischen Wissenschaftsoffizier um Rat fragte, hervorrief. »Nur Shulman konnte die Aufgabenstellung des Schiffes verändern, und der hatte eine Art Zusammenbruch. Vermutlich ist das der Grund, weshalb er unlogische Reaktionen programmiert hat.«

Sonak reagierte darauf, indem er eine Augenbraue hochzog. »Vielleicht, Sir, aber eine unsaubere und vor allem unlogische Programmierung macht einen Computer normalerweise nutzlos. Trotzdem funktioniert die *Recovery* recht effizient. Selbst jetzt, während sie ein präzises Ziel ansteuert, optimiert sie ihren Energiehaushalt regelmäßig.«

Kirk sah seinem Wissenschaftsoffizier direkt in die Augen. Die dunklen Pupillen und die geschwungenen Brauen ähnelten denen eines anderen Vulkaniers auf einem anderen Schiff so sehr, daß er geschworen hätte, es sei Spocks Stimme, die sagte: *Es steckt zuviel Logik in der Unlogik der* Recovery, *als daß es sich um einen Zufall handeln könnte, Jim.*

Er blinzelte und sagte: »Entschuldigung?«

»Was ich meine, Admiral«, sagte Sonak – ganz zweifelsfrei mit seiner eigenen Stimme, »ein Mensch, der einen Nervenzusammenbruch erleidet, ist kaum der geeignete Kandidat, um ein neues, kompliziertes Programm für diesen hochentwickelten Computer zu erstellen.«

»Sie glauben, jemand anders programmiert den Computer?«

»Ich denke, das ist sehr wahrscheinlich, Sir.«

Kirk seufzte und warf einen Blick auf den Schirm, der nur Dunkelheit und Sterne zeigte. Wer konnte die *Recovery* sabotiert haben, und wie? »Irgendwelche Hinweise auf Verfolger?«

Sonak seufzte lautlos. »Die romulanischen Beobachter wurden flugunfähig gemacht, doch ein getarntes romulanisches Schiff wäre unmöglich zu entdecken, so lange es nicht nahe genug herankommt, um sich durch seine Ionenspur zu verraten. Ob uns die klingonischen Beobachter, die ihr Schiff getarnt haben, verfolgen, kann ich ebenfalls nicht feststellen. Aber ich halte mittels der Sensoren nach ihnen Ausschau. Und wir wissen natürlich nicht, ob das tholianische Schiff überhaupt noch existiert.«

»Rechnen Sie mit allem und jedem, Mr. Sonak«, warnte Kirk, und der Vulkanier nickte zustimmend. »Wie stehen die Chancen, unsere Leute von dem Schiff herunterzubeamen und die *Recovery* einfach allein die tholianische Grenze verletzten zu lassen?«

»Das ist unmöglich zu berechnen, Sir, aber angenommen, man bringt das Schiff dazu, die Schilde zu senken...« Sonak zögerte für einen kurzen Moment. »Um alle Personen an Bord mit den paar Transporterplattformen, die uns zur Verfügung stehen, herüberzubeamen, würden wir zwei Komma sechs Stunden brauchen. Vorausgesetzt, die Transporter arbeiten mit maximaler Effizienz.«

»Aber die *Recovery* könnte sie alle auf einmal herbeamen«, meinte Kirk. »Wenn sie wollte.«

»Theoretisch schon. Allerdings möchte ich den Admiral daran erinnern, daß sich die *Recovery* in letzter Zeit nicht sehr kooperativ gezeigt hat. Außerdem scheint es nach dem wenigen, was wir über die Tholianer wissen, durchaus angeraten, von der Vermutung auszugehen, daß selbst ein leeres Schiff Feindseligkeiten auslösen könnte.«

Kirk nickte. »Sonak, wir haben fünf Leute an Bord jenes Schiffes, wovon zwei eingesperrt sind. Damit bleiben ein ausgebildeter Sicherheitsoffizier, mein persönlicher Adjutant und ein unerfahrener Kadett mit gewissen ingenieurstechnischen Fähigkeiten, um dieses Problem von innen her anzugehen. Wie schätzen Sie ihre Chancen ein, das Schiff aufzuhalten?«

Sonak wirkte ein wenig verblüfft über die Frage – Spock hingegen hätte sie von Kirk sicher erwartet. Der jüngere Vulkanier sagte so leise, daß die anderen ihn nicht hören konnten: »Admiral, das Schiff verfügt über den ausgefeiltesten Computer und die höchstentwickelte Technologie, zu der die Föderation derzeit fähig ist. Die meisten erfahrenen Computerwissenschaftler von Starfleet könnten ihn nicht erfolgreich reprogrammieren. Ich glaube nicht, daß ein Kadett mit technischem Hintergrund oder ein Sicherheitsoffizier, ganz gleich wie erfahren auf ihrem Gebiet, über das nötige Wissen verfügen, um mit der *Recovery* erfolgreich zu interagieren.«

»Nicht die geringste Chance, wie?« fragte Kirk grimmig.

Sonak blinzelte. »Ich denke, das wollte ich damit ausdrücken, Sir.«

Kirk nickte düster. »Wenn wir das Schiff nur zum Anhalten bringen könnten, hätten wir schon viel gewonnen.« Als hätte ihn diese Überlegung auf einen neuen Gedanken gebracht, fügte er hinzu: »Da uns momentan ein wenig Optimismus nicht schaden kann, lassen Sie Frachthanger Drei leerräumen. Stellen Sie sicher, daß die Lebenserhaltungssysteme dort in vollem Umfang arbeiten. Wenn wir die *Recovery* jemals dazu bringen können, ihre Gäste freizugeben, brauchen wir einen Platz, um sie unterzubringen.«

Die Miene des Vulkaniers blieb ausdruckslos, doch Kirk war sicher, daß er die letzte Anweisung als reines Wunschdenken betrachtete. Sonak griff nach einem Ausrüstungsgegenstand, der auf seinem Pult lag. »Wir müssen mit unseren Leuten in Kontakt treten, Sir, aber die *Recovery* verweigert alle Übertragungen. Die Kommunikationsstation ist zusammen mit dem Rest des Schiffes überholt worden, wurde dabei allerdings als erstes aufgerüstet. Später standen weiterentwickelte Geräte zur Verfügung, und ich habe die entsprechenden Teile angefordert, doch wir erhielten unseren Einsatzbefehl, bevor sie eingebaut werden konnten. Ich habe mir die Freiheit genommen, einen Kadetten zu beordern, mir die neue Metaverstärker-Einheit aus dem Lager zu bringen. Wenn wir sie jetzt installieren, könnte uns das in die Lage versetzen, eine Verbindung zu erzwingen.«

Kirk strahlte. »Gute Arbeit. Das machen wir.«

»Ich fange sofort damit an, Sir.« Sonak erhob sich.

»Nein, nicht Sie«, widersprach Kirk. »Sie haben wichtigere Aufgaben zu erledigen.«

Sonak sah an Kirk vorbei zur Kommunikationsstation hinüber, wo Kadettin Diksen arbeitete, und sagte leise: »Mit allem schuldigen Respekt, Admiral, die Kadettin besitzt nicht die nötige Erfahrung ...«

»Ich verstehe, Commander. Ich zeige ihr, wie man das Gerät installiert.«

»Sie, Sir?« Sonak zog beide Brauen gleichzeitig hoch.

»Ich glaube, ich weiß immer noch, wie man eine Kom-Anlage frisiert«, meinte Kirk mit einem schiefen Grinsen. »Davon abgesehen, wenn ich noch eine Minute länger in diesem Sessel sitzen und auf den Schirm starren muß, drehe ich genauso durch wie Shulman.«

Beide Brauen blieben oben, doch der Vulkanier sagte lediglich: »Wie Sie wünschen, Sir«, und händigte ihm das Gerät aus.

Während Kirk zur Kommunikationsstation hinüberging, studierte er die komplexen Schaltkreise und versuchte sich zu erinnern, wohin all diese Verbindungen führten und wie die neuen Module mit den alten zusammenarbeiteten. Als er zum erstenmal so ein Gerät installiert hatte, war es ihm nicht annähernd so kompliziert vorgekommen.

Alles war nicht so, wie es sein sollte. Reese bewegte ihre Hände über die Kommunikationsstation und ließ eine weitere Sendung auf einer anderen Frequenz hinausgehen. Das hier sollte die langweiligste Station auf der Brücke sein. Und es sollte eine ganz normale Simulation sein. Es war nicht vorgesehen, daß sie ihren ersten Eindruck von einem echten Einsatz dadurch bekam, daß ihr Schiff von einem Verbündeten zusammengeschossen wurde und sie zusehen mußte, wie Commander Pulver auf der Brücke starb. Es war auch nicht vorgesehen, daß sie jetzt hinter einem von einem Verrückten gesteuerten Schiff herjagten, der im Begriff stand, einen interstellaren Krieg auszulösen. Und ihr bester Freund sollte nicht hilflos auf einem Schiff gefangen sein, von dem aus er nicht einmal mit ihnen in Verbindung treten konnte. Nein, das alles war ganz und gar nicht so, wie es sein sollte.

Jedesmal, wenn sie an Commander Pulver oder Josiah dachte, wurde ihr die Kehle eng, und ihr Blick trübte sich, so daß sie tief durchatmen mußte. Dafür war jetzt nicht die richtige Zeit. Sie blinzelte, bis sie wieder klar sehen konnte, und registrierte die Zurückweisung ihrer letzten Sendung. Sie formulierte sie neu und versuchte es auf einer anderen Frequenz.

Irgend etwas mußte durchkommen. Irgend etwas. *Irgend etwas.*

»Kadett Diksen.«

Der Klang ihres eigenen Namens ließ sie zusammenzucken.

»Tut mir leid«, entschuldigte sich der Admiral. »Ich wollte Sie nicht erschrecken. Mr. Sonak hat mir einen Verstärker für Ihr Pult gegeben. Ich dachte, ich helfe Ihnen beim Einbau.«

Sie blinzelte ihn verwirrt an, als ergäben die Worte ›Verstärker‹, ›Pult‹ und ›helfen‹ überhaupt keinen Sinn für sie.

»Es sei denn, Sie hätten auch so schon einen Weg gefunden, zur *Recovery* durchzukommen«, ergänzte Kirk mit einem leisen Lächeln.

»Äh... nein... Sir. Noch nicht.« Diksen schaute auf das Pult, doch die einzigen Eingänge waren einander überlappende Meldungen aus allen Teilen des Schiffes, die so schnell hereinströmten, daß sie sie nicht einmal alle wahrnehmen konnte. Das Schiff war schwer beschädigt worden. Jeder mühte sich ab, die nötigen Reparaturen durchzuführen und die Verteidigungsanlagen wieder auf hundert Prozent zu bringen. Und es waren Menschen getötet worden.

Gestorben. Irgendwie war ihr nie der Gedanke gekommen, das so etwas auf ihrer ersten Mission überhaupt möglich sein könnte.

»Kadett Diksen«, sagte Kirk dicht neben ihrem Ohr, »ist alles in Ordnung?«

Sie stieß die Luft aus. »Mir geht es gut«, sagte sie mit überraschend klarer Stimme. »Lassen Sie mich nur die Werkzeuge holen.« Das bot ihr die Gelegenheit, ihren Sessel zu verlassen und in die Hocke zu gehen, fort von ihm, fort von diesen haselnußbraunen Augen, Augen, die jede Ineffizienz, jede Schwäche registrierten.

Sie öffnete das Schränkchen unter der Konsole, um die speziellen Werkzeuge herauszunehmen, die sie für den Einbau brauchten. »Ist das ein Kuniko zwölf-fünfzehn oder ein Miloslav R vierundsiebzig?«

Als er nicht antwortete, zog sie ihren Kopf wieder aus dem Schränkchen heraus. Er drehte das Gerät hin und her, als suche er nach der entsprechenden Information. Sie erhob sich und nahm es ihm aus der Hand. Auf einer winzigen, eingelassenen Platte entdeckte sie den gesuchten Hinweis. »O Mann, das ist ein Moroz zehn-achtzig! Diese Dinger sind so neu, daß ich noch nie eins gesehen habe.«

Sie sah ihn an und stellte fest, daß er verlegen wirkte. »Stimmt etwas nicht, Sir?«

Er vergewisserte sich, daß niemand sie hören konnte. »Ich gebe das nur ungern zu, Diksen, aber... nun, ich hatte noch nie etwas von den ersten beiden Erweiterungen gehört, die Sie erwähnten, und dieses Ding da ist mit vollkommen fremd. Wenn Sie damit genauso wenig vertraut sind wie ich...«

»Die meisten Erweiterungen ähneln sich im Design – zumindest, soweit es die Installation betrifft. Dies hier hat vielleicht ein paar spezielle Tricks, aber ich denke, mit Ihrer Erfahrung und meinem noch frischen Training sollten wir in der Lage sein, das herauszufinden. Wenn das Gerät so gut ist, wie behauptet wird«, fuhr sie fort, während sie sich wieder dem Werkzeugschrank zuwandte, »müßten wir eine Chance haben, die *Recovery* zu zwingen, unsere Sendungen anzunehmen.«

»Dann sollten wir es einbauen und sehen, was es schafft.«

»Aye, Sir.« Diksen öffnete des Paneel unter der Konsole und schaute hinein. Auf einmal war sie froh, daß sie nie eine Unterrichtsstunde in Kommunikationstechnik hatte ausfallen lassen, so langweilig das Fach auch sein mochte.

Kirk hockte sich neben sie und entfernte ein weiteres Paneel. Mit plötzlicher Nervosität begriff sie, daß er beabsichtigte, zusammen mit ihr unter die Konsole zu kriechen. Auf eine Hüfte gestützt, glitt sie unter das Pult und versuchte, sich nicht dadurch irritieren zu lassen, daß er ihrem Beispiel folgte, das Gesicht ihr zugewandt, so daß sie zusammenarbeiten konnten, nur Zentimeter voneinander entfernt.

Es waren mehr als zwei Hände nötig, um das Gerät einzubauen, aber sie wünschte, sie hätte Josiah an ihrer Seite. Dann würde sie sich nicht wie ein blutiger Anfänger vorkommen, wenn sie sich die Knöchel aufschlug oder einen Schlag bekam, weil sie eine Verbindung falsch zusammengesteckt hatte. Warum mußte es ausgerechnet Kirk sein?

Weil er im Moment derjenige ist, der am wenigsten zu tun hat, begriff sie mit plötzlicher Überraschung. Er langweilte sich, während er darauf wartete, daß sie die *Recovery* einholten, und wollte sich unbedingt nützlich machen.

»Lassen Sie mich das Zeug halten«, schlug er vor und nahm ihr die Werkzeuge ab. »Sie haben schmalere

Hände, für Sie dürfte es leichter sein, Platz für den Verstärker zu schaffen.«

»Aye, Sir«, sagte sie, ohne ihn anzusehen und machte sich daran, mehrere Verbindungen zu lösen und die Platinen neu anzuordnen.

»Hören Sie, Diksen, solange wir zusammenarbeiten, können Sie sich ruhig ein bißchen entspannen«, meinte er, während er ihr die Werkzeuge reichte und die nicht mehr benötigten zurücknahm. »So, wie ich das sehe, sind Sie im Moment der Cheftechniker. Ich bin zu lange von all diesem Kram weggewesen. Und mir scheint, es ist nicht ganz einfach, unter so beengten Bedingungen mit einem Admiral zusammenzuarbeiten, über den man eine umfangreiche Arbeit geschrieben hat.«

Sie bemühte sich, durch ihre Miene auszudrücken, daß es sich keineswegs so verhielt, doch Kirk bemerkte nur: »Ihre Ohren sind rot, Reese.«

Sie nickte und tauschte weiter Platinen um. »Danke, Sir. Ich meine, Admiral. Ich meine ... danke. Und könnten Sie das hier halten?«

Während Kirk ihr assistierte, steckte sie die Platinen in einer neuen Konfiguration ein, die eine Öffnung für das zusätzliche Gerät ließ, und machte sich dann daran, die Verbindungen wieder zu befestigen. Um sich von dem Gedanken an Kirks Nähe abzulenken, beschloß sie, seinem Rat zu folgen und ihn einfach als einen anderen Kadetten zu betrachten. »Okay, schieben Sie das jetzt dorthin, nein, nicht da, nach links! Ja, genau so! Wie lange ist es eigentlich her, seit Sie so eine Arbeit zuletzt gemacht haben?«

Er seufzte, befestigte die Platine und gab ihr dann das Werkzeug, das sie gerade brauchte. »Ein Captain muß wissen, wie jeder Teil seines Schiffes funktioniert. Das letztemal, als ich an einer Kommunikationsstation gearbeitet habe ...« Seine Augen blickten an ihr vorbei in weite Fernen. »Ist schon ein ganzes Leben her. Es war an Bord der *Enterprise*. Ich habe Spock geholfen, als wir im Orbit über der Kolonie auf Omicron Ceti Drei waren.«

Reese runzelte die Stirn. »Das stand nicht in den Akten, Sir. Zumindest glaube ich nicht, daß es darüber Aufzeichnungen gibt...«

Ein undeutbarer Ausdruck tauchte auf Kirks Gesicht auf; er rutschte ein Stück zur Seite und reichte ihr ein Werkzeug, um ihre Aufmerksamkeit wieder auf ihre Aufgabe zu lenken. »Sie werden feststellen, Diksen, daß nicht alles in diesen Berichten auftaucht. Es gibt ein paar Leute, die behaupten würden, daß ich meine Zeit damals besser für anderes hätte nutzen können.«

»So wie jetzt?«

»So wie jetzt. Sind Sie soweit?«

Sie nickte, und er reichte ihr den neuen Verstärker. Sie fragte sich, wie viele andere Dinge nie in den Unterlagen aufgetaucht sein mochten.

»Sie haben einen Freund an Bord der *Recovery*, nicht wahr, Reese?« fragte er plötzlich. »Josiah Ngo, richtig?«

Seine Frage überraschte sie dermaßen, daß sie im ersten Moment nicht antworten konnte. Es befanden sich mehr als dreihundert Menschen auf der *Paladin*. Wie hatte er so schnell herausfinden können, daß sie Freunde waren?

»Sie sollten wissen, daß Josiah nicht für diesen Trip vorgesehen war, Diksen. Ich habe ihn dort hingeschickt. Ich war von seiner Leistung beeindruckt und wollte ihn belohnen. Aber manchmal funktionieren die Pläne eines Captains nicht so, wie er es beabsichtigt hat.«

Er wollte, daß sie ihm verzieh, begriff sie. Während sie sich dem Kummer über Josiah und die Menschen, die an Bord der beiden Schiffe gestorben waren, hingab, nahm er die Schuld auf sich. Die Verantwortung für die Lebenden und auch für die Todesfälle lag bei ihm.

Und er litt unter jedem dieser Todesfälle, das erkannte sie jetzt – noch eine Tatsache, die nie in den Akten auftauchen würde. Er kam ihr plötzlich sehr menschlich vor, etwas, womit sie bei ihm nie gerechnet hätte.

»Ngo wußte, daß es eine Belohnung war, Admiral«, sagte sie schließlich. »Er war so stolz, daß er es kaum erwarten konnte, mir davon zu erzählen. Alles, was Josiah immer wollte, war der Dienst bei Starfleet. Und ich weiß, daß er seine Meinung nicht geändert hat, ganz gleich, was im Moment mit ihm geschieht.«

Kirk sagte nichts, sondern fuhr einfach damit fort, ihr bei der Installation zu helfen. Schließlich murmelte er: »Danke, Diksen.«

Es folgte eine unbehagliche Pause, während sie sich mit der letzten Verbindung abmühte, doch dann platzte sie heraus: »Sir, wenn ich so frei sein darf … Sie waren ein großartiger Captain. Ich war überrascht, als Sie die Beförderung zur Admiralität akzeptiert haben. Warum haben Sie das getan?«

Sie wagte nicht, ihn anzusehen, während sie sprach, sondern konzentrierte sich auf die Feinabstimmungen, die nötig waren, damit der Verstärker korrekt mit den übrigen Einrichtungen der Konsole zusammenarbeiten konnte.

Kirk stieß langsam den Atem aus. Mit plötzlicher Panik begriff Reese, daß sie sich zu weit vorgewagt hatte. Diese Frage war viel zu privat.

Als Kirk endlich sprach, war sein Ton deutlich kühler.

»Ich nehme an, die Dinge sehen von Ihrem Blickwinkel – am Beginn Ihrer Karriere – einfach schwarz oder weiß aus, aber im Lauf der Jahre werden Sie herausfinden, daß es bei jeder Entscheidung eine Menge Grautöne gibt. Nur ein Beispiel: Ich nehme an, Ihre Einstellung gegenüber Kampfeinsätzen hat sich seit unserem letzten Gespräch etwas geändert.«

Sie hielt mit der Arbeit inne und dachte nach. »Ja, Sir«, murmelte sie. »Ja, das ist wahr. Ich ... ich sehe das alles jetzt ganz anders.« Sie schluckte schwer, als ihr der Anblick von Commander Pulvers verbranntem, fast unkenntlichen Gesicht wieder ins Gedächtnis kam.

»Nun, genau deshalb nennt man auch die Zeit den großen Gleichmacher. Es war für die Mitglieder meiner Besatzung an der Zeit, weiterzugehen und andere Dinge zu tun. Und auch für mich war es an der Zeit, das zu tun.«

In seiner Stimme schwang kein Enthusiasmus, keine Freude mit; Reese glaubte ihm kein Wort. Jetzt hätte sie das Thema fallen lassen sollen – doch sie würde in ihrem Leben nie wieder eine derartige Gelegenheit haben, Kirk über jenen Punkt auszufragen, der sie so sehr verwundert hatte. Mit einer Dreistigkeit, die sie selbst verblüffte, fragte sie: »Demnach sind Sie also glücklich, daß Sie die Versetzung in die Admiralität angenommen haben?«

Diesmal blieb er so lange still, daß sie ihre Arbeit unterbrach und ihn ansah. Er erwiderte ihren Blick und sagte: »Ich war einmal glücklich darüber. In letzter Zeit ... habe ich meine Entscheidung noch einmal überdacht. Vielleicht – wenn ich Glück habe – kommt für mich noch einmal die Zeit, etwas anderes zu tun.«

»Das hoffe ich, Sir«, sagte sie ernst.

Sein Blick wurde für einen Moment sanfter. »Behalten Sie Ihre Träume im Auge, Diksen. Ganz gleich, was geschieht. Vergessen Sie nie Ihre wahren Ziele.«

»Ja, Sir«, sagte sie. Ihre Stimme war kaum mehr ein

Flüstern. Sie räusperte sich und sagte lauter: »Ich glaube, wir sind jetzt soweit, um dieses Ding auszuprobieren, Sir.«

Bevor Kirk antworten konnte, erklang Sonaks Stimme ganz aus der Nähe, und als sie hinschaute, stellte sie fest, daß der Vulkanier halb zu ihnen hineingekrochen war.

»Admiral«, sagte der Wissenschaftsoffizier, »wenn ich Sie einen Moment stören dürfte – ich glaube, Sie sollten sich das mal ansehen.«

»Selbstverständlich«, sagte Kirk, jetzt wieder ganz geschäftsmäßig. Als Sonak zu seiner Station zurückkehrte, kroch der Admiral unter der Konsole hervor. Doch bevor er sich erhob, sagte er leise: »Vergessen Sie nicht, was ich Ihnen gesagt habe, Reese.«

»Das werde ich nicht, Sir. Niemals.«

Ich werde wohl alt, dachte Kirk bei sich, *wenn ich mich von einem grünen Kadetten so aus der Fassung bringen lasse.* Doch sie hatte ihn genau an seinem wunden Punkt erwischt – der *Enterprise.* Er rückte seine Uniform – und seine Gefühle – zurecht und begab sich zu Sonaks Station.

»Der Maschinenraum meldet, daß wir jetzt mit Warp acht fliegen und die Triebwerksleistung beständig bleibt«, berichtete Sonak. »Der Abstand zwischen uns und der *Recovery* verkleinert sich stetig, und die Schilde sind im Moment bei neunzig Prozent.«

»Das sind gute Neuigkeiten, Mr. Sonak«, erwiderte Kirk, »aber deshalb haben Sie mich nicht gerufen. Wie weit sind wir von der tholianischen Grenze entfernt?«

»Bei dieser Geschwindigkeit schätzungsweise noch dreißig bis vierzig Minuten, Sir.«

»Für einen Vulkanier ist das eine ziemlich ungenaue Schätzung, meinen Sie nicht?« fragte Kirk.

Sonak wirkte nicht im mindesten beleidigt. »Wenn

die Tholianer etwas beständiger in der Frage ihres Grenzverlaufs wären, Sir, würde meine Schätzung auch präziser ausfallen.«

»Das ist einsichtig. Und weshalb haben Sie mich nun gerufen?«

Sonak zögerte kurz und deutete dann auf seinen Monitor, über den die Daten in einem derart schnellen Tempo liefen, daß ein menschliches Auge nicht folgen konnte. »Ich habe das hier noch niemandem gegenüber erwähnt, Sir«, sagte er leise. Er veränderte eine Einstellung, und der Datenfluß verlangsamte sich. Kirk runzelte die Stirn, schaute genauer auf den Monitor und warf dann einen Blick über die Schulter auf den großen Schirm, als könne er dort bestätigt finden, was Sonaks Geräte ihm verrieten.

»Es ist nicht sichtbar«, bemerkte Sonak, als Kirk den Schirm prüfend betrachtete, aber nichts als Dunkelheit und Sterne entdeckte.

»Und was ist es nun?« fragte Kirk so leise, daß nur der Vulkanier ihn hören konnte. »Und wie lange ist es schon dort?«

»Ich vermute, es befindet sich schon seit einiger Zeit genau am Rand unserer Sensorreichweite«, sagte der Vulkanier. »Ich kann Ihnen sagen, was es nicht ist – es ist kein Föderationsschiff. Was seine tatsächliche Identität betrifft, so verfüge ich derzeit nicht über genügend Daten …«

Kirk unterbrach ihn. »Spekulieren Sie, Mister. Was ist es?«

»Spekulieren?« Der Vulkanier war sichtlich überrascht angesichts dieser Aufforderung.

»Raten Sie, Mr. Sonak«, befahl Kirk. »Was glauben Sie, ist es?«

»Aber, Sir, Spekulationen auf der Grundlage derart weniger Daten haben keine wissenschaftliche …«

Abermals unterbrach ihn Kirk. »Mr. Sonak, nach

meiner Erfahrung kann niemand in der Galaxis besser raten als ein Vulkanier. Ich will wissen, was Sie glauben.«

Sonak verstummte, warf abermals einen Blick auf sein Bord und stieß dann verärgert den Atem aus. »Ich glaube, es ist ein Schiff, Sir. Und da es kein Föderationsraumer ist, muß es sich um ein feindliches Schiff handeln. Daher müssen es entweder Romulaner, Klingonen oder Tholianer sein. Besser kann ich nicht... raten, Sir.«

»Völlig logisch«, meinte Kirk mit einem angedeuteten Lächeln.

»Captain«, rief Sandover, »die *Recovery* wird langsamer. Ich nehme an, sie hat uns bemerkt. Wie soll ich reagieren?«

»Halten Sie Ihre Geschwindigkeit bei, Mr. Sandover, ich möchte den Abstand etwas verringern. Wie steht's mit unserem Kommunikationsverstärker, Kadett Diksen?«

»Voll funktionsfähig, Sir«, meldete sie zufrieden. Die Konsole war geschlossen, und sie saß wieder in ihrem Sessel und bewegte die Hände über das Pult. »Ich möchte keine falschen Hoffnungen wecken, Sir, aber ich glaube, jemand an Bord der *Recovery* versucht etwas zu senden, wird aber immer wieder unterbrochen. Das Schiff selbst reagiert noch immer nicht auf unsere Sendungen.«

»Tun Sie, was immer nötig ist, Diksen, aber versuchen Sie zu dem Schiff durchzukommen. Wenn Sie die aus dem Schiff herausgehende Sendung stabilisieren können, legen Sie sie auf den Schirm.« Er wandte sich wieder Sonak zu. »Nun, Mr. Sonak, es heißt, Timing ist alles. Ich würde sagen, die Dinge spitzen sich an mehreren Fronten zu. Sind unsere Freunde noch immer dort draußen?«

»Anwesend und näher kommend, Sir. Bei ihrer gegenwärtigen Geschwindigkeit werden sie in drei Minuten, zwölf Sekunden auf dem Schirm auftauchen – sofern sie ihr Schiff nicht tarnen.«

»Und die *Recovery* hat ausgerechnet diesen Moment gewählt, um ihre Geschwindigkeit zu reduzieren? Was halten Sie von dieser Koinzidenz, Mr. Sonak?«

»Ich bin Vulkanier, Sir. Ich glaube, echte Koinzidenzen sind extrem selten und können in der Regel mathematisch erklärt werden. Die gegenwärtige Situation scheint nicht in diese Kategorie zu fallen.«

»Hätte ich selbst nicht besser ausdrücken können.« Kirk ging zum Kommandosessel zurück und drückte auf das Interkom. »Alarmstufe Rot! Alle Mann auf Gefechtsstatic n. Schilde hoch. Möglicherweise feindlich eingestellte Kräfte nähern sich.« Als die Sirenen aufheulten, schloß er das Interkom und wandte sich zu Diksen um.

»Versuchen Sie diese Sendung von der *Recovery* festzunageln und funken Sie gleichzeitig das Schiff an, das sich knapp außer Reichweite auf unserer Steuerbordseite aufhält. Mal sehen, wie gut das neue Gerät ist.« Er wandte sich wieder dem Schirm zu, schaute aber noch einmal zurück und meinte mit einem leisen Lächeln: »Werden Sie damit fertig?«

Diksen verlor keine Sekunde, während ihre Finger über das Pult huschten, um beide Aufgaben zu erledigen. Ihre Stimme war klar und ruhig, als sie antwortete: »Aye, Sir. Grußfrequenzen offen!«

9

Kevin Riley betastete mit einer Hand das improvisierte *ahn-woon* an seinem Gürtel, während er zusammen mit Anab in einem der riesigen Korridore der *Recovery* stand und auf eines der Bildschirmdisplays schaute. Man konnte hier durchaus Agoraphobie entwickeln; Riley kam sich schutzlos und preisgegeben vor – ein Gefühl, das nicht nur auf die Erinnerung an Nassar Omars erschreckten Aufschrei und das nachfolgende Heulen des Phasers zurückzuführen war. Der Umstand, daß er gezwungen war, seiner Exfrau so nahe zu sein und mit ihr zusammenzuarbeiten, machte die Situation nur noch schlimmer. Ihr Anblick löste eine ganze Kaskade von Erinnerungen aus, manche glücklich, andere schmerzhaft.

Wenn Anab die Umstände ebenfalls als belastend empfand, so ließ sie sich davon wenig anmerken. Sie starrte mit zusammengekniffenen Augen auf das Computerdisplay und wirkte beinahe entspannt. Beinahe... doch Riley registrierte, daß sie den Griff, mit dem sie ihre ›Speere‹ gepackt hielt, niemals lockerte, und daß sie von Zeit zu Zeit einen Blick zurück auf den leeren, stillen Korridor hinter ihnen warf.

»Da ist sie«, sagte Anab und deutete auf einen blinkenden Punkt, der auf dem Bildschirm erschien. »Sieht so aus, als würde Monique Thibeau den Rat ihres Vorgängers ignorieren.«

Das blinkende Licht bewegte sich langsam über den Plan des riesigen Schiffes.

»Da ist sie nicht allein«, meinte Riley, während er zuschaute, wie der Computer versuchte, die verschiedenen Leute zu lokalisieren, die alle in der Nachfolgereihe der FDRA standen.

»Monique und ihre Kollegen vom Vorstand der FDRA haben offenbar den Schluß gezogen, daß viele bewegliche Ziele besser sind als ein stationäres«, überlegte Anab und verfolgte den blinkenden Punkt. »Aber wie lange kann sie das durchhalten?«

»Computer!« sagte Riley. »Kannst du aufgrund mathematischer Wahrscheinlichkeiten bestimmen, wo sich Monique Thibeau vermutlich innerhalb der nächsten fünfzehn Minuten befinden wird?«

Während sie den Schirm beobachteten, erschien dort eine zusätzliche Linie in einer anderen Farbe, die sich über den bisherigen Weg der Frau hinaus erstreckte. »Diese Projektion beruht auf statistischen Hypothesen«, erklärte der Computer. »Sie ist lediglich zu vierundsechzig Prozent verläßlich.«

Anab warf einen kurzen Blick auf Riley. »Wir können sie vermutlich hier abfangen« – sie deutete auf die Wohnquartiere der vierten Ebene –, »sofern sie nicht etwas völlig Unerwartetes unternimmt.«

Aus einem plötzlichen Einfall heraus fragte Riley: »Computer, hat schon jemand anderer diese Projektion verlangt?«

»Dr. Shulman hat diese Projektion verlangt.«

Er tauschte einen bedeutungsvollen Blick mit Anab. »Gehen wir.«

Er lief auf den nächstgelegenen Lift zu. Anab blieb an seiner Seite.

Als sich die Lifttüren auf Deck vier öffneten, folgte er Anabs Beispiel, hielt sich immer dicht an der Korridorwand und behielt den leeren Flur ständig im Auge. Gleichzeitig achtete er darauf, so weit wie möglich von Anab entfernt zu bleiben, wodurch ein bewaffneter Angreifer gezwungen wurde, sich für eines der beiden Ziele entscheiden zu müssen ... und zum erstenmal wurde ihm die Bedeutung dieser Phrase, die man ihm vor Jahren während des Trainings an der Akademie eingebleut hatte, wirklich bewußt.

Er und Anab waren Ziele; und es war durchaus möglich, daß einer von ihnen getötet wurde, damit der andere überleben konnte.

Mit dem Gedanken an seinen eigenen Tod konnte er umgehen. Doch würde er es, selbst nach den Verletzungen, die sie ihm zugefügt hatte, ertragen können, Anab sterben zu sehen?

Nicht jetzt, Riley. Er konzentrierte sich auf die Umgebung, während er sich geduckt hinter Anab durch den Korridor bewegte.

Der Weg durch die verlassenen Korridore, vorbei an den verschlossenen Unterkünften auf Deck vier schien endlos. Rileys Nervosität ließ langsam nach – nicht jedoch seine Kampfbereitschaft.

Ein plötzliches Zischen erklang, als sich eine Doppeltür zum Korridor hin öffnete. Riley spannte sich, bereit, das *ahn-woon* einzusetzen, doch Anab versperrte ihm die Sicht. Riley erblickte nur ein paar heftig rudernde Arme, bevor Anab vorstürmte und den Flüchtling mit einem perfekt berechneten Sprung zu Boden riß.

Mit von dem plötzlichen Adrenalinschub zitternden Gliedern rannte Riley vorwärts in Richtung des schrillen Kreischens, und entdeckte Anab, die versuchte, die um sich schlagenden Arme einer zierlichen Frau mit rotem Haar gegen den Boden zu pressen.

»Thibeau!« keuchte Anab, als die kleinere Frau ihr einen kräftigen Tritt in den Unterleib verpaßte. »Hören Sie auf, Thibeau! Wir sind vom Sicherheitsdienst. Wir sind hier, um Ihnen zu helfen.«

Die Frau hörte auf, sich zu wehren, und starrte ihre beiden Retter aus angsterfüllten grünen Augen an. »Sicherheitsdienst? Auf diesem Schiff gibt es keinen Sicherheitsdienst.«

»Wir waren Teil der Simulation«, sagte Anab und ließ zögernd die Arme der Frau los, als rechne sie mit einem weiteren Schlag. »Wir wissen, daß Shulman hinter Ihnen her ist. Wir hofften, ihn abfangen zu können, bevor er sie erwischt.«

»Wir müssen in Bewegung bleiben.« Thibeau schaute ängstlich zu den geschlossenen Türen hinüber, als Anab ihr aufhalf – wobei sie eine Hand auf ihrem Arm ruhen ließ, als wolle sie die zierliche Frau an Ort und Stelle festhalten. »Der Computer erzählt ihm alles«, zischte die Französin. »Er weiß immer, wo wir uns befinden! Wenn wir nicht in Bewegung bleiben, erwischt er uns und ...«

»Beendet Ihren ständigen Verrat«, sagte eine müde Stimme vom Ende des Korridors her.

Riley schaute auf und sah einen dünnen, zitternden Mann mit schweißgetränktem schwarzem Haar. Er wirkte eher wie ein verängstigtes, zitterndes Kaninchen als wie ein Mörder – doch Riley hegte nicht den geringsten Zweifel, daß es sich um Shulman handelte, denn er hielt einen Phaser in der Hand, dessen Mündung direkt auf Thibeaus Brust zielte.

Sofort ließ sich Anab gegen die Türen fallen, zwischen denen Thibeau eben erst hervorgekommen war, und zog die Frau mit sich. Die Türen öffneten sich automatisch, und die beiden fielen rückwärts in die für mehrere Personen ausgelegte Unterkunft.

Riley blieb keine Zeit mehr, um nachzudenken, sich zu ängstigen oder irgend etwas anderes zu tun, als einfach zu reagieren – was er auch, zu seiner eigenen Überraschung, präzise so tat, wie man es ihm beim Training beigebracht hatte. Er rollte sich mit einem

Hechtsprung über das Deck ab, während der Phaserstrahl über seinen Kopf hinwegheulte und ein Loch in die Wand riß. Riley stolperte über Anabs Speere, packte sie und verschwand im gleichen Raum wie Anab und Thibeau.

Die beiden waren bereits außer Sicht, doch wenn Riley richtig vermutete, würde Anab Thibeau irgendwo unterbringen und sich dann von ihr trennen, um mehrere Ziele für Shulman zu schaffen. In diesem Raum waren mindestens zwanzig Schlafkojen aufgereiht, und unter jeder befand sich genug Stauraum, um eine Menge Leute zu verbergen. Riley schlüpfte in einen der Wandspinde, die zu den Schlafstellen gehörten, zog die Tür bis auf einen Spalt, der ausreichte, um hinauszuspähen, hinter sich zu und verhielt sich so still wie möglich.

Innerhalb von Sekunden öffneten sich die Türen abermals. »So, Monique, dann haben Sie sich also doch noch einen Stab zusammengesucht«, stellte Shulman mit einer Stimme fest, die vor Müdigkeit brüchig klang. Riley hielt den Atem an, als der Verrückte in sein Blickfeld geriet. Shulman sah geradezu erschrekkend krank aus; seine Haut war bleich, die Augen glänzten fiebrig. Schweißperlen rannen über seine feucht glänzende Stirn herab. Seine Gestalt hätte man fast schon als ausgemergelt bezeichnen können; ohne den Phaser, dachte Riley, könnte er mit Leichtigkeit mit ihm fertig werden.

Und vor diesem Wrack von einem Mann rannten alle in Panik weg?

Riley wartete, bis Shulman ihm den Rücken zuwandte und zählte dann – ohne auf sein plötzlich hämmerndes Herz zu hören – die Sekunden, bis der Wissenschaftler sich bückte, um den Stauraum unter dem Bett direkt gegenüber von Riley zu inspizieren.

Der Commander holte tief Luft, stürzte mit adrenalinunterstützter Energie aus dem Versteck und stieß mit dem Speer zu.

Shulman bewegte sich mit einem Tempo und einer Sicherheit, wie sie eine derart krank aussehende Person eigentlich gar nicht besitzen durfte. Der Speer landete zwischen seinen Unterschenkeln, und als er auf den Angriff reagieren wollte, stolperte er darüber, verbog das dünne Metall und verwickelte sich darin.

Er stürzte, und Riley, vom Schwung seines Angriffs nach vorn gerissen, landete fast genau auf ihm. Der Commander war nahe genug, um den Wahnsinn in den weitaufgerissenen Augen des Wissenschaftlers zu erkennen und den heißen Atem in seinem Gesicht zu spüren, als er die schweißnassen Arme das Mannes packte.

Shulman war zu nah an seinem Opfer, um den Phaser abzufeuern, ohne sich dabei selbst zu gefährden – doch diese Situation konnte sich nur allzu rasch ändern. Mit einer Kraft, die aus der Verzweiflung geboren wurde, rang Riley mit ihm um den Phaser, doch Shulman war stärker – viel zu stark für einen Mann seiner Statur und seines Alters.

Doch jetzt war nicht der geeignete Augenblick, um über die Quelle seiner Stärke nachzudenken. Mit einem erschreckend irrsinnigen Grinsen befreite sich Shulman aus Rileys Griff.

Er sah eine rasche, verschwommene Bewegung und erkannte zu spät, daß es Shulmans Faust war, die auf ihn zuschoß. Er spürte einen scharfen Schmerz an der Schläfe, gefolgt von plötzlicher, undurchdringlicher Schwärze.

»*Shulman!*« schrie Anab.

Gerade war sie von dem Etagenbett heruntergerollt, auf dem sie sich versteckt und von dem aus sie gesehen hatte, wie Riley Shulman angriff. Doch bevor Anab eingreifen konnte, hatte der Wissenschaftler einen harten Schlag gegen K.T.'s Kopf gelandet. Es war genau das geschehen, was sie befürchtet hatte – daß K.T. versuchte, irgend etwas Heldenhaftes zu unternehmen und dann feststellen mußte, daß seine Fähigkeiten der Aufgabe nicht gewachsen waren. Instinktiv hatte sie den Namen des Wissenschaftlers geschrien.

Die Ablenkung funktionierte. Shulman schaute auf, als er gerade zum zweiten – und, wie Anab fürchtete, tödlichen – Schlag ausholte; seine Stärke schien schier unmenschlich. Der Wissenschaftler verlor fast das Gleichgewicht, als er versuchte, sich von dem verbogenen Speer und dem halb auf ihm liegenden, bewußtlosen Commander zu befreien. Dadurch gewann Anab ein paar Sekunden, in denen er nicht auf sie schießen konnte. Sie rannte auf ihn zu und hatte ihn fast erreicht, als Thibeau aus ihrem Versteck stürzte und zur Tür lief.

»Nein!« schrie Anab sie an, während Shulman um ein paar Betten herumstürmte und hinter der FDRA-Vertreterin herlief.

Als Anab den Flur erreichte, hatte Shulman längst freien Blick auf Thibeau, die völlig gedankenlos den Korridor in Richtung Turbolift entlanglief.

»Computer!« rief Shulman. »Versperre alle Türen auf diesem Deck und deaktiviere den Turbolift, bis ich einen anderen Befehl gebe!«

Thibeau rannte weiter und prallte gegen die Lifttüren, die sich nicht öffneten.

Keuchend lief Anab auf Shulman zu, doch es war zu spät. Thibeau drehte sich mit weit aufgerissenen Augen um und blickte ihren Verfolger an.

Shulmans Gesicht verzog sich in manischer Freude – oder war es Schmerz? –, als er den Phaser hob und zielte.

»Nein!« rief Anab, doch ihr Schrei ging im Heulen des Phasers und Thibeaus panikerfülltem Kreischen unter. In einem leuchtenden Blitz löste sich die verängstigte Frau vor Anabs schockierten Blicken auf.

Shulman stieß einen tiefen, erleichterten Seufzer aus, schwankte für einen Sekundenbruchteil und schlenderte dann gleichmütig auf den Lift zu, dessen Türen sich vor ihm öffneten. Er betrat die Kabine, drehte sich um und starrte Anab an, die rutschend zum Stehen kam, als er mit einer Miene, die einem grinsenden Totenschädel glich, den Phaser hob.

Es gab keine Deckung, keinen Platz, um sich zu verstecken. Sie stand besiegt da.

Und dann legte Shulman, immer noch grinsend, den Kopf in den Nacken und rief: »Computer, lösche alles menschliche Leben auf diesem Deck aus. Schalte die Lebenserhaltungssysteme ab!«

Die Lifttüren schlossen sich.

Anab setzte sich wieder in Bewegung, während sie darauf wartete, daß die Gravitation ausfiel, der Sauerstoff verbraucht war, der Tod kam. Ihr Herz raste, die Adrenalinausschüttung lief auf Hochtouren, doch es gab nichts, wogegen sie hätte kämpfen können. Es blieb ihr nichts zu tun als zu warten... und zu sterben.

Sie ging zu der Stelle hinüber, an der Riley noch immer bewußtlos lag. Ein tiefes Gefühl des Versagens erfüllte sie. Sie war unfähig gewesen, Thibeau zu retten, und jetzt würde auch K. T. sterben. Sie strich sanft über sein Haar, so wie sie es erst vor Monaten getan hatte, und wartete.

Und wartete.

Blinzelnd schaute sie sich um. Die Gravitation war noch immer völlig normal, der Sauerstoffgehalt der Luft ebenfalls. Sie hob den Kopf und fragte leise: »Computer? Wieso sind die Lebenserhaltungssysteme nicht abgeschaltet?« *Mit solchen Fragen handelst du dir nur weiteren Ärger ein, Saed!*

»Die Lebenserhaltung abzuschalten, würde alles Leben auf diesem Deck vernichten«, antwortete der Computer. »Das steht in direktem Widerspruch zu meiner Kernprogrammierung. Der zentrale Zweck dieses Schiffes besteht darin, Leben zu retten und zu erhalten. Es gibt kein Kommando, das diesen Befehl außer Kraft setzen könnte.«

»Tatsächlich?« murmelte sie. Ein leises Lächeln umspielte ihre Lippen. Sie legte eine Hand auf die Stirn und stieß ein tiefes, gutturales Seufzen der Erleichterung aus.

Bei diesem Geräusch zuckten Rileys Augenlider.

»K. T.?« Anab kniete sich neben ihn und legte eine Hand auf seine Schulter.

Er öffnete die Augen. Beide Pupillen wirkten völlig normal, wie Anab erleichtert registrierte, obwohl sich bereits ein Bluterguß dunkel an seiner Schläfe abzuzeichnen begann.

Riley setzte sich abrupt auf und betastete mit einem leisen Stöhnen die Verletzung. »Anab? Alles in Ordnung?« Dann zuckte er zusammen und schaute sich ängstlich um. »Shulman ...«

»Shulman ist fort«, sagte Anab grimmig. »Ich fürchte, wir haben Thibeau verloren.«

»Verdammt ...« Riley legte den Kopf auf seine Knie. »Das war mein Fehler ... daß wir Thibeau verloren haben.«

Sie schüttelte seufzend den Kopf. »Immer gibst du dir selbst die Schuld, K. T. Wirst du es denn nie lernen?« Genau das war der Grund gewesen, weshalb er die *Enterprise* verlassen hatte – seine fatale Neigung, die Schuld am Tod eines Besatzungsmitglieds ganz allein auf sich zu nehmen. »Du warst ohnmächtig, als Thibeau erschossen wurde. Shulman ist mir entwischt, und Thibeau stürmte aus dem Versteck heraus, in dem ich sie untergebracht hatte. Wäre ich bei ihr geblieben, würde sie vielleicht noch leben.«

Riley blinzelte, während er ihre Worte überdachte. »Du hast sie allein gelassen, um mich vor Shulman zu retten, stimmt's?«

Anab versteifte sich. »Mir müssen das jetzt nicht unbedingt zu Ende analysieren, okay?« Sie half dem angeschlagenen Mann auf die Beine, wobei sie sich beide verlegen der Tatsache bewußt waren, daß sie sich berührten. »Wir müssen los und dem helfen, der als nächster auf Shulmans Liste steht.« Sie schaute zu den Lautsprechern hoch. »Computer. Ich muß wissen, wen Dr. Shulman jetzt verfolgt, und auch, wo sich Dr. McCoy im Moment aufhält.«

»Dr. McCoys Position wird auf dem Monitor draußen im Flur angezeigt«, erklärte der Computer hilfsbereit. »Und Dr. Shulmans nächstes Ziel ist Dr. McCoy.«

»Dr. McCoy?« Riley richtete sich alarmiert auf. »Er ist aber nicht der nächste in der Nachfolge.«

»Er ist ein enger Verbündeter des Kriminellen Kirk und gegenwärtig das einzige stationäre Ziel. Alle anderen Ziele erfordern mehr Zeit, um sie aufzuspüren und zu stellen.«

»Na toll«, knurrte Anab. »Komm schon, Commander – machen wir uns auf den Weg.«

Riley machte ein paar Schritte und stoppte dann plötzlich. »Computer – wenn deine Kernprogrammierung unverändert ist und deine Aufgabe darin besteht, Leben zu retten, wie kannst du es dann zulassen, daß Myron Shulman Menschen jagt und vernichtet?«

»Ich habe keine Kontrolle über die Handlungen von Menschen. Ich assistiere Myron Shulman, soweit er das verlangt, bei seiner Suche nach Kriminellen an

Bord dieses Schiffes. Seine Handlungsweise, wenn er sie aufgespürt hat, kann ich nicht vorhersehen.«

Trotz Anabs warnender Blicke bemühte sich Riley nicht, den Zorn in seiner Stimme zu unterdrücken. »Computer, Myron Shulman hat jetzt vier Menschen getötet. Er hat sie nicht festgenommen oder eingesperrt, er hat sie *vernichtet*. Allein auf statistischer Basis solltest du schon in der Lage sein, sein Verhalten vorherzusagen, wenn er das nächste Ziel erreicht.«

»Ich habe keine Kontrolle über das Verhalten eines einzelnen Individuums.«

»Du solltest dich schämen«, knurrte Riley die Maschine an, während Anab ihn zum Korridor zog. »Du klingst wie ein verdammter Politiker.«

»Die Scanner zeigen an, daß dieser Mann eine leichte Kopfverletzung aufweist«, erklärte das Schiff plötzlich.

»O nein«, murmelte Anab. »Du denkst doch nicht etwa daran, ihn zur Krankenstation zu schicken, oder?«

»Die Verletzung ist geringfügig, könnte aber durch eine medizinische Behandlung behoben werden«, bemerkte der Computer. »Gegenwärtig arbeitet ein Arzt in der Krankenstation vierundsechzig.«

Riley öffnete den Mund, um zu protestieren, überlegte es sich dann aber anders. »Welcher Arzt?«

»Dr. McCoy befindet sich in der Krankenstation vierundsechzig. Er könnte bei der vollständigen Herstellung dieses Individuums assistieren.«

Die beiden grinsten sich an. »Großartige Idee«, meinte Riley. »Schick uns *beide* hin.«

Als er das vertraute Ziehen der Entmaterialisierung spürte, dachte er: *Wer hätte geglaubt, daß ich einmal froh sein würde, schon wieder zu einer der Krankenstationen auf diesem Schiff gebeamt zu werden?*

McCoy führte Josiah Ngo zu einer kleinen Zimmerflucht aus medizinischen Büros, die ein sonderbar nostalgisches Gefühl in ihm weckten. Er hatte sich seit Monaten nicht mehr gestattet, an die *Enterprise* oder seine ehemaligen Schiffskameraden zu denken, doch jetzt schien sich alles verschworen zu haben, ihn daran zu erinnern. Erst das Gefühl der Kameradschaft, das er Riley entgegenbrachte, und nun dieser junge, eifrige Kadett, mit dem er in einer gefährlichen Krisensituation zusammenarbeitete – beides weckte Erinnerungen an Kirk und Spock, die ihn gleichzeitig mit Stolz erfüllten und doch schmerzten. Wie oft hatten sie zu dritt Situationen durchgestanden, in denen alle Chancen gegen sie sprachen?

Selbst Josiah erinnerte ihn an andere Mannschaftsmitglieder der *Enterprise*. Seine dunkelbraune Haut und die großen Augen unter dem langen Wimpern erinnerten ihn an Uhura; und die technischen Fertigkeiten des jungen Mannes spiegelten die eines anderen, sehr viel älteren Wunderwirkers wieder.

Doch der Kadett wirkte so jung. Schultern und Oberkörper hatten noch längst nicht ihre volle Breite erreicht. *Ein Pensionär und ein Kind,* dachte McCoy. *Das hier ist nicht die Enterprise, und Jim und Spock sind weit weg. Ob wir es wirklich schaffen?*

»Sie haben nicht zuviel versprochen, Doktor«, meinte Josiah, der sich umsah, als sie das äußere medizinische Büro betraten. »Dieser Platz liegt wirklich versteckt.«

»Nun, wir suchen ja auch nach Abgeschiedenheit«, erinnerte ihn McCoy, während sie zu einer kleinen Konsole hinübergingen. »Auf jedem Deck befinden sich mindestens zwei voll ausgerüstete Krankenstationen, von denen viele regelrechten Mini-Hospitälern gleichen. Doch hier, auf dem untersten Deck, gibt es nur eine kleine Station. Der Planung nach sollte dies hier eine Reservestation sein für den Fall, daß alle anderen überfüllt sind. Genau genommen hat man gar nicht damit gerechnet, daß sie jemals benutzt werden würde. Kaum jemand weiß überhaupt von ihrer Existenz.«

Von dem Zentralraum führten Türen zu zwei weiteren, kleinen Zimmern, die jedoch nur Diagnosebetten und andere Ausrüstungsgegenstände enthielten. Sämtliche Computer standen im zentralen Raum, und das war es, wofür sich Josiah und McCoy interessierten.

»All diese medizinischen Computer sind direkt mit dem Hauptgehirn des Schiffes verbunden«, erklärte McCoy, »genau wie auf jedem Sternenschiff auch. Auf diese Weise kann der medizinische Computer sowohl die Daten als auch den Arbeitsspeicher des Zentralgehirns nutzen. Warum sollten wir also den medizinischen Computer nicht als Hintertür benutzen können, um in das Hauptgehirn einzudringen?«

»Klingt gut, zumindest in der Theorie.« Josiah öffnete den Behälter, in dem er die Werkzeuge des Shuttles untergebracht hatte. »Probieren wir mal, wie es in der Praxis aussieht.« Er nahm seinen Tricorder und koordinierte ihn mit dem medizinischen Computer. »Ich möchte tief in die Programmierung eindringen, Doktor. Schlagen Sie einen passenden Pfad vor.«

McCoy beugte sich über ihn, betrachtete den Schirm des Tricorders und nahm einige Einstellungen an den Kontrollen vor. »Versuchen wir es über das Diagnoseprogramm. Es ist das beherrschende Programm des Systems – bei allem, was in der Krankenstation getan wird, muß man darauf zurückgreifen.«

Josiah nickte, als die ersten Daten über den Schirm liefen. »Doktor ... stimmt es eigentlich, daß Sie auf der *Enterprise* waren?«

»Ja«, sagte McCoy vorsichtig in der Hoffnung, der

junge Ingenieur würde aufgrund dieser Tatsache nicht zu viel von ihm erwarten. »Das stimmt.«

»Meine Freundin Reese Diksen würde sich bestimmt gerne mit Ihnen unterhalten! Sie hat sich intensiv mit der Fünf-Jahres-Mission der *Enterprise* und der Karriere von Captain Kirk beschäftigt. Und jetzt dient sie unter ihm, an Bord der *Paladin* ...« Josiahs Stimme brach ab, und er wandte den Kopf zur Seite. »Das heißt ... wenn das Schiff überhaupt noch dort draußen ist ...«

McCoy legte dem Kadetten eine Hand auf die Schulter. »Keine Sorge, mein Junge, die *Paladin* ist noch dort draußen. Und Ihre Freundin bekommt die Ausbildung ihres Lebens, wenn Jim Kirk das Kommando hat. Und unsere Chancen, das hier zu überleben, steigen ganz enorm durch die Tatsache, daß er dort draußen ist.«

Josiah schaute hoch und brachte ein schwaches Lächeln zustande – bis etwas auf dem Schirm seine Aufmerksamkeit erregte. Er betrachtete es stirnrunzelnd. »Was in aller Welt ist das?«

McCoy starrte die mit dem Standardcode vermischten fremdartigen Hieroglyphen an und erkannte sofort, daß er sie schon einmal gesehen hatte. Er wühlte in seiner Tasche und brachte einen Stapel Notizblätter zum Vorschein; dort, zwischen Shulmans Aufzeichnungen, fand sich der gleiche, sonderbare Code. Er zeigte Josiah die Blätter.

»Hier haben wir ihn noch mal, in Shulmans Handschrift. Ich habe keine Ahnung, was es zu bedeuten hat, aber es ist keine Sprache und kein Computercode, mit dem ich vertraut wäre. Ich habe mir deswegen schon das Hirn zermartert.«

»Nun«, meinte Josiah, »sehen wir mal, ob wir diesen Code umgehen können.« Er drang an der Primärprogrammierung vorbei tiefer in den Computer ein.

McCoy schaute zu, wie er den verschiedenen Codierungen des Programms folgte, doch ganz gleich, wohin er sich wandte, stets füllten die gleichen unverständlichen Zeichen den Schirm. »Das ist merkwürdig«, sagte Josiah schließlich. »Ich komme um dieses Zeug einfach nicht herum – die fremden Symbole sind überall. Ich gehe jetzt hinunter auf die binäre Ebene.«

Der junge Mann verlangsamte sein Vorgehen und durchforschte das binäre Feld des komplexen Programms. Doch gleich darauf füllte sich der Schirm wieder mit den bizarren Symbolen.

»Nicht gut«, sagte der Kadett. »Gar nicht gut. Ich werde jetzt versuchen, etwas von diesem Zeug zu löschen, und dann abwarten, was passiert. Es ist ein gewisses Risiko dabei – ich könnte kritische Informationen löschen, aber irgend etwas muß ich ausprobieren.« Er arbeitete ein paar Sekunden lang konzentriert und drehte sich dann mit einem konsternierten Ausdruck zu McCoy um. »Was immer das für ein Zeug sein mag, es kann sich auf einer bestimmten Ebene selbst generieren. Nur um es zu löschen, müßten wir schon ein spezielles Programm haben. Diese Codes haben das ursprüngliche Programm bis auf die binäre Ebene hinunter infiziert, Doktor! Was nun?«

Er schaute hoffnungsvoll zu McCoy auf.

Der Doktor zögerte, während er sich vorzustellen versuchte, was Jim oder Spock tun mochten. In einem Ton, der seine mangelnde Zuversicht Lügen strafte, sagte er: »Nun, dann sollten wir versuchen, den Patienten zu stabilisieren, bis Hilfe eintrifft. Können Sie auf dem Umweg über das Diagnoseprogramm die Kontrolle des Computers über das Kommunikationssystem ausschalten? Wenn es uns gelingt, eine Nachricht nach draußen zu schicken, könnten wir auf diese Weise vielleicht ein paar hilfreiche Informationen erhalten.«

Josiah nickte strahlend. »Wie sehen die Prioritäten aus – ich meine, wenn ich durchkomme, welche Information müßte ich dann unbedingt senden?«

»Ich würde sagen, wir sollten auf jeden Fall Kopien dieser obskuren Programmierung senden. Vielleicht kann uns jemand an Bord der *Paladin* sagen, worum es sich dabei handelt und wie wir damit umgehen müssen. Wenn Spock dort wäre …« Er unterbrach sich und erinnerte sich an das letzte Mal, als er den Vulkanier gesehen hatte. Spock hatte sehr ernst gewirkt und war ganz in schwarz gekleidet, als er verkündet hatte, er würde ein Postulant des *Kolinahr* werden.

Wir werden uns nicht wiedersehen, Leonard McCoy. Glück und langes Leben.

McCoy räusperte sich und fuhr fort: »Ich wette, er würde das schaffen.« Wieder verstummte er und starrte auf die bizarren Notizen in seiner Hand. Es stimmte, Spock *würde* wissen, worum es sich handelte. Für einen Moment hatte McCoy das Bild des Vulkaniers vor Augen, der auf einen Monitor blickte, über den die gleichen sonderbaren Zeichen liefen.

Sie wissen, was es ist, nicht wahr, Spock? Wenn Sie uns jetzt nur helfen könnten …

Er strich mit den Fingerspitzen über Shulmans Notizen, als könne er, indem er sie berührte, Spock durch Raum und Zeit hinweg erreichen. Und für einen Sekundenbruchteil kam es McCoy so vor, als säße nicht ein junger Mann neben ihm, sondern sein vulkanischer Freund. Er konnte Spocks Stimme fast hören:

Welche Unterstützung benötigen Sie, Doktor?

Dann schaute er nach unten und bemerkte, daß Josiah ihn merkwürdig ansah. McCoy schüttelte den Kopf, um seine Gedanken zu klären. »Wir müssen einfach darauf hoffen, daß es dort drüben jemanden mit ähnlichen Fähigkeiten gibt. Und als nächstes müßten wir herausfinden, wohin wir mehr als zweihundert Leute schicken können.«

Josiahs Miene drückte Unverständnis aus.

»Unsere Retter werden uns Koordinaten geben müssen, zu denen wir jeden an Bord dieses Schiffes beamen können«, erklärte der Doktor. »Dieses Schiff ist entschlossen, den tholianischen Raum zu verletzen. Und dort wird es keine drei Minuten dauern, bis die Tholianer es mit einem Netz einfangen ...« Er erschauerte bei dieser Aussicht und fragte sich, was aus ihnen allen werden würde, wenn das geschah. Sofern der mörderische Shulman dann noch an Bord war, würden sie sich wenigstens nicht auf einen schleichenden Tod vorbereiten müssen ...

McCoy schob den Gedanken beiseite und fuhr fort: »... und dann werden sie die Grenzverletzung als Vorwand benutzen, um einen Krieg anzufangen. Nur die *Recovery* verfügt über die Fähigkeit, alle auf einmal hinauszubeamen, aber wir müssen ihr sagen können, wohin sie die Leute schicken soll.«

»Das heißt also, daß ich nach dem Kommunikationssystem auch noch die Kontrolle über das Transportersystem übernehmen muß – alles auf dem Umweg über das Diagnoseprogramm.« Josiahs Adamsapfel hüpfte, als er schwer schluckte.

McCoy zwang sich zu einem Lächeln und klopfte dem jungen Mann auf die Schulter. »Nur keine Panik, mein Junge. Immer einen Schritt nach dem anderen. Jetzt versuchen wir erst mal, das Notsignal zu senden.«

Der Kadett seufzte und machte sich an die Arbeit. McCoy schaute zu und kam sich ziemlich nutzlos vor, während der junge Mann erfolglos versuchte, das Programm auf alle möglichen Arten zu manipulieren. Schließlich holte er ein Gerät aus seinem Beutel, verband es mit dem Tricorder und tippte dann eine neue

Reihe von Codes ein. Soweit McCoy es beurteilen konnte, liefen die Daten jetzt in vulkanischer Schrift über den Bildschirm.

»Worauf um alles in der Welt wollen Sie den jetzt hinaus?« fragte er laut und schaute Josiah über die Schulter.

»Ich versuche mal etwas anderes«, murmelte der junge Ingenieur. »Das ist ein T'Pel-Analysierer. Wenn uns dieses Programm jetzt nicht um die Ohren fliegt...« Plötzlich vernahm McCoy den Klang, mit dem sich ein Kommunikationskanal öffnet. Die beiden Männer blickten sich strahlend an. Und dann schloß sich der Kanal wieder.

»Ha, das war es!« rief McCoy und schlug Josiah auf die Schulter. »Nun, jedenfalls fast. Sie sind auf dem richtigen Weg!«

Josiah biß sich auf die Lippen und nahm ein paar Einstellungen an dem Tricorder und seinem neuen Zusatz vor. Für einen Moment hörte McCoy nichts als statische Geräusche – doch dann, plötzlich, öffnete sich der Kanal wieder, und diesmal blieb er offen.

Auf Josiahs Gesicht zeigte sich ein breites Grinsen. »Hier spricht Josiah Ngo auf der U.S.S. *Recovery*. Empfängt mich jemand?«

Der Kanal brach zusammen, bevor jemand die Chance gehabt hätte, zu antworten, und er mühte sich ab, um ihn wieder zu öffnen. Schließlich wandte er sich an McCoy. »Doktor, es erfordert meine ganze Aufmerksamkeit, diesen Kanal offenzuhalten. Sie werden die Botschaft übernehmen müssen.«

»In Ordnung«, meinte McCoy. »Okay, hier... hier spricht Dr. Leonard McCoy...«

Jim Kirk starrte auf den Sichtschirm der *Paladin*, der das Bild seines ältesten und besten Freundes zeigte.

»Hier spricht Dr. Leonard McCoy von der U.S.S. *Recovery*, und falls ich jetzt das normale Protokoll vergessen haben sollte, liegt das daran, daß ich im Ruhestand bin.«

Neben McCoy saß Josiah Ngo, der junge Kadett, und war eifrig damit beschäftigt, den Kanal offenzuhalten.

McCoy schien seinen alten Freund direkt anzuschauen. *Siehst du, Jim, ich weiß, daß du dort draußen bist.*

Kirk wandte kein Auge vom Schirm ab. »Kann er mich hören? Mich sehen?«

»Nein, Sir«, sagte Diksen bedauernd. »Es ist nur eine einseitige Verbindung. Ich kann das Schiff noch immer nicht dazu bringen, eingehende Sendungen anzunehmen.«

»Jim, ich kann nicht erklären, was hier vorgeht«, sagte McCoy, »aber ich weiß, daß du die richtigen Leute hast, um es herauszufinden. Alles, was wir haben, ist ein verrückter Forscher und eine bizarre Programmierung.« Er warf einen Blick auf den Kadetten. »Josiah, können Sie etwas von dem Zeug hinübersenden?«

»Übermittlung läuft, Doktor«, meldete Ngo.

Kirk warf einen kurzen Blick zur Kommunikationsstation. »Empfangen Sie es, Diksen?«

»Kommt klar und deutlich herein, Sir.«

»Leiten Sie diese Informationen an Mr. Sonaks Pult weiter«, befahl der Captain. Gleichzeitig hielt McCoy ein paar halbzerfetzte Notizblätter hoch.

»Das hier sind Shulmans Aufzeichnungen, aber ich kann dir nicht sagen, was sie zu bedeuten haben. Diese fremdartigen Zeichen«, McCoy deutete darauf, »tauchen auch in der Programmierung auf, die du mittlerweile empfangen haben müßtest. Vielleicht kannst du herausfinden, was es zu bedeuten hat und wie man dagegen vorgehen kann. Josiah und ich hatten damit bisher noch nicht viel Glück.«

Kirk nickte und hätte beinahe gelächelt.

»Hör zu, Jim«, fuhr der Doktor fort, »wir müssen einen Weg finden, die Leute von diesem Schiff herunterzubringen. Ich kenne dich, daher weiß ich, daß du dir darüber auch schon Gedanken gemacht hast. Kein gewöhnliches Sternenschiff könnte diese Aufgabe schnell genug bewältigen, daher werden Josiah und ich wohl die *Recovery* davon überzeugen müssen, es zu erledigen. Wir arbeiten daran. Aber du mußt uns die Koordinaten zukommen lassen. Du warst bisher nicht in der Lage, eine Sendung durchzubringen, daher weiß ich nicht, wie du es anstellen wirst, aber du solltest auf jeden Fall einen großen, leeren Raum für uns bereitstellen. Wenn wir erst dort sind …« McCoys Miene wurde milder, und in seiner Stimme schwang so etwas wie eine Entschuldigung mit. »Ich glaube, wir beide sollten zusammen einen saurianischen Brandy trinken und ein paar Dinge besprechen. Ich … ich freue mich schon darauf.«

Plötzlich tauchte eine Gestalt hinter Josiah und McCoy auf, die zu beschäftigt waren, um etwas zu bemerken.

Instinktiv sprang Kirk auf den Schirm zu und brüllte: »Pille! Paß auf! Es ist Shulman!«

Unbewußt spürte McCoy die Gegenwart des Fremden im gleichen Moment, in dem Kirk seine Warnung rief, denn er fuhr rechtzeitig genug herum, um dem Phaserschuß auszuweichen. Josiahs Kopf zuckte zur Seite …

Und der Schirm wurde dunkel.

Kirk drehte sich zu Diksen um. »Holen Sie sie zurück!«

Die Kadettin bearbeitete hektisch ihr Pult. »Sie haben aufgehört zu senden, Sir, und ich komme noch immer nicht zur *Recovery* durch!«

»Versuchen Sie es weiter!« Er drehte sich zur Wissenschaftsstation. »Sonak, was haben Sie erhalten?«

Der Vulkanier hob den Blick von seinem Monitor und schüttelte den Kopf. »Unbekannt, Sir. Offenbar haben sie einen Teil der Programmierung der *Recovery* auf der binären Ebene gesendet. Erstaunlicherweise scheint ein Teil davon in... Vulkanisch gehalten zu sein.«

Kirk zog überrascht die Augenbrauen hoch.

»Wenn man es übersetzt«, fuhr Sonak fort, »scheint es sich allerdings um die Standardprogrammierung zu handeln, abgesehen von einem Teil, den ich nicht entschlüsseln kann. Die Symbole, die benutzt wurden, um die ursprüngliche Programmierung der *Recovery* zu widerrufen, sind dem Computer der *Paladin* nicht bekannt. Der Computer benutzt im Moment diesen Programmteil und die aufgezeichneten Symbole auf den Zetteln, um eine Übersetzung zu erstellen.«

Kirk lehnte sich in seinem Sessel zurück und schlug frustriert mit der Faust auf die Armlehne. »Ist der Frachtraum vorbereitet?«

»Aye, Sir«, erwiderte Sonak, dessen kühle Haltung in scharfem Kontrast zu der Hektik seines Vorgesetzten stand. »Ich würde vorschlagen, Admiral, daß Kadett Diksen jede Sendung von der *Recovery* auch zu meinem Pult weiterleitet. Da die Übertragungen oft fragmentiert sind, aber doch Teile wichtiger Informationen enthalten, könnte die Wissenschaftsstation sie am besten und schnellsten verwerten.«

»Ausgezeichnete Idee, Mr. Sonak. Diksen, haben Sie das mitbekommen?«

»Aye, Sir.«

»Noch etwas, Diksen. Für den Fall, daß Sie zur *Re-*

covery durchkommen, sollten Sie die Koordinaten des Frachtraums bereit halten.«

»Sind zur Übermittlung vorbereitet, Sir«, meldete sie. »Grußfrequenzen sind immer noch geöffnet, doch bisher kein Ton von dem näher kommenden Schiff.«

»Sir«, unterbrach Sandover, »die *Recovery* stoppt ihre Fahrt völlig.«

Kirk wandte sich wieder dem Schirm zu, auf dem sich jetzt die glatte, massive Form der *Recovery* zeigte. »Nun, Mr. Sandover, wir wollen sie nicht rammen. Schilde hoch, und halten Sie einen Abstand von hunderttausend Kilometern. Jeder bleibt auf Gefechtsstation – und seien Sie auf alles vorbereitet.«

Angesichts der Geräusche, die der Computer der Krankenstation und Ngos sonderbare Gerätekombination von sich gaben, hätte McCoy das Sirren des Transporters beinahe überhört. Er fuhr gerade noch rechtzeitig genug herum, um dem Phaserschuß auszuweichen, und stürzte dann von dem Kadetten und dem Computer fort.

Josiah drehte sich um, seine Miene spiegelte den blanken Schock wieder.

»Arbeiten Sie weiter!« rief McCoy, während er in den nächsten Raum rannte. »Ich bin derjenige, den er haben will!« Er verschwand hinter einem Spind und wußte dabei genau, daß Shulman ihm folgen würde.

McCoy achtete die ganze Zeit über auf Deckung, während er sich vom Spind zum Tisch und weiter zum nächsten Spind bewegte. Er hörte abermals das Sirren des Transporters, wagte aber nicht zu hoffen, es könnte bedeuten, daß Shulman die Krankenstation wieder verlassen hatte.

»Shulman!« rief eine vertraute, weibliche Stimme.

McCoy spähte über die Platte eines Tisches hinweg und sah, nur wenige Meter entfernt, Shulmans Rükken. Der Wissenschaftler hielt einen Phaser in Brusthöhe – und er war auf Anab Saed gerichtet, die mit voller Absicht in der Schußlinie stand.

Ein paar Meter hinter ihr stand Kevin Riley neben einem Diagnosebett. Riley hielt ein Kabel in der Hand und ließ es langsam schwingen.

»Hier bin ich, Shulman!« rief Anab herausfordernd und holte mit etwas aus, das wie eine dünne, silberne Lanze aussah.

McCoy hätte am liebsten die Augen geschlossen. Es bestand nicht die geringste Chance, daß sie Shulman als erste traf, und er könnte es nicht ertragen, sie sterben zu sehen. Doch er konnte den Blick nicht abwenden.

Verdammt, Lieutenant Saed, müssen Sie sich ausgerechnet jetzt so altruistisch aufführen? Doch er verstand, was sie tat. Für die Sicherheitsoffizierin war ein Arzt in dieser Krisensituation wichtiger als sie selbst. Zweifellos hoffte sie, dem Phaserschuß in letzter Sekunde ausweichen zu können, und vielleicht war das sogar möglich. Doch sie konnte nicht sehen, was ihr Verbündeter Riley vorhatte. Und so, wie die beiden schräg hintereinander standen, konnte Shulman sie mit einem einzigen Schuß töten.

McCoy wußte, daß er irgend etwas tun mußte – aber wenn er jetzt schrie, hätte Shulman vielleicht Zeit, sie alle drei zu töten. Geduckt kroch er eilig zum nächsten Spind und suchte nach dem, was er brauchte.

Aus den Augenwinkeln bekam er mit, was geschah, doch alles lief so schnell, daß er keine Chance hatte, etwas zu unternehmen.

Lieutenant Anab warf die Lanze.

Fast gleichzeitig wich Shulman ihr aus und feuerte.

Im gleichen Augenblick, als die Lanze durch die Luft flog, schleuderte Riley etwas – ein Stück Kabel, so erschien es McCoy –, das pfeifend auf Shulman zujagte. Doch das Kabel traf Saeds Beine und riß sie zu Boden.

Der tödliche Strahl zischte harmlos über die am Boden liegende Anab hinweg und traf Riley mitten in der Brust.

Sowohl Saed wie McCoy schrien »NEIN!«, als der Körper des jungen Commanders von der Phaserenergie eingehüllt wurde. McCoy umklammerte hilflos den Injektor, den er aus dem Spind genommen hatte, und schaute entsetzt zu, wie Rileys Körper in dem tödlichen Glühen aufleuchtete …

Und aufrecht stehenblieb, während der Energiestrahl über ihn strich.

McCoy schaute fassungslos zu, wie sich Riley in Bewegung setzte.

Er ging vorwärts und schob den Strahl vor sich her, während er sich Shulman langsam näherte.

Für einen Augenblick stand McCoy wie erstarrt da, unfähig zu begreifen, was geschah. Saed sah genauso verwirrt aus, als sie sich aus dem Weg rollte und ihre Beine von dem Kabel befreite.

Mit einem Ruck kam McCoy wieder zu sich und lief zu Shulman hinüber – der wie angewurzelt dastand und wieder und wieder seine nutzlose Waffe abfeuerte –, setzte den Injektor an dessen Halsschlagader an und injizierte ihm ein Betäubungsmittel.

Mit einem Keuchen kippte Shulman in McCoys Arme. Der Phaser landete klappernd auf dem Boden.

Riley, der ebenso verblüfft wirkte wie die anderen, beugte sich über die Sicherheitsoffizierin und bot ihr eine Hand an. Saed umklammerte sie mit beiden Händen und hielt sie so fest, während sie zu ihm aufsah. »Alles in Ordnung, Anab? Ich habe dir doch nichts gebrochen, als ich dich mit dem *ahn-woon* getroffen habe, oder?« Die beiden wechselten einen Blick von so intensiver Erleichterung – und etwas, das weitaus tiefer reichte –, daß McCoy zu dem Schluß kam, sie müßten einmal weit mehr als nur Bekannte gewesen sein.

Anab war noch zu schockiert, um zu sprechen. Schließlich ließ sie Rileys Hand los und mühte sich aus eigenen Kräften auf die Beine, wobei sie ihren Retter noch immer mit vor Erstaunen offenem Mund anstarrte. Schließlich fand sie ihre Stimme wieder.

»K. T. ...« Sie warf einen verlegenen Blick in McCoys Richtung und korrigierte sich. »Ich meine, Commander Riley ... was ist passiert? Sie sind doch voll von dem Phaser getroffen worden!«

Riley grinste und seine Stimme klang munter, doch McCoy registrierte, daß seine Finger zitterten, als er Shulmans Phaser aufhob und die Einstellung auf Betäubung änderte. »Ich bin nicht ganz sicher. Ich glaube, die *Recovery* hat in letzter Sekunde ein Kraftfeld – eine Art persönlichen Schild – um mich herum aufgebaut. Ich war genauso überrascht wie ihr. Ich brauchte schon einen Moment, um zu begreifen, daß ich völlig geschützt war.« Während er noch sprach, flimmerte der Phaser in seiner Hand und verschwand dann rasch.

Anab schaute sich in dem Raum um. »So etwas kann das Schiff? Unglaublich! Computer. Warum – und wie – hast du Commander Riley vor Shulmans Angriff beschützt?«

»Seine frühere Frage hat mich veranlaßt, meine Reaktionen in bestimmten Situationen noch einmal zu analysieren«, antwortete die *Recovery* in ihrem typischen, leidenschaftslosen Ton. »In meinen Logik-Schaltkreisen befanden sich mehrere fehlerhafte Programmierungen. Einige davon konnte ich nicht wiederherstellen, doch ich war in der Lage, gewisse logische Muster so zu reprogrammieren, daß sie wieder mit meiner Kernprogrammierung übereinstimmten.

Wenn Dr. Shulman es verlangt, werde ich Kriminelle, die sich auf diesem Schiff befinden, einkerkern. Ich kann jedoch niemandem gestatten, ein Leben zu vernichten, auch nicht das eines Kriminellen, und dabei in Übereinstimmung mit meiner Kernprogrammierung bleiben. Die Reprogrammierung wurde erreicht, indem ich meine Verteidigungskapazität zu einem weitaus kleineren Muster reorganisiert habe, als das zuvor der Fall war.«

Mein Gott, dachte McCoy entgeistert, *er entwickelt Lösungen für neue Probleme. Bisher war kein Föderationscomputer je dazu in der Lage, das auf einer so komplexen Ebene durchzuführen.*

Immer noch leicht grinsend, schüttelte Riley den Kopf. »Okay, ich nehme alles zurück. Du bist doch *kein* Politiker.« Dann registrierte er, daß McCoy noch immer den kollabierten Shulman stützte, und setzte sich in Bewegung, um ihm zu helfen. Gemeinsam legten sie den reglosen Körper auf ein Diagnosebett.

Im anderen Raum rief Josiah laut: »Würde es vielleicht jemandem etwas ausmachen, mir zu erzählen, was eigentlich passiert ist?«

»Ich habe ihm befohlen, am Computer zu bleiben«, erklärte McCoy. Dann rief er in das andere Zimmer hinüber: »Hier ist alles in Ordnung. Wir haben Shulman ruhiggestellt.«

»Ich könnte ihm eigentlich zur Hand gehen«, bot Anab an. Riley nickte, und sie ging zu Ngo hinüber.

McCoy brauchte nur wenige Sekunden, um Shulman Fesseln anzulegen, und analysierte dann seine physische Kondition. Das Betäubungsmittel hatte eine weitaus größere Wirkung auf den Wissenschaftler als üblich, deshalb injizierte McCoy sicherheitshalber ein Gegenmittel. Die körperlichen Reserven des Mannes waren bis über den Punkt der Erschöpfung hinaus ausgebeutet worden – im Grunde war es für ihn schon unmöglich gewesen, überhaupt noch herumzulaufen, ganz zu schweigen von der Kraft und Schnelligkeit, die er demonstriert hatte. Der Doktor bemühte sich, Shulmans körperlichen Zustand zu stabilisieren, indem er ihm Zucker, Proteine und Flüssigkeit zuführte.

»Was fehlt ihm?« fragte Riley. »Und was kann ich tun?«

»Seien Sie einfach bereit, mir zu helfen, wenn es nötig ist«, sagte McCoy. »Und abgesehen vom schlimmsten Fall von Erschöpfung, den ich je gesehen habe, habe ich nicht die leiseste Idee, was mit ihm nicht stimmt – bis jetzt, jedenfalls. Sein Herz ist stark angegriffen, die Nieren arbeiten kaum noch, seine sämtlichen Fettreserven sind verbraucht, und ich glaube, er hat seit einer Woche nicht mehr geschlafen. Was er sich zugemutet hat, hätte einen Vulkanier umgebracht; ich begreife gar nicht, wieso er überhaupt noch lebt. Das wäre vermutlich auch nicht der Fall, wäre er nicht früher Marathonläufer gewesen.«

Zufrieden, daß der physische Zustand seines Patienten mittlerweile stabil war, führte McCoy seinen diagnostischen Scanner über Shulmans Stirn und studierte dann die Anzeige. »Lieber Himmel ...« Er sah Riley an. »Dort ist *etwas* ... eingebettet in sein Gehirn.«

Riley zuckte zurück. »Ein Parasit?«

Der Doktor schüttelte den Kopf. »Es ist mechanisch. Aber auch chemisch. Und fremdartig. Nach dem organischen Schaden zu urteilen, den es verursacht hat, würde ich sagen, es ist, ungefähr eine Woche bevor die *Recovery* zu dieser Mission startete, implantiert worden.«

»Können Sie es herausholen?« fragte Riley.

»Das glaube ich nicht. Hier jedenfalls auf gar keinen Fall. Ich würde ein paar andere Ärzte zur Unterstützung brauchen, aber selbst dann ... das hier liegt völlig außerhalb meiner Erfahrung. Ein Teil seines Gehirns hat sich tatsächlich bis in die Zellstruktur hinein verändert. Dieses Ding ist direkt mit den Neuronen verbunden, während sich der Kontrollmechanismus genau in seinem Lustzentrum befindet.«

Riley machte ein finsteres Gesicht. »Welche bessere Möglichkeit gäbe es, ihn zu kontrollieren? Perfektes Vergnügen, perfekter Schmerz. Ist es romulanisch?«

»Sieht nicht so aus. Es ist mechanisch und selbststeuernd. Augenscheinlich funktioniert es auf mehreren Ebenen – es gibt Hinweise, daß es bestimmte Drogen direkt an das Gehirn abgibt. Nur Myron kann uns darüber etwas sagen. Ich werde ihn jetzt aufwecken – seien Sie darauf vorbereitet, sich mit ihm auseinandersetzen zu müssen. Ich bin nicht sicher, welche Kräfte ihm dieses Ding verleiht.«

Riley spannte seine Muskeln und beobachtete, wie der Doktor die Medikamentenabgabe veränderte.

Shulmans Lider flatterten; dann öffnete er die Augen und blickte in McCoys Gesicht. Zur Erleichterung des Doktors wirkten die braunen Augen des Wissenschaftlers sanft und ruhig, wenn auch desorientiert.

»Leonard?« flüsterte Shulman blinzelnd. »Leonard ... McCoy?« Sein Kopf rollte zur Seite, als er die Umgebung betrachtete. Riley schaute er an, ohne ihn wiederzuerkennen. »Wir sind auf der *Recovery* ...«

»Ja, Dr. Shulman«, sagte McCoy mit einem warmen Lächeln. »Sie sind krank gewesen; ich versuche Ihnen zu helfen. Können Sie mir erzählen, was mit Ihnen passiert ist?«

Shulman starrte ihn einen Moment lang an; dann trübten sich seine Augen. McCoy warf Riley einen warnenden Blick zu.

Während sie zuschauten, verdrehten sich die Augen

des Wissenschaftlers, und sein Körper begann heftig zu zittern.

»Die Drei!« flüsterte er und stemmte sich gegen die Fesseln. Sein Mund verzerrte sich krampfartig, die Halsmuskeln traten wie Stränge hervor. »Die Drei. Ich schwöre, ich diene der Heiligen Triade!«

Riley beugte sich vor und drückte Shulmans Schultern mit erheblicher Anstrengung wieder auf das Bett.

McCoy beeilte sich, die Medikamentenzuführung neu zu justieren. Als der Injektor abermals zischte, fiel Shulmans Körper zurück auf die Liege und entspannte sich. »Myron«, fragte McCoy, »können Sie mich immer noch hören? Wer hat Ihnen das angetan?«

»Es ist alles für die Drei«, sagte Shulman wie im Halbschlaf. »Ich wollte nicht, aber ich mußte. Ich mußte den Dreien dienen. Aber ich habe gegen sie angekämpft. Am Anfang – als ich das noch konnte.«

»Sie haben gegen sie gekämpft?« fragte Riley. »Wie haben Sie das gemacht, Doktor?«

Shulman lächelte. »Ich habe die Kernprogrammierung bewahrt.« Seine Muskeln begannen sich zu spannen, und seine Stimme wurde schrill. »Wenn sie das wüßten, würden sie mich töten. Aber das war meine bedeutendste Arbeit. Die Kernprogrammierung!« Seine Augen weiteten sich, als er sich gegen die Fesseln aufbäumte und einen schrillen Schrei ausstieß.

McCoy fluchte und erhöhte die Drogendosis. »Dieses Ding setzt ihn massiv unter Druck. Er muß Höllenqualen leiden.«

Nach wenigen Sekunden entspannte sich der Körper des Wissenschaftlers, und er fiel in Schlaf. McCoy schüttelte mit grimmiger Miene den Kopf. »Ich muß ihn einschläfern, nur um die Stimulantien auszugleichen, die ihm das Implantat verabreicht. Auf diese Weise kommen wir jedenfalls keinen Schritt weiter.«

»Vielleicht nicht«, meinte Riley, dessen Miene dennoch Hoffnung ausdrückte. »Das war eines der Dinge, die Anab – Lieutenant Saed – und ich ihnen erzählen wollten, als wir herkamen. Die Kernprogrammierung der *Recovery* ist intakt – ich habe selbst miterlebt, wie sie funktioniert. Das war es schließlich, was Shulman daran gehindert hat, mich zu töten. Ich mußte dem Computer nur ein bißchen ins Gewissen reden. Meinen Sie nicht, Admiral Kirk sollte darüber informiert werden?«

McCoys Miene hellte sich auf. »Gehen Sie hinüber und erzählen Sie es Josiah. Er hat erst vorhin eine Funkverbindung hergestellt. Wenn er noch einmal durchkommt, kann er diesen Punkt weitergeben. Ich werde mich jetzt weiter um Shulman kümmern. Sie können ruhig gehen. Er wird das Bett vorläufig nicht verlassen.«

Riley nickte und ging, um Kadett Ngo seine Neuigkeit zu überbringen.

Die Meditation blieb ohne Erfolg.

Spocks Gefühl der Verbindung zu McCoy und Jim Kirk war eher noch stärker geworden, genau wie der unangenehme Eindruck, daß sie sich in Gefahr befanden ...

Und auch die irrationale Überzeugung, daß er, Spock, ihnen irgendwie helfen konnte.

So hatte er sich von seinem Platz auf dem mittlerweile abgekühlten Felsen erhoben, war in der grauen Stunde kurz vor Anbruch der Dämmerung leise aus seiner Zelle herausgetreten und den langen, dunklen Korridor hinuntergegangen, vorbei an hundert anderen, unbeleuchteten Eingängen.

Am Ende des Ganges verlangsamte er seinen Schritt nicht, sondern glitt leichtfüßig die Stufen hinab, Ebene um Ebene, bis er den verborgenen

Durchgang erreichte, der nur jenen bekannt war, die sich dem Orden von Gol angeschlossen hatten – ein Durchgang, der direkt in das Herz des Berges führte. Schließlich hielt Spock vor dem großen, schwarz glänzenden Torbogen inne, der schon Äonen vor Suraks friedlicher Revolution mit heiligen und profanen Symbolen graviert worden war, und dachte über die Tragweite dessen nach, was zu tun er im Begriff stand. Die Technik, die er nutzen wollte, um sich von den emotionalen Bindungen zu reinigen, sollte nur angewendet werden, wenn alle anderen Versuche fehlgeschlagen waren – und dann weder leichtfertig noch mit Skepsis.

Er sammelte sich und trat durch den Torbogen und die beiden ewig brennenden Öllampen, die den Eingang flankierten, hinein in den tiefen Schatten.

Der Anblick, der ihn erwartete, stammte aus Vulkans ferner Vergangenheit: ein alter Steinaltar, auf dem einstmals Blut vergossen worden war, und davor eine gemeißelte Statue, deren Anblick gleichermaßen Ehrfurcht wie Angst erwecken sollte.

Dies war der Schrein einer Kriegsgöttin. Ihr Abbild war aus dem schwarzen Felsen Gols herausgeschlagen worden und zeigte den Körper einer vulkanischen Frau mit dem Schädel eines wütenden *le matya*, dessen Fänge zum tödlichen Biß gebleckt waren. Sekhet, die Göttin der Wüste, des Feuers, der Zerstörung.

In der Vergangenheit hatten die Gedankenlords Sekhets Hilfe bei der Vernichtung ihrer Feinde beschworen. Damals war dieser Zufluchtsort in den Bergen eine Festung, ein Bollwerk für jene, die entschlossen waren, Vulkan zu kontrollieren, und Gol ein ihrem Kult geweihter Schrein. Die leidenschaftliche, kriegsliebende Göttin war von Suraks kühler Logik und der Verwandlung der Gedankenlords in die friedfertigen

Kolinahru besiegt worden. Der Kult der Gewalt und der alten, heidnischen Götter hatte schon vor langer Zeit ein Ende gefunden.

Doch selbst jetzt, Jahrtausende später, wurde ihr Schrein bewahrt und vor den neugierigen Augen der Außenweltler geschützt. Das Ritual der Sekhet wurde unter extremen Umständen von jenen Anwärtern des *Kolinahr* benutzt, die ihre emotionalen Bindungen auf keine andere Weise lösen konnten. Sekhet zerstörte noch immer – keine Feinde, sondern Emotionen; und obwohl die *Kolinahru* grundsätzlich nicht an die Existenz von Göttern glaubten, wußten sie doch um die Auswirkungen des Rituals auf das vulkanische Unterbewußtsein und die Kraft, die tausend Jahrhunderte der Verehrung im Rassenbewußtsein hinterlassen hatten.

Und so trat Spock mit gesenktem Haupt ein und näherte sich dem fünf Meter hohen, von hinter ihm flackernden Öllampen erhellten Steinbild. Er blieb im Schatten der Statue stehen und richtete seine Gedanken nach innen.

Als er mit halbgeschlossenen Augen vor dem alten Bild Sekhets stand, ereilte ihn eine Vision von solcher Lebendigkeit, daß er zu absoluter Reglosigkeit erstarrte.

Er stand nicht mehr vor der uralten Steingöttin in einem aus dem Fuß des Berges herausgehauenen Heiligtum, sondern saß im Kommandosessel der *Enterprise*. Leonard McCoy stand neben ihm, und beide starrten den bemerkenswerten Anblick auf dem Schirm an: das Wesen, das sich selbst Loskene nannte, umhüllt von einem glitzernden roten Schleier, der sich von einem unerträglich intensiven indigofarbenen Hintergrund abhob.

Und zugleich war auch der Schmerz da: der Schmerz des Kummers über seine Unfähigkeit, Jim zu retten; der Schmerz des Zorns auf Loskene ... und auf McCoy wegen dessen irrationaler Angriffe.

Ein neues Bild überlagerte das vorhergehende – jener Moment, in dem er sich an McCoy wandte und sagte: *»Ich bin sicher, der Captain hätte gesagt: ›Vergiß es, Pille.‹«*

McCoy fiel vorwärts, in seine Arme.

In seine Arme ...

Sekhet und Gol waren vergessen; Spock konnte den Doktor vor sich sehen, sein kühles, menschliches Fleisch fühlen. Es war, als hätte er durch Raum und Zeit gegriffen, um seinen Freund zu berühren.

Und das Gefühl, McCoy zu berühren, vermischte sich mit dem roten und indigofarbenen Anblick des mysteriösen Loskene ...

10

Auf der Brücke der *Paladin* rasten Reese Diksens Finger über die Kontrollen des heftig blinkenden Kommunikationspultes. Die schiffsinterne Kommunikation zu handhaben und gleichzeitig die Kanäle für Josiah und das unbekannte, sich nähernde Schiff offenzuhalten, hielt sie glücklicherweise beschäftigt – beinahe beschäftigt genug, um den Schock über Pulvers Tod, die Ängste um ihren Freund und die bittere Enttäuschung darüber, daß jeder Versuch, wieder Kontakt zu Josiah aufzunehmen, gescheitert war, zu vergessen.

Beinahe.

»Kadett Diksen.«

Sie fuhr zusammen, als Commander Sonaks ruhige Stimme nahe bei ihr ertönte. Als sie hochblickte, sah sie, daß er neben ihr stand, die Hände hinter dem Rücken verschränkt.

»Ja, Sir?« fragte sie, halb in der Erwartung, er würde dem sich ohnehin schon vor ihr auftürmenden Berg noch eine weitere Aufgabe hinzufügen. Wenn sie daran dachte, daß sie die Kommunikationsstation tatsächlich einmal für *langweilig* gehalten hatte …

»Sie sind noch immer nicht in der Lage, eine Verbindung zur *Recovery* herzustellen?«

»Nein, Sir.« Aus Respekt vor dem Vulkanier bemühte sie sich, ihre Frustration nicht zu deutlich in ihrer Stimme mitschwingen zu lassen, aber sie merkte selbst, daß sie dabei nicht sehr erfolgreich war.

Falls ihn ihr offenkundiger Ärger störte, so zeigte er das zumindest nicht – er nickte nur knapp, aber nicht unfreundlich. »Vielleicht habe ich eine Lösung. Ich habe eine Sendung vorbereitet, die mit den fremdartigen Programmsignalen beginnt und endet. Möglicherweise akzeptiert die *Recovery* Übermittlungen, die in die Sprache ihrer Invasoren eingebettet sind.«

Kirk hatte offenbar mitgehört, denn er drehte sich in seinem Sessel um. »Ausgezeichnete Idee, Mr. Sonak. Versuchen Sie es, Diksen.«

»Aye, Sir«, erwiderte sie mit einem erleichterten Grinsen, dankbar angesichts der Chance, etwas Neues ausprobieren zu können.

»Die Sendung enthält die Koordinaten des freigeräumten Frachtraums, Captain«, erklärte Sonak. »Außerdem wird Mr. Ngo nahegelegt, diese Methode auch bei seinen eigenen Sendungen zu versuchen. Wenn wir damit Erfolg haben, können wir vielleicht eine in beide Richtungen funktionierende Kommunikation aufbauen. Senden Sie jetzt, Diksen.«

»Verstanden, Sir. Sendung läuft.« Sie zuckte zusammen, als der Empfänger in ihrem Ohr plötzlich einen Ausbruch statischer Geräusche von sich gab. Sie zog eine Grimasse, schaltete sich auf den neuen Kanal und blinzelte überrascht über den sonderbaren Klang: der automatische Translator hatte sich entschieden, die Stimme nicht als einzelne, sondern als Vielzahl von Stimmen wiederzugeben. »Captain, wir werden gerufen – von dem unbekannten Schiff.«

»Mr. Ngo«, sagte Lieutenant Saed, als sie neben den Kadetten trat, »Dr. McCoy hat der Übermittlung bestimmter Informationen hohe Priorität beigemessen. Wie steht es mit der Kommunikation?«

Josiah strich sich mit der Hand durch das kurze, lockige Haar und seufzte; die Kommunikation war ein einziges Durcheinander. »Es sieht so aus, als hätte meine Einmischung neue Probleme verursacht, Sir. Dieser Code kann sich selbst generieren, so wie ein altmodisches Virus. Seit ich diese kurze Sendung durchgebracht habe, hat er jeden Durchschlupf, den ich geöffnet hatte, überschrieben und zudem neue Barrieren geschaffen. Es sieht nicht gut aus.«

Außerdem war es auch nicht gerade einfach, eine kreative Gegenprogrammierung in Standard- *und* vulkanischen Zeichen zu entwickeln, während Shulman im Nebenraum etwas über »Die Drei!« kreischte. Auf Ngo wirkten diese Rufe so ähnlich wie der Text eines stupiden Schlagers, der einem nicht mehr aus dem Kopf gehen will. *Die Drei. Die Drei. Die Heilige Triade …*

Er mußte unbedingt etwas darüber erfahren, was außerhalb dieses winzigen Raums vor sich ging. Nach allem, was er wußte, konnte die *Recovery* bereits tholianischen Raum verletzt haben, womit ihnen gerade noch genug Zeit für ein kurzes Gebet bliebe. Er umging die Kommunikationsprogramme und schaltete sich in die Sensorenaufzeichnung ein.

Auf dem Schirm des diagnostischen Computers tauchten Bilder des umliegenden Weltraums auf. Josiah konnte einen Ausschnitt von etwas erkennen, das wie ein Sternenschiff der Föderation – die *Paladin*? – wirkte, außerdem Teile der Außenhülle der *Recovery* und ansonsten ziemlich wenig. Doch der Datenfluß auf dem Schirm verriet ihm sehr viel mehr.

»Sir …« Er nahm in seinem Sessel Haltung an, als Anab sich über ihn beugte. »Wir haben angehalten. Sieht so aus, als wäre auch die *Paladin* dort draußen.«

»Bereitet die *Recovery* einen Feuerschlag vor?« Saeds Brauen zogen sich besorgt zusammen. »Können Sie in ihr Verteidigungssystem eindringen?«

Er schüttelte den Kopf. »Das ist zu stark gesichert;

ich bin nicht mal sicher, ob selbst Shulman jetzt dort hineinkommen könnte. Es sieht aber nicht so aus, als würde sie die Waffen scharfmachen – aber irgend etwas geht da vor. Der Computer analysiert und scannt wie verrückt.«

Er hatte den letzten Satz kaum beendet, da leuchtete neben seiner linken Hand eine Signallampe auf.

»Ein eingehender Funkspruch!« krähte Josiah und stürzte sich auf die Kontrollen, um den Kanal zu öffnen. Beinahe hätte er aufgestöhnt, als er die gleichen fremdartigen Symbole erkannte, die auch im Programmcode aufgetaucht waren, doch dann drang die klare, ruhige Stimme von Commander Sonak aus dem Lautsprecher.

»Das Sternenschiff *Paladin* ruft die Föderationsoffiziere an Bord der *Recovery*. Kadett Ngo, wenn Sie mich hören können, empfehle ich Ihnen, Ihre eigenen Sendungen mit der gleichen Matrix zu beginnen und zu beenden, die wir benutzt haben. Auf diese Weise können wir möglicherweise eine zweiseitige Kommunikation aufbauen. Die Sendungen werden Störungen aufweisen, doch selbst dann …« Abrupt gingen seine Worte in statischen Geräuschen unter.

Doch dann war er wieder zu hören, offenbar genau an der Stelle, an der die Übermittlung unterbrochen worden war. »… sollte die Verbindung funktionieren. Machen Sie sich bereit, die folgenden Koordinaten zur Aufnahme der Passagiere der *Recovery* aufzuzeichnen.«

»Funktioniert der Rekorder auch?« fragte Saed aufgeregt.

»Ja, Sir.« Josiah zeichnete alle Informationen auf, die von der *Paladin* ausgestrahlt wurden. »Wenn wir jetzt noch die Schilde senken könnten …«

»Schaffen Sie es, die Verbindung so zu stabilisieren, wie Sonak es vorgeschlagen hat?« fragte Saed, als Josiah gleichzeitig den Tricorder und den vulkanischen Analysierer manipulierte.

Er nickte. Das sollte nicht allzu schwierig sein, und es ergab durchaus Sinn. Wenn die eigentliche Sendung praktisch in dem fremdartigen Code eingewickelt war, sollte sie von der Programmierung akzeptiert werden...

Die Drei. Die Drei. Drei. Drei.

Josiah blinzelte.

Drei. *Drei.* Die verdammte Programmierung war nicht binär – sie war *tertiär*! Tertiäre Programmierung in einer Alien-Sprache. Als er den Code jetzt noch einmal anschaute, konnte er die sich wiederholenden Symbolmuster so deutlich erkennen, als wären sie mit Leuchtschrift unterlegt. Wenn er Sonak veranlassen konnte, sich damit zu befassen...

Er begann eifrig damit, geeignete Daten der fremden Programmierung zu manipulieren, um seine Botschaft darin einzuhüllen.

»Die Programmierung ist tertiär«, sagte er und strahlte Saed an. »Wer immer diesen Code eingepflanzt hat, muß eine völlig anders geartete Biologie, ein fremdartiges Gehirn oder etwas dergleichen aufweisen, denn er programmiert tertiär, während alle anderen Rassen, die wir bisher kennen, binär arbeiten. Wenn Sonak diese Information an den Computer der *Paladin* weitergibt, werden wir endlich in der Lage sein, dieses Zeug zu übersetzen. Das ist der Schlüssel. Wir können dann die Schilde senken, dieses Schiffchen wenden und alle nach Hause fliegen!«

Josiah beugte sich wieder über seine Instrumente. »Wenn ich das hier richtig anordne und eine zweiseitige Verbindung herstelle – es wird schwierig mit all diesem Zeug darin, aber ...«

»Admiral«, rief Sonak von seiner Station her, »das Schiff, das uns anfunkt, ist tholianisch. Und ... sie haben die Schilde gesenkt.«

Jim schaute zu seinem Wissenschaftsoffizier hinüber und stellte fest, daß der Vulkanier seinen Blick mit einem Ausdruck blanken Erstaunens erwiderte – ein Gefühl, das jeder andere auf der Brücke ebenfalls mit ihm teilte. »Wie höflich«, meinte er und wandte sich wieder dem Schirm zu, der die mächtige *Recovery* zeigte. »Aber wir behalten die Schilde oben.«

Er war nicht sonderlich überrascht, daß es sich um ein tholianisches Schiff handelte. Immerhin näherte sich die *Recovery* dem äußeren Grenzbereich der Tholianer – zumindest unter Berücksichtigung der jüngsten ›Gebietserweiterung‹ –, und die Tholianer waren geradezu besessen, was ›unbefugtes Eindringen‹ betraf. Überrascht – und beunruhigt – war er allerdings wegen der demonstrativen Friedfertigkeit, die sie mit ihren gesenkten Schilden zeigten. Die *Recovery* befand sich in Schußweite beider Schiffe, und es war absolut unvorhersehbar, wie sie reagieren würde. Erkannte und respektierte das durchgedrehte Schiff diese Friedensgeste – oder würde es abermals seinen Vorteil daraus ziehen?

»Auf den Schirm, Diksen«, befahl Kirk und lehnte sich in seinem Sessel zurück. *Captain Romolos Sessel*, korrigierte er sich selbst. *Wenn Baldassare noch lebt. Mir gehört er nur im Moment. Und dieser Moment könnte alles sein, was noch bleibt ...*

Das Bild auf dem Schirm waberte und baute sich dann erneut auf – verzerrt, die Farben nicht ganz richtig, die Umrisse nicht ganz ausgebildet.

Beinahe hätte er Diksen aufgefordert, den Schirm auf Fehlfunktionen hin zu überprüfen, doch dann erkannte er: *Das ist es, was Spock und die anderen gesehen haben, während ich in der Raumfalte gefangen war.*

Die Tholianer, so hieß es, gehörten zu einer Rasse von Wesen, deren sichtbares Spektrum sich so sehr von dem der Menschen unterschied, daß sie nur visuell dargestellt werden konnten, wenn der Computer alle unerträglichen Spektren ausfilterte. Ebenso benötigten die Tholianer spezielle Visoren, um Menschen sehen zu können. Zugleich lieferte dieser Umstand ihnen eine Entschuldigung, ihre Körperformen zu verbergen; nichts war ihnen heiliger als ihre Privatsphäre.

Die Föderation vermutete, sie gehörten einer technologisch fortgeschrittenen und streng kontrollierten Gesellschaft an – doch tatsächlich wußte man so gut wie gar nichts über sie. Das einzige, was die Föderation bei dem Zusammentreffen der *Enterprise* mit den Tholianern vor etwa drei Jahren in Erfahrung gebracht hatte, war der Verdacht, daß sich die Technologie der Tholianer – soweit sie sich in ihrem ungewöhnlichen energetischen Netz manifestierte – einem völlig anderen Entwicklungspfad gefolgt war als die der Föderation.

Kirk war diesen Aliens noch nie begegnet – damals hatte Spock das Kommando gehabt – und hatte sie erst zu Gesicht bekommen, als er sich die Logbuchaufzeichnungen des Zwischenfalls anschaute. Spock hatte stets bedauert, daß dieser Zwischenfall mit Gewaltaktionen verbunden war.

Er betrachtete blinzelnd das Bild des tholianischen Commanders – eine gesichtslose, in einen schimmernden, rubinroten Schleier gehüllte Gestalt vor einem grellblauen Hintergrund. Das Wesen blickte durch zwei schwarze, dreieckige Schlitze, die ihm als Visor dienten.

Kirk zögerte. Es gab keinen Schriftzug unter dem

Bild, weder in der Standardsprache der Föderation, noch in tholianischer Sprache, der ihm verraten hätte, mit wem er es hier zu tun hatte.

»Hier spricht Commander Lokara vom tholianischen Schiff *Skotha.*« Das Wesen sprach mit einem Ton, der weder männlich noch weiblich war, sondern aus hundert verschiedenen Stimmen zusammengesetzt schien, ein Chor, der sämtliche Oktaven von der höchsten bis zur tiefsten umfaßte, die Kirks Ohren wahrnehmen konnten.

»Admiral«, sagte Sonak leise. »Die *Skotha* war das Beobachterschiff während der Simulation.«

Kirk nickte bestätigend. Demnach waren die Tholianer also doch nicht vernichtet worden. »Admiral Kirk, Kommandant des Sternenschiffs *Paladin*. Ich dachte, alle Beobachterschiffe wären während der Simulation von der *Recovery* angegriffen worden.«

Der rot schimmernde Schleier des Tholianers machte es unmöglich, in seiner Miene zu lesen, und die Stimme blieb neutraler als die eines Vulkaniers. »Wir sind einer Beschädigung nur knapp entronnen. Als wir merkten, daß das Rettungsschiff Kurs auf unsere Grenze nahm, erkannten wir den Ernst der Situation. Sollte die *Recovery* in tholianisches Gebiet eindringen, wird die Tholianische Versammlung darin einen kriegerischen Akt sehen.«

»Wir tun alles, was in unserer Macht steht, um das zu verhindern«, versicherte Kirk.

»Wir hatten gehofft, Sie würden das sagen, Admiral Kirk«, antwortete Lokara vielstimmig. »Deshalb haben wir uns auch mit gesenkten Schilden genähert. Wir waren beeindruckt von der Einladung der Föderation, die Aktivitäten der *Recovery* zu beobachten, und auch von der Leistung des Rettungsschiffes. Wir sind überzeugt, daß es sich bei den nachfolgenden Ereignissen um einen schrecklichen Unfall handelt, ein mechanisches Versagen, das völlig unbeabsichtigt war. Dennoch werden wir vielleicht nicht in der Lage sein, die Versammlung davon zu überzeugen. Gibt es einen Weg, wie Sie und ich zusammenarbeiten könnten, um die *Recovery* davon abzuhalten, unsere Grenze zu verletzen?«

»Das wäre ... eine Möglichkeit«, sagte Kirk, sorgsam darauf bedacht, sein Mißtrauen zu verbergen. Bei romulanischen oder klingonischen Gegenspielern konnte er zumindest versuchen, in deren Mienen zu lesen, den Tonfall einzuschätzen – doch es war unmöglich, Lokaras Aufrichtigkeit zu beurteilen. Trotzdem bereitete ihm irgend etwas an dem Tholianer entschiedenes Unbehagen. »Wir hatten gehofft, die unschuldigen Menschen retten zu können, die an Bord der *Recovery* gefangen sind. Ich vermute, die *Recovery* hat ihren Flug aufgrund Ihrer Anwesenheit gestoppt. Wahrscheinlich versucht sie, Ihre Absichten einzuschätzen. Ihre friedliche Haltung ist bewundernswert, aber ich muß Sie warnen. Ohne Ihre Schilde sind Sie verwundbar, und wir haben keine Kontrolle über das Schiff.«

»Ich fühle mich geehrt durch Ihre Sorge um unser Wohlergehen, Admiral Kirk. Darf ich respektvoll anmerken, daß Ihre eigenen Defensivmaßnahmen von der *Recovery*, die uns beide im Moment scannt, als feindselig interpretiert werden könnten?«

Sonak ging zum Admiral hinüber und sagte so leise, daß nur Kirk ihn hören konnte: »Lokara sagt die Wahrheit, Admiral. Die *Recovery* analysiert uns, seit sie angehalten hat. Sie kennt unsere Fähigkeiten genau – und unsere Grenzen.«

»Schließen Sie die Tonübertragung«, sagte Kirk leise zu Diksen und wandte sich dann dem Vulkanier zu. »Schlagen Sie vor, unsere Schilde zu senken?«

Sonak zögerte einen Moment. »Es wäre eine logische Handlungsweise, Admiral, wenn man die aggressive Haltung in Betracht zieht, die die *Recovery* gegenüber verteidigungsbereiten Schiffen eingenommen hat. Und es wäre eine Geste des Vertrauens gegenüber Lokara. Außerdem könnte es uns helfen, Zeit zu gewinnen – Zeit, in der wir vielleicht mit der *Skotha* einen brauchbaren Plan entwickeln können.«

Genau das hätte auch Spock gesagt – grundsätzlich logisch, und zudem eine Gelegenheit, den Jahre zurückliegenden, unglücklichen Zwischenfall mit der *Enterprise* vergessen zu machen.

Trotzdem riet ihm sein Instinkt, die Schilde oben zu lassen, und zwar unmißverständlich.

Als der Vulkanier zu seiner Station zurückging, wandte sich Kirk wieder dem Schirm zu, wo Lokara wartete, regungslos, unauslotbar.

Schließlich unterbrach Sonaks sanfter Bariton die Stille. »Die Sensoren melden Aktivitäten der *Recovery*, Captain.«

»Macht sie sich feuerbereit?« fragte Kirk.

»Nein, sie schätzt ihre Verteidigungsanlagen ein und vergleicht ihre Bewaffnung mit der unsrigen.«

»Unsere Bewaffnung?« wiederholte Kirk. »Nicht die der Tholianer?«

»Das ist korrekt, Sir.«

»Diksen«, fragte Kirk, »irgendwelche Sendungen von der *Recovery*?«

»Negativ, Captain.«

Der Admiral wandte sich wieder nach vorn, um Lokara anzustarren.

Reese Diksen beobachtete, wie Admiral Kirk zu dem schmerzhaft grellen Bild des Tholianers sprach, und bemühte sich gleichzeitig, der eigenen Adrenalinausschüttung entgegenzuwirken, indem sie möglichst ruhig atmete und gleichzeitig nicht daran zu denken versuchte, daß die Tholianer durchaus beschließen mochten, auf die *Paladin,* oder schlimmer noch, die *Recovery,* zu feuern. Sie hoffte, sich von ihrer Angst abzulenken, indem sie sich alle Situationen ins Gedächtnis rief, in denen Kirk während der Fünf-Jahres-Mission der *Enterprise* trotz einer Gefahr die Schilde gesenkt hatte. Manchmal hatte er es freiwillig getan, manchmal nicht. Der Anspannung nach zu urteilen, die Haltung und Stimme ausdrückten, war diesmal eindeutig letzteres der Fall.

Und das war es, was sie nervös machte – denn Kirks Erfahrung hatte seine Instinkte geschärft. Und wenn Kirk den Tholianern nicht traute ...

Sie zwang sich, diesen beunruhigenden Gedankengang nicht weiter zu verfolgen.

»Admiral«, sagte Sonak leise, »die *Recovery* überprüft weiterhin ihr Verteidigungsinventar.«

Kirk gab nicht zu erkennen, ob er seinen Wissenschaftsoffizier gehört hatte. Er hatte einen Arm quer über den Bauch gelegt und den Ellbogen des anderen so darauf aufgesetzt, daß er das Kinn auf die Faust stützen konnte, während er den geteilten Schirm betrachtete – auf der einen Seite die *Recovery* und die *Skotha,* auf der anderen der gesichtslose Tholianer Lokara.

Die Tonübertragung zu den Tholianern war noch immer abgeschaltet, als Kirk leise sagte: »Alle Mann – weiterhin auf Gefechtsstation bleiben.« Dann signalisierte er Reese mit einem knappen Nicken, den Tonkanal wieder zu öffnen.

»Lokara«, begann Kirk vorsichtig, »Sie sagten, es gäbe vielleicht eine Möglichkeit, wie wir die *Recovery* gemeinsam daran hindern könnten, die Grenze zu verletzen. Wir sind bisher nicht in der Lage gewesen, die Aktivitäten des Schiffes zu beeinflussen. Was schlagen Sie vor?«

»Ich habe die Schiffe benachrichtigt, die unsere

Grenzen bewachen«, sagte Lokara mit seiner – ihrer? überlegte Reese; es war unmöglich zu entscheiden – vieltönenden Stimme.

Sie schaute zurück auf ihr Pult und entdeckte ein weiteres, heftig blinkendes Licht: eine Nachricht von außerhalb des Schiffes. Sie schaute unentschlossen zwischen dem Schirm und dem neuen Signal hin und her. Es war jetzt nicht der richtige Zeitpunkt, den Admiral zu unterbrechen, doch das hier konnte eine Nachricht von Josiah sein. Hatte er jene letzte, von Sonak programmierte Sendung empfangen? Mit einem Auge auf den Schirm schob sie den Empfänger fester in ihr Ohr, stellte die neue Verbindung her, gab Sonak ein Zeichen und übermittelte sie gleichzeitig zur Wissenschaftsstation.

Der Vulkanier war schließlich Senior-Offizier, also sollte er entscheiden, ob der Admiral unterbrochen werden sollte.

»Ich habe den Kommandanten unserer Wachschiffe mitgeteilt«, fuhr Lokara fort, »was mit der *Recovery* geschehen ist. Ich habe den mechanischen Zusammenbruch des Schiffes erläutert und ihnen zu erklären versucht, daß eine Verletzung unserer Grenzen auf eine eigenmächtige Handlung des Schiffes selbst zurückzuführen wäre. Im Moment warte ich noch auf ihre Antworten.«

Reese registrierte diese Information nur mit halbem Ohr, während sie das Pfeifen des Alien-Programmcodes vernahm, gefolgt von einer kurzen Pause, nach der Josiahs Stimme erklang. Sie schaute zu Sonak hinüber, der nickte, um anzudeuten, daß er das gleiche vernahm. Seine Hände bewegten sich über das Pult, und plötzlich verfügte sie über eine zweiseitige Verbindung.

»Hier spricht Josiah Ngo auf der *Recovery*. Ich hoffe, du kannst mich hören, Reese. Sag Commander Sonak, daß die fremde Programmierung der *Recovery* auf einem tertiären Code basiert. Das heißt, er ist *tertiär*, nicht binär.«

»Er empfängt deine Sendung im gleichen Moment wie ich, Josiah«, sagte Reese und war sich bewußt, daß man das Lächeln auf ihrem Gesicht auch in ihrer Stimme hören konnte. »Er hat gerade eine zweiseitige Verbindung hergestellt. Wie sieht es bei euch aus? Hast du die *Recovery* gestoppt?«

»Negativ. Die *Recovery* arbeitet weiterhin unabhängig. Commander Riley, Lieutenant Saed und ich sind okay. Dr. McCoy hat Myron Shulman in medizinischer Obhut, bisher aber noch nicht viele Antworten aus ihm herausgeholt. Oh, und Lieutenant Saed erinnert mich daran, daß nach Shulmans Aussage die Kernprogrammierung der *Recovery* noch immer intakt ist. Allerdings wird das ... Reese, ich verliere den ...«

Seine Stimme wurde von statischen Geräuschen übertönt und verstummte dann ganz.

Lokara betrachtete das Antlitz des Menschen, der seiner Triade so viel Schmerz verursacht hatte, und war froh über den Schleier, der den Haß und die Frustration verbarg, die sich tief in seine Züge eingegraben hatten. Das speziell entworfene Visor erlaubte es Lokara, die bizarren Formen und trüben Farben der Föderationswelten zu sehen.

Bisher hatte Lokara noch keinen Erfolg mit seinen Versuchen gehabt, Kirk zum Senken der Schilde zu veranlassen, trotz des Scannings der *Recovery* und der gesenkten Schilde der *Skotha*. Der verachtenswerte Alien war einfach viel zu paranoid, und Lokara gingen langsam die überzeugenden Argumente aus. Er sah, daß sein Partner Srillk ihm Zeichen gab, und fragte sich, ob er Informationen hatte, die ihm weiterhelfen konnten.

»Entschuldigen Sie mich, Kirk«, sagte er höflich zu dem dunklen Bild, das über seinen Schirm waberte, »aber einer meiner Untergebenen wünscht mich zu sprechen. Vielleicht gibt es Nachricht von der Versammlung.«

»Ich verstehe, Lokara«, erwiderte Kirk. »Ich werde warten.«

Mit hochgefahrenen Schilden! dachte Lokara angewidert. Der Kommandant der *Skotha* gab ein Zeichen, daß die Tonübertragung zur *Paladin* unterbrochen werden sollte, und begab sich dann zu einer privaten Sektion, wo er sich mit seinem Untergebenen beraten konnte.

Srillk näherte sich dankbar und unterwürfig, den Kopf respektvoll geneigt, so daß sein Schleier elegant noch vorne schwang. »Lokara, unser Agent versagt.«

»Stirbt er?« fragte Lokara, der selbst durch das schützende Visor die Sorge erkennen konnte, die das Gesicht seines Untergebenen zeichnete. Sie waren ihrem Ziel so nah, so nah ...

»Vielleicht, aber auf jeden Fall ist er irreparabel geschädigt. Das mentale Zusatzgerät hat Körper und Gehirn weit über deren normale Möglichkeiten hinaus belastet. Dennoch hat der Agent die Föderationsmitglieder an Bord der *Recovery* erfolgreich daran gehindert, das Resultat unserer Bemühungen zu beeinflussen.«

Selbst bei dieser letzten Äußerung seines Untergebenen – der zugleich sein Lebenspartner war – betete Lokara, daß Srillk recht hatte. Srillks Verbindung zu dem Agenten war durch die fremden Substanzen, die dem Körper des Agenten zugeführt worden waren, zerstört worden, und so konnte Srillk lediglich vermuten, was geschehen war. Doch Srillk mußte recht haben. Lokara konnte nicht glauben, daß sie so weit kommen und dann scheitern würden. Wie sollten sie sonst jemals Lanra gegenübertreten?

Lokara blickte zu dem grotesken Menschen namens Kirk hinüber und erinnerte sich an all die Mühen, die sie auf sich genommen hatten, um ihr Ziel zu erreichen. Und die ganze Zeit über hatte Srillk seine Aufgabe hervorragend erledigt.

Es war Srillk gewesen, der dafür gesorgt hatte, daß man Shulman nur wenige Wochen vor der geplanten Simulation auf Zotos Vier gefangennahm und ihm das Gerät – ein Mechanismus, den Lokara entwickelt hatte – ins Gehirn implantierte. Das Gerät arbeitete sogar besser, als sie gehofft hatten, und erfüllte Shulman mit der drogeninduzierten Vorstellung, sein Programm sei unvollkommen. Es war dem Menschen unmöglich, Ruhe zu finden, bevor er es komplett überarbeitet hatte – entsprechend Lokaras Zielen.

»Srillk«, sagte Lokara freundlich, »ich vertraue darauf, daß alles so abläuft, wie wir es geplant haben. Nach all deinem Fleiß und deiner Sorgfalt kann es gar nicht anders enden.«

Der kleinere Srillk wedelte mit einem Anhängsel, als wolle er seine Leistung beiseite wischen; das Tentakelbüschel am Ende seines Arms krümmte sich nervös. »Nichts davon wäre geschehen, hättest du nicht die geheimen Informationen erlangen können...«

Das stimmt, dachte Lokara. Die von der Versammlung veranlaßte Erforschung der menschlichen Physiologie und die Nutzung bewußtseinsverändernder Drogen, die durch ein computergesteuertes Gerät induziert wurden, waren für ihre Mission unverzichtbar. Glücklicherweise hatten die Menschen viele Feinde, und diese Feinde waren erschreckend leicht zu bestechen.

Srillk fügte hinzu: »Und wenn deine Familie nicht die nötigen Mittel...«

Lokara unterbrach ihn, seine Fingertentakel umschlangen sanft die seines Verbündeten. »Es ist nicht *meine* Familie, sondern *unsere* Familie. Und bist du nicht einer meiner Gefährten? Bist du nicht auch Lanras Partner?« Allein der Klang dieses Namens weckte Emotionen in Lokara, die sogar stärker waren als sein Stolz, sein Ehrgeiz.

»Lanras Partner bis zum Tod«, sagte Srillk düster. Er versuchte, den hinter dem Augenschutz verborgenen Blick seines Partners festzuhalten. »Ich habe Lanra besucht, bevor ich auf die Brücke kam. Ich habe ihm erzählt, was wir getan haben und wie unsere Vergeltung aussehen wird. Und ich habe ihm auch gesagt, daß Kirk nahe ist und unsere Rache bald vollendet sein wird. Lanra ... hat mich berührt, Lokara. Ich glaube, unser Partner hat es verstanden ... und gebilligt.«

»Ich bete, daß du recht hast«, murmelte Lokara.

Der tholianische Kommandant hatte Lanra erst an diesem Morgen aufgesucht. Der hübsche Brüter, der ihr erwählter Partner gewesen war, der ihre zahlreiche Nachkommenschaft hätte gebären sollen, war jetzt nichts als eine vernarbte, hirnlose Hülle, unfähig zu brüten, unfähig zu lieben, unfähig, irgend etwas zu empfinden außer dem Schmerz der Wunden, die niemals ganz verheilen würden. Dennoch hatten Lokara und Srillk jeden Tag für das Leben ihres Partners gebetet, auch wenn die schmerzerfüllte Existenz ihres Partners sie daran hinderte, einen anderen Brüter in ihre Triade aufzunehmen und jenen Nachwuchs hervorzubringen, der für einen Tholianer den Beweis eines erfüllten Lebens darstellte. Ohne ihren Brüter waren Lokara und Srillk zwei Drittel von nichts, hatten kein Verlangen und kein Ziel. Und dennoch beteten sie um Lanras Leben.

Die drei Partner hatten sich auf Loskenes Schiff befunden, als es dem Menschenschiff *Enterprise* begegnet war. Es war zu einem Schußwechsel gekommen, und Lanras Station war explodiert. Kein Teil des Körpers ihres hübschen Brüters war heil geblieben. Und jetzt schenkte Lanra ihren Partnern Lokara und Srillk statt der Kinder einen anderen Lebenszweck, eine Aufgabe, der sie sich bis zu diesem Moment gewidmet hatten.

Vergeltung.

Als die Föderation ihr unbeholfenes Freundschaftsangebot machte, war Lokara zu dem Schluß gelangt, daß Myron Shulman – der ohnehin schon mit Kirk auf Kriegsfuß stand – das perfekte Instrument dieser Vergeltung sein würde: einer Vergeltung, die die gesamte Menschheit einbeziehen würde, eine Vergeltung, die eines Tholianers würdig war.

Natürlich hatten auch noch andere Erwägungen eine Rolle gespielt – vor allem Lokaras politische Ambitionen. Er hoffte, mit seiner privaten Vergeltung einen Krieg auszulösen, der die Regionen einen und um den Anstifter scharen würde – und zudem Lokara zu dem lang ersehnten Sitz in der Versammlung verhelfen sollte.

»Die Aktionen des Agenten werden ausreichen«, sagte Lokara zuversichtlich. »Selbst bei einem völligen Ausfall des Agenten wird das veränderte Programm der *Recovery* auch allein gut genug arbeiten, um den Plan zu erfüllen. Nichts wird dieses Schiff daran hindern, mit all seinen Passagieren die Grenze zu verletzen. Es wird sich in unseren Netzen verfangen, und all seine Technologie wird uns gehören. Es wird Krieg geben – und endlich werden wir unseren Feinden überlegen sein. Unsere Triade wird der Katalysator sein und an Macht gewinnen, selbst mit einem geschädigten Brüter. Und bevor Kirk stirbt, wird er erfahren, daß all dies das Resultat seiner und der Handlungen seiner Untergebenen ist.«

Srillk entspannte sich. »Du hast recht, was die Programmierung betrifft, mein Partner.«

Lokara berührte seinen Gefährten. »Ja. Die *Recovery*

selbst wird jetzt unser Agent sein.« Der Kommandant der *Skotha* kehrte zum Sichtschirm zurück, um dem Menschen gegenüberzutreten – zum letzten Mal.

»Myron, können Sie mich hören?« flüsterte McCoy in das Ohr des Mannes. Er hatte ihm eine Kombination aus Betäubungsmitteln und Herzstimulantien injiziert, deren Zusammenwirken bei seinem Patienten einen ruhigen, hypnotischen Zustand hervorrief. »Wir fliegen auf die tholianische Grenze zu. Wissen Sie, weshalb? Können Sie das Schiff aufhalten? Myron? Können Sie mich hören?«

»Ich höre Sie«, murmelte der Forscher.

»Öffnen Sie die Augen, Myron, und schauen Sie sich das hier an. Können Sie es sehen? Können Sie mir sagen, was es ist?«

Shulman öffnete die Augen und starrte mit leerem Blick auf die zerknitterten Zettel, die der Doktor ihm vor die Nase hielt.

»Notizen«, flüsterte er schließlich und drehte den Kopf zur Seite. »Notizen. Meine Notizen. Ihre Notizen.«

»Wer sind *sie*, Myron. Erzählen Sie mir, wer *sie* sind.«

»Sie wissen es. Sie wissen es. Sie. Und Spock. Und Kirk. Sie wissen es. Sie kennen die Drei.«

»Wieso kennen wir die Drei?« fragte McCoy.

»Sie sind unter dem Vorwand, Kirk zu retten, in ihr Gebiet eingedrungen. Sie haben den Gebietsanspruch verletzt.« Shulmans Stimme blieb schläfrig, klang aber jetzt ein wenig anklagend. »Sie sind dort geblieben, selbst nachdem man Sie aufgefordert hatte, das Gebiet zu verlassen. Sie haben die Gesetze mißachtet. Als sie berechtigterweise das Feuer eröffneten, haben Sie zurückgeschossen und den Brüter vernichtet. Der Brüter lebt, aber deformiert und unfähig zu brüten. Sie haben die Drei vernichtet. Sie. Und Spock. Und Kirk.«

McCoy erlebte ein derart mächtiges Déjà-vu-Gefühl, daß er fast das Gleichgewicht verloren hätte.

Gebietsanspruch...

Er starrte die Alien-Schrift an und wußte plötzlich, woher sie stammte.

»Ich bin Kommandant Loskene. Sie dringen in ein Gebiet ein, das von der Tholianischen Versammlung beansprucht wird ...«

Er hatte neben Spock auf der Brücke der *Enterprise* gestanden.

Ich erinnere mich jetzt; Spock hatte das Kommando. Jim war in einer Raumfalte gefangen, und wir versuchten ihn zu retten, bevor ihm der Sauerstoff ausging. Die Auswirkungen des instabilen Raums machten die Besatzung verrückt und brachten mich dazu, Spock irrationalerweise anzugreifen. Wegen unserer Streitereien hätten wir fast das Schiff verloren. Der Anblick von Jims ›letzten Anweisungen‹ brachte mich wieder zur Besinnung. Danach arbeiteten wir dann als Team, so wie es auch sein sollte. Ich kann nicht für den Vulkanier sprechen, aber die ganze Geschichte war mir verdammt peinlich.

Er schluckte, als er sich so lebhaft an den Zwischenfall erinnerte. Für einen kurzen Moment schien Spocks Gegenwart fast greifbar, und er konnte direkt hören, wie der Vulkanier sagte: *»Ich verstehe, Doktor. Ich bin sicher, Jim hätte einfach gesagt: ›Vergiß es, Pille.‹«* Es war eine der wärmsten, menschlichsten Äußerungen, die der Vulkanier ihm gegenüber je gemacht hatte. Die Erinnerung an das Mitgefühl und das Verständnis, die sein vulkanischer Freund aufgebracht hatte, überwältigte ihn beinahe. Es waren schreckliche, gefühlsbetonte Momente gewesen, die sich abspielten, während die *Enterprise* langsam von dem tholianischen Netz eingehüllt wurde.

Hinter dieser ganzen Geschichte steckten die Tholianer – es war weder ein Unfall noch eine unzulängliche Programmierung, sondern ein Akt der Rache an ihm und Jim, eine Rache, die zu einem interstellaren Krieg führen würde.

Er mußte Jim benachrichtigen. Plötzlich umklammerte Shulman seinen Ärmel.

»Ich habe gegen sie gekämpft ... anders ...«, keuchte der kranke Mann.

»Wie, Myron?«

»Ich habe Angie gerettet!« Shulmans Lippen verzogen sich zu einem schwachen Lächeln. »Ich habe den Phaser auf Betäubung gestellt. Es war das einzige Mal, daß ich damit durchgekommen bin. Danach haben sie mich immer gezwungen zu töten. Ich habe es versucht, aber ...« Er stöhnte und schloß die Augen. »Aber Angie habe ich gerettet.«

McCoy schluckte und log: »Das stimmt. Sie haben sie gerettet.« Er brauchte einen Moment, um seine Empfindungen wieder unter Kontrolle zu bekommen. »Myron, wie können wir die *Recovery* dazu bringen, jeden an Bord auf ein anderes Schiff zu transportieren, zu ganz bestimmten Koordinaten?«

Der kranke Mann keuchte. »Allgemeiner Evakuierungsbefehl. Ich wollte nicht riskieren, daß es dem Schiff ergeht wie der *Titanic*. War eine der ersten Sicherheitsmaßnahmen. Selbst Kirk war damit einverstanden. Sie konnten mich nicht zwingen, es zu ändern. Aber sie brachten mich dazu, den Anwendungsbereich einzuengen. Läßt sich nur mit meinem persönlichen Code auslösen. Meine Tasche.«

McCoy durchsuchte jede einzelne Tasche des Anzugs, bis er endlich auf die winzige Karte stieß. »Soll ich das hier in ein Terminal stecken und dann den Evakuierungsbefehl und die Koordinaten eingeben?«

Myron lächelte. »Plan B.« Dies war ein anderer Teil der Originalprogrammierung, den er gerettet hatte, während das tholianische Gerät in seinem Schädel ihn folterte, damit er tat, was von ihm verlangt wurde.

»Wie lautet Plan B, um die *Recovery* vor der Grenze zu stoppen?« drängte McCoy.

Myron begann wieder zu zittern und weinte dicke, große Tränen. McCoy wußte, daß er die falsche Frage gestellt hatte, doch selbst mit noch mehr Drogen konnte er den Chip im Kopf des Wissenschaftlers nicht daran hindern, ihn zu quälen.

»Kann ... sie ... nicht ... hindern ... heimzukehren!« keuchte Shulman. Jedes einzelne Wort klang so, als würde es aus ihm herausgerissen. »Sie ... und ... ich ... kehren ... heim ... zusammen.«

»Den Teufel werdet ihr«, knurrte McCoy und injizierte genug Betäubungsmittel, um Shulman völlig lahmzulegen. Dann eilte er in den anderen Raum.

Zahllose Lichtjahre entfernt, im schattendurchwobenen Heiligtum der Sekhet, öffnete Spock die Augen und stieß ein stummes Seufzen aus, als die verstörende Vision von Loskene, Kirk und McCoy verblaßte. Auch das Gefühl, im Kommandosessel der *Enterprise* zu sitzen, war verschwunden. Jetzt nahm er nur noch das schwarz glänzende Innere des Mount Seleya wahr, den Steinaltar, die wütende, bestialische Statue, die über ihm aufragte.

Doch die Überzeugung, daß sich seine Freunde in Gefahr befanden, blieb weiter bestehen – genau wie das Gefühl, daß er alles getan hatte, was ihm möglich war, um ihnen zu helfen.

Irrational, dachte Spock, zutiefst irrational. Es konnte lediglich bedeuten, daß noch weitere Anstrengungen nötig waren, um die emotionalen Bindungen zu trennen.

Und so atmete er tief ein und richtete abermals den Blick nach Innen ...

»Haben Sie die Paladin *erreicht?«* fragte McCoy, als er atemlos hereinstürzte und auf die diagnostischen Computer zueilte, die jetzt als Ersatz für die Kommunikationsstation dienten.

Josiah biß die Zähne zusammen, während er den Diagnosecomputer mit Hilfe des Tricorders und des vulkanischen Analysierers so rasch manipulierte, daß Lieutenant Saed ihre Versuche, ihm zu helfen, längst aufgegeben hatte. Er mußte den zusammengebrochenen Kanal wieder öffnen, doch die *Recovery* bekämpfte ihn auf jeder Zeile des Programmcodes.

»Wir hatten sie«, sagte Saed, »aber dann haben wir sie wieder verloren.«

»In einer Minute haben wir sie wieder«, versprach Josiah – hauptsächlich allerdings, um sich selbst Mut zu machen.

McCoy lehnte sich gegen die Konsole und sprudelte seine Worte vor Aufregung so rasch hervor, daß sie kaum zu verstehen waren. »Shulman hat es mir erzählt – die ganze Geschichte geht auf die Tholianer zurück! Es handelt sich um deren Programmierung. Soweit ich herausfinden konnte, gehören bei ihnen immer drei zu einer Lebensgemeinschaft. Kirk muß das sofort erfahren!« Er schlug ungeduldig gegen die Konsole.

»Dr. McCoy«, fragte Riley beunruhigt, »wo ist Dr. Shulman?«

»Völlig sediert und gefesselt, Commander«, sagte McCoy scharf. »Oder glauben Sie, ich würde einen Patienten in seinem Zustand sich selbst überlassen.« Er schaute Josiah an. »Hören Sie, wir müssen diese Information sofort weitergeben. Haben Sie Kirk von der Kernprogrammierung berichtet?«

»Wir haben Commander Sonak informiert«, versicherte Josiah. »Er wird es weiterleiten.«

Als Josiah bei der Wiederherstellung der Funkverbindung nicht den geringsten Erfolg erzielte, richtete er seine Aufmerksamkeit wieder auf den Bildschirm und versuchte, weitere Informationen über die Sensoren zu erhalten. Das Bild auf dem Schirm bewegte sich und Josiah entdeckte plötzlich ein weiteres Schiff, das vorher noch nicht dort gewesen war. Er blinzelte. Was für ein Schiffstyp war das? Er hatte noch nie ein so schmales, dreieckiges Schiff gesehen – und dann hörte er, wie McCoy beinahe an einem Aufschrei erstickte.

»Das … das Schiff!« stotterte der Doktor. »Das ist ein tholianisches Schiff! Sie müssen einen Kanal öffnen!«

»Ich tue, was ich kann«, erwiderte Josiah, richtete sich in seinem Sessel auf und drehte ihn etwas mehr in Richtung der Konsole, auf deren Schirm sich im Moment alle Mitglieder der kleinen Gruppe konzentrierten. Entschlossen griff er nach den Kontrollen …

Und versteifte sich, als ein plötzlicher Schmerz seinen Rücken, die Rippen und die ganze linke Seite durchzuckte. Er schaute verblüfft an sich herunter und entdeckte ein dünnes Metallstück – Teil der Zierleiste eines Föderationsshuttles, erkannte er ungläubig –, das zwischen seinen Rippen hervorragte. Ein hellroter Fleck breitete sich rasch über die Vorderseite seiner Uniform aus.

»O nein«, stöhnte er eher frustriert als vor Schmerz. *Dafür habe ich jetzt keine Zeit …*

Er schaute hoch und sah die erschrockenen Gesichter von McCoy, Riley und Saed, die etwas hinter ihm anstarrten … den Ursprung der flachen, mechanischen Stimme, die sagte: »Es gibt keine Hilfe. Für Kirk, für Euch, gibt es nur eines – Rache für die Drei!«

Myron Shulmans Stimme, begriff er mit traumwandlerischer Losgelöstheit. Das letzte Wort wurde zu einem schmerzerfüllten Stöhnen … und dann folgte der Laut eines Körpers, der schwer zu Boden fiel.

Riley und Saed verschwanden; McCoys Gesicht kam näher und wurde dunkler, als der Raum sich zu drehen begann. Als er das Bewußtsein verlor, wiederholte Josiahs Verstand die verdammten Worte wieder und wieder:

Die Drei! Die Drei! Die Drei ...!

11

Mit fest vor der Brust verschränkten Armen wartete Kirk auf Lokaras Rückkehr. Das nagende Gefühl drohender Gefahr hinderte ihn daran, wieder in Romolos Sessel Platz zu nehmen. Im Grunde sprach alles dafür, das friedliche Angebot der Tholianer anzunehmen; immerhin hatten sie auch zugestimmt, an der Simulation teilzunehmen.

Dennoch hatte Lokara etwas an sich, das ihn hinderte, ihm zu trauen. Vielleicht war es einfach nur der Schleier, der es unmöglich machte, seinem Gegenüber direkt ins Gesicht zu sehen; vielleicht war es aber auch ein schlichtes Vorurteil, genährt durch den unglücklichen Zwischenfall mit der *Enterprise.*

»Admiral.« Die Kommunikationsoffizierin riß ihn aus seinen unerfreulichen Gedankengängen. Er drehte sich um und schaute in ihr unglaublich junges Gesicht, das an Wangen und Kinn noch Reste des Babyspecks aufwies.

*Kommunikations*kadettin, dachte er mit einem innerlichen Lächeln. *All diese Kinder haben sich verhalten wie eine erfahrene Crew. Baldassare sollte stolz auf sie sein.*

So wie auch er stolz war, obwohl es sich weder um sein Schiff, noch um seine Mannschaft handelte. Seit er das Kommando über die *Paladin* übernommen hatte, war kaum Zeit geblieben, um zu überlegen, was für eine Empfindung das war... doch plötzlich, verbunden mit einem Gefühl unendlicher Dankbarkeit gegenüber Romolo, seinem Schiff, seiner vom Kampf ermatteten Besatzung und der vor ihm stehenden Kadettin registrierte er, daß er sich, zum erstenmal seit zweieinhalb Jahren, wirklich lebendig fühlte.

»Da war ein Anruf von der *Recovery*«, sagte Diksen, deren braune Augen furchtsam an ihm vorbei auf das Innere des tholianischen Schiffes auf dem Schirm blickten. »Möchten Sie die Aufzeichnung jetzt sehen?«

»Ja, auf den Schirm. Geben Sie sofort Bescheid, wenn sich Lokara wieder meldet.«

»Aye, Sir.«

Das geteilte Bild wurde durch ein schwaches, statikdurchzogenes Bild ersetzt, das von einem der medizinischen Computer der *Recovery* übermittelt wurde – da hatte Pille seine Hand im Spiel, kein Zweifel. Er bemerkte, daß McCoy nicht auf dem Bild zu sehen war, doch dann fiel ihm ein, daß er sich vermutlich um Myron Shulman kümmerte, während Ngo, Riley und Lieutenant Saed an der Funkverbindung arbeiteten.

Er nickte, als er Ngos Bericht über die tertiäre Programmierung und das noch intakte Kernprogramm der *Recovery* hörte. Interessant, aber ...

Er schaute über die Schulter zur Wissenschaftsstation hinüber – wenn er nicht zu genau hinsah, war es leicht, sich vorzustellen, daß es Spock war, der dort über den Monitor gebeugt stand. »Commander Sonak, irgendwelche Spekulationen darüber, wer für diese Tertiärprogrammierung verantwortlich ist?«

Der kleinere, jüngere Vulkanier schüttelte den Kopf. »Sie ist mir absolut unbekannt, Sir. Aber da wir nun die Basis kennen, haben wir eine Chance, den Code zu knacken. Der Computer arbeitet bereits daran. Wenn wir den Code schnell genug übersetzen, können wir ihn vielleicht benutzen, um die Kontrolle über das Schiff zu gewinnen, bevor es in tholianisches Gebiet weiterfliegt.«

»Halten Sie mich auf dem laufenden.« Kirk ging

zum Kommandosessel zurück und setzte sich auf die Lehne. »Diksen, schon irgendwelche Erfolge beim Versuch, noch einmal zur *Recovery* durchzukommen?«

»Ich arbeite daran, Sir, aber bisher noch kein Durchbruch. Der Schiffscomputer scheint die Mauern schneller zu errichten, als wir sie einreißen können.« Sie unterbrach sich und lauschte einen Moment lang konzentriert. »Die *Skotha* meldet sich wieder, Admiral.«

»Auf den Schirm«, befahl er automatisch und wandte sich nach vorne.

»Verzeihen Sie die Verzögerung, Admiral«, entschuldigte sich Lokara, als das wabernde Bild des Tholianers wieder erschien. »Es ist mit gelungen, die Versammlung zu erreichen.«

Zum erstenmal betrachtete Kirk den Alien und spürte dabei einen Hoffnungsschimmer.

»Auf keinen Fall die Lanze berühren!« rief McCoy Riley und Saed zu. Das Metallstück, das die gepolsterte Rückenlehne von Josiahs Sessel durchdrungen hatte, ragte etwa zwölf Zentimeter weit zwischen den beiden untersten Rippen des Kadetten hervor. Ohne Zweifel hatte es die Lunge durchbohrt, und vielleicht auch noch andere innere Organe. Zum Glück hatte es das Herz verfehlt.

McCoy konnte kaum glauben, daß das tholianische Implantat dermaßen stark war, daß es Shulman nicht nur die Betäubung überwinden ließ, sondern auch noch genug Kraftreserven mobilisiert hatte, um seine Fesseln zu zerreißen und die improvisierte Lanze mit solcher Macht zu schleudern. Er schaute zu Shulmans reglosem Körper hinüber und fragte sich, ob der Wissenschaftler tot war.

Warum hat der Computer Josiah nicht genauso geschützt wie Riley? fragte sich der Doktor kurz, kam dann aber zu dem Schluß, daß der Computer vermutlich nicht fähig gewesen war, ein Stück Zierleiste als gefährlich zu erkennen.

»Ganz ruhig, mein Junge«, sagte McCoy sanft zu dem schwerverletzten jungen Mann, der regelrecht an seinen Sessel genagelt war. Josiahs graues Gesicht zeigte noch immer einen überraschten Ausdruck, doch er hatte kaum etwas gesagt, seit er getroffen worden war. »Wir werden Sie hier herausholen.«

Der Doktor warf einen Blick zu Riley und Saed hinüber, die neben dem reglosen Wissenschaftler knieten. »Ich will Josiah nicht bewegen«, sagte McCoy leise. »Aber ich möchte seinen Zustand so gut wie möglich stabilisieren. Riley, gehen Sie bitte in die Krankenstation hinüber und rollen Sie das Schränkchen, mit dem ich vorhin gearbeitet habe, hierher. Das meiste von dem, was ich brauche, befindet sich darin. Und können Sie mir sagen, ob Shulman ...«

»Er lebt«, sagte Riley und beugte sich tiefer über den bewußtlosen Mann. »Sein Atem geht flach, der Augenreflex ist schwach ... keine Reaktion auf sanfte Stimulierung.« Er erhob sich, den Blick weiter auf Shulman gerichtet, als würde er ihm noch immer nicht trauen, und ging dann hinaus.

»Kann ich irgendwie helfen?« fragte Anab Saed, während sie zu Josiahs Platz zurückkehrte. Der Ausdruck auf ihrem Gesicht kam McCoy sonderbar vertraut vor: Sorge und Schuld. Er brauchte einen Moment, bis ihm einfiel, wo er diesen speziellen Ausdruck schon gesehen hatte – auf Jim Kirks Gesicht, wenn er die Krankenstation der *Enterprise* aufsuchte, um ein verletztes Mannschaftsmitglied zu besuchen. Natürlich, Ngo hatte unter ihrem Kommando gestanden. Sie fühlte sich für ihn verantwortlich.

»Haben Sie ruhige Hände?« fragte McCoy.

Saed richtete sich mit der Grazie einer Tänzerin zu voller Größe auf. »Natürlich.«

»Gut. Die werden wir brauchen«, antwortete der Doktor, während er zur Rückseite des Sessels ging. Er berührte die Zierleiste an einer Stelle, die etwa zehn Zentimeter von der Rückenlehne entfernt war – allerdings sehr vorsichtig, denn jede Erschütterung würde Josiah heftige Schmerzen bereiten. »Ich möchte, daß Sie das hier festhalten, so wie ich jetzt. Es darf sich keinen Millimeter bewegen. Schaffen Sie das?«

Sie nickte mit entschlossener Miene und packte die Lanze direkt hinter seiner Hand.

McCoy ließ das Metallstück los und sagte: »Ganz ruhig halten. Genau so.«

Riley tauchte plötzlich neben ihm auf. »Ist das alles, was Sie brauchen?«

McCoy ließ den Blick über die medizinische Ausrüstung streichen und nickte. Dann nahm er einen diagnostischen Scanner, um den Zustand des jungen Mannes zu überprüfen. Die Lunge war durchbohrt, die Milz angekratzt, und in der Bauchhöhle befanden sich Spuren der Sitzverkleidung. Josiah verfiel langsam in einen Schockzustand, Temperatur und Blutdruck sanken. Nicht so schlimm, wie es sein konnte, aber auch nicht so gut, wie McCoy es gern gesehen hätte.

»Josiah hat eine Reihe von Werkzeugen aus dem Shuttle mitgebracht«, wandte er sich an Riley. »Ist etwas dabei, womit man die Lanze durchtrennen könnte?«

»In dem Beutel«, flüsterte Josiah. »Der Laser. Er zerschneidet alles.« Er hustete schwach; ein dünner Blutfaden rann aus seinem Mundwinkel.

»Ganz ruhig bleiben, mein Junge«, mahnte McCoy. Riley suchte bereits nach dem Gerät.

»Ich hab's«, sagte er schließlich.

»Schneiden Sie das lange Stück der Leiste ab«, wies ihn McCoy an, »aber seien Sie vorsichtig – bewegen Sie die Lanze auf keinen Fall.«

»Verstanden, Doc.«

McCoy lud seinen Injektor und beugte sich über den jungen Mann. »Ich habe hier etwas gegen den Schock und die Blutung, und dann noch etwas von der gemischten Suppe, die wir allen angeschlagenen Soldaten verabreichen. Es wird die Schmerzen lindern, aber denken Sie bloß nicht, Sie könnten anschließend herumlaufen. Okay?« Er drückte den Injektor gegen Josiahs Hals und injizierte eine Reihe von Drogen, Schmerzmitteln und Elektrolyten sowie ein künstliches Plasma, das sich in Ngos Körper vervielfältigen und eventuelle weitere Blutverluste ausgleichen würde.

Er hörte das Klappern von Metall und sah, daß der größte Teil der Lanze abgeschnitten und auf dem Boden gelandet war; nur noch ein Stumpf ragte aus der Rückseite des Sessels hervor. Er nickte Riley und Saed zu, die das Blut des Kadetten von ihren Händen wischten.

McCoy nahm einen Zellregenerator zur Hand, froh darüber, daß diese Geschichte – wenn sie schon passieren mußte – sich wenigstens in der Krankenstation abgespielt hatte. Es gelang ihm, einen Teil der inneren Verletzungen zu verschließen, aber solange sie Josiah nicht in einen Operationssaal brachten, wo man die Lanze gefahrlos entfernen konnte, waren diese Notmaßnahmen alles, was er im Moment tun konnte. Er holte Verbandsmaterial aus dem Schränkchen.

»Ich werde Sie jetzt in diesem Sessel fixieren, Josiah«, sagte er und machte sich gleichzeitig schon an die Arbeit. »Wir müssen verhindern, daß Sie sich selbst noch mehr Schaden zufügen, indem Sie sich bewegen. Versuchen Sie ruhig zu halten, okay?«

Die Augen des Kadetten blickten jetzt klarer, er schien nicht mehr so starke Schmerzen zu empfinden. Er leckte sich über die Lippen und sagte: »Dafür ist jetzt keine Zeit. Wir müssen die *Paladin* erreichen.«

McCoy holte tief Luft und schaute zu den beiden Offizieren hinüber. Wie zum Teufel sollten sie das jetzt schaffen? Eilig beendete er seine Arbeit.

Josiah versuchte zur Konsole zu deuten, auf der seine Ausrüstung lag. »Es sind Ihre Computer. Sie müssen es schaffen, Doktor. Warnen Sie das Schiff.«

Der junge Mann hatte recht; etwas anderes blieb ihm nicht übrig. McCoy gab Riley den Injektor und Saed den Scanner, wobei er auf die Anzeige deutete. »Wenn dieser Wert unter den Punkt hier sinkt, sagen Sie Riley, er soll weitere zehn Milligramm des Stimulans injizieren.«

Saed nickte und betrachtete das Diagnosegerät düster. McCoy warf noch einen Blick auf den jungen Patienten und wandte sich dann der Ansammlung von Geräten zu, die sie als Funkstation benutzten.

Er spürte einen Anflug von Panik angesichts der Symbole und Worte auf dem vulkanischen Analysierer, die er nicht einmal lesen konnte. Doch der Tricorder funktionierte, und den verstand er. Das Gerät würde ihm helfen herauszufinden, was er zu tun hatte. Er schluckte schwer und machte sich an die Arbeit.

Sie hatten mit Hilfe des Diagnosecomputers durchzukommen versucht, doch die fremde Programmierung hatte ihnen mittlerweile sämtliche Möglichkeiten wieder verschlossen. Er mußte einen anderen Weg finden. Er dachte einen Moment nach.

Berichte. Er berührte den Tricorder und scannte die Programmbänke des Diagnosecomputers. Das Berichtprogramm war dafür ausgelegt, detaillierte, komplizierte medizinische Berichte an jeden zu schicken, zu dem der jeweilige Arzt sie schicken wollte – an den Captain, an andere Labors, sogar zu Starfleet. Er hätte eher daran denken sollen.

Er klinkte sich in das Berichtprogramm ein und scannte es rasch. Überraschenderweise schien es sauber zu sein. Es war ein verstecktes, kleines, aber effektives Programm. Konnte er es benutzen, um zur *Paladin* durchzudringen? Diese Aussicht erregte ihn, und er verdoppelte seine Anstrengungen an jenem Teil der Maschine, der ihm seit langem vertraut war. Er manipulierte das Programm mit dem Tricorder und hatte sein Ziel schon fast erreicht, als er die Anzeige einer anderen Sendung erhielt.

»Der Kanal wurde geschlossen, als ich anfing zu senden«, informierte er die anderen. »Die *Paladin* empfängt eine andere Sendung und weist uns ab – mein Programm wartet, bis es an der Reihe ist.«

»Sie müssen es aushebeln und trotzdem durchdringen«, sagte Riley.

McCoy gab den dringlichsten Notfallcode ein, der ihm bekannt war, und forderte von der *Recovery*, ihre nicht unbeträchtlichen Reserven zur Verfügung zu stellen und sich über die laufende Sendung hinwegzusetzen, um ein Leben zu retten. Das konnte man schließlich kaum als Lüge bezeichnen. Einen Moment lang geschah nichts …

»Akzeptiert die Versammlung Ihre Erklärung der Ereignisse?« fragte Kirk Lokara.

»Man zieht sie in Betracht«, versicherte Lokara. »Ich habe Grund zu hoffen, daß man unseren Standpunkt akzeptiert. Ich habe geschildert, wie wir über eine Zusammenarbeit gesprochen haben mit dem Ziel, das Problem der *Recovery* gemeinsam zu lösen.«

Wäre es wirklich möglich? überlegte Kirk. Konnte diese Katastrophe tatsächlich zu einem Dialog mit dieser hochentwickelten, aggressiven Rasse führen? Die ganze Zeit über, während er und Lokara miteinander sprachen, hatte sich die *Recovery* ruhig verhalten. Beobachtete sie sie? Konnte die Unterbrechung des Fluges bedeuten, daß sie ihre Absicht noch einmal überdachte? Die Kernprogrammierung war noch immer intakt. Gewann sie jetzt langsam die Kontrolle zurück?

»Admiral«, sagte Sonak leise, »die *Recovery* hat alle Sensoren auf die *Paladin* konzentriert. Möglicherweise bereitet sie sich auf die Armierung ihrer Phaser vor.«

Auf einer intellektuellen Ebene wußte Kirk, was er tun sollte, doch sein Instinkt rebellierte. Hatten ihn die Monate hinter dem Schreibtisch bereits so beeinflußt, daß er sich fürchtete, Risiken einzugehen, wenn sie am dringendsten benötigt wurden? Er stieß den Atem aus und sagte schließlich: »Mr. Sandover, senken Sie die Schilde.«

»Aye, Sir. Schilde sind unten.«

»Das Scanning der *Recovery* hat aufgehört, Sir«, rief Sonak. »Sie berechnet erneut den Kurs in tholianisches Gebiet.«

»Lokara«, begann Kirk mit frischem Optimismus, »haben Sie irgendwelche Ideen, wie ...«

Bevor er den Satz beenden konnte, schwankte das Bild des tholianischen Kommandanten und verblaßte; der große Sichtschirm begann heftig zu blinken. »Diksen?«

»Ein sonderbares Notsignal von der *Recovery* verdrängt alles andere, Sir.«

McCoys bärtiges, besorgtes Gesicht füllte den Schirm, seine Stimme dröhnte unnatürlich laut. »Jim – es sind die *Tholianer*! Sie haben die Programmierung verändert – ein Gerät in Shulmans Kopf eingepflanzt – sie ...«

Kirk wirbelte zum Navigator herum, während McCoy weitersprach. Sonaks Stimme erklang, einen

Sekundenbruchteil bevor er selbst das gleiche Kommando gab: »*Schilde hoch!*«

Zu spät. In dem Sekundenbruchteil, bevor der Schuß einschlug, begriff Kirk, daß Sonak die Aufladung der tholianischen Phaser auf seinem Monitor bemerkt haben mußte, während Kirk und Lokara noch Höflichkeiten austauschten, und das Kommando für die Schilde genau in dem Moment gab, als McCoy seine Warnung aussprach.

Das Deck hob sich unter Kirks Füßen wie eine Gezeitenwoge und preßte ihn in Romolos Sessel, als befinde er sich auf der Achterbahn eines Vergnügungsparks. Die passiven Sicherungen reagierten zwar, doch er wurde trotzdem schwer herumgeschleudert. Sonak, der vor seiner Station gestanden hatte, stürzte zu Boden; er rutschte weiter, bekam jedoch das Geländer zu fassen und hielt sich mit vulkanischer Stärke fest.

Dann sackte das Deck unter ihnen ab, die Mannschaft taumelte herum, Konsolen knirschten, und Rauch stieg auf. Kirk hörte, wie die automatischen Feuerlöscher ansprangen, und erblickte vor seinem inneren Auge wieder jenes entsetzliche Bild: Pulver, eingehüllt in rötlichen Feuerschein, wie sie mit tödlicher Eleganz nach hinten sank...

Die Erschütterungen ließen nach, und augenblicklich war die Brücke erfüllt vom Heulen der Sirenen und dem Geschnatter der Schadensmeldungen. Er hörte, wie Diksen antwortete und zugleich versuchte, sie rasch einzuordnen, um ihm Meldung machen zu können. Sonak kämpfte sich zu seinem Sessel zurück und überprüfte seine Station. Doch er hatte kaum Platz genommen, da erwischte sie der zweite Feuerstoß. Diesmal schafften es Kirk und die Mannschaft, an ihren Plätzen zu bleiben, doch ihm war klar, daß die Tholianer das ungeschützte Schiff in Stücke schossen.

»Meldung!« rief Kirk.

»Schäden im Maschinenraum«, antwortete Diksen. »Und auf Deck fünf und sieben ...«

McCoys Bild war vom Schirm verschwunden, der jetzt das aus allen Rohren feuernde tholianische Schiff zeigte, hinter dem die *Recovery* wie ein zufriedener Beobachter schwebte ... als hätte sie die ganze Angelegenheit selbst geplant.

»Schilde, Mr. Sandover!« forderte Kirk.

»Schilde sind hinüber, Sir. War das erste, was sie getroffen haben.«

»Phaser abfeuern!«

Bevor Sandover reagieren konnte, wurden sie von zwei weiteren, rasch aufeinander folgenden Schüssen getroffen. Die gesamte Crew wurde herumgeschleudert, während Kirk die Lehnen von Romolos Sessel umklammerte.

»Phaser sind derzeit nicht einsatzbereit, Sir« meldete Sandover. »Wir haben auch alle ...« – er warf einen Blick auf seine Konsole –, »... alle Photonentorpedos bis auf drei verloren.«

»Alle drei scharfmachen und auf mein Kommando feuern.«

»Warptriebwerke sind ausgefallen«, meldete Sonak und schaute zu Kirk hinüber. »Die drei Photonentorpedos können zwar Schäden anrichten, werden die Tholianer aber kaum aufhalten.«

Kirk starrte auf den Schirm. Er wußte, daß der Vulkanier recht hatte: Sie hatten weder Schilde noch Phaser. Und die *Recovery* unternahm absolut nichts, um ihnen zu helfen. Den Tholianern mußte es erscheinen, als hätte die *Paladin* ihre Möglichkeiten erschöpft.

Noch nicht alle, wenn ich dabei ein Wort mitzusprechen habe. Ich habe die Paladin *nicht so weit gebracht, nur um sie jetzt zu verlieren ...* Er sog scharf die Luft ein. »Mr.

Sandover, auf mein Kommando lassen Sie das Schiff auf Minus neunzig Grad um zehntausend Kilometer abtauchen. Mr. Sonak, richten Sie die Torpedos auf Ziel vier Punkt fünf aus, mit breiter Streuung.«

Sonak schaute überrascht von seinem Pult auf. Kirk erwiderte seinen Blick mit äußerster Entschlossenheit.

»Aye, Sir«, sagte der Vulkanier und senkte den Blick.

»Jetzt, Sandover ... Torpedos abfeuern!«

Er wandte sich wieder dem Schirm zu und sah, wie sich die Photonentorpedos vom Schiff entfernten. Dann veränderte sich der Blickwinkel abrupt, als die *Paladin* wegtauchte.

Die Torpedos fanden ihr Ziel: die massive, glänzende Oberfläche der *Recovery*.

Wie ein schlafender Riese, der vom Stich einer Biene aufgeschreckt wird, veränderte das große Schiff seine Position, schwang hart herum und feuerte seine schweren Phaser in die Richtung, aus der die Torpedos gekommen waren. Doch die *Paladin* befand sich längst nicht mehr dort – nur die *Skotha* war zurückgeblieben.

Der Feuerschlag erwischte das tholianische Schiff voll, zerfetzte die Schilde und stieß es regelrecht aus seiner Position.

»Die *Skotha* ist schwer beschädigt, Admiral«, meldete Sonak über seinen Monitor gebeugt. »Die Schilde sind völlig zerstört, sie hat keine Waffen mehr und erhebliche Schäden auf mehreren Decks, den Maschinenraum eingeschlossen.«

»Klingt, als wären sie genauso übel dran wie wir«, meinte Kirk, »aber sie befinden sich auf Föderationsgebiet. Diksen, versuchen Sie die *Skotha* zu erreichen. Mal sehen, ob sie sich ergeben. Vielleicht erhalten wir jetzt ein paar Antworten.«

»Die *Skotha* antwortet auf unseren Ruf, Sir.«

Der Schirm zeigte die riesige *Recovery*, die hin und

her schwang, als versuche sie zu entscheiden, welches der beiden Schiffe ihr wahrer Gegner wäre. Dann flackerte das Bild und zeigte die Brücke des tholianischen Schiffes. Der plötzliche Wechsel zu den viel zu grellen Farben schmerzte derart in den Augen, daß Kirk blinzeln mußte.

»Commander Lokara«, sagte Kirk zu der verhüllten Gestalt auf dem Schirm. »Ergeben Sie sich, dann helfen wir Ihnen, so gut wir können.«

»Ergeben?« wiederholte die vielfache Stimme. »Ausgerechnet Ihnen? Vielleicht sollten Sie das selbst in Erwägung ziehen. In dem Gespräch, daß ich wirklich mit der Tholianischen Versammlung geführt habe, habe ich die Kette der Ereignisse geschildert, die zu diesem Moment geführt haben. Man weiß dort genau, weshalb dies alles geschehen ist.«

Kirk runzelte die Stirn und wünschte, er könnte das auch von sich behaupten.

»Sehen Sie, Admiral«, erläuterte Lokara geduldig, »meine Partner und ich haben immer auf dem gleichen Schiff gedient, so wie es bei meinem Volk üblich ist. Während wir unter Kommandant Loskene dienten, feuerte die *Enterprise* auf uns – und verkrüppelte meinen Partner, den Brüter Lanra, und zerstörte unsere Zukunft.«

Lokara hielt inne, als fiele ihm das Sprechen schwer. »Doch jetzt ist mein Partner Srillk tot. Und der Brüter Lanra leidet nicht mehr. Nur ich bin noch übrig, allein, ohne sie. Doch die Vergeltung, für die wir gelebt haben, wird auch ohne uns ihren Lauf nehmen. Die *Recovery* wird ihrem eigenen Plan folgen, und Sie werden das Schiff nicht aufhalten können. Ihr Rettungsschiff wird in den tholianischen Raum eindringen, in einem Netz gefangen werden, das wir in diesem Moment aufbauen, und all ihrer Föderationsgeheimnisse beraubt. Lernen Sie dies über uns, Kirk, und das ist alles, was Sie wissen müssen: Tholianer verzeihen niemals. Und wir ergeben uns nie.«

Bevor Kirk antworten konnte, warnte Sonak: »Admiral, die *Recovery* hat entschieden, wer für die Photonentorpedos verantwortlich war.«

Er sprach das Offensichtliche nicht aus, doch Kirk wußte es, als er das Schiff auf dem Schirm anstarrte: *Und wir haben keinerlei Verteidigung ...*

McCoy hatte dem Gefecht mit wachsender Sorge zugesehen und war erleichtert, als Jims List funktionierte. Riley hatte Josiah bereits eine weitere Medikamentendosis verabreicht, und McCoy wußte, daß er den jungen Mann schleunigst in einen Operationssaal schaffen mußte. Shulman benötigte intensive Pflege und mußte ebenfalls operiert werden, sofern es überhaupt noch Hoffnung gab, ihn zu retten. Der Doktor betastete die Codekarte, die Shulman ihm gegeben hatte, und schaute wieder auf den Bildschirm.

Die *Recovery* war mit einer ganzen Reihe von Aktionen beschäftigt, die er nicht alle einzuschätzen vermochte. Doch eine der Datenreihen verstand er ohne Probleme.

»Sie macht sich bereit, wieder Fahrt aufzunehmen«, teilte er Riley und Saed mit.

»Fahrt?« fragte Riley. »Fahrt wohin?« Dann schien es ihm wieder einzufallen. »Sie meinen ... auf tholianisches Gebiet?«

McCoy nickte. »Computer vergessen ihre ursprüngliche Aufgabe niemals. Und das war von Anfang an der wesentliche Punkt der ganzen Geschichte. Die *Recovery* sollte die Grenze verletzen, um einen interstellaren Krieg auszulösen.«

»Wir müssen hier raus«, stellte Lieutenant Saed fest.

McCoy grinste schief. »So kann man das auch ausdrücken.«

»Die Schilde!« keuchte Josiah. »Die Schilde sind oben!«

»Keine Sorge, mein Junge. Shulman hat mir erklärt, wie man das Schiff evakuiert, und mir auch den entsprechenden Code gegeben. Die *Recovery* wird uns alle zu den Koordinaten schicken, die Jim uns gegeben hat.« Er hielt inne und fragte sich, ob diese Koordinaten nicht längst ins Vakuum des Alls hinausgeblasen worden waren.

McCoy begab sich zu Josiah, um dessen Werte zu überprüfen, und merkte dann, daß der junge Mann jetzt wieder den Schirm und die darüberlaufenden Daten sehen konnte.

Josiah blinzelte ein paarmal und sagte dann leise: »Die *Recovery* ist im Begriff, auf die *Paladin* zu feuern. Sie wird das Schiff zerstören. Es gibt keine Möglichkeit, sie aufzuhalten.«

Alle vier Augenpaare starrten wie hypnotisiert auf den Schirm, und McCoy betete, der Kadett möge sich dieses eine Mal irren.

Kirks Gedanken überschlugen sich, als Sonak leidenschaftslos meldete: »Die *Recovery* lädt ihre Phaser auf.«

Der Admiral schlug auf die Lehne seines Sessels. »Maschinenraum? Maschinenraum!«

»Hier, Admiral«, antwortete eine erschöpfte Stimme.

Kirk grinste. Er konnte sein Glück kaum fassen. Lieutenant Gambeta lebte und war noch immer auf ihrem Posten!

»Gambeta, schalten Sie sofort die Energie für die Steuerbordseite ab. Alles außer der minimalen Lebenserhaltung. Auch die interne Kommunikation.«

Die Ingenieurin führte den ungewöhnlichen Befehl ohne zu zögern aus. »Energie abgeschaltet, Admiral.«

»Jetzt das gleiche auch an Backbord. Und die Brücke. Nur das Allernotwendigste weiterversorgen.«

Die Lichter erloschen, bis nur noch die Notbeleuchtung brannte, unterstützt von den Leuchtanzeigen der Pulte. Das sanfte Dröhnen der Maschinen, das erfahrene Raumfahrer gar nicht mehr wahrnahmen, verstummte. Niemand wagte sich zu rühren.

»Lassen Sie das Schiff treiben, Mr. Sandover«, sagte Kirk leise. »Diksen, unterbrechen Sie die Verbindung zu Lokara. Schließen Sie alle Kanäle.«

Die Offiziere nickten bestätigend, als fürchteten sie, die Aufmerksamkeit der *Recovery* zu wecken, wenn sie laut antworteten.

»Diksen, senden Sie einen Notruf. Maschinen beschädigt, Warpantrieb instabil, Materie-Antimaterie-Balance gestört, Lebenserhaltungssysteme fallen aus. Senden Sie das, bis Sie eine Antwort erhalten.«

Die Hände der jungen Frau bewegten sich zielsicher über das Pult, während sie leise in ihr Mikrophon sprach.

Kirk holte tief Luft und lehnte sich im Sessel zurück. Ihm war bewußt, daß jeder auf der Brücke ihn beobachtete.

Ich habe mein Bestes gegeben, Baldassare. Wenn Sie uns vernichtet, dann nicht, weil wir es nicht hart genug versucht hätten.

Er hörte das Knirschen der Sitze und sein eigenes, leises Atmen. Er stellte sich vor, wie die Besatzung überall auf dem Schiff angstvoll die Bildschirme beobachtete und wartete. So viele Kadetten, dachte er bedauernd. So viele am Beginn ihrer Karriere. Hier zu enden …

»Admiral, wir werden gerufen«, drang Diksens ruhige Stimme durch die Stille.

»Über Lautsprecher.«

Einen Augenblick später meldete eine weibliche Computerstimme: »Hier spricht das Rettungsschiff *Re-*

covery. Wir haben Ihr Notsignal empfangen. Wie können wir Ihnen helfen?«

Kirk spürte, wie sich ein Grinsen über sein Gesicht ausbreitete. *Vielen Dank, Myron Shulman. Und vielen Dank, Pille. Die Kernprogrammierung ist* wirklich *noch intakt.*

»*Recovery*, wir brauchen… Personal«, sagte Kirk und drehte sich zu Reese Diksen um, die breit grinsend ihr Pult bediente. »Ärzte, Ingenieure, Wissenschaftler – um uns zu helfen, unser Schiff zu reparieren.«

»Admiral«, sagte Sonak, dessen Stimme jetzt deutlich entspannter klang, »die *Recovery* scannt uns – und sie hat die Schilde gesenkt.«

Riley deutete auf den Tricorder. »Sehen Sie! Die *Recovery* senkt die Schilde!«

McCoy schaute von Josiahs Werten auf und betrachtete den Schirm. »Sieht so aus, als wäre jetzt ein guter Zeitpunkt für die Evakuierung.«

»Können wir uns auf diese Koordinaten verlassen?« überlegte Riley. Die *Paladin* hatte eine Menge Treffer eingesteckt.

Josiah fuhr sich über die Lippen. »Die *Recovery* wird sie überprüfen. Sie schickt nicht zweihundert Leute in ein Vakuum. Kernprogrammierung.«

»Richtig!« sagte McCoy. »Riley, helfen Sie mir.«

Der Commander folgte ihm zu der reglosen Gestalt Shulmans. McCoy führte den Scanner über den Forscher. Was er sah, gefiel ihm nicht, aber wenn er es schaffte, ihn zur Krankenstation der *Paladin* zu bringen, könnte er ihn am Leben erhalten, ihn in Stasis versetzen – *wie Angie* –, bis man ihn in eine geeignetere Einrichtung verlegen konnte. Das hatte sich Shulman verdient.

»Ich möchte ihn möglichst nahe bei uns anderen

haben, damit er zusammen mit uns transportiert wird«, erklärte McCoy.

»Ist das sicher?« wandte Lieutenant Saed ein. McCoy war klar, daß die Sicherheitsoffzierin nicht viel von der Idee hielt, Shulman mitzunehmen. »Er hat Commander Riley beinahe getötet, Ngo schwer verletzt ...«

»Und hat ganz allein unser aller Leben mit dieser Codekarte gerettet« – er hielt sie hoch, um sie ihr zu zeigen – »und außerdem die Kernprogrammierung bewahrt. Dieser Mann ist ein Held und außerdem einer der größten Denker unseres Jahrhunderts. Er verdient es, daß alles getan wird, ihn zu retten.«

Sie seufzte zustimmend, als Riley sich niederbeugte und den Mann wie ein Kind in die Arme nahm. »Verdammt!« fluchte er leise. »Er wiegt ja kaum noch etwas!«

McCoy drängte alle zum Computer hinüber. »Dicht beieinander bleiben. Niemand rührt sich.« Er warf einen Blick auf Josiah, dessen Gesichtsfarbe noch grauer geworden war. Dann schob er die Codekarte ein und löste den Evakuierungsbefehl aus.

Nie wieder, dachte er, würde er so begierig darauf warten, daß seine Moleküle durcheinandergewirbelt wurden.

»Admiral!« rief Reese Diksen aufgeregt. »Menschen materialisieren in Frachtraum Vier! Dutzende ... nein, *Hunderte* von Menschen ... und eine ... *Stasiskammer?*«

Kirk fuhr zu ihr herum und wollte etwas sagen, doch Sonak fiel ihm ins Wort.

»Admiral, die *Recovery* hat alle Personen zur *Paladin* gebeamt. Sie ist jetzt absolut menschenleer.«

»Wir bekommen dringende Bitten um medizinische Hilfe, Admiral«, sagte Diksen.

»Ist die Krankenstation einsatzbereit?« fragte Kirk. Wie auf jedem Starfleet-Schiff war auch auf der *Paladin* die Krankenstation der am besten geschützte Teil des Raumers.

»Voll einsatzbereit, Sir«, meldete Diksen, »allerdings ist der Stab mit unseren eigenen Verwundeten beschäftigt.«

»Dann müssen sie sich eben aufteilen«, erklärte Kirk. »Stellen Sie sicher, daß die Leute im Frachtraum alle Hilfe erhalten, die sie benötigen.« Er runzelte die Stirn, als sich Diksens Gesichtsausdruck abrupt änderte. »Stimmt etwas nicht, Kadett?«

»Die Leute von der *Recovery* haben eine schwerverletzte Person bei sich, die dringend Hilfe benötigt.« Sie schwankte leicht, fing sich wieder und nahm Haltung an, plötzlich jeder Zoll ein Offizier. »Es ist Josiah Ngo, Sir.«

Kirk hielt kurz inne. »Wollen Sie ihnen helfen, Diksen?«

Sie zögerte einen Sekundenbruchteil und richtete sich dann wieder auf. »Nein, Sir. Ich bleibe an meinem Platz. Die Krankenstation meldet, das genug Helfer zur Verfügung stehen.«

Kirk warf ihr einen anerkennenden Blick zu und wollte gerade sagen, daß sie später gemeinsam zur Krankenstation gehen würden, sobald dies alles vorbei war, als Sonak ihn abermals unterbrach.

»Entschuldigen Sie, Admiral, aber ... wie es scheint, habe ich einen Fehler gemacht.«

Kirk wandte sich bei diesem überraschenden Geständnis um. »*Sie,* Mr. Sonak?«

Die Mundwinkel des Vulkaniers verzogen sich zu einer kaum merkbaren Zustimmung. »Ich bitte um Entschuldigung, Sir, aber ich hatte gemeldet, die *Recovery* wäre menschenleer. Nach meinen Daten stimmte das auch – für einen Moment. Allerdings scheint sich jetzt jemand – ein einzelner Mann – dort zu befinden.«

Nicht Riley oder Pille, betete Kirk stumm. »Können wir ihn herausbeamen?«

Sonak zog nachdenklich eine Braue hoch. »Ich glaube, es wäre sicherer, den Transport dieser speziellen Person zu *verlangen.*«

»Dann sehen Sie zu, daß Sie die Identität feststellen. Diksen, öffnen Sie einen Kanal zur *Recovery.*«

Myron Shulman war sich nur vage bewußt, daß er von Commander Riley hochgehoben wurde. In diesem kurzen Augenblick fühlte er sich geschützt, fast getröstet. Er war so müde ...

Dann spürte er das sanfte Ziehen des Transporters, fühlte, wie seine Atome sich zerstreuten – und sich in seiner eigenen Unterkunft, seinem eigenen Bett wieder zusammensetzten. Dort lag er, hilflos, krank, voller Schmerzen, und doch absurderweise froh, hier zu sein. Dieser Raum, dieses Bett, das war während der letzten beiden Jahre sein Heim gewesen, seit dem Zeitpunkt, an dem die Hülle des Schiffes fertiggestellt worden war. Es war so viel Arbeit gewesen. So viel Arbeit.

Alles vernichtet.

Doch er würde nicht klagen. Er hatte die Kernprogrammierung gerettet. Die *Recovery* hatte sie benutzt, um jedermann in Sicherheit zu bringen – jeden außer ihm.

In seinen lichten Momenten, die jetzt häufiger wiederkehrten, und dank der vagen Erinnerung an sein Gespräch mit McCoy, begriff er jetzt, was man ihm angetan hatte: Die Tholianer hatten ihn mit ihrem unglaublich hochentwickelten Implantat und ihrer ungewöhnlichen tertiären Programmierung mit dem Schiff verbunden. Selbst als er daran gearbeitet hatte, die echte Programmierung des Schiffs zu überschreiben, hatte der Forscher in ihm die Leistungen der Tholianer bewundern müssen. Jetzt würde die Föderation von der tholianischen Programmierung lernen, soviel sie konnte.

Einige der Dinge, zu denen ihn die Tholianer gezwungen hatten, hatten die Leistung der *Recovery* tatsächlich verbessert. Vielleicht würde die Föderation einmal die positiven Elemente nutzen und ihre eigene Technologie verbessern können.

Doch was immer auch geschah, es würde ohne ihn stattfinden. Er fragte sich – wie viele Menschen, die dem Tod ins Auge sehen –, ob jemand um ihn trauern würde, oder ob man sich an ihn nur als einen Verräter an seiner Rasse erinnern würde.

Er hatte nie gewollt, daß die *Recovery* mehr als ein Rettungsschiff sein sollte, doch nach dem, was man ihm angetan hatte, sah er das Schiff jetzt als etwas anderes an – als einen Teil von sich selbst. Und nun würden er und die *Recovery* diese Geschichte zu einem Ende bringen müssen. Er wollte das zwar nicht, doch dies war der eine Teil der Programmierung, den er einfach nicht umgehen konnte.

Wenigstens würden sie zusammensein. Er würde darauf vertrauen müssen, daß Kirk das Problem löste, das er und die *Recovery* schaffen würden. Wenn irgend jemand das konnte, dann Admiral Kirk.

Zum erstenmal seit langer Zeit war Myron in der Lage, vernünftig über den Admiral nachzudenken, und er begriff, daß dieser Mann, selbst wenn er Myron widersprach, stets sein Verbündeter gewesen war. Shulman vertraute darauf, daß Kirk das Problem irgendwie lösen würde. Das war es, was der Admiral am besten konnte.

Mühsam leckte er sich über die trockenen, aufgesprungenen Lippen. »Computer ...«, krächzte er kaum hörbar. »Bring uns heim.«

»Admiral«, meldete Diksen, »die *Recovery* ignoriert meinen Ruf.«

»Ich glaube, bei dem Mann an Bord handelt es sich um Myron Shulman«, sagte Sonak zu Kirk.

Kirk betrachtete den Schirm in hilfloser Frustration.

»Die *Recovery* hat die Schilde hochgefahren, Admiral«, warnte Sonak.

Jim spannte sich innerlich. Gewiß würde die *Recovery* jetzt nicht auf sie feuern, jetzt, wo sie wehrlos waren und die Besatzungen zweier Schiffe an Bord hatten.

»Sie berechnet abermals ihren Kurs auf tholianisches Gebiet«, fuhr Sonak fort, hielt dann inne und runzelte die Stirn, als er etwas auf seinem Monitor bemerkte. »Ihre Scanner reagieren auf etwas ganz in der Nähe – etwas, das unsere Sensoren nicht wahrnehmen...«

Kirk fuhr zum Schirm herum, seine Instinkte schlugen Alarm. Er erhob sich und richtete den Blick auf den leeren Raum zwischen der *Paladin*, der *Skotha* und der *Recovery*. »Nicht jetzt...«, murmelte er. »Nicht jetzt...!«

Er entdeckte es im gleichen Moment, in dem Sonak auf die Daten seines Monitors reagierte. Der Raum über den Schiffen begann zu wabern, und etwas Großes materialisierte aus dem Vakuum.

Wie ein Vampir aus dem Nebel, dachte Kirk düster, als eine klingonische Kriegsschwalbe auf dem Schirm Gestalt annahm.

12

Jim Kirk starrte mit einem Gefühl düsterer Vorahnung in das unerschrockene Auge, das in grellen Farben auf die Hülle der Kriegsschwalbe aufgemalt war. An Bord der *Paladin* befanden sich jetzt mehr als dreihundert Besatzungsmitglieder – viele davon Kadetten – sowie die über zweihundert Leute, die von der *Recovery* herübergebeamt worden waren. Im ersten Moment hatte ihn das Wissen, daß Riley, Pille und all die anderen gerettet waren, zutiefst erleichtert – doch dieses Gefühl war nur kurzlebig gewesen. Die *Paladin* verfügte zwar noch über einige Waffen, besaß aber keine Schilde mehr, und Jim bezweifelte, daß sich die *Recovery* ein zweites Mal übertölpeln lassen würde. Wenn man das nächste Mal auf sie feuerte, würde die *Recovery* sie einfach alle in die nächste Welt blasen und es anderen überlassen, die Guten und die Bösen auszusortieren.

Und wenn die Klingonen ihr übliches Spiel abzogen – erst schießen und überhaupt keine Fragen stellen –, dann würde keiner von ihnen eine Chance haben.

Aber wie, um Himmels willen, sollte er den Klingonen das klarmachen?

Als er sich umdrehte, um Diksen den Befehl zu geben, die Grußfrequenzen zu öffnen, kam sie ihm zuvor. »Wir werden gerufen, Admiral. Von dem klingonischen Schiff. Sie kontaktieren auch die Tholianer.«

Jim tauschte einen Blick leiser Verwunderung mit Sonak. »Auf den Schirm.«

Das Bild des plumpen Schiffes verschwand und wurde durch den Anblick eines klingonischen Offiziers in voller Kriegsrüstung ersetzt. Das lange dunkle Haar und der Bart, beides von rötlichen Strähnen durchzogen, fielen bis zu einer Brustplatte aus schwarzem Leder und stumpf schimmerndem Metall herab. »Hier spricht Captain Qo'dar vom klingonischen Kriegsschiff *Fury*.«

»Und ich bin Admiral …«

»Ich weiß, wer Sie sind!« donnerte der Klingone. Die kleinen Augen unter dem Knochenkamm blitzten wütend. »Wir haben alle Kom-Übertragungen überwacht. Zuerst war ich überzeugt, es handle sich um einen heimtückischen Verrat der Föderation, doch jetzt weiß ich, daß die Tholianer den Zwischenfall inszeniert haben, um Zugang zu modernster Föderationstechnologie zu gewinnen!« Er schlug mit seiner stahlumhüllten Faust auf die Konsole; es krachte vernehmlich. »Technologie, die sie benutzen werden, um das Klingonische Imperium zu erobern!«

»Admiral«, sagte Sonak leise, »die *Recovery* zeigt erhebliches Interesse an dem durch Schilde geschützten Klingonenschiff.«

»Einen Moment, Qo'dar!« rief Kirk. »Wenn Sie alles beobachtet haben, dann wissen Sie auch, daß die *Recovery* uns alle vernichten wird, wenn Sie jetzt auf die Tholianer feuern! Schon allein Ihre Schilde veranlassen die *Recovery*, sich auf Sie zu konzentrieren, Ihr Schiff zu scannen …«

Der Klingone wandte sich einem anderen Offizier auf seiner Brücke zu und knurrte etwas in seiner Sprache. Die Antwort des Offiziers ließ Qo'dar zurückprallen. Wütend wandte er sich wieder dem

Schirm zu. »Schlagen Sie mir vor, ich soll mich wie Sie verhalten und den Hilflosen spielen, nur um die Sensoren eines unbemannten Schiffes zufriedenzustellen?«

Sonaks perfekt modulierte Stimme ertönte. »Die *Recovery* lädt ihre Phaser auf.«

»Sie haben es gerade gehört, Qo'dar«, sagte Kirk rasch. »Sie haben die Wahl: Behalten Sie die Schilde weiter oben und lassen Sie sich vernichten – oder spielen Sie den Hilflosen und leben Sie, damit Sie uns helfen können, die *Recovery* zu überlisten.«

Der Offizier neben Qo'dar sagte etwas zu seinem Captain. Der Klingone ballte frustriert die Fäuste und gab schließlich ein knappes Kommando.

Für einen Augenblick hielt Kirk den Atem an.

»Die *Fury* senkt ihre Schilde, Captain«, meldete Sonak. »Und die *Recovery* sichert ihre Waffen und senkt ebenfalls die Schilde.«

In dem Bewußtsein, daß die Klingonen mittlerweile die gleichen Informationen hatten, wandte sich Kirk wieder nach vorn und suchte nach den richtigen Worten, nach der gemeinsamen Basis, von der aus sie vielleicht zu einer Lösung des Problems gelangen konnten. In einem Punkt hatte der Klingone absolut recht: Wenn die Tholianer die vollständige Kontrolle über die *Recovery* erlangten, würden sie die hochentwickelte Föderationstechnologie nutzen, um ihre Nachbarn zu überwältigen – und als erstes würden sie sich dabei die Klingonen vornehmen.

»Captain Qo'dar«, begann Kirk, »wie Sie sagten, wissen Sie, daß wir nicht ...«

»Admiral«, unterbrach ihn Diksen, »die Tholianer senden ein Standard-Notsignal der Föderation. Sie senden es direkt ...« Ihre Augen waren vor Verblüffung weit aufgerissen, als sie sich zu Kirk umdrehte. »... an die *Recovery*, Sir.«

»Verdammt!« fluchte Kirk leise und registrierte, daß sich Qo'dar ebenfalls mit einem seiner Offiziere unterhielt. »Sonak?«

Den Blick konzentriert auf seinen Monitor gerichtet, erwiderte der Vulkanier: »Die *Recovery* antwortet, Sir. Die Tholianer berichten, ihr Schiff sei ernstlich beschädigt, bestehen aber darauf, wegen der spezifischen Umweltbedingungen, die ihre Physiologie erfordert, an Bord zu bleiben. Die *Recovery* analysiert ihre Koordinaten.«

»Lokara!« grollte Qo'dar und schüttelte die Faust gegen den unsichtbaren Gegner. »Ich werde Sie in Stücke schießen, bevor Sie auf diesem Schiff Zuflucht nehmen!«

Sonak schaute von seinem Pult hoch und sah Kirk bedeutungsvoll an. »Ich glaube, Captain, die Klingonen bereiten einen Feuerschlag gegen die *Skotha* vor.«

»Qo'dar, nein!« rief Kirk. »Die *Recovery* wird uns beide vernichten und die Tholianer trotzdem retten. Sie gewinnen gar nichts!«

Der Klingone zögerte, als enthielten Kirks Worte zuviel Wahrheit, als daß er sie ignorieren könnte, doch sein Gesicht blieb wutverzerrt, und seine Augen zogen sich mißtrauisch zusammen. »Sie wollen zulassen, daß diese schleimigen Feiglinge Zugang zur *Recovery* erhalten, Kirk? Besser, wir vernichten die Tholianer jetzt und blicken dann dem Tod ins Auge...«

»Die *Recovery* beamt das tholianische Schiff in einen ihrer Hangars«, meldete Sonak, noch immer tief über seinen Monitor gebeugt.

Der Klingone heulte vor Wut, als die *Skotha* entmaterialisierte – so laut, daß Kirk beinahe zusammengezuckt wäre und Diksen ein Zeichen gab, die Lautstärke zu senken.

Er holte tief Luft und sagte dann mit einer Ruhe,

die er im Grunde gar nicht empfand: »Die *Recovery* ist darauf programmiert, den tholianischen Raum anzufliegen. Einmal dort, ist es nur eine Frage der Zeit, bis sie in einem tholianischen Energienetz gefangen wird, wo man sie in aller Ruhe untersuchen und reprogrammieren kann.«

Der Klingone lauschte finster und beugte sich dann mit knirschender Lederrüstung vor. »Und was wird sie jetzt aufhalten, Kirk? Ihr zusammengeschossener Schrotthaufen? Oder mein einsames Kriegsschiff?«

»Admiral«, warnte Sonak, »die *Recovery* befaßt sich zwar noch immer mit dem beschädigten tholianischen Schiff, das sich jetzt bei ihr an Bord befindet, bereitet aber gleichzeitig ihren Weiterflug in tholianisches Gebiet vor.«

Kirk wußte, daß die *Recovery* die Probleme der *Paladin* als erledigt betrachtete, seit sie die Menschen hinübergebeamt hatte. Selbst wenn die Klingonen Kirks Beispiel folgen würden – und der Admiral würde sich hüten, diesen Vorschlag zu machen –, würde die *Recovery* sehr wahrscheinlich auf deren Notsignal reagieren, indem sie alle Klingonen zu sich an Bord beamte. Er hatte plötzlich das Bild vor Augen, wie ein Dutzend kampfeswütiger Klingonen auf der Suche nach den Tholianern durch die Korridore der *Recovery* schwärmte, und schüttelte den Kopf. Das würde das Schiff nicht daran hindern, die tholianische Grenze zu überschreiten, und eine klingonische Mannschaft war auch nicht in der Lage, die Tholianer davon abzuhalten, die *Recovery* einzufangen. Er mußte irgend etwas unternehmen, um die *Recovery* hier zu halten, etwas, das ihren Abflug verhinderte, damit er anschließend …

Er ging zur Wissenschaftsstation hinüber und beugte sich über Sonaks Schulter. »Hat der Computer die Übersetzung des tertiären Codes beendet?«

Der Vulkanier richtete sich auf und seufzte kaum hörbar. »Negativ, Admiral. Wir brauchen mehr Zeit.«

»Mr. Sonak«, sagte Kirk leise, »wenn wir keinen Weg finden, sie zu kontrollieren oder abzuschalten...« Er sprach nicht weiter, sondern schaute zum Schirm hinüber, zu dem unbeherrschbaren Giganten, und beendete den Satz in Gedanken.

... dann müssen wir sie zerstören.

Während sich ihr Konstrukteur noch an Bord befindet.

Das war eine inakzeptable Lösung, doch er konnte auch nicht zulassen, daß das Schiff die Grenze überquerte. Eins nach dem anderen – erst mußte das Schiff am Weiterflug gehindert werden.

»Qo'dar, haben Sie irgendwelche Drohnen an Bord?«

Der Klingone musterte ihn einen Moment, dann antwortete er: »Sie meinen die Sorte, die bei der Simulation benutzt wurde? Ja, einhundert.«

»Können die Drohnen zu einem bestimmten Ziel geschickt werden, ohne daß sie ihre Waffen scharfmachen, bevor sie dort eintreffen?«

Qo'dar zögerte. »Wenn Sie damit fragen wollen, ob die Drohnen zur Überwachung eingesetzt werden können – das ist möglich.«

Kirk nickte dankbar angesichts dieses Eingeständnisses. Er wußte, daß die Klingonen automatische Überwachung als feige betrachteten und eine direktere Annäherung vorzogen. Er wandte sich an den Vulkanier. »Sagen Sie Ingenieur Gambeta, daß wir ein besonderes Shuttle brauchen – eines, das die Anwesenheit von Lebensformen so überzeugend simuliert, daß die *Recovery* glaubt, es befänden sich Menschen an Bord. Und wir brauchen das Shuttle in fünf Minuten.«

»Aye, Sir«, erwiderte Sonak und wandte sich seinem Pult zu.

»Sie planen eine Neuauflage der Simulation?« fragte der Klingone ungläubig. »Muß ich Sie daran erinnern, Kirk, daß es die Simulation war, die beinahe zu unserer Vernichtung geführt hätte?«

Kirk hob abwehrend die Hände. »Während der Simulation wurde die *Recovery* selbst angegriffen. Denken Sie darüber nach, Qo'dar – ihre Kernprogrammierung ist noch intakt. Ihre Reaktionen waren immer angemessen, solange jemand anderer angegriffen wurde. Können Ihre Drohnen auf ein Ziel feuern, wenn sie die entsprechenden Koordinaten haben?«

»Natürlich!«

»Gut.« Kirk holte tief Luft. Wenn seine nächsten Worte wie ein Befehl klangen, würde er nie die Kooperation des auf seine Ehre verpflichteten Kriegers erlangen. »Qo'dar, würden Sie jetzt bitte einen Strom von etwa zwanzig Drohnen ausschleusen, in kleinen Gruppen, nur damit die *Recovery* etwas zu analysieren hat, bis wir unser Shuttle losschicken können …?«

Es gab eine kurze Pause, dann knurrte Qo'dar einem anderen Offizier einen Befehl zu.

Über seinen Monitor gebeugt, sagte Sonak: »Die *Fury* schleust ihre Drohnen aus – zwei – fünf – acht – zwölf – zwanzig … Die *Recovery* hat ihre Startvorbereitungen unterbrochen, um sie zu analysieren und ihre Absicht herauszufinden.«

»Vielen Dank, Captain Qo'dar.« Ohne den Blick von seinem zögernden Verbündeten auf dem Schirm abzuwenden, sagte Kirk: »Sonak, es gibt zwar keinen zentralen Kommandobereich oder eine Brücke auf der *Recovery*, aber dafür ein Kerngehirn. Die Pläne, wo genau es untergebracht ist, befinden sich im Computer der *Paladin*. Ich möchte, daß Sie diese Pläne an Captain Qo'dar übermitteln.«

Die Überraschung des Klingonen war seinem Gesicht deutlich abzulesen.

Es gab eine kurze Pause, bevor Sonak kühl antwortete: »Als Erster Offizier muß ich Sie daran erinnern, Sir, das diese Information als geheim eingestuft ist.«

»Vielen Dank, Commander«, sagte Kirk, ohne den Blick von Qo'dar zu wenden. »Übermitteln Sie jetzt diese Information. Captain Qo'dar wird sie benötigen.« Er wandte sich an den Klingonen. »Wenn Sie diese Information bitte benutzen würden, Sir, um die verbleibenden Drohnen damit zu programmieren, dann schaffen wir es vielleicht, sie mit einem unbemannten Shuttle in die *Recovery* zu schmuggeln.«

Qo'dars Miene blieb argwöhnisch, selbst nachdem er die Information erhalten hatte. Er gab seinen Soldaten ein paar Befehle und löste damit hektische Aktivitäten aus. »Ich folge Ihrem Vorschlag und handle entsprechend, Kirk, aber welchen Nutzen soll es haben, die Drohnen auf das Schiff zu bringen? Man hat uns gesagt, das Schiff würde alle Waffen konfiszieren, die an Bord gebracht werden.«

»Deshalb dürfen die Waffen der Drohnen nicht scharfgemacht sein«, erklärte Kirk. »Stellen Sie sie so ein, daß sie ihre Waffen erst scharfmachen und abfeuern, wenn sie das Ziel erreichen. Wenn sie ihre Waffen zu früh aufladen, wird die *Recovery* sie einfach ins All hinausbeamen. Unbewaffnet sind sie nicht gefährlicher als Tricorder oder andere mit Sensoren ausgerüstete Geräte.«

Die Augen des Klingonen glitzerten amüsiert. »Ja. Ja. Ich verstehe Ihren Plan. Wenn die Drohnen das Gehirn zerstören, wird aus dem Schiff ein treibendes Wrack. Es wird die Grenze nicht überqueren, um von den dort wartenden Tholianern eingefangen zu werden. Und wir bekommen die Chance, Lokara Auge in Auge entgegenzutreten.« Der Krieger strich nachdenklich über seinen Bart, während er einen Entschluß faßte. »Fünf meiner Krieger werden die Drohnen begleiten.«

Kirk trat näher an den Schirm heran. Wenn er jetzt nicht die richtigen Worte fand, würde er die Ehre des Klingonen verletzten, und dann wäre alles verloren. »Qo'dar, dieser Plan … basiert auf der Voraussetzung, daß die Drohnen ihr Ziel erreichen, bevor die Tholianer im Innern des Schiffes die Kontrolle übernehmen können. Wenn Sie Krieger hinüberschicken, werden deren Waffen augenblicklich konfisziert und sie selbst vermutlich eingekerkert. Die Chancen, daß sie dort überhaupt etwas erreichen, sind außerordentlich gering. Wenn irgend etwas schiefgeht, haben sie ihr Leben für nichts geopfert. Welche Ehre soll darin liegen?«

Qo'dar runzelte die Stirn, während er überlegte. »Das ist typisch für die Föderation. Sie schicken Roboter aus, um die gefährlichsten Arbeiten zu erledigen. Sie reden und reden, nur um einen Krieg zu vermeiden. Sie verschwenden wertvolle Ressourcen für ein Schiff, dessen einziger Zweck darin besteht, Leben zu retten.« Er schüttelte den Kopf. »Ich werde Ihr Volk nie verstehen.«

Kirk spürte Diksens Augen in seinem Rücken und erinnerte sich an ihr Gespräch darüber, wie die Föderation in den Augen kriegerischer Spezies erscheinen mußte. Er wollte gerade antworten, als Sonak sich einmischte.

»Admiral, Mr. Gambeta meldet, daß das Shuttle startklar ist.«

»Schnell, Sonak. Schleusen Sie das Shuttle aus und senden Sie seine Koordinaten an Captain Qo'dar.« Er wandte sich wieder dem Klingonen zu. »Würden Sie die verbliebenen Drohnen in das Shuttle beamen?«

Qo'dar bellte die entsprechenden Befehle.

»Das Shuttle hat Kurs auf die *Recovery* genommen«, meldete Sonak Sekunden später. »Kadett Diksen, bitte teilen Sie den Schirm, damit der Admiral sahen kann, was vorgeht.«

Diksen gehorchte. Neben Qo'dars Bild erschien ein Ausblick ins All, und die mächtige Hülle der *Recovery* wurde sichtbar. Kirk beobachtete den Flug des Shuttles, während Sonak es mit seinen Sensoren verfolgte und laufend Bericht erstattete.

»Das Shuttle hat gestoppt und hält jetzt seine Position fünfzig Kilometer von der *Recovery* entfernt. Laut den Sensoren befinden sich zwei menschliche Passagiere an Bord – und jetzt auch achtzig klingonische Drohnen. Die Sensoren der *Paladin* melden, daß es sich dabei um Überwachungsgeräte handelt, mehr nicht. Die *Recovery* hat die Aktivitäten des Shuttles registriert.«

»Qo'dar, lassen Sie jetzt die zwanzig im Raum treibenden Drohnen das Shuttle einkreisen und das Feuer eröffnen. Zwei, drei leichte Treffer, das ist alles, was wir brauchen. Aber stellen Sie sicher, daß sie nicht auf die *Recovery* oder eines unserer Schiffe feuern.«

Der Klingone nickte und gab die Befehle weiter.

Plötzlich sammelte sich die kleine Gruppe von Drohnen, umschwärmte das Shuttle und gab zwei oder drei Schüsse ab.

»Das Shuttle sendet einen Standard-Notruf der Föderation, Captain«, rief Diksen.

»Gut«, murmelte Kirk leise und wartete darauf, daß das Schiff entmaterialisiert und ins Innere der *Recovery* transportiert wurde. Sekundenlang wagte niemand, sich zu bewegen oder zu sprechen. Doch nichts geschah.

»Kirk?« knurrte Qo'dar.

Jim schaute Diksen fragend an.

»Das Notsignal wird immer noch ausgestrahlt, Sir«, meldete sie.

»Was geht hier vor?« fragte der Admiral. »Weshalb wird es nicht an Bord gebeamt?«

Er glaubte eine Spur von Enttäuschung in Sonaks Stimme wahrzunehmen. »Sir, wie es scheint, ist die *Recovery* nicht überzeugt, daß sich Lebensformen an Bord befinden. Ihre Sensoren sind empfindlicher als unsere ...«

Plötzlich brüllte Qo'dar einen weiteren Befehl, und die Klingonen an Bord der *Fury* beeilten sich zu gehorchen. Kirk gefiel nicht, was man ihnen vermutlich befohlen hatte. »Nein, warten Sie!« rief er, doch es war schon zu spät.

»Captain«, meldete Sonak, »gerade sind fünf Humanoide an Bord des Shuttles gebeamt worden.«

Bevor er seinen Protest gegen Qo'dars Handlungsweise ausdrücken konnte, sah Kirk, wie das Shuttle entmaterialisierte und vom Schirm verschwand.

»Das Shuttle befindet sich jetzt an Bord der *Recovery*, Admiral«, bestätigte Sonak.

»Jetzt werden Sie erleben, wie Klingonen dem Tod ins Gesicht sehen, Terraner!« prahlte Qo'dar und schwenkte die Faust. »Und auch die Tholianer werden es erleben. Aber ich habe Ihren Rat berücksichtigt. Meine Krieger sind unbewaffnet; ein klingonischer Krieger ist selbst Waffe genug.«

Kirk schluckte und zwang sich zu der Bemerkung: »Ich wünsche Ihren tapferen Kriegern Glück, Qo'dar. Mögen sie auf ihrer Mission Erfolg haben.«

»Captain«, meldete Sonak, »die *Recovery* hat ihre Schilde hochgefahren und mit Impulsantrieb Kurs auf den tholianischen Raum genommen.«

Plötzlich flackerte der Schirm unregelmäßig auf, und als Kirk sich umdrehte, sah er, daß Diksen hektisch an ihrer Station arbeitete. »Was ist los, Diksen? Was geht da vor?«

»Es ist die *Recovery*, Sir«, antwortete die Kadettin, ohne den Blick vom Pult zu nehmen. »Sie erzwingt eine Übertragung.«

»Nehmen Sie die Sendung an, Kadett.«

Das verzerrte Gesicht Lokaras schaute ihn vom Schirm her an. Qo'dar war verschwunden.

»Die Sensoren registrieren, daß diese Sendung gleichzeitig an das klingonische Schiff geschickt wird«, sagte Sonak.

Der Schirm zeigte die Brücke des beschädigten tholianischen Schiffes. Die Farben des Bildes schwankten so heftig, daß es in den Augen schmerzte, und Kirk kniff angesichts der grellen Töne die Augen zusammen.

»Kirk!« rief Lokara mit seiner Oktaven umfassenden Stimme. »Ich habe die Kontrolle über die Kommunikationsanlagen der *Recovery*. Schon bald werde ich auch das Gehirn des Schiffes kontrollieren. Unterdessen folgt die *Recovery* weiterhin ihrem Plan, und Sie werden sie nicht aufhalten können. Dieses Schiff mit all seinen Waffen und seiner Technologie wird der Tholianischen Versammlung gehören.«

»Commander Lokara.« Kirk zwang sich zu einem ruhigen, ernsten Gesichtsausdruck, obwohl er nicht sicher war, ob der Alien die Feinheiten menschlicher Mimik überhaupt verstand. »Sie verurteilen Ihr Volk zu einem langen, verlustreichen Krieg ...«

Ein Schwall gedämpfter, mechanisch verzerrter Geräusche drang durch die Lautsprecher. Lokaras verschleierte Gestalt beugte sich zur Seite, als er seine Konsole zu Rate zog; unterdessen nahmen die Geräusche an Lautstärke zu.

»Sonak, was geschieht dort?«

Der Vulkanier zog nachdenklich eine Augenbraue

hoch. »Ich glaube, Captain, das sind die Klingonen, die ihr Zielobjekt gefunden haben.«

Während er noch sprach, ließen sich die Laute als klingonisches Kriegsgeschrei identifizieren.

Auf dem Schirm war zu sehen, wie sich Lokara hektisch bewegte und Kontrollen zu betätigen versuchte, die offenbar nicht mehr reagierten. Kirk fragte sich, ob die Klingonen Laserwerkzeuge benutzt hatten, um sich einen Weg in das Schiff zu schneiden. Würde die *Recovery* das zulassen?

»Kirk!« schrie der Tholianer, dessen wütende Stimme durch die mechanische Verzerrung fast schon komisch schrill klang, »das ist wieder eine Ihrer Heimtücken!«

Der Schirm flammte auf, Lokara verschwand und wurde durch die drohend aufragende Gestalt Captain Qo'dars ersetzt. »Sie wagen es, Kirk das Verdienst zuzuschreiben?« dröhnte er. »Es sind Klingonen, die vor Ihrer Tür stehen, Lokara! Sie können sie auch gleich hereinlassen – denn die *Recovery* wird Sie nicht länger beschützen!« Er brüllte einem Untergebenen einen Befehl zu.

»Captain, die Drohnen haben ihr Ziel erreicht«, sagte Sonak, »ihre Waffen scharfgemacht und sofort gefeuert. Das Gehirn der *Recovery* ist definitiv zerstört. Sie kann nicht mehr in den Warptransit gehen und treibt jetzt mit der ursprünglich erreichten Impulsgeschwindigkeit. Schilde sind unten.«

Kirk verzichtete auf den Luxus, Erleichterung zu empfinden; die Situation war noch nicht geklärt. »Mr. Sandover, können Sie einen Traktorstrahl auf das Schiff richten, bevor es außer Reichweite kommt? Wir müssen es daran hindern, die Grenze zu überqueren.«

Sandover drehte sich zu ihm um. Seine normalerweise blasse Haut war vor Aufregung gerötet.

»Captain, wenn wir in unserer Verfassung versuchen, einen Traktorstrahl an etwas so Großem zu befestigen, werden wir in Stücke gerissen!«

Kirk begriff, daß er recht hatte, und wandte sich an Diksen. »Funken Sie Qo'dar an! Sein Schiff ist in gutem Zustand. Vielleicht können sie das Trägheitsmoment der *Recovery* kompensieren.«

Plötzlich nahm das Bild des Klingonen die Hälfte des Schirms ein, während auf der anderen Seite die *Recovery* zu sehen war, die sich weiter und weiter entfernte. »Ihr Kommunikationsoffizier hat Ihre Bitte weitergeleitet, Kirk. Es tut mir leid, aber das Schiff ist zu groß, als daß wir es beeinflussen könnten.« Er hielt eine Sekunde inne und knurrte dann: »Wir werden es zerstören müssen.«

Und Shulman befand sich noch immer an Bord. »Nein«, entgegnete Kirk. »Ihre Leute, Qo'dar ...«

»Es ist der Traum eines jeden klingonischen Kriegers, im Kampf zu sterben, Kirk. Meine Männer werden freudig in den Tod gehen.«

»Mr. Sonak«, rief der Admiral, erfüllt vom Bewußtsein des drohenden Scheiterns. Noch bevor der Vulkanier reagierte, wußte er, wie die Antwort lauten würde.

»Noch immer kein Erfolg bei der Entschlüsselung des tertiären Codes, Admiral.« Sonak hielt kurz inne. »Sie sollten wissen, Admiral, daß sich laut unseren Anzeigen keine menschlichen Lebensformen mehr an Bord der *Recovery* aufhalten.«

Shulman war also tot; doch es befanden sich immer noch fünf Klingonen und der Tholianer dort. Er starrte auf das sich rasch entfernende Schiff und sagte dann düster: »Mr. Sandover. Fahren Sie alle Phaser hoch. Feuern Sie auf mein Kommando alles auf die *Recovery* ab.«

»Auf Ihr Kommando, Kirk«, sagte Qo'dar mit

einem Respekt, der Kirk dazu brachte, seinen Blick dankbar zu erwidern – er hätte nie geglaubt, dieses Gefühl einmal einem Klingonen gegenüber zu empfinden. »Seien Sie gewiß, daß meine Krieger ihr Schicksal willkommen heißen.«

»Mr. Sandover«, sagte Kirk bitter, »feuern Sie alle Waffen ab.«

Der klingonische Captain stieß ein heiseres, einsilbiges Wort aus. Auf dem Schirm waren grelle Phaserstrahlen zu sehen, die sich in die Hülle des Schiffs brannten. Die *Recovery* wurde vom dem Feuerschlag erschüttert und driftete außer Kurs – beschädigt, aber nicht zerstört.

Der Klingone fluchte. »Was ist das für ein Schiff!« knurrte er, und Kirk begriff, daß diese Bemerkung seiner Bewunderung entsprang. »Wäre das ein klingonisches Schiff ...«

Abermals flackerte der Schirm, und Diksen rief: »Eine Sendung von der *Recovery*, Captain.«

Es war Lokara. Das Bild war so verzerrt, das Kirk eine Sekunde brauchte, um zu erkennen, daß der Tholianer sein Visor verloren hatte und jetzt unverhüllt vor ihm stand. Er gewann einen kurzen Eindruck von golden schimmernder Haut, durchdrungen von regenbogenfarbenen Funken, von langen, sich windenden Tentakeln ... doch das Bild schwankte so heftig und war derart verzerrt, daß Kirk nicht in der Lage gewesen wäre, den Alien einigermaßen zutreffend zu beschreiben. Die Schreie der Klingonen waren nicht schwächer geworden, sondern klangen jetzt so, als hätten sie den belagerten Tholianer fast schon erreicht.

»Es ist vorbei, Kirk!« brabbelte Lokara mit seinem grotesken Stimmenchor. »Vorbei, für immer. Ich habe Ihnen ja gesagt – Tholianer ergeben sich niemals!«

Die körnige, verzerrte und doch eindeutig erkennbare Gestalt eines Klingonen tauchte hinter Lokara auf. Als der Klingone den Tholianer in eine tödliche Umarmung zog, kreischte Lokara und schlug mit einem goldfarbenen Tentakel auf die Konsole vor ihm.

Der Schirm explodierte zu grellweißem Licht. Kirk hob geblendet eine Hand, bis Diksen den Kanal schloß und wieder das Bild des Weltraums mit der kleiner werdenden *Recovery* einspeiste.

»Admiral«, rief Sonak, »die Tholianer haben die Selbstzerstörung ihres Schiffes ausgelöst. Die Explosion hat einen Riß im Warpkern der *Recovery* verursacht. Innerhalb weniger Sekunden wird eine zweite Explosion erfolgen. Ohne Schilde werden wir nicht in der Lage sein, dem Druck …« Er unterbrach sich und schaute, eine Augenbraue verwirrt hochgezogen, auf seinen Monitor.

Bevor Kirk eine Erklärung verlangen konnte, tauchte Qo'dar auf dem jetzt wieder geteilten Schirm auf.

»Festhalten, Kirk! Halten Sie sich fest, so gut Sie können!« grollte der Klingone.

Kirk starrte in das dunkle Gesicht des Commanders und war sich nicht ganz klar darüber, ob der Klingone ihn nur verspotten wollte; die *Fury* jedenfalls war gut geschützt und würde die Explosion ohne Zweifel überstehen.

Auf der anderen Seite des Schirms, direkt vor der Grenze zum tholianischen Raum und in Sichtweite der Flotte, die schon auf sie wartete, explodierte die *Recovery*.

Es war ein in seiner Lautlosigkeit unheimlicher Anblick, als sich das riesige Schiff in einen Lichtblitz und davonwirbelnde Trümmer auflöste. Kirk schaute hilflos zu, wie die Schockwelle, ungebremst durch das Vakuum des Alls, auf sie zurollte.

»Festhalten«, sagte er sinnloserweise zu seiner Besatzung. Eine Million Gedanken durchzuckten ihn in einem Sekundenbruchteil: Pille war hier, an Bord dieses Schiffes, doch er hatte noch keine Gelegenheit gehabt, ihn zu sehen, und jetzt war es zu spät; Diksen, ihre ganzen Karriere noch vor sich, die sie nach seinem Vorbild hatte gestalten wollen, würde nun sterben; Sonak, ein hervorragender Wissenschaftler, der einen ausgezeichneten Ersten Offizier abgeben würde; Gambeta, Ngo, Riley und seine Frau, Sandover; alle hatten so hart gearbeitet, so viel gegeben, jeden seiner Befehle befolgt – und nun sollte alles so enden?

Es tut mir leid, Baldassare. Es tut mir leid, daß ich Ihnen nicht mehr persönlich von Ihrer tapferen Mannschaft erzählen kann …

Die Schockwelle traf sie hart. Kirk spürte, wie die Gewalten an seinem Körper zerrten, als er in seinem Sessel herumgeschleudert wurde. Er hörte die Alarmsirenen, sah, wie Sandovers Station in Flammen aufging, beobachtete, wie der Steuermann sich trotz der Erschütterungen abmühte, den Brand zu löschen. Hinter ihm stöhnte jemand vor Schmerz. Er hörte, wie Stoff riß, Metall und Plastik zersplitterten. Die *Paladin* wurde in Stücke gerissen.

So würde es also enden …

Er schloß die Augen und fühlte, wie die Gewalt der Schockwelle durch ihn und das Schiff hindurchging – und dann schwächer wurde und ganz verebbte, obwohl sich das Schiff noch immer heftig schüttelte. Verblüfft öffnete er die Augen. Seine Crew war damit beschäftigt, die Feuer zu löschen und Notrufe aus allen Teilen des Schiffes zu beantworten.

Sie hatten überlebt. Aber wie …?

Er drehte sich zu Sonak.

»Ich hatte keine Zeit mehr, es Ihnen zu sagen«, meinte der Vulkanier und strich seine Uniform glatt,

»aber die *Fury* hat in letzter Sekunde ihre Schilde auf uns ausgedehnt. Wir sind schwer beschädigt – für die Reparaturen werden wir uns zur nächsten Starbase schleppen lassen müssen –, aber die Lebenserhaltung funktioniert, und das Schiff ist noch in einem Stück.«

Kirk blickte zum Sichtschirm, der jetzt nichts als statische Störungen zeigte. »Diksen, funken Sie die *Fury* an...« Er hielt inne und drehte sich zur Station der Kadettin um. »Diksen, alles in Ordnung?«

Er konnte sehen, daß ihre Hände zitterten, doch sie straffte die Schultern und sagte ohne das leiseste Schwanken in der Stimme: »Mein Pult ist in Ordnung, Sir. Grußfrequenzen sind offen. Ich meine, ich stelle die Verbindung zur *Fury* her, Sir.«

Während sie arbeitete, erwachte der Schirm zu neuem Leben, und gleich darauf erfüllte ihn Qo'dar mit seiner dunklen Präsenz.

»Wie ich sehe, sind Sie meinem Rat gefolgt und haben sich festgehalten, Kirk. Sie haben die Schockwelle überlebt. Zu schade. Das bedeutet, es gibt ein Föderationsschiff mehr, mit dem wir uns befassen müssen.« Qo'dar bemühte sich, eine mißbilligende Miene beizubehalten, konnte jedoch ein leises, zufriedenes Grinsen nicht ganz unterdrücken.

»Sie haben Ihre Schilde ausgedehnt, Qo'dar«, beschuldigte ihn Kirk. »Leugnen Sie es nicht. Sie haben eindeutig versucht, uns zu retten. Was wird das klingonische Oberkommando dazu sagen?«

»Es kann sich nicht zu etwas äußern, von dem es nie erfahren wird, Kirk. Und soweit ich weiß, stehen Sie nicht gerade in dem Ruf, ständig mit unserem Generalstab in Kontakt zu stehen. Wir haben beide erreicht, was wir wollten – auch wenn wir unterschiedliche Ziele hatten. Ohne Zweifel hätten Sie die *Recovery* lieber zum Aufgeben überredet.«

»Und Sie hätten es gewiß vorgezogen, wenn sie

sich gegen Ihr Kriegsschiff gewehrt hätte«, meinte Kirk mit einem schiefen Grinsen.

Qo'dar legte den Kopf in den Nacken und brach in heiseres Gelächter aus.

»Ich hoffe, Ihre Krieger sind ruhmvoll gefallen«, sagte Kirk ernst.

Die Heiterkeit des Klingonen verschwand. »Und ich bedaure, daß wir Ihr Rettungsschiff nicht erhalten konnten. Es war ein ehrenvolles Experiment.«

»Captain«, sagte Diksen leise, »wir werden von einem Föderationsschiff gerufen, das auf unser früheres Notsignal hin antwortet. Sie ... sind besorgt wegen der Anwesenheit der Klingonen, Sir.«

Kirk nickte. »Captain Qo'dar, eins unserer Schiffe ist unterwegs, um uns zu helfen. Doch Ihr Beistand wird nicht in Vergessenheit geraten. Vielleicht eines Tages, in der Zukunft ...«

Qo'dar kicherte nur. »Sie meinen, eines Tages werden die Klingonen so sein wie Sie, den ganzen Tag herumsitzen und reden, reden, reden? Ich hoffe nicht! Auch ich träume davon, wie ein Krieger zu sterben!« Mit einem knappen, klingonischen Befehl beendete Qo'dar die Verbindung, und der Schirm zeigte wieder das Bild des Weltraums mit seinen glitzernden Sternen – und zahllosen Trümmerstücken, die durch das schwerelose Vakuum trieben und alles waren, was noch an das Rettungsschiff *Recovery* erinnerte.

Es tut mir leid, Myron. Mehr leid, als Sie jemals erfahren werden. Er ließ sich in Romolos Sessel zurücksinken, erschöpfter und zugleich munterer als je zuvor in den letzten zwei Jahren.

»Wir werden von der *Cavalry* gerufen, Sir«, erinnerte ihn Diksen, als das klingonische Schiff in den Warp ging.

Kirk drehte sich zu ihr um und fragte grinsend: »Die ... Kavallerie?«

»Aye, Sir. Der Captain der U.S.S. *First Air Cavalry* möchte Sie sprechen.«

Kirk schmunzelte in der Erinnerung an die Auseinandersetzungen um diesen Namen, die die Taufe des Schiffes begleitet hatten. Doch die *First Air Cavalry* war eine berühmte historische Kampfeinheit gewesen und hatte diese Ehrung verdient, und außerdem brauchte die *Paladin* im Moment alle Ressourcen, die jenes große Sternenschiff zu bieten hatte.

»Auf den Schirm, Diksen.«

Als das vertraute Gesicht von Captain Marie Childress auftauchte, mit Botschafter Sarek an ihrer Seite, gestattete sich Jim ein breites Lächeln.

»Marie! Der richtige Anblick für müde Augen. Das gilt auch für Sie, Botschafter.« Er genoß es zu sehen, wie Botschafter Sarek mit einem winzigen Hochziehen der Augenbraue seine Überraschung zum Ausdruck brachte. »Wie sind Sie so schnell hergekommen?«

»Jim, es waren mehrere Schiffe in der Nachbarschaft der Simulation stationiert worden«, antwortete Childress, »einfach nur aufgrund der Anwesenheit von Romulanern, Klingonen und Tholianern. Wir hörten vom Zusammenbruch der *Recovery* und sind seitdem hinter Ihnen hergejagt. Ein paar weitere Schiffe folgen uns, und mehrere andere sind zur Unterstützung der *Starhawk* zurückgeblieben.«

»Ist Captain Romolo bei Ihnen?« fragte Kirk hoffnungsvoll. Er wünschte sich nichts mehr, als Baldassare – vor versammelter Mannschaft – zu berichten, wie tapfer sich die Besatzung für ihren ›Ersatz-Captain‹ geschlagen hatte.

Captain Childress bewegte sich unruhig in ihrem Sessel, während ihre Augen Sareks Gesicht suchten. Der Botschafter neigte kurz den Kopf. Als er wieder aufsah, wirkte seine Miene düster. »Es tut mir leid,

Admiral, aber ich fürchte, Captain Romolo hat den Angriff auf die *Starhawk* nicht überlebt. Darf ich Ihnen und der Besatzung der *Paladin* gegenüber zum Ausdruck bringen, daß ich mit Ihnen trauere.«

Kirk konnte nichts sagen – er fühlte sich, als hätte er soeben einen Tiefschlag erhalten. Ein paar Sekunden verstrichen, dann sprach Sarek weiter, und diesmal war ein Hauch von Neugier in seiner Stimme zu erkennen.

»Captain Akhmatova wurde schwer verletzt und befindet sich noch in der Krankenstation. Sie bat mich, Ihnen eine Botschaft zu übermitteln...« Er zögerte kurz. »Sie meinte, ich soll Ihnen sagen, sie wüßte jetzt, was sie tun sollte. Und sie sagte: Erzählen Sie Kirk, Baldassare hätte die richtige Wahl getroffen. Die vierte Möglichkeit.«

»Die vierte Möglichkeit«, wiederholte Kirk, noch zu betäubt von den Neuigkeiten, um die Worte zu begreifen. Und dann fiel ihm seine Unterhaltung mit Akhmatova wieder ein.

»Ich glaube, ich habe drei Möglichkeiten: Ich kann die Beförderung akzeptieren und mich die Treppe hinauftreten lassen, ich kann sie ablehnen, oder in den Ruhestand gehen und alles hinter mir lassen.« Baldassare hatte die vierte Möglichkeit gewählt, die richtige: Er war im Kampf gestorben, als Captain auf einem Sternenschiff.

Ein schwacher Laut hinter ihm veranlaßte ihn, über die Schulter zu schauen. Reese Diksen saß mit steinerner Miene an der Kommunikationsstation, starrte auf ihr Pult und hatte die Fäuste vor Wut geballt.

Mit einem Seufzen wandte sich der Admiral wieder dem Schirm zu.

»Marie, diese Crew ist verletzt, hungrig und erschöpft. Viele von ihnen werden direkt zur *Cavalry* gebeamt werden müssen, um medizinisch versorgt zu werden. Wir brauchen ein Ersatzteam – insbesondere für die Brückenmannschaft – und eine Menge Hilfskräfte.«

»Ich schicke Ihnen meine besten Leute, Jim«, versprach Marie. »Sie werden die Brücke noch in dieser Stunde verlassen können.«

Er nickte und dachte: *Irgendwo auf diesem Schiff muß es saurianischen Brandy geben. Wenn ich den entdeckt habe, muß ich nur noch Pille finden …*

EPILOG

Kevin Riley ließ sich mit einem erleichterten Seufzen auf der nur allzu einladenden Schlafkoje an Bord der *Paladin* nieder. Nach den Ereignissen auf der *Recovery* fühlte er sich erschöpft und um Jahre gealtert. Nach einem kurzen Austausch mit Admiral Kirk war er in sein Gastquartier zurückgekehrt, um sich zu waschen und die von Josiah Ngos Blut befleckte Uniform zu wechseln. Der Admiral hatte genauso müde ausgesehen wie sein Adjutant, und auch seine Uniform war blutverschmiert. Doch anders als Riley schien Kirk durch die Ereignisse verjüngt worden zu sein, und Riley hatte keinerlei Zweifel, daß der Admiral sein Versprechen halten und sich wieder ein Kommando über ein Sternenschiff beschaffen würde.

Doch im Moment konnte Riley seinen erschöpften Verstand nicht dazu bewegen, weiter über dieses Thema nachzudenken. Jetzt war er erst einmal reif für eine lange Ruhepause. Sein Körper sehnte sich danach. Doch obwohl er in der weichen Koje lag und sich weder rühren wollte noch konnte, dachte er daran, wieder aufzustehen. Anab und er würden nicht mehr lange auf der *Paladin* bleiben. Er wollte sie suchen, sie allein sehen, fern von dem düsteren Hintergrund der *Recovery*, und bevor Pflicht und Weltraum sie wieder trennten.

Er blieb ein paar Augenblicke so liegen, während Wunsch gegen Müdigkeit kämpfte, doch als der Türmelder leise summte, lächelte er und erhob sich.

Die Tür glitt zur Seite und zeigte Anab – wie immer, jedenfalls nach Rileys Meinung, atemberaubend in ihrer dunklen Schönheit, ihrer Eleganz –, die schüchtern lächelte. Ihre Uniform war mittlerweile ebenfalls von Ngos Blut gereinigt. Sie strich sich mit der Hand über das kurzgeschorene Haar und blieb einen Moment zögernd auf der Schwelle stehen, unsicher, ob sie willkommen war.

»Komm herein, bitte«, sagte er und deutete auf einen Sessel. »Ich hatte gerade überlegt, ob ich dich aufsuchen sollte.«

Sie ging zu dem Sessel hinüber, setzte sich und schlug die Beine übereinander, während Riley sich auf das Bett hockte. »Ich bin gekommen, um mich zu entschuldigen, K. T.«

Er blinzelte verdutzt, weil er keine Ahnung hatte, worauf sie sich bezog, und lachte dann unsicher. »Wofür?«

»Für die Art, wie ich dich auf der *Recovery* behandelt habe. Ich konnte nicht akzeptieren, daß du dich geändert hast. Das hast du nämlich. Du bist nicht der Mann, den ich verlassen habe.«

Er spürte eine plötzliche Wärme auf seinen Wangen und begriff zu seiner eigenen Verwunderung, daß er wie ein Kadett errötete. »Oh ... nun, ich glaube, ich habe mich tatsächlich verändert. Zumindest in gewisser Weise. Aber ... sehen wir den Tatsachen ins Auge, Anab. Du hattest nicht ganz unrecht. Ich gebe einen lausigen Sicherheitsoffizier ab.«

Er brachte das so treuherzig vor, daß sie laut auflachte, und er fiel in das Gelächter mit ein.

»Ich weiß«, sagte sie lächelnd und bleckte ihre perlweißen Zähne. Dann wurde sie abrupt wieder ernst. »Du wärst beinahe getötet geworden. Zweimal – einmal, weil du mich gerettet hast. Ich möchte dir dafür danken.«

»Du hast das gleiche für mich getan. Erinnerst du dich?«

»Ich erinnere mich.« Sie senkte kurz den Kopf, hob ihn dann wieder schüchtern, blickte ihn an und seufzte. »In Wirklichkeit bin ich gekommen, weil ich dich vermisse, K. T. Ich konnte nicht gehen, ohne dir zu sagen – auch wenn ich dich damals verlassen mußte, um das zu tun, was ich mit meinem Leben anfangen wollte –, daß du mir noch immer etwas bedeutest.« Ihre Stimme wurde plötzlich leise, so daß er sich vorbeugen mußte, um sie zu verstehen. »Es ist nicht so, daß ich einfach aufhören könnte, dich zu lieben.«

Ihre Worte trafen ihn fast genauso wie ihr unvermuteter Anblick im Konferenzraum der *Paladin*; doch diesmal wurde der Schmerz durch Süße gemildert. »Ich weiß.« Er beugte sich noch weiter vor und berührte die Hand, die in ihrem Schoß lag. »Getrennt zu leben ... hat unsere Gefühle nicht wirklich verändert, nicht wahr? Ich habe nur gelernt, mich ... daran zu gewöhnen.«

Sie nahm sanft seine Hand und senkte wieder den Kopf. Diesmal schaute sie nicht wieder hoch. »Ich wünschte ...«, flüsterte sie, »ich wünschte, es gäbe eine Möglichkeit, daß wir zusammensein könnten.«

Vor einem Jahr, und auch noch vor einem Monat, ja vielleicht sogar noch am Tag vor den Ereignissen auf der *Recovery* hätte er darum gebetet, diese Worte zu hören. Doch jetzt ließ er lange Sekunden verstreichen, bevor er leise antwortete.

»Das können wir nicht. Weil ich etwas gelernt habe: Ich tauge nicht für den aktiven Dienst im Raum. Es gibt keinen Grund, mich deswegen zu schämen – nicht jeder gehört auf ein Sternenschiff. Aber ich habe gelernt, daß ich nicht dort hingehöre.«

Sie sah ihn an und sagte bitter: »Aber ich schon.«

»Aber du schon.« Er strich sanft mit dem Handrücken über ihre Wange. »Das erkenne ich jetzt wirklich.«

Wieder verging eine Weile; dann fragte sie: »Dann wirst du also bei Kirk bleiben? In San Francisco?«

Er überlegte einen Moment und dachte an Kirks Entschlossenheit, eine bessere Aufgabe von Nogura zu verlangen. Und nachdem er jetzt die Begeisterung in Kirks Gesicht gesehen hatte, konnte er sich denken, welche Aufgabe der Admiral verlangen würde.

Und genauso sicher wußte er, daß er nicht dafür geschaffen war, ihn zu begleiten.

Er blickte an Anab vorbei, auf einen weit in seiner Zukunft liegenden Punkt, und murmelte: »Ich weiß es nicht...«

McCoy saß an Josiah Ngos Bett und wartete geduldig darauf, daß sich die Lider des jungen Mannes bewegten. Er sollte ungefähr jetzt wieder zu sich kommen...

Die Augen unter den dunklen Lidern rollten hin und her, er blinzelte und schlug die Augen schließlich ganz auf.

»Sie sind in Ordnung, mein Junge«, sagte McCoy freundlich. »Sie kommen gerade aus der Zellregeneration. Haben eine ganze Weile dort zugebracht. Wie fühlen Sie sich jetzt?«

Josiah hob eine Hand und berührte zögernd seine Brust, dann klopfte er etwas fester darauf.

»Er ist weg«, meinte McCoy. »Sie haben die Operation gut überstanden. Anschließend waren Sie mehr als zwei Tage in der Zellregeneration. In weiteren zwei Tagen können Sie die Krankenstation verlassen, damit wir das Bett jemandem geben können, der es wirklich braucht.«

Josiah nickte, noch immer halb betäubt. McCoy hob ein Glas Wasser an seine Lippen und ließ ihn trinken.

»Wir ... wir sind auf der *Paladin*?« krächzte der Kadett mit von mangelndem Gebrauch eingerosteter Stimme.

McCoy nickte. »Wir haben die Operation in der Krankenstation durchgeführt, und gerade, als wir fast fertig waren, haben Sie uns einige Sorgen bereitet ...« Er schüttelte den Kopf, als er daran dachte, wie plötzlich der Blutdruck abgefallen und alle Werte in Richtung Null gegangen waren, als hätte der Junge einfach aufgegeben. »Wir haben mit drei Ärzten – mich eingeschlossen – an Ihnen herumgebastelt. Nachdem Sie das Schlimmste hinter sich hatten, haben wir Sie zur Erholung und Zellregeneration hergebracht. Und Sie haben sich gut gehalten. In den letzten vierundzwanzig Stunden gab es keine kritischen Situationen mehr. Morgen können Sie schon wieder tanzen.«

Josiah warf ihm einen skeptischen Blick zu, brachte aber ein schwaches Lächeln zuwege. »Lieutenant Saed und Commander Riley? Reese?«

»Alle wohlauf.« Der Doktor grinste bei dem Gedanken. »Ihre Freundin Reese kommt Sie bald besuchen.«

»Haben Sie schon ... diesen Drink mit Admiral Kirk genommen?«

McCoy blickte den jungen Mann düster an. »Nein, leider nicht. Jim war beschäftigt, und Sie und ich waren in der Krankenstation. Aber ich erwische ihn schon noch, sobald er alles auf der *Paladin* erledigt hat.« Tatsächlich hatte er gezögert, den Admiral wiederzusehen. Die Ereignisse auf der *Recovery* hatten die Tatsache, daß Kirk auf die Brücke eines Sternenschiffes gehörte, nur noch unterstrichen, und der Doktor war sich nicht so sicher, ob er den Mund halten konnte, statt es Jim direkt unter die Nase zu reiben.

Doch gleichzeitig sehnte er sich danach, seinen alten Freund wiederzusehen. *Aber was bringt es schon, alte Zeiten wieder aufzuwärmen?* dachte er bitter. *Sie kommen doch nie wieder ...*

Josiah nickte und blinzelte dann müde. Regenerationspatienten konnten anfangs nie lange wachbleiben. »He, Doc – Sie haben es geschafft. Sie haben den Funkspruch durchgebracht. Sie sind ein Arzt – und ein Computerexperte!« Trotz seines angeschlagenen Zustands brachte Ngo ein kurzes Grinsen zustande.

»Nur vorübergehend, da bin ich sicher«, meinte McCoy. »Aber jetzt müssen Sie wieder schlafen.« Er dämpfte die Lichter, und binnen weniger Sekunden hatte Josiah seine Anweisung befolgt, so daß er den Raum leise verlassen konnte.

Draußen rieb sich McCoy die müden Augen. Er fühlte sich, als wäre er dreihundert Jahre alt. Er hatte lediglich ein paar Stunden geschlafen, weil er sich verpflichtet fühlte dazusein, wenn Josiah zum erstenmal nach der Operation erwachte. Jetzt mußte er sich keine Sorgen mehr darüber machen, der Junge könnte verängstigt auf einem fremden Schiff aufwachen, ohne irgend etwas Bekanntes um ihn herum.

Nun war es an der Zeit, seinen eigenen Rat zu befolgen und selbst etwas Schlaf zu finden. Müde ging er zwei Türen weiter und betrat die Unterkunft, die man ihm zugewiesen hatte. Als er über die Schwelle trat, bemerkte er einen Schatten, und da er nach all der Gewalt auf der *Recovery* noch immer nervös war, blieb er wie angewurzelt stehen und überlegte gleichzeitig, ob er fliehen sollte.

Eine Gestalt trat aus den Schatten heraus und forderte den Computer auf, mehr Licht zu machen.

McCoy starrte blinzelnd auf das große, dunkle Gespenst. »Angie?« flüsterte er heiser.

»Leonard, alles in Ordnung?« Angelina Mola kam mit den gleichen flüssigen Bewegungen auf ihn zu, wie er sie in Erinnerung hatte. Er wußte, daß es eine Halluzination war, entstanden vermutlich aus Schlafmangel und einem Poststreß-Syndrom. Trotzdem tat es gut, sie wiederzusehen. »Hat man es Ihnen nicht gesagt, Leonard? Haben Sie nichts davon gehört? O *Dios*, Sie Ärmster, was für ein Schock. Genau das, was Sie jetzt noch brauchen.«

Sie nahm seine Hände, und ihre waren warm, die gleichen warmen, langfingrigen, kräftigen Hände, die sich bei Operationen so geschickt bewegten, und so sicher bei jedem Notfall. McCoy konnte nicht anders, als sie verwundert anstarren.

»Die *Recovery* hat mich perfekt erhalten«, erklärte sie, »und die Stasiskammer exakt so genutzt, wie es gedacht war. Meine Kammer wurde – immer noch voll funktionsfähig – mit dem Rest von euch zur *Paladin* gebeamt. Sie haben mich herausgeholt, während Sie noch mit der Operation des jungen Kadetten beschäftigt waren. Ich habe ein neues, künstliches Herz« – sie klopfte sich gegen die Brust –, »komplett mit Fünfjahresgarantie! Wenn es versagt, bekomme ich mein Geld zurück! Sie waren so beschäftigt mit Ihrem Fall – ich schätze, nach einer Weile haben sie einfach vergessen, es Ihnen zu sagen. Es tut mir so leid. Das muß ja gewesen sein, als würde man einem Toten begegnen.«

Während sie sprach, stiegen ihm Tränen in die Augen; er mußte rasch blinzeln. »Eher, als würde man einer Heiligen begegnen. Angie, es ist so wunderbar, Sie zu sehen!« Er umarmte sie, drückte sie an sich, und sie erwiderte die Umarmung.

Schließlich ließ er sie wieder los und fragte leise: »Hat man Ihnen erzählt …«

»Daß ich die einzige war, die so viel … Glück hatte?« Sie schloß für einen Moment die Augen; ihr Gesicht spiegelte ihren Kummer wieder. »Chia. Nassar. Monique. Es ist so schwer zu glauben. Und *Myron* … So zu sterben, ein so sanfter Mensch …«

McCoy schüttelte den Kopf, als wollte er die schrecklichen Erinnerungen vertreiben. »Er … er war so stolz,

Angie. So stolz, daß er Sie gerettet hatte. Ich glaubte, Sie wären für immer verloren, aber ich habe ihm zugestimmt, um ihn aufzumuntern. Er starb in dem Glauben, daß er Sie allein aufgrund seines starken Willens gerettet hatte. Und letzten Endes hat er uns alle gerettet.«

Sie sah ihn mit so schmerzerfüllten Augen an, daß er den Blick abwenden mußte. Er holte tief und unsicher Atem und fuhr fort: »Als wir in dem Frachtraum materialisierten, wußten nur wenige von uns, wo wir uns befanden. Überall drohte Panik auszubrechen. Ein paar Starfleet-Leute waren bei mir, und sie hatten genug Durchsetzungsvermögen, um ziemlich schnell alles wieder unter Kontrolle zu bekommen. Dann erzählte ich jedem im Frachtraum, der es hören wollte, wie wir hergekommen waren – daß Myron die Kernprogrammierung gerettet hatte. Ich mußte eine Menge reden, doch als sie Josiah und mich zur Krankenstation brachten, hatte man direkt dort im Frachtraum bereits mit einem Gedenkgottesdienst für Myron begonnen. Es gab da zehn Männer von Zotos Vier, die viele Jahre mit ihm zusammengearbeitet hatten und dort ein *Kaddish** für ihn sprachen. Ich wünschte, ich hätte noch so lange dort bleiben können.«

»Aber mit Kirk haben Sie noch nicht gesprochen«, sagte sie.

Er schüttelte den Kopf. »Die *Paladin* ist ein Schrotthaufen, der nur noch von Draht und Spucke zusammengehalten wird. Nachdem Romolo tot ist, ist Jim jetzt wirklich der Captain und hat viel zuviel zu tun, um sich um private Dinge zu kümmern. Und ich war wer weiß wie lange in der Krankenstation – kommt mir vor, als wären es Tage gewesen…«

---

* Jüdisches Totengebet, das nur gesprochen werden darf, wenn zehn männliche Juden versammelt sind. *Anm. d. Übers.*

Er blickte auf, als er sich an etwas erinnerte. »Angie, hat man Ihnen ... alles gesagt?«

Sie senkte den Blick und wirkte plötzlich so alt, wie sie wirklich war. »Ja. Myron ist tot. Die *Recovery* vernichtet.«

Er wußte, daß beides, in vielerlei Hinsicht, gleichbedeutend für sie war.

»Leonard, die Fortschritte, die wir auf diesem Schiff gemacht haben – das ist alles verloren.«

»Es kann nicht alles verloren sein, Angie. Myrons Unterlagen existieren noch an anderen Orten. Die Dinge, die er entwickelt hat, können reproduziert werden.«

Sie schüttelte den Kopf. »Einiges davon sicher, im Lauf der Zeit. Aber die *Recovery* ist ein verlorener Traum. Sie wissen nicht, welchen Aufwand es bedeutet hat, das Original zu bauen, das Geld zu beschaffen, die politischen Schachzüge, die Ressourcen, der Stab ... Und jetzt gibt es keinen Shulman mehr, der alles zusammenhält. Er war ein Genie, Leonard, und seine Kreativität und sein Einfallsreichtum sind für immer verloren.«

Die alte Frau sah ihn offen an. »Die FDRA wird nicht die einzige Organisation sein, die unter diesen Geschehnissen zu leiden hat. Die ganze Föderation wird es spüren. Dieser Rückschlag wird die technologische Entwicklung verlangsamen. Der Verlust der *Recovery* wird viele Forschungen, viele Entdeckungen beeinflussen. Allein die Untersuchung wird Jahre dauern.«

Sie hatte recht, begriff er düster.

»Wenn andererseits«, sagte sie berechnend und blickte ihn an, »jemand käme, der einen guten Ruf besitzt, der mit beiden Beinen fest auf der Erde steht und den Respekt der Föderationsspitzen genießt, wenn so jemand den Vorschlag machen würde ...«

McCoys Augen weiteten sich. »Wenn Sie so weiterreden, Lady, dann bin ich gezwungen, Sie auf einen Hirnschaden zu untersuchen. Vergessen Sie das, Angie. Ich bringe garantiert nicht die nötige Geduld auf, so etwas auch nur zu versuchen, und nach allem, was ich mitgemacht habe, weiß ich nicht mal, ob ich selbst an das Projekt glauben könnte. Es gibt Dinge, die sollte man besser in Frieden ruhen lassen.« Er wandte sich schuldbewußt ab, um ihrem enttäuschten Blick auszuweichen.

Wieder schüttelte er den Kopf. »Dieser Ausflug mit der *Recovery* war mein letzter Beitrag für Gott und Vaterland. Wenn die Föderation will, daß ich noch einmal für sie arbeite, wird sie mich schon mit Gewalt einziehen müssen. Das garantiere ich.«

Die beiden alten Freunde standen lange, lange Zeit schweigend in seiner Unterkunft und hielten ihren ganz eigenen Gedenkgottesdienst.

»Eigentlich ist es recht erstaunlich, Admiral«, sagte Riley, als sie am nächsten Morgen durch die vom Kampf gezeichneten Korridore der *Paladin* gingen, »daß die Wissenschaftler es trotz all dieses Chaos geschafft haben, alle von Zotos Vier mitgebrachten Daten zu retten.«

Kirk war selbst überrascht gewesen, als er diese Information erhalten hatte. »Sie haben verdammt hart dafür gearbeitet, deshalb sind sie wohl auch besonders vorsichtig damit umgegangen. Sie haben die Daten nicht nur im Hauptcomputer der *Recovery* untergebracht – wo sie zusammen mit dem Schiff vernichtet wurden –, sondern auch noch Sicherheitskopien gezogen, die sie die ganze Zeit über bei sich trugen. So wurden die Daten mit ihnen gerettet, als sie zur *Paladin* gebeamt wurden. Ein Glück, daß sie dem neuen Schiff mißtraut haben.«

Die letzten zwei Tage hatten ununterbrochenen Streß bedeutet, als Tausende von Entscheidungen getroffen werden mußten bezüglich der Reparaturen an der *Paladin*, des Mannschaftsaustausches, der Datentransfers und der Überlebenden der *Recovery*. Zum Essen war er nur während der Arbeit gekommen, und mit dem Schlaf war es noch schlimmer. Jim wußte nicht mehr genau, wann er zuletzt geschlafen hatte, aber es war ohnehin nur ein kurzes Nickerchen in irgendeinem Sessel gewesen, gefolgt von weiterer Arbeit.

Er hatte es nicht geschafft, mit McCoy zu reden. Er hatte versucht, zur Krankenstation zu gehen, doch entgegen Captain Childress' Zusage hatte er die Brücke stundenlang nicht verlassen können. Und als er endlich etwas Zeit fand, steckte Pille gerade mitten in der Operation von Josiah Ngo. Die beiden waren zum Hospitalschiff gebracht worden, als Jim zusammen mit den Ingenieuren an der Justierung des Warpantriebs arbeitete. Erfahren hatte er ohnehin erst viel später davon.

Aber er war erleichtert, daß sich wenigstens Kevin Riley wieder an seiner Seite befand.

»Admiral.« Rileys Tonfall wurde plötzlich ernst, und er ging etwas langsamer. »Wenn ich offen sprechen darf, Sir …«

Kirk zog die Augenbrauen hoch. »Ich erwarte immer, daß Sie offen sprechen, Riley. Das wissen Sie.«

Riley grinste verlegen. »Ja, Sir. Ich habe das Gefühl, daß Sie hier draußen ein paar Entscheidungen getroffen haben. Ich kann es Ihrem Gesicht ansehen. Die ganze Zeit über, die ich hier bei Ihnen war … da sind Sie, nun … es ist so, als ob Sie …«

Kirk hob die Hand. »Nein. Ganz so ist es nicht. Ich bringe die *Paladin* heim. Vielleicht wird sie außer Dienst gestellt, nachdem sie erhebliche Schäden erlitten hat, aber wenn das geschieht, werde ich diese Entscheidung mittragen. Das bin ich Baldassare schuldig. Und ich werde sie auf ihrer letzten Fahrt begleiten. Das hat sie sich verdient. Aber Sie haben recht, was die Entscheidungen angeht. Ich habe dem Alten bereits meinen Bericht geschickt. Und meine Bitte.«

Rileys Miene nahm einen durchtriebenen Ausdruck an. »Sie meinen, Ihre Forderung.«

Kirk lächelte und neigte den Kopf, um diese Bemerkung zu bestätigen. »Nogura wird es so betrachten – aber er kann es mir jetzt nicht mehr verweigern. Nicht nach alledem.« Er schaute Riley an. »Ich will die *Enterprise* wiederhaben. Und ich werde sie bekommen. Und mich nie mehr auf Noguras Versprechungen verlassen.«

»Das glaube ich Ihnen, Sir.«

Kirk grinste verschmitzt. »Wollen Sie mitkommen?«

Riley erwiderte das Grinsen, wurde aber rasch wieder ernst. »Ich weiß, ich habe damals gesagt, ich würde Ihnen folgen, Sir … aber die Zeit an Bord der *Recovery* hat mich dazu gebracht, es mir zweimal zu überlegen, ob ich noch mal auf einem Sternenschiff dienen will.« Er ließ die Schultern sinken und stieß ein leises Seufzen aus. Kirk bemerkte, wie ein Hauch von Unsicherheit über seine Gesichtszüge glitt. »Ich gehöre nicht dorthin, Sir – aber ich habe es auch ernst gemeint, als ich sagte, ich würde nicht für andere die Papierstapel sortieren. Ohne Sie möchte ich auch nicht mehr im Hauptquartier dienen.«

Die beiden Männer blieben stehen. Kirk betrachtete seinen Adjutanten nachdenklich. Er hatte immer gespürt, daß Rileys Bestimmung nicht darin lag, an einem Schreibtisch im Hauptquartier von Starfleet zu sitzen. Allerdings hatte er gehofft, er würde zusammen mit ihm zur *Enterprise* kommen. Doch wenn das nicht sein sollte …

Er sprach rasch, als ihm ein Einfall kam. »Kevin... ich habe heute mit Botschafter Sarek gesprochen. Er hat beim Angriff auf die *Starhawk* zwei seiner engsten Mitarbeiter verloren. Wenn Sie interessiert sind, könnte sich Ihnen eine ganz neue Karriere eröffnen – in der Diplomatie. Interessiert?«

Riley strahlte. »Ja, Sir! Die Zeit, als ich Ihnen beim Ausräumen diplomatischer Schwierigkeiten geholfen habe, war der beste Teil des Jobs. Das heißt, wenn Sie glauben...«

»Es wird mir ein Vergnügen sein, Sie zu empfehlen.«

»Vielen Dank, Admiral.« Er atmete tief durch und grinste. »Danke. Offen gesagt, hatte ich mir Sorgen gemacht, wie Sie reagieren würden. Es tut mir leid, Sie zu verlassen. Sie haben mir mehr geholfen, als Sie ahnen.«

»Genau, wie Sie mir geholfen haben«, sagte Kirk leise. Er streckte seine Hand aus, und Riley schüttelte sie herzlich.

»Mit Ihrer Erlaubnis, Sir.« Riley nahm Haltung an. »Ich würde Botschafter Sarek gern so bald wie möglich aufsuchen...«

»Nur zu, Kevin. Alles andere können wir später erledigen.« Er ließ Rileys Hand los und schaute mit einem Anflug von Nostalgie zu, wie sein Adjutant – sein *ehemaliger* Adjutant – zuversichtlich den Flur entlangschritt.

Als Kirk den Turbolift erreichte, war er sich gar nicht mehr so sicher, wohin er eigentlich unterwegs war. Das Schiff war für reisetauglich erklärt worden – solange sie Warp vier nicht überschritten –, und nun hatten sie endlich Fahrt aufgenommen. Vielleicht wäre das jetzt der richtige Zeitpunkt, ein leeres Quartier zu suchen und tatsächlich mal ein paar Stunden im Liegen zu schlafen. Die Lifttüren öffneten sich, und Reese Diksen blickte ihn überrascht an.

»Captain Kirk, ich meine … Admiral, ich meine …« Sie hörte auf zu stottern und sammelte ihre Gedanken. Nachdem sie den Lift verlassen hatte, begann sie erneut: »Admiral. Schön, Sie zu sehen. Alles in Ordnung?«

»Zumindest während der letzten zehn Minuten«, versicherte er. »Wohin gehen Sie?«

»In mein Quartier. Ist hier auf diesem Korridor.«

Ohne sich abzusprechen, setzten sich die beiden in Bewegung. »Was diesen Punkt betrifft, könnte ich etwas Hilfe brauchen, Diksen«, meinte Kirk.

»Verzeihung, Sir?«

»Haben Sie irgendwelche Ideen, wo ich heute nacht schlafen könnte?« Plötzlich begriff er, wie sie seine Worte möglicherweise auffassen konnte, und wäre beinahe rot geworden. Er hatte sie in aller Unschuld gefragt, da er sie, nach allem, was sie gemeinsam durchgemacht hatten, als Offizierskollegin betrachtete, und nicht als Frau. Aber das war sie natürlich doch.

Sie dachte über seine Frage nach, und auf ihrem Gesicht zeigte sich keine Spur von Unbehagen. »Ich nehme an, Sie wollen lieber nicht in der Kabine des Captains bleiben?«

»Ganz recht«, sagte er etwas zu schnell. Romolos Geist würde ihn auch so noch lange genug heimsuchen. Im Bett des toten Mannes würde er nicht eine Sekunde Schlaf finden.

»Nun«, meinte sie, »die Unterkunft neben der von Sonak ist frei, Sir, oben auf Deck zwei – sofern sie nicht jemand wegen der Schäden auf den anderen Decks mit Beschlag belegt hat.«

Doch das war unwahrscheinlich, nachdem sie so viele ihrer Besatzungsmitglieder auf die *Cavalry* transferiert hatten, dachte er. Diksen war geblieben. Genau wie Saed. Ngo wäre zweifellos ebenfalls geblieben, wäre er nicht verwundet worden ... ein leises Schuldgefühl überkam ihn bei der Erinnerung.

Als hätte sie gemerkt, daß er an Ngo dachte, sagte Reese: »Ich habe gehört, daß Sie Ngo für die Ehrenmedaille vorgeschlagen haben. Das finde ich großartig, Sir. Wenn er sie bekommt, wird er der erste Kadett sein, der sie sich jemals im Gefecht verdient hat.«

Kirk lächelte leise. »Oh, da bin ich nicht so sicher. Könnte sein, daß er nur *einer* der ersten Kadetten ist.«

Diksen runzelte die Stirn; als sie endlich begriff, was er angedeutet hatte, flammten ihre Ohren rot auf.

Er mußte lachen. »Nach dieser Geschichte werden noch genug Medaillen verteilt, Diksen.« Dann wurde er wieder ernst. »Ich erinnere mich, daß ich Ihnen die Chance geboten habe, die Brücke zu verlassen, zu Josiah zu gehen – und Sie sind geblieben.«

»Ihm hätte ich nicht helfen können – aber Ihnen.«

Kirk nickte. »Sie haben mir geholfen. Die ganze Zeit über. Sie zeigen recht vielversprechende Anlagen, Diksen.«

Sie hielt die Luft an, atmete dann ganz langsam aus und sah ihn an. »Ich werde mich daran erinnern, was Sie mir gesagt haben. Ich werde meine Ziele nie vergessen.«

Er betrachtete ihr attraktives, junges Gesicht, sah all die schweren Entscheidungen, die auf sie zukommen würden – und beneidete sie darum. »Ich werde mich auch daran erinnern. Das verspreche ich Ihnen.«

Ihre Augen wurden groß. »Sie ... Sie kehren zurück ins All?«

»Ich werde zumindest darum kämpfen.« Er grinste. »Wollen Sie mitkommen?«

»Ja, Sir! *Unbedingt!*«

»Abgemacht, Diksen. Aber diesmal nicht an der Kommunikation, sondern ...«

»Ist schon okay, Sir. Ein Captain muß wissen, wie alles auf seinem Schiff funktioniert!«

Lachend fuhr er fort: »Und bringen Sie Ngo auch mit. Ich denke daran, auch Lieutenant Saed zu fragen.« Er stellte tatsächlich schon seinen Stab zusammen, begriff er. Konnte er seine alte Mannschaft aus ihren neuen Aufgaben herausholen? Würden sie wieder mit ihm kommen? Irgendwie mußte er McCoy beschwatzen, wieder mitzufliegen, trotz seines ständigen Geknurres, er hätte genug von Starfleet.

Aber Spock …

Die Gegenwart seines vulkanischen Freundes war auf dieser Mission mitunter so real gewesen, daß er beinahe seine Stimme gehört hatte. Doch Spock befand sich auf Vulkan und studierte das *Kolinahr*. Das war eine Verbindung, derer er sich nie wieder erfreuen würde.

Dann erinnerte er sich an Sonak.

»Auf welchem Deck war diese Unterkunft doch gleich, Diksen?«

Ein paar Minuten später näherte er sich der Kabine, die die Kadettin ihm genannt hatte. Die Türen öffneten sich, und ein überraschter Vulkanier sah ihn an. »Admiral Kirk? Kann ich Ihnen helfen?«

»Sonak! Entschuldigen Sie. Ich muß die Räume verwechselt haben. Diksen sagte, es gebe hier eine freie Unterkunft, aber ich hätte geschworen, es ist diese.«

»Da muß es einen Irrtum gegeben haben, Sir. Dies hier ist meine Unterkunft. Aber ich kann Ihnen eine leere Kabine zeigen.« Der Vulkanier ging zusammen mit Kirk den Korridor entlang zum nächsten Quartier. Die Türen öffneten sich und zeigten einen sauberen, aber leeren Raum mit einem frischbezogenen Bett – ein einladender Anblick.

»Vielen Dank«, sagte Kirk. »Es ist eine Weile her, seit

einer von uns ausreichend Schlaf bekommen hat ... das heißt, einer von uns Menschen.«

Sonak zog lediglich eine Braue hoch.

»Da ich gerade die Gelegenheit habe, Commander, möchte ich Ihnen für all die Hilfe danken, die Sie ...«

Zu seiner Überraschung unterbrach ihn Sonak. »Es ist unlogisch, mir für meine Hilfe zu danken, Admiral, denn ich habe bei unserer Konfrontation mit der *Recovery* in den beiden wichtigsten Punkten versagt.«

»Versagt?«

»Ich konnte den tertiären Code nicht schnell genug entschlüsseln, um die Kontrolle über das Schiff zu gewinnen«, erklärte Sonak ruhig, »und ich habe die Absicht des Tholianers Lokara, auf uns zu feuern, erst erkannt, als es zu spät war, die Schilde hochzufahren. Wenn Sie sich erinnern möchten, Sir, lautete meine Empfehlung, die Schilde zu senken.«

Kirk nickte. Er kannte das Gefühl der Niederlage, das der Vulkanier empfand, auch wenn er es nicht zum Ausdruck brachte. »Mr. Sonak, Sie werden im Verlauf Ihrer Karriere feststellen, daß auch eine völlig logische Entscheidung manchmal nicht funktioniert. Nicht einmal Spock hätte diesen Code schnell genug entschlüsseln können, um das Schiff aufzuhalten. Und das Senken unserer Schilde hat wahrscheinlich die *Recovery* davon abgehalten, uns das gleiche wie der *Skotha* anzutun. Ich bin durchaus zufrieden mit Ihren Entscheidungen und Handlungen. Ich bin vielleicht nur ein Mensch ...«

Sonak nickte ein wenig zu bereitwillig.

»... aber ich erkenne einen guten Wissenschaftsoffizier, wenn ich ihn sehe. Ich hoffe, ein anderes Schiff zu bekommen, wieder in den aktiven Dienst zurückzukehren. Wenn das geschieht – würden Sie dann bei mir dienen?«

Sonak nahm Haltung an und erwiderte Kirks Blick.

»Es wäre mir eine Ehre, unter Ihnen zu dienen, Admiral, gleichgültig auf welchem Schiff.«

Kirk nickte. Er wußte, daß Sonak ihm nicht wie Riley die Hand geben würde. »Danke, Mr. Sonak. Ich wünsche Ihnen angenehme Ruhe.«

Als Sonak ihn in dem leeren Raum zurückließ – über den ihn Diksen völlig korrekt informiert hatte –, ließ sich Kirk auf das Bett fallen und blickte zur Decke hoch. Es dauerte nicht lange, bis ihm klar wurde, daß er keinen Schlaf finden würde, solange er all die Argumente in Worte faßte, mit denen er Admiral Nogura von seinen Absichten überzeugen wollte. Aber er hatte seine Entscheidung definitiv getroffen. Die Ereignisse an Bord der *Paladin* hatten ihm nur zu deutlich in Erinnerung gerufen, was er einmal gewesen war – und was er wieder sein wollte.

Keine weiteren Doppelzüngigkeiten, Heihachiro. Diesmal gebe ich nicht nach. Entweder geben Sie mir ein Sternenschiff oder Sie werfen mich aus der Flotte.

Und nicht nur irgendein Sternenschiff. Früher oder später würde er wieder im All sein – zurück an Bord der *Enterprise* – dort, wo er hingehörte.

Mitten in seine Gedanken erklang leise der Türmelder. Er schaltete das Licht ein und rief: »Herein.«

Er rechnete damit, daß Diksen oder einer der anderen Offiziere draußen stand, um ihm von irgendeinem bisher übersehenen Problem zu berichten, das seine Aufmerksamkeit erforderte, bevor er endlich schlafen konnte. Oder vielleicht war es Riley, der von seinem Treffen mit Botschafter Sarek berichten wollte.

Die Tür öffnete sich und enthüllte eine schlanke Gestalt, deren Gesicht im Schatten verborgen war. Für einen Augenblick blieb der Besucher reglos stehen. Kirk runzelte die Stirn und öffnete den Mund, um etwas zu sagen, doch da bewegte sich die Gestalt …

Langsam hob sie eine Hand, in der sich etwas Dunkles, Schimmerndes befand. Eine Flasche, erkannte Kirk, und als das Licht auf die bernsteinfarbene Flüssigkeit darin fiel, sagte er grinsend:

»Das sollte besser saurianischer Brandy sein.«

»Verdammt richtig«, sagte McCoy und trat ins Licht.

Tief im kalten Herzen des Mount Seleya schlug Spock die Augen auf.

Draußen brannte die Sonne Vulkans erbarmungslos am Himmel über der Wüste, doch in Sekhets dunklem fensterlosen Schrein tanzten die Schatten im Schimmer der Flammen. Tagelang hatte er meditiert, regungslos und ungestört, ohne zu trinken, ohne Nahrung, entschlossen, die Fesseln zu brechen, die ihn an Kirk und McCoy banden.

Und schließlich, in der Mitte des dritten Tages seiner Wache, wich die hartnäckige Überzeugung, seine Freunde seien in Gefahr.

Er hob den Blick zu Sekhets steinernem Gesicht und beobachtete das Spiel von Licht und Schatten auf ihrem furchterregenden Antlitz, während er das übliche Dankgebet sprach.

Doch selbst als er die alten Worte in einer alten Sprache rezitierte, schlich sich ein Hauch von Zweifel in sein Bewußtsein. Das Gefühl der Gefahr für seine Freunde war verschwunden; aber bedeutete das wirklich, daß alle Bande gelöst waren? Daß seine Freundschaft zu diesen beiden Männern für immer der Vergangenheit angehörte?

Spock vollendete die Rezitation, drehte sich um und ging den Weg zurück durch den großen Torbogen und hinaus in den Durchgang. Am Fuß der spiralförmigen Treppe verharrte er.

Schwach, wie aus weiter, sehr weiter Ferne, berührte jemand seinen Geist.

Jim Kirk?

Er zögerte, atmete flacher und glättete seine Gedanken, um den Ursprung dieser Berührung besser erkennen zu können.

Leonard McCoy?

Doch die Empfindung verschwand so abrupt, wie sie gekommen war.

Er stufte sie als Nachwirkung des Fastens und der Meditation ein, mehr nicht. Er hatte das Ritual der Sekhet vollendet; er mußte darauf vertrauen, daß nun alle Bindungen gelöst waren und er bereit war, sich dem Ritual mit dem Hohenmeister zu unterziehen.

Spock atmete ein und begann langsam die Stufen hinaufzusteigen. Er empfand ein merkwürdiges Gefühl der Bestimmung, als würde er einer unbekannten Zukunft entgegenschreiten...

STAR TREK™

in der Reihe
HEYNE SCIENCE FICTION & FANTASY

STAR TREK: CLASSIC SERIE
Vonda N. McIntyre, Star Trek II: Der Zorn des Khan · 06/3971
Vonda N. McIntyre, Der Entropie-Effekt · 06/3988
Robert E. Vardeman, Das Klingonen-Gambit · 06/4035
Lee Correy, Hort des Lebens · 06/4083
Vonda N. McIntyre, Star Trek III: Auf der Suche nach Mr. Spock · 06/4181
S. M. Murdock, Das Netz der Romulaner · 06/4209
Sonni Cooper, Schwarzes Feuer · 06/4270
Robert E. Vardeman, Meuterei auf der Enterprise · 06/4285
Howard Weinstein, Die Macht der Krone · 06/4342
Sondra Marshak & Myrna Culbreath, Das Prometheus-Projekt · 06/4379
Sondra Marshak & Myrna Culbreath, Tödliches Dreieck · 06/4411
A. C. Crispin, Sohn der Vergangenheit · 06/4431
Diane Duane, Der verwundete Himmel · 06/4458
David Dvorkin, Die Trellisane-Konfrontation · 06/4474
Vonda N. McIntyre, Star Trek IV: Zurück in die Gegenwart · 06/4486
Greg Bear, Corona · 06/4499
John M. Ford, Der letzte Schachzug · 06/4528
Diane Duane, Der Feind – mein Verbündeter · 06/4535
Melinda Snodgrass, Die Tränen der Sänger · 06/4551
Jean Lorrah, Mord an der Vulkan Akademie · 06/4568
Janet Kagan, Uhuras Lied · 06/4605
Laurence Yep, Herr der Schatten · 06/4627
Barbara Hambly, Ishmael · 06/4662
J. M. Dillard, Star Trek V: Am Rande des Universums · 06/4682
Della van Hise, Zeit zu töten · 06/4698
Margaret Wander Bonanno, Geiseln für den Frieden · 06/4724
Majliss Larson, Das Faustpfand der Klingonen · 06/4741
J. M. Dillard, Bewußtseinsschatten · 06/4762
Brad Ferguson, Krise auf Centaurus · 06/4776
Diane Carey, Das Schlachtschiff · 06/4804
J. M. Dillard, Dämonen · 06/4819
Diane Duane, Spocks Welt · 06/4830
Diane Carey, Der Verräter · 06/4848
Gene DeWeese, Zwischen den Fronten · 06/4862
J. M. Dillard, Die verlorenen Jahre · 06/4869
Howard Weinstein, Akkalla · 06/4879
Carmen Carter, McCoys Träume · 06/4898
Diane Duane & Peter Norwood, Die Romulaner · 06/4907
John M. Ford, Was kostet dieser Planet? · 06/4922
J. M. Dillard, Blutdurst · 06/4929
Gene Roddenberry, Star Trek I: Der Film · 06/4942

STAR TREK™

J. M. Dillard, Star Trek VI: Das unentdeckte Land · 06/4943
David Dvorkin, Die Zeitfalle · 06/4996
Barbara Paul, Das Drei-Minuten-Universum · 06/5005
Judith & Garfield Reeves-Stevens, Das Zentralgehirn · 06/5015
Gene DeWeese, Nexus · 06/5019
D. C. Fontana, Vulkans Ruhm · 06/5043
Judith & Garfield Reeves-Stevens, Die erste Direktive · 06/5051
Michael Jan Friedman, Das Doppelgänger-Komplott · 06/5067
Judy Klass, Der Boacozwischenfall · 06/5086
Julia Ecklar, Kobayashi Maru · 06/5103
Peter Norwood, Angriff auf Dekkanar · 06/5147
Carolyn Clowes, Das Pandora-Prinzip · 06/5167
Diana Duane, Die Befehle des Doktors · 06/5247
V. E. Mitchell, Der unsichtbare Gegner · 06/5248
Dana Kramer-Rolls, Der Prüfstein ihrer Vergangenheit · 06/5273
Michael Jan Friedman, Schatten auf der Sonne · 06/5179
Barbara Hambly, Der Kampf ums nackte Überleben · 06/5334
Brad Ferguson, Eine Flagge voller Sterne · 06/5349
J. M. Dillard, Star Trek VII: Generationen · 06/5360
Gene DeWeese, Die Kolonie der Abtrünnigen · 06/5375
Michael Jan Friedman, Späte Rache · 06/5412
Peter David, Der Riß im Kontinuum · 06/5464
Michael Jan Friedman, Gesichter aus Feuer · 06/5465
Peter David/Michael Jan Friedman/Robert Greenberger, Die Enterbten · 06/5466
L. A. Graf, Die Eisfalle · 06/5467
John Vornholt, Zuflucht · 06/5468
L. A. Graf, Der Saboteur · 06/5469
Melissa Crandall, Die Geisterstation · 06/5470
Mel Gilden, Die Raumschiff-Falle · 06/5471
V. E. Mitchell, Tore auf einer toten Welt · 06/5472
Victor Milan, Aus Okeanos Tiefen · 06/5473
Diane Carey, Das große Raumschiff-Rennen · 06/5474
Diane Carey, Kirks Bestimmung · 06/5476
L. A. Graf, Feuersturm · 06/5477
A. C. Crispin, Sarek · 06/5478
Simon Hawke, Die Terroristen von Patria · 06/5479
Barbara Hambly, Kreuzwege · 06/5681
L. A. Graf, Ein Sumpf von Intrigen · 06/5682
Howard Weinstein, McCoys Tochter · 06/5683
J. M. Dillard, Sabotage · 06/5685
Diane Carey, Invasion 1 – Der Erstschlag · 06/5694

STAR TREK: THE NEXT GENERATION
David Gerrold, Mission Farpoint · 06/4589
Gene DeWeese, Die Friedenswächter · 06/4646
Carmen Carter, Die Kinder von Hamlin · 06/4685

STAR TREK™

Jean Lorrah, Überlebende · 06/4705
Peter David, Planet der Waffen · 06/4733
Diane Carey, Gespensterschiff · 06/4757
Howard Weinstein, Macht Hunger · 06/4771
John Vornholt, Masken · 06/4787
David & Daniel Dvorkin, Die Ehre des Captain · 06/4793
Michael Jan Friedman, Ein Ruf in die Dunkelheit · 06/4814
Peter David, Eine Hölle namens Paradies · 06/4837
Jean Lorrah, Metamorphose · 06/4856
Keith Sharee, Gullivers Flüchtlinge · 06/4889
Carmen Carter u. a., Planet des Untergangs · 06/4899
A. C. Crispin, Die Augen der Betrachter · 06/4914
Howard Weinstein, Im Exil · 06/4937
Michael Jan Friedman, Das verschwundene Juwel · 06/4958
John Vornholt, Kontamination · 06/4986
Mel Gilden, Baldwins Entdeckungen · 06/5024
Peter David, Vendetta · 06/5057
Peter David, Eine Lektion in Liebe · 06/5077
Howard Weinstein, Die Macht der Former · 06/5096
Michael Jan Friedman, Wieder vereint · 06/5142
T. L. Mancour, Spartacus · 06/5158
Bill McCay/Eloise Flood, Ketten der Gewalt · 06/5242
V. E. Mitchell, Die Jarada · 06/5279
John Vornholt, Kriegstrommeln · 06/5312
Laurell K. Hamilton, Nacht über Oriana · 06/5342
David Bischoff, Die Epidemie · 06/5356
Simon Hawke, Die Beute der Romulaner · 06/5413
Rebecca Neason, Der Kronprinz · 06/5414
John Peel, Drachenjäger · 06/5415
Diane Carey, Abstieg · 06/5416
Diane Duane, Dunkler Spiegel · 06/5417
Jeri Taylor, Die Zusammenkunft · 06/5418
Michael Jan Friedman, Relikte · 06/5419
Susan Wright, Der Mörder des Sli · 06/5438
W. R. Thomson, Planet der Schuldner · 06/5439
Michael Jan Friedman & Kevin Ryan, Requiem · 06/5442
Dafydd ab Hugh, Gleichgewicht der Kräfte · 06/5443
Michael Jan Friedman, Die Verurteilung · 06/5444
Simon Hawke, Die Rückkehr der Despoten · 06/5446
Robert Greenberger, Die Strategie der Romulaner · 06/5447
Gene DeWeese, Im Staubnebel verschwunden · 06/5448
Brad Ferguson, Das letzte Aufgebot · 06/5449
Dean Wesley Smith & Kristine Kathryn Rusch, Invasion 2 – Soldaten des Schreckens · 06/5754

STAR TREK: DIE ANFÄNGE
Vonda N. McIntyre, Die erste Mission · 06/4619

STAR TREK™

Margaret Wander Bonanno, Fremde vom Himmel · 06/4669
Diane Carey, Die letzte Grenze · 06/4714

STAR TREK: DEEP SPACE NINE
J. M. Dillard, Botschafter · 06/5115
Peter David, Die Belagerung · 06/5129
K. W. Jeter, Die Station der Cardassianer · 06/5130
Sandy Schofield, Das große Spiel · 06/5187
Dafydd ab Hugh, Gefallene Helden · 06/5322
Lois Tilton, Verrat · 06/5323
Esther Friesner, Kriegskind · 06/5430
Diane Carey, Die Suche · 06/5432
Melissa Scott, Der Pirat · 06/5434
Nathan Archer, Walhalla · 06/5512
Greg Cox/John Gregory Betancourt, Der Teufel im Himmel · 06/5513
Robert Sheckley, Das Spiel der Laertianer · 06/5514
Diane Carey, Der Weg des Kriegers · 06/5515
Diane Carey, Die Katakombe · 06/5516
Dean Wesley Smith & Kristine Kathryn Rusch, Die lange Nacht · 06/5517
L. A. Graf, Invasion – 3: Der Feind der Zeit · 06/5519

STAR TREK: STARFLEET KADETTEN
John Vornholt, Generationen · 06/6501
Peter David, Worfs erstes Abenteuer · 06/6502
Peter David, Mission auf Dantar · 06/6503
Peter David, Überleben · 06/6504
Brad Strickland, Das Sternengespenst · 06/6505
Brad Strickland, In den Wüsten von Bajor · 06/6506
John Peel, Freiheitskämpfer · 06/6507
Mel Gilden & Ted Pedersen, Das Schoßtierchen · 06/6508
John Vornholt, Erobert die Flagge! · 06/6509
V. E. Mitchell, Die Atlantis Station · 06/6510
Michael Jan Friedman, Die verschwundene Besatzung · 06/6511
Michael Jan Friedman, Das Echsenvolk · 06/6512
Diane G. Gallagher, Arcade · 06/6513
John Peel, Ein Trip durch das Wurmloch · 06/6514
Brad & Barbara Strickland, Kadett Jean-Luc Picard · 06/6515
Brad & Barbara Strickland, Picards erstes Kommando · 06/6516
Ted Pedersen, Zigeunerwelt · 06/6517

STAR TREK: VOYAGER
L. A. Graf, Der Beschützer · 06/5401
Peter David, Die Flucht · 06/5402
Nathan Archer, Ragnarök · 06/5403
Susan Wright, Verletzungen · 06/5404
John Betancourt, Der Arbuk-Zwischenfall · 06/5405

STAR TREK™

Christie Golden, Die ermordete Sonne · 06/5406
Mark A. Garland & Charles G. McGraw, Geisterhafte Visionen · 06/5407
S. N. Lewitt, Cybersong · 06/5408
Dafydd ab Hugh, Invasion – 4: Die Raserei des Endes · 06/5409
Karen Haber, Segnet die Tiere · 06/5410
Melissa Scott, Der Garten · 06/5812

DAS STAR TREK-UNIVERSUM, 2 Bde., von *Ralph Sander* · 06/5150
DAS STAR TREK-UNIVERSUM, 1. Ergänzungsband von *Ralph Sander* · 06/5151
DAS STAR TREK-UNIVERSUM, 2. Ergänzungsband von *Ralph Sander* · 06/5270

Ralph Sander, Star Trek Timer 1996 · 06/1996
Ralph Sander, Star Trek Timer 1997 · 06/1997
Ralph Sander, Star Trek Timer 1998 · 06/1998
Ralph Sander, Star Trek Timer 1999 · 06/1999

William Shatner/Chris Kreski, Star Trek Erinnerungen · 06/5188
William Shatner/Chris Kreski, Star Trek Erinnerungen: Die Filme · 06/5450

Phil Farrand, Cap'n Beckmessers Führer durch STAR TREK – DIE CLASSIC SERIE · 06/5451
Phil Farrand, Cap'n Beckmessers Führer durch STAR TREK – DIE NÄCHSTE GENERATION · 06/5199
Phil Farrand, Cap'n Beckmessers Führer durch STAR TREK – DIE NÄCHSTE GENERATION - Teil 2 · 06/6457

David Alexander, Gene Roddenberry - Die autorisierte Biographie · 06/5544
Judith & Garfield Reeves-Stevens, Star Trek Design · 06/5545
Nichelle Nichols, Nicht nur Uhura · 06/5547
Leonard Nimoy, Ich bin Spock · 06/5548
Lawrence M. Krauss, Die Physik von Star Trek · 06/5549
Judith & Garfield Reeves-Stevens, Star Trek – Deep Space Nine: Die Realisierung einer Idee · 06/5550
Judith & Garfield Reeves-Stevens, Star Trek – Phase II: Die verlorene Generation · 06/6470
Herbert F. Solow/Robert H. Justman, Star Trek – Die wahre Geschichte · 06/6499
J. M. Dillard, Star Trek: Wo bisher noch niemand gewesen ist · 06/6500

Diese Liste ist eine Bibliographie erschienener Titel,
KEIN VERZEICHNIS LIEFERBARER BÜCHER!